Dem Glück eine Chance

Fee O'Keeffe

ISBN-13: 9798526698740

Cover design by: Art Painter
Library of Congress Control Number: 2018675309
Printed in the United States of America

FOR RICHARD.
MY ONE TRUE LOVE.
MAY YOUR SOUL HAVE FOUND PEACE.

FOR MY UNBORN CHILDREN.
TAKEN FROM ME BEFORE I COULD
EVEN HOLD YOU IN MY ARMS.
BABY RICHARD. ISAAC. TINA.

TO MY CHILDREN.
SAMANTHA. ALEXANDRA. LIAM. AIDEN.
YOU ARE MY REASON. EVERY DAY.

VORWORT

Als ich dieses Buch im Sommer 2012 begann, entstand es aus dem Wunsch heraus, mich mit einigen Aspekten meiner eigenen Lebensgeschichte über die Distanz eines fiktionalen Charakters auseinanderzusetzen. Als ich dann mit meiner dritten Tochter schwanger wurde, hatte ich mich so in den Namen meiner Hauptprotagonistin verliebt, dass ich ihn an meine Tochter weitergeben musste, darüber jedoch jedweden Blick für die Handlung des Buches eingebüßt hatte. Zunächst überlegte ich, den Namen im Buch schlicht zu ändern, stellte aber fest, dass dies das Problem nicht lösen würde.

Erst als ich mir Anfang 2021 selber eingestehen musste, dass ich trotz all des heilenden Prozesses, den ich inzwischen hinter mir hatte, einmal mehr im tiefsten Abgrund meiner Depressionen angekommen war, fühlte ich plötzlich wieder eine Verbindung zum Schicksal meiner Heldin. Innerhalb weniger Tage beendete ich das Buch.

Entstanden ist eine Geschichte, die mein Herzblut enthält. Und mit der ich mich selbst daran erinnern möchte, dass das Glück nur dann eine Chance hat, wenn man am Leben festhält – und offen dafür bleibt.

Fee O'Keeffe, im Sommer 2021

PROLOG

Alexandra Morgan wollte sich gerade von dem Tisch, an dem sie saß, erheben, als ein Mann zu ihr trat und sie auf gewinnende Weise anlächelte. Sie erwiderte sein Lächeln. Er war ihr auf Anhieb sympathisch: Groß, muskulös und breitschultrig, blondes, adrett gestutztes Haar und intelligente, aufmerksam blitzende silbrig-graue Augen, die von dunklen Wimpern umrahmt wurden. Vor allem diese Augen waren es, die sie besonders faszinierten. Sie waren so hell, dass sie eigentlich kalt hätten wirken müssen, doch in ihnen stand eine Lebensfreude, die diesen Eindruck nicht entstehen ließ.

„Guten Abend. Mein Name ist Isaac. Darf ich mich auf einen Drink zu Ihnen setzen?", sprach er sie mit sonorer Stimme an. Ihr gefiel das. Keine billige Anmache, sondern einfach gerade heraus.

Ihr Lächeln wurde noch eine Nuance intensiver. „Ja, gerne", meinte sie und erhob sich, um ihm die Hand zu geben. Sie tauschten einen warmen Händedruck aus, der ein angenehmes Kribbeln auf Lex' Haut hinterließ.

„Alexandra", stellte sie sich ihrerseits vor. Während sie sich wieder auf ihren Stuhl sinken ließ, deutete sie mit einer Hand auf den sich gegenüber. Isaac folgte der Aufforderung und setzte sich.

KAPITEL 1

Lex war mehr als nur etwas überrascht, als plötzlich die Türglocke ertönte. Auch wenn ihre Hunde sofort anschlugen, war sie sich für einen Moment sicher, dass sie und die Tiere sich geirrt haben mussten. Nicht nur, dass sie heute keinen Besuch erwartete, sondern bis auf ihre Schwiegereltern, die hin und wieder hier waren, die sie dann aber vom Flughafen abholte, war noch nie jemand bei ihr zu Hause gewesen. Ohne sich zu bewegen, verharrte sie vorm Herd, so perplex, dass sie einige Atemzüge lang nicht wusste, was sie tun sollte. Doch dann entschied sie, dass vier Hunde sich wohl kaum irren konnten.

Mit einer raschen Handbewegung nahm sie das Essen vom Herd, stellte die Platten ab und eilte dann zur Haustür.

Sie bedeutete den Hunden, die vor der großen Glasfront standen, die den Flur vom Wohnraum trennte, dass sie dort warten sollten, und trat in den Flur hinein, die Tür zu den Hunden offenlassend. Schließlich hatte sie keine Ahnung, wer da draußen klingelte, da konnte man nicht sicher genug sein.

Mit fragender Miene zog sie die Tür einen schmalen Spalt breit auf und war, als sie sah, wer davor wartete, abermals so perplex, dass sie kein Wort hervorbrachte. Es war Isaac, der Mann aus der Bar.

Ihr Gegenüber schien nicht minder überrascht zu sein, sie zu sehen. Er starrte sie eine geschlagene Minute stumm an, ehe er einen raschen Blick auf einen Zettel in seiner Hand warf, dann nochmals Lex musterte und schließlich fragte: „Lex Morgan?"

Sie nickte stumm.

„Sie sind Lex Morgan?" Er schien es nicht fassen zu können.

Erneut nickte sie nur. Als er sie daraufhin wieder wortlos anstarrte, wollte sie schließlich wissen: „Was tun Sie hier?" Sie klang selbst in ihren eigenen Ohren abweisend. Aber sie konnte nicht anders, als misstrauisch zu reagieren: sie hatte ihm in der Bar weder ihre Adresse genannt, noch ihm zu verstehen gegeben, dass sie ihn würde treffen wollen. Wie zum Teufel hatte er sie hier gefunden – und warum?

Ihre hörbare Skepsis schien ihn endlich wieder zur Besinnung zu bringen. „Ich bin geschickt worden, um mit Ihnen über den Fall Doorsen zu reden", erklärte er.

Lex runzelte die Stirn. „Sie?", fragte sie verwirrt. „Warum das denn?"

„Ich bin vor einer Woche hierher versetzt worden und der Fall wurde mir übertragen", erklärte er.

„Und da kommen Sie am Samstag in aller Herrgottsfrühe hier heraus, um mit mir darüber zu reden?", wollte sie noch immer verwundert wissen.

Isaac warf einen raschen Blick auf seine Armbanduhr. „Es ist halb zehn", stellte er fest, als würde das ihre anklagende Frage irgendwie entkräften. Als seine Worte jedoch nicht die gewünschte Wirkung zu erzielen schienen, fügte er hinzu: „Haben Sie denn keinen Anruf erhalten?"

Lex seufzte und strich sich eine Haarsträhne aus dem Gesicht. „Waren das die Nachrichten auf meinem AB?", entgegnete sie. Sie schüttelte den Kopf. „Ich bin erst gestern Abend nach Hause gekommen und habe nichts mehr abgehört."

Er wirkte ehrlich bestürzt. „Das tut mir leid. Ich hätte mich vergewissern sollen, dass Sie von dem Termin wissen." Einen verlegenen Moment lang schwieg er, in dem auch sie nichts sagte. Dann meinte er: „Ich denke, ich sollte besser wieder gehen. Ich wollte Sie nicht stören. Es hat wohl auch Zeit bis Montag."

Wieder seufzte Lex, sich in ihr Schicksal ergebend. Sie zog die Tür weiter auf. „Nun sind Sie schon mal hier. Kommen Sie rein." Sie wandte sich bereits ab und ging zwei Schritte in den Flur hinein, nicht darauf wartend, ob er tatsächlich hineinkam. „Ich hoffe, Sie haben keine Angst vor Hunden", meinte sie.

„Eigentlich", setzte er an und wollte noch ein „nicht" hinzufügen. Doch als er in den Flur trat und sein Blick auf die vier Dobermänner hinter der Glasfront fiel, die ihn von dort wachsam musterten, blieb ihm das Wort im Halse stecken.

Lex hatte die Hunde bereits erreicht und tätschelte Iron, dem ranghöchsten Tier, den Kopf. Als Isaac seinen Satz nicht beendete, wandte sie sich zu ihm um und sah seinen nahezu entsetzten Gesichtsausdruck. Sie grinste. „Keine Sorge", beruhigte sie ihn. „Sie werden Ihnen nichts tun."

Ohne seinen Blick von den Tieren lösen zu können, brachte er ebenfalls ein Lächeln zustande, das jedoch mehr als alles andere gequält wirkte. „Ist denen das auch bewusst?", erwiderte er.

Lex' Grinsen wurde darauf nur noch breiter, ehe sie sich abwandte und den Hunden befahl: „Ab aufs Sofa." Die Tiere zogen augenblicklich von dannen und ließen sich auf der ihnen gehörenden Couch nieder, Isaac jedoch wieder ins Visier nehmend. Lex winkte dem Polizisten durch die Glasfront zu. „Kommen Sie rein", wiederholte sie.

Diesmal wesentlich zögernder folgte er der Aufforderung. Einen Moment lang beäugte er noch skeptisch die Dobermänner, doch dann wurde sein Blick unwillkürlich von den Räumlichkeiten angezogen.

„Wow", machte er bewundernd und sah sich staunend um.

Von außen hatte sich das Haus von Lex Morgan als alte eingeschossige Fachwerkscheune mit sehr hohem Reetdach präsentiert, von innen war diese aber komplett neugestaltet worden, wobei jedoch auf die alten Strukturen zum Teil Rücksicht genommen worden war. So wurde rustikale Landhausidylle mit modernen, klaren Details verbunden. Es war sagenhaft.

„Wie sind Sie denn an dieses Schmuckstück gekommen?",

wollte Isaac wissen, neben Lex stehend, und wandte ihr den Blick zu.

Sie zuckte mit einer Schulter. „Sie hätten das Ding vor dem Umbau sehen sollen."

„Sie haben es selber umbauen lassen?" Er schien ehrlich beeindruckt.

„Weniger lassen, als vielmehr selber gemacht", entgegnete sie. Als er sie daraufhin nur erstaunt anstarrte, zuckte sie wieder die Schultern. Offensichtlich wollte sie das Thema nicht weiter vertiefen. „Wollen Sie Kaffee? Ich habe einen aufgesetzt, ehe Sie kamen." Sie ging hinüber zu der offenen Küche.

Er folgte ihr mit den Blicken. Wie schon, als er ihr vor ein paar Tagen in der Bar begegnet war, fiel ihm wieder auf, wie aufregend er sie fand. Sie war zwar lässig gekleidet: zu einer weißen, tiefsitzenden Pyjamahose trug sie ein azurblaues, knappes Spaghettiträgertop, das zwischen dem unteren Rand und der Hose einen sehenswerten Streifen flachen Bauchs frei ließ. Hätte sie allerdings ein kleines Schwarzes angehabt, hätte sie auf ihn kaum hinreißender wirken können. Irgendetwas an ihr verzauberte ihn, sobald er sie nur ansah. Noch nie war er einer schöneren Frau begegnet. Diesmal trug sie ihr blondes, gelocktes Haar offen und es fiel ihr tief in den Rücken, beinahe bis zur Taille. Alle Linien ihres Körpers waren von wohldefinierter Festigkeit und sie bewegte sich mit der Anmut einer Tänzerin. Die prominenten Wangenknochen und die gerade, zierliche Nase, die mandelförmigen, dunkelblauen Augen und die vollen, sinnlichen Lippen ließen seinen Puls höherschlagen.

Mit aller Macht riss er sich von ihrem Anblick los. „Ja, danke", antwortete er auf ihr Kaffeeangebot und folgte ihr hinüber zur Küche, seine schwarze Lederjacke ausziehend.

„Legen Sie die Jacke einfach irgendwo hin. Und nehmen Sie Platz." Sie wies auf einen der Hocker vor dem Tresen, der die Kochinsel zum Wohnraum hin abtrennte. Dann machte sie sich daran, Pfannen und Töpfe zurück auf den Herd zu stellen.

Nur um sich davon abzuhalten, Lex einfach nur verträumt zu beobachten, warf Isaac einen neugierigen Blick auf den

Inhalt. Er runzelte die Stirn.

„Das ist aber ein ungewöhnliches Frühstück", meinte er, als er Reis, gemischtes Gemüse und Hähnchenfleisch in rohen Mengen sah.

Während sie inzwischen Kaffee einschenkte, schüttelte sie den Kopf. „Für die Dobis nicht."

„Verwöhnprogramm, was?", sagte er, den Hunden einen weiteren unwohlen Blick zuwerfend. Diese lagen unverändert auf der Couch.

Lex nickte. „Zweimal die Woche koche ich für sie. – Hier." Sie stellte ihm den Kaffee hin, lehnte sich ihm gegenüber an die Arbeitsplatte und nippte an ihrem Becher.

Auch er blies einen Moment auf das dampfende Gebräu und nahm dann einen Schluck. Entsetzt hustete er. „Gott, wollen Sie sich vergiften?", brachte er hervor. In seinem ganzen Leben hatte er noch nie so starken Kaffee getrunken. „Der Kaffee könnte glatt Tote zum Leben erwecken", fügte er weniger heftig hinzu, sich bewusst werdend, dass seine Bemerkung nicht sehr höflich war.

Schon wieder zuckte Lex die Schulter. „Ich brauche das morgens, um munter zu werden. Wollen Sie Milch und Zucker? Oder ein bisschen Wasser dazu?"

„Von allem etwas, wenn's nicht zu viele Umstände bereitet", entgegnete Isaac, der sich sicher war, dass er mindestens eine Woche nicht mehr würde schlafen können, wenn er den Kaffee, so wie er war, weiter trank.

Als sie ihm seinen Kaffee verwässert hatte, wandte sie sich schweigend dem Essen der Hunde zu und trank ihren Kaffee. Drei Tassen. Isaac fragte sich, wie sie das Gesöff runter kriegte. Doch es war offensichtlich, dass es ihr mit jeder Tasse deutlich besser ging. Vorher hatte sie so müde ausgesehen, dass es ihn nicht gewundert hätte, wenn sie im Stehen eingeschlafen wäre, aber nach und nach wurden ihre Lebensgeister aktiviert. Dass sie dafür drei Tassen von diesem Teufelsgebräu brauchte, überzeugte ihn davon, dass sie eine sehr kurze Nacht gehabt haben musste. Er eröffnete das Gespräch über den Doorsen-Fall nicht. Sie war noch nicht aufnahmebereit genug, das war ihr deutlich anzusehen.

Nachdem sie das Essen schließlich in Näpfe gefüllt hatte, musterte sie Isaac plötzlich. Er wusste ihren Blick nicht zu deuten, doch dann wollte sie wissen: „Können Sie reiten?"

„Was?", erwiderte er verblüfft.

„Reiten. Können Sie reiten? Sie tragen Jeans und T-Shirt, wären also durchaus für einen Ausflug passabel gekleidet", erklärte sie.

„Ich", setzte er an, noch immer überrumpelt und verstummte wieder, nicht sicher, was er sagen sollte.

„Sie sind mitten in meine Morgenroutine geplatzt. Meine Hunde und Pferde brauchen erst mal Auslauf."

Endlich brachte er ein Nicken zu Stande. „Ich bin ewig nicht mehr geritten. Aber ich habe es mal gelernt."

Sie ließ ein Lächeln aufblitzen, das ihm weiche Knie bescherte. „Sehr schön", meinte sie. „Warten Sie hier, ich ziehe mich eben um." Damit verschwand sie durch eine Tür zu Isaacs Linken.

Mit einem mulmigen Gefühl im Magen sah er sich den Hunden allein gegenüber. Doch diese blieben auch weiterhin auf dem Sofa liegen. Und es dauerte nicht lange. Wenige Minuten später tauchte Lex wieder auf. Sie trug nun ebenfalls Jeans und eine rot-weiß-schwarz karierte Bluse aus grobem Flanell. Das Haar hatte sie zu einem einfachen Pferdeschwanz zusammengebunden. Auch in dieser Aufmachung sah sie einfach hinreißend aus.

„Kommen Sie", winkte sie ihn herüber, während sie auf eine Tür, die der gegenüberlag lag, aus der sie gerade kam, zuhielt. Sie klopfte sich auffordernd auf den Oberschenkel. „Ausgehen, Jungs." Als wären sie ein Wesen, sprangen die Dobermänner in einer synchronen Bewegung begeistert auf.

Die Tür, durch die sie traten, war aus Glas und ließ den Blick in einen hellen, geräumigen Stall zu, der durch die ebenfalls nur durch Glas abgetrennte Sattelkammer vom Haus aus betretbar war. Das Gebäude faszinierte Isaac immer mehr.

Wie sich herausstellte, besaß Lex zwei Pferde. Einen Wallach, ein halb-kaltblütiger Rappe von beeindruckender

Statur, und eine Fuchsstute. Lex ließ Isaac wählen, auf wem er reiten wollte, und er entschied sich für die Stute. Auf den ersten Blick schien sie ihm das verlässlichere Tier zu sein, außerdem war der Boden auf ihrem Rücken ein Stück näher, als auf dem des Rappens, was Isaac ein wichtiges Kriterium zu sein schien, angesichts dessen, dass er vermutlich hinunterfallen würde.

Sie ließen es ruhig angehen, wofür Isaac Lex überaus dankbar war. Ungefähr eine Viertelstunde ließen sie die Pferde nur im Schritt gehen, sodass er wieder ein Gefühl für den Sattel bekommen konnte. Die ersten Minuten war er ganz und gar aufs Reiten konzentriert, doch langsam entspannte er sich und fühlte sich sicher genug, um ein Gespräch zu beginnen. Schon die ganze Zeit brannte der Wunsch in ihm, mehr über Lex zu erfahren.

„Wie kommt es, dass jemand wie Sie ein Haus alleine umbauen kann?", fragte Isaac schließlich.

Sie warf ihm einen Blick zu, in dem beinahe etwas wie Ärger stand. „Jemand wie ich?", wiederholte sie stirnrunzelnd. „Sie kennen mich doch gar nicht."

Isaac, der nicht damit gerechnet hatte, dass sie sich angegriffen fühlen würde, beeilte sich zu erklären: „Entschuldigen Sie, ich wollte Ihnen nicht zu nahetreten. Ich suchte eigentlich nur nach einer Art, das Gespräch zu eröffnen." Er lächelte auf eine Weise, von der ihm gesagt wurde, dass sie hinreißend war.

Lex schien davon jedoch wenig beeindruckt. Einen Moment noch musterte sie ihn ärgerlich, doch dann entschied sie offenbar, dass er es wohl wirklich nicht so gemeint hatte. Sie zuckte die Schultern – etwas, worauf sie scheinbar in allen möglichen Situationen zurückgriff. „Ich bin mit 15 zu einem Freund gezogen, der sein Haus umbaute. Für Logis und Kost habe ich ihm geholfen", sagte sie dann, in ihrer Stimme eine Gleichgültigkeit, die so gelassen klang, dass sie Isaac zu perfekt erschien, um nicht gespielt zu sein. Er konnte nur spekulieren, was sie dazu bewegt haben mochte, mit 15 zu einem Freund zu ziehen.

„Haben Sie den Umbau hier selber geplant? Oder haben Sie

sich beraten lassen? Ich bin fasziniert von den Ideen, die umgesetzt wurden", fuhr er fort, ohne auf die Frage, die ihn wirklich beschäftigte, einzugehen.

Sie nickte und etwas an ihrer Haltung entspannte sich. „Ich hab's selber geplant. Als ich mich nach einem Haus umsah, dass ich kaufen könnte, wusste ich nicht, was ich wirklich wollte. Ich habe mir einfach alles angesehen, was irgendwie interessant klang. Und als ich die Scheune sah, wusste ich sofort, dass es das ist, wonach ich suchte. Wenn es Sie interessiert, kann ich Ihnen nachher ein paar Bilder zeigen, wie das Gebäude vorher aussah. Als ich es gezeigt bekam, sah ich vor meinem inneren Auge bereits, was ich damit machen wollte. Es war, als wäre ich in die Zukunft gesprungen, hätte mir alles angeschaut und kam dann zurück, um es umzusetzen", führte sie aus, wobei es sie selbst überraschte, dass sie plötzlich so auskunftsfreudig war. Dann lachte sie verlegen: „Es klingt etwas dumm, wenn ich es so erzähle." Auf ihren Wangen erschien ein hinreißender Hauch von Rosa.

Isaac, ebenfalls überrascht, aber auch froh, dass sie aufzutauen schien, schüttelte energisch den Kopf. „Nein, gar nicht. Es klingt sehr anschaulich. Ich würde gerne die Bilder sehen."

Erst als er ihr Angebot annahm, wurde Lex wirklich bewusst, dass sie es gemacht hatte. Beinahe hätte sie es zurückgezogen, wenn es nicht so unhöflich gewesen wäre. Verärgert musste sie innerlich über sich selber den Kopf schütteln. Ihr war nicht entgangen, dass Isaac ihr mit deutlich mehr Interesse begegnete, als sie erwidern konnte, und sie wollte ihn nicht zu falschen Schlüssen ermutigen.

„Warum nur habe ich das Gefühl, dass ich Sie schon wieder verärgert habe?", fragte Isaac in ihre Überlegungen hinein.

Sie sah zu ihm hinüber, bemüht, unbeschwert zu wirken. „Haben Sie nicht", meinte sie kopfschüttelnd. „Ich habe nur - ", setzte sie erklärend an, wusste aber nicht, was sie weiter sagen sollte. „Kommen Sie, versuchen wir uns an einer Galoppeinheit", schlug sie stattdessen vor und trieb Moses bereits an.

Er schüttelte lächelnd den Kopf. So fasziniert er von ihr war, so wenig verstand er, was in ihr vorging. Schon in der Bar war es ihm so gegangen. In einem Moment hatten sie sich angeregt unterhalten und er war fest davon überzeugt gewesen, dass sie sich zu ihm hingezogen fühlte. Doch sobald er ihr auf ihre Frage nach seinem Beruf geantwortet hatte, war sie wie ausgewechselt gewesen und hatte sich schon bald darauf verabschiedet. Er hatte sich darauf nur einen Reim machen können, indem er schloss, dass sie irgendwelche Vorbehalte gegen Polizisten haben musste. Aber auch diese Überzeugung hatte sich vor nun knapp einer Stunde in Luft aufgelöst, als sie ihm die Haustür geöffnet hatte und er feststellte, dass sie eine der meistgefragtesten Hundetrainerinnen der Polizei der Ostküste war.

Nach der Galoppeinheit, während derer er sich erstaunlich gut im Sattel hielt, ritten sie die Pferde in einem gemächlichen Schritt trocken. Gelegenheit für Isaac, das Gespräch erneut zu eröffnen.

„Wie kommt man eigentlich dazu, Hundetrainerin bei der Polizei zu sein?", fragte er.

Schon wieder ein Schulterzucken. Wäre die Geste in ihrer Unbekümmertheit an ihr nicht so sexy gewesen, hätte es einen nerven können. „Man lässt sich zum Hundetrainer ausbilden, sammelt hier und da seine Erfahrungen, bildet schließlich eigene Hunde aus, bewirbt sich mit diesen zu Einsätzen und überzeugt genug, um einen Arbeitsplatz angeboten zu bekommen", fasste sie zusammen, als wäre das nicht ihr Werdegang, sondern bloß eine theoretische Annahme.

Er lächelte darüber und stellte fest, dass er ihre Art zum Verlieben fand. „Und wie kommt man dazu, das machen zu wollen?", fragte er weiter, extra in der unverbindlichen, anonymen Weise verbleibend, da sie sich damit am wohlsten zu fühlen schien. Zumindest wirkte sie nicht verärgert. Sie machten Fortschritte.

Auch sie lächelte jetzt. Beinahe war er enttäuscht, dass sie nicht wieder mit den Schultern zuckte. „Man interessiert sich für Tiere, für Hunde im Speziellen, zudem liebt man es, draußen zu sein, und weiß, dass das etwas ist, womit man sein Geld verdienen möchte."

„Hm, ja, das klingt einleuchtend", nickte Isaac. Dann sah er sie plötzlich direkt an. „Und wie sind Sie dazu gekommen?", fragte er, weil er unbedingt mehr von ihr erfahren wollte. Mehr verstehen wollte, was in ihr vorging.

Sie tat ihm den Gefallen nicht. „Auch so", erwiderte sie lediglich schlicht.

Inzwischen hatten sie wieder die Scheune erreicht. Als Isaac einen kurzen Blick auf die Uhr warf, war er überrascht festzustellen, dass sie gut zwei Stunden unterwegs gewesen waren. Lex entließ die Pferde auf die Koppel und ging Isaac voraus ins Haus zurück. Die Hunde beobachteten sie mit großen, erwartungsvollen Augen und machten sich mit Feuereifer über das Futter her, das sie ihnen hinstellte.

„Kann ich Ihnen Frühstück anbieten?", wollte sie schließlich wissen, während sie bereits wieder in der Küche aktiv wurde und sich daran machte, verschiedenes Obst zu schälen und klein zu schneiden.

„Ich habe um halb sieben gefrühstückt", erwiderte er, lächelte aber dann. „Aber gegen ein Mittagsessen, das aus Frühstück besteht, habe ich nichts einzuwenden."

Sie nickte, ganz offensichtlich abermals immun gegen sein bestes Lächeln, und machte sich am Gefrierer zu schaffen. Sie zog zwei Croissants und einige Brötchen heraus und legte sie in den Backofen.

„Kann ich irgendwie behilflich sein?", wollte Isaac wissen, der noch nie gut darin gewesen war, anderen untätig beim Arbeiten zuzusehen.

Sie nickte. „Ja, Sie können den Obstsalat fertig machen." Er trat zu ihr in die Küche und nahm ihr das Messer ab.

Während er das Obst schnippelte, nahm sie Aufschnitt aus dem Kühlschrank und richtete ihn ansprechend auf Platten an.

„Möchten Sie Eier?", fragte sie.

„Wegen mir müssen Sie keinen solchen Aufwand betreiben. Ich bin mit einem Brötchen und etwas Käse zufrieden", entgegnete er.

„Ich liebe Frühstück. Anders macht das Aufstehen doch gar keinen Sinn", erklärte sie mit einem Lächeln, welches er am liebsten fotografiert hätte, um es sich immer wieder ansehen zu können. „Und ich frühstücke grundsätzlich reichhaltig."

„Dafür, dass Sie es zum Aufstehen brauchen, essen Sie aber spät", stellte er fest.

„Die Tiere kommen zuerst", erwiderte sie mit – wie sollte es anders sein – einem Schulterzucken. „Also, wollen Sie nun Eier?"

„Na schön, wenn Sie sich auch welche machen."

„Als Omelette, Rührei, Spiegelei?"

„Wie Sie es auch nehmen."

„Sagen Sie mir nicht, Sie sind einer dieser Leute, die nur Hunger haben, wenn jemand anderes auch Hunger hat." Sie schien ehrlich amüsiert, machte sich aber bereits am Herd zu schaffen.

Isaac schüttelte den Kopf. „Eigentlich nicht. Aber ich möchte Ihnen keine Umstände machen. Ich habe Sie schon unangemeldet überfallen, das reicht wohl für einen Samstagmorgen."

„Wenn es mir zu viel Arbeit wäre, würde ich Ihnen die Wahl nicht lassen", entgegnete sie und er fragte sich, ob sie tatsächlich so unkompliziert und direkt war oder es nur aus Höflichkeit vorgab zu sein.

„Dann nehme ich Rührei", entschied er sich.

Die nächsten Minuten, bis das Essen fertig war, verbrachten sie in Schweigen und Isaac machte eine weitere Feststellung: sie war eine jener Personen, die sich scheinbar völlig wohl damit zu fühlen schienen, wenn auch mal nichts gesagt wurde. Anstatt, wie viele es in dieser Situation gemacht hätten, nervös zu werden und irgendwas daher zu plappern, ging sie einfach den Handgriffen nach, die gemacht werden mussten und schien völlig ruhig. Das gefiel ihm. Auch er fühlte sich wohl dabei, schweigend neben ihr zu arbeiten.

Insgesamt brauchten sie nur knapp zwanzig Minuten um ein opulentes Frühstück auf den Tisch zu zaubern, von dem Isaac gedacht hätte, dass es einen ganzen Vormittag zur Vorbereitung bedurft hätte. Neben Obstsalat, Joghurt und Müsli gab es drei verschiedene Brötchensorten, Croissants, Laugengebäck, Marmelade, Aufschnitt, Käse und Rührei garniert mit Kresse, Tomaten, Paprika und Pilzen. Außerdem hatte er die Wahl zwischen Grapefruit- oder frischem Orangensaft, Tee und Kaffee.

„Ich glaube, wenn man einmal damit anfängt, kann man tatsächlich ohne diesen Anreiz nicht mehr aus dem Bett kommen", staunte er schließlich. Er lehnte den Kaffee dankend ab und entschied sich für Tee.

„Wie können Sie eigentlich noch schlafen, wenn Sie so viel von diesem Kaffee trinken? Selbst als Polizist ist mir noch nie so starker Kaffee untergekommen."

„Ob mit oder ohne Kaffee, ich kann eh nicht schlafen. Der Unterschied ist nur, dass ich ohne Kaffee den ganzen Tag nicht über den Status der wandelnden Leiche hinauskomme", entgegnete sie erstaunlich leichthin und machte sich über ihr Rührei her.

Einige Momente konnte er sie einfach nur mustern, so gefangen war er von ihrem Anblick. Es hatte etwas herrlich Behagliches, eine Frau mit ihrer Figur mit so offensichtlicher Begeisterung essen zu sehen. Er hasste Kalorienzählerinnen, die bei allem, was sie aßen, das Gesicht wie unter Schmerzen verzogen.

Erst mit einiger Verzögerung schien Lex sich seines Blickes bewusst zu werden. Ihr stieg die Röte in die Wangen und sie nahm den Fuß, den sie bis eben auf ihrem Stuhl abgestellt hatte, das Bein dicht an den Körper gezogen, herunter. „Entschuldigen Sie", meinte sie verlegen. „Ich bin es nicht gewohnt, Besuch zu haben."

Er schüttelte den Kopf. „Das stört mich überhaupt nicht. Machen Sie es sich ruhig bequem, es ist Ihr Haus." Sie nahm dennoch den Fuß nicht wieder hoch. Erst dann wurde er sich ihres letzten Satzes bewusst. Er überraschte ihn. Das Haus war doch perfekt, um Besuch einzuladen. Und sie schien ihm nicht wie eine Eigenbrötlerin. Nur ersteres sprach er laut aus.

Einmal mehr zuckte sie mit den Schultern und nahm einen

großen Schluck Kaffee, ehe sie antwortete: „Um ehrlich zu sein, sind Sie der Erste, der mich hier besucht, wenn man von meinen Schwiegereltern absieht." Sie wusste nicht, warum sie ihm das sagte. Eigentlich war das mindestens eine Information zu viel. Denn das Gespräch würde sich nun unweigerlich ihrer Ehe zuwenden. Doch irgendetwas an Isaac ließ sie unachtsam werden, ließ sie sich zu sicher fühlen, sodass ihr die Worte einfach herausrutschten.

Seine Augenbrauen sprangen überrascht nach oben. „Sie sind verheiratet?", platzte es aus ihm heraus, auch wenn er wusste, dass es nicht gerade höflich war. Aber er konnte nicht anders.

Lex begegnete einige Atemzüge lang seinem Blick, dann schlug sie die Augen nieder. Auf ihrer Stirn war eine steile Falte erschienen. „Verwitwet", erklärte sie und ihre Stimme war rau.

Bestürzt und verlegen suchte er einen Moment lang nach den richtigen Worten, die es nicht gab. „Es tut mir leid", war alles, was er sagen konnte, und er wusste, dass es leer klang. Unwillkürlich fragte er sich, wer der Mann gewesen war, an den sie ihr Herz verschenkt hatte, und was ihm zugestoßen war.

Es entstand ein diesmal unangenehmes Schweigen, bis Lex sich schließlich räusperte. „Entschuldigen Sie, ich hätte davon nicht anfangen sollen", meinte sie, noch immer die kummervolle Falte auf der Stirn.

„Sie können mit mir über alles reden", erwiderte er ohne zu überlegen. Und auch wenn er sie kaum kannte, wusste er doch, dass er die Worte völlig ernst meinte. Etwas in ihm fühlte sich von ihr angezogen und das ging über rein körperliches Begehren hinaus.

Sie sah überrascht zu ihm auf, schien dann aber etwas von seinen Gedankengängen zu erahnen. Ein schwaches Lächeln legte sich über ihre Züge, während jedoch gleichzeitig Tränen in ihren Augen aufblitzen. Sie senkte wieder rasch den Kopf.

„Es ist nur…", setzte sie an und wusste erneut nicht, warum sie ihm das Folgende sagte. „Vor fünf Tagen war der Todestag", brachte sie leise hervor. „Drei Jahre sind es jetzt."

Unwillkürlich streckte er eine Hand nach ihr aus und legte

sie über die ihre, die auf dem Tisch ruhte. Er drückte sie leicht in schweigendem Trost. Sie entzog sich der Berührung nicht.

Erst das Klingeln des Telefons unterbrach den Augenblick. Lex erhob sich mit einem Räuspern und ging zu dem Apparat herüber. „Morgan?", meldete sie sich. „Guten Morgen, Mama", meinte sie dann. „Nein, nein, du hast mich nicht geweckt. Tatsächlich arbeite ich gerade. Ein Kollege ist hier." Während dieser Worte warf Lex Isaac einen langen Blick zu. Dann konzentrierte sie sich wieder auf das Gespräch. „Ja, ich weiß. Ich hab's auch nicht gewusst bis heute Morgen. Ich ruf dich an, sobald ich kann, okay?"

Nur wenige Momente später kehrte sie an den Tisch zurück und ließ sich wieder in ihren Stuhl sinken. „Meine Schwiegermutter", erklärte sie, als wäre sie ihm das schuldig. Wieder entstand ein kurzes Schweigen zwischen ihnen. Dann holte sie tief Luft. „Gut, kommen wir zum Geschäftlichen. Sie sind wegen dem Doorsen-Fall hier."

Die nächsten zwei Stunden verbrachten sie damit, sich über den Fall zu unterhalten. Lex berichtete Isaac alles, was er noch nicht wusste, und er erzählte ihr, was es während ihres Urlaubs über die letzten anderthalb Wochen für neue Infos gegeben hatte. Dann besprachen sie die weitere Vorgehensweise. Sie saßen inzwischen im Wohnzimmer, er auf der Couch, sie in einem Sessel. Einige Momente hatte Isaac darauf verwendet, die herrliche Aussicht aus dem riesigen Panoramafenster zu genießen. Man sah auf einen gepflegten, wenngleich eher puristisch angelegten Garten, der am unteren Ende durch einen breiten Fluss begrenzt wurde und dahinter in unkultiviertes Hügelland überging. Zur Linken schloss sich mit dem Stall ein Paddock und die Koppel an, auf der man die Pferde grasen sah. Im rechten Gartenteil war ein quadratischer Teich mit einem schmalen Kanal verbunden, der zum Fluss führte. Die rechte Grundstücksgrenze bildete ein Wäldchen. Es war der reinste Traum.

„Ich glaube, von jedem, den ich je kennengelernt habe, wohnen Sie am schönsten", sagte Isaac schließlich.

Lex strahlte, als habe er ihr ein besonders persönliches und einfühlsames Kompliment gemacht. „Da fällt mir ein", meinte sie und erhob sich. „Ich hatte Ihnen ja die Bilder versprochen." Sie ging zu einem Sideboard hinüber. Einmal mehr folgte er ihr mit seinen Blicken und bewunderte ihre Figur, ihre Bewegungen. Dann jedoch fielen ihm das erste Mal einige Fotos auf, die über dem Sideboard an der Wand hingen. Auf verschiedenen Bildern wurden insgesamt vier Personen, mal allein, mal zusammen, abgebildet: Lex, ein gutaussehender Mann mit südländischem Äußeren und zwei kleine Kinder, ein Junge und ein Mädchen.

Als Lex, inzwischen eine Box in der Hand, sich wieder zu Isaac umdrehte, bemerkte sie seinen Blick, der auf den Fotos verharrte. Trauer tauchte in ihren Augen auf, ein Schmerz, den er nicht einmal im Ansatz erahnen konnte. „Mein Mann Dante und unsere Kinder." Ihr Blick verharrte ebenfalls einige Momente auf den Aufnahmen, dann riss sie sich mit einer sichtlichen Kraftanstrengung davon los und kam zu Isaac hinüber. Sie ließ sich neben ihm auf die Couch fallen, und die Lässigkeit, die er an ihr schon zuvor beobachtet hatte, legte sich erneut über sie. Jetzt aber wusste er, dass sie damit nur ihren Schmerz im Zaum hielt.

Die Scheune auf den Abbildungen hätte er nicht als das Haus erkannt, in dem er nun saß. Das Gebäude war völlig verwahrlost und bot einen Anblick des Jammers. Es war hoch interessant, die Fotoreihe zu verfolgen und zu sehen, wie sich die abbruchreife Ruine innerhalb eines Jahres zu dem exklusiven Wohnhaus mauserte, in dem er nun saß.

„Bei den Sachen, die man einfach nicht alleine machen konnte, hatte ich Hilfe von Freunden, aber ansonsten habe ich alles in Eigenarbeit geschafft", erklärte Lex.

„Das ist wirklich beeindruckend", gab Isaac zu.

„Möchten Sie eine kleine Führung durchs Haus? Auch wenn Sie das meiste bereits gesehen haben", bot sie an.

Der Anblick ihres Bettes war beinahe zu viel für ihn. Schon den ganzen Vormittag hatte er mit der Anziehung, die sie auf ihn ausübte, gekämpft. Nun musste er sich mit aller Macht davon abhalten, nicht unüberlegt zu handeln. Nur der Gedanke an ihre verzehrende Trauer um ihren verlorenen Ehemann konnte ihn zur Vernunft bringen. Ein Foto, auf dem Lex mit Dante und den Kindern zusammen zu sehen war, stand auf einem Nachtschrank neben dem Bett. Sein Blick wurde davon angezogen.

Lex merkte es. Sie seufzte schwer. Dann hörte sie sich zu ihrer eigenen Verwunderung sagen: „Die Kinder starben zusammen mit Dante." Sie konnte sich nicht daran erinnern, je mit einem Fremden über die Erlebnisse von vor drei Jahren gesprochen zu haben, doch irgendetwas an Isaac schien sie geradezu dazu zu veranlassen.

„Das ist furchtbar", brachte Isaac hervor und fühlte ein Schaudern. „Was ist geschehen?", fragte er sanft, da er das Gefühl hatte, dass sie darüber reden wollte.

Sie sah ihn einen langen Moment an und er konnte ihren Blick nicht deuten. Dann jedoch sollte ihm einiges klarer werden. „Dante war Polizist. Er arbeitete an einem großen Fall, als er an einem Wochenende mit Mia und Gabriel den Zoo besuchte. Von jemandem, der in den Fall verwickelt war, wurden sie niedergeschossen. Dante und Mia starben noch vor Ort, Gabriel elf Tage später im Krankenhaus." Lex' Stimme zitterte, aber ansonsten schien sie sehr beherrscht.

Erneut völlig unwillkürlich griff er ein zweites Mal nach ihrer Hand und drückte sie mitfühlend. Plötzlich verstand er, warum jegliche Anziehung, die er gedacht hatte, auf sie auszuüben, an dem Abend in der Bar vor einer Woche schlagartig dahin gewesen war, als er sagte, er sei Polizist.

Lex war es, die als erste wieder etwas sagte, nachdem sie mehrere Minuten schweigend dagestanden hatten. „Ich… ich weiß nicht, warum ich Ihnen das erzählt habe. Es tut mir leid", brachte sie hervor.

„Entschuldigen Sie sich nicht dafür, Alexandra", erwiderte er sanft und griff unbewusst auf den Namen zurück, mit dem sie sich ihm in der Bar vorgestellt hatte.

Sie zuckte zusammen. „Bitte", brachte sie hervor und war plötzlich sehr blass. „Bitte, nennen Sie mich nicht so. Ich habe keine Ahnung, warum ich mich Ihnen so vorgestellt habe. Nur mein Mann und seine Familie benutzen diesen Namen.“

Sie beide waren gleichermaßen froh, als das Telefon in diesem Moment abermals klingelte und der unangenehmen Situation ein Ende bereitete. Während Lex nach unten eilte, folgte er ihr etwas langsamer.

„Hey, Nathan“, hörte er sie sagen und ihre Stimme war noch immer etwas zittrig.

Isaac war überrascht, als er spürte, wie sich sein Magen schmerzhaft zusammenzog auf Grund der Tatsache, dass irgendein Mann sie anrief. Das war natürlich lächerlich. Erstens konnte dieser Nathan Gott weiß wer sein und musste absolut niemand sein, mit dem Lex eine intime Beziehung führte. Und zweitens hatte Isaac gewiss keine wie auch immer gearteten Ansprüche auf Lex. Es stand ihm also überhaupt nicht zu, Eifersucht zu spüren. Aber das tat er. Ganz klar.

Um sich selber davon abzuhalten, allzu interessiert ihrem Gespräch zu lauschen, gestikulierte er in Richtung Bad. Sie nickte ihm zu und er verschwand. Nach der vorherigen Hausführung blickte er sich nun ein weiteres Mal voller Bewunderung in dem luxuriösen Raum um. Als er sich schließlich die Hände wusch, fiel ihm eine Kosmetiktasche auf dem Stuhl neben dem Waschbecken auf. Sie hatte ja gesagt, dass sie erst gestern Abend zurückgekommen war. Wo auch immer sie gewesen war... Bei Nathan vielleicht? Isaac schüttelte verärgert über sich selber den Kopf. Dabei fielen ihm die charakteristischen orangefarbenen Döschen in der Tasche ins Auge. Ehe er sich abwenden konnte, hatte er die Aufschriften bereits gelesen. Es handelte sich um Schlaftabletten, Anti-Depressiva und Beruhigungsmittel. Drei Jahre waren keine lange Zeit, wenn man versuchte über den Verlust des Mannes und der Kinder hinwegzukommen... Es schauderte Isaac, wenn er sich auch nur versuchte vorzustellen, was das für Lex bedeutet haben musste.

KAPITEL 2

Am Montag ertappte Isaac sich dabei, wie er bei der Wahl seiner Kleidung besonders umsichtig vorging. Es war natürlich dumm, das wusste er. Nachdem er von Dantes Schicksal erfahren hatte, war ihm klar, dass er niemals eine Chance bei Lex haben würde. Und er konnte es ihr nicht einmal verübeln. Wer mit ihrem Hintergrund würde sich schon nochmals auf einen Polizisten einlassen? Dennoch war er aufgeregt wie ein Kind am Weihnachtsabend, als er raus in das Assabet River National Wildlife Refuge fuhr, um dort die Ermittlungen im Doorsen-Fall vor Ort wieder aufzunehmen. Die Hundestaffel würde heute damit beginnen, das mehr als 900 Hektar umfassende Gebiet systematisch abzusuchen. Lex hatte ihm am Wochenende gesagt, dass sie bei guten Bedingungen mindestens eine Woche brauchen würden. Eine Woche, in der er sie jeden Tag sehen würde! Es hätte ihn also nicht gestört, wenn sie einen Monat brauchen würden! Obwohl er aus der Sicht des Polizisten natürlich hoffen musste, dass sie schnell vorankommen würden.

Er war einer der ersten, der beim Naturschutzgebiet eintraf. Lex war noch nicht da. Isaac sprach mit ein paar der Polizisten, während er ungeduldig auf ihre Ankunft wartete. Der Großteil der Hundestaffel war inzwischen eingetrudelt, als Lex in einem alten Army-Jeep vorfuhr. Als sie aus dem Wagen stieg, konnte er seinen Blick einfach nicht mehr von ihr wenden. Sie trug helle, ausgewaschene Cargojeans, ein schwarzes, enganliegendes Shirt und darüber eine lässige, schwarze Lederjacke, die ihre Zierlichkeit gut zur Geltung brachte. Das lange blonde Haar hatte sie zu einem nachlässigen Dutt zurückgebunden und die Augen wurden von einer großen, dunklen Sonnenbrille vor dem hellen Morgenlicht abgeschirmt. Die Coolness, die ihr Outfit ausstrahlte, und die distanzierte Lässigkeit, die all ihre Bewegungen einmal mehr ausdrückten, steigerten ihre Anziehungskraft auf ihn augenblicklich nur noch mehr.

In einer Hand hielt sie einen überdimensionalen Kaffeebecher, an dem sie abwesend nippte, während sie zu der sich versammelnden Hundestaffel hinüberging, die ihrem Kommando unterstand. Sie wechselte ein paar Worte mit dem nächsthöchsten Officer, dann erst entdeckte sie Isaac, der auf sie zuging. Mit einem freundlichen Lächeln begrüßte sie ihn.

„Isaac", meinte sie warm und reichte ihm die Hand, als er bei ihr ankam.

„Guten Morgen, Lex", erwiderte er.

„Ich werde alle einteilen, sobald die restlichen Hunde da sind", wandte sie sich nochmal an den Officer neben sich, drehte sich dann um und ging zurück zu ihrem Auto, Isaac dabei einen Blick zuwerfend, der ihn dazu aufforderte, ihr zu folgen. Mit wenigen Schritten brachte er sich neben sie.

„Es fehlen noch fünf Hunde, dann kann's losgehen", sagte sie zu ihm, während sie die Heckklappe des Jeeps öffnete. Im Kofferraum saßen ihre Dobermänner, die ihr erwartungsvoll entgegensahen. Sie trugen neongelbe Brustgeschirre, auf denen in reflektierenden Buchstaben „Police" stand. Das gleiche sah er auch an allen anderen Hunden. Sie ließ die Rüden aus dem Wagen springen, ging dann nochmal an die Beifahrertür und zog eine Weste aus dem gleichen Material wie das Geschirr der Hunde heraus, die sie sich überstreifte. Auf ihrem Rücken prangte nun ebenfalls die Aufschrift „Police". Als sie sich in das Wageninnere streckte, klaffte ihre Jacke einen Moment auf, und er sah eine Waffe unter ihrem rechten Arm an ihrem Oberkörper baumeln.

„Wir können nur hoffen, dass das Wetter so bleibt. Es ist ideal. Sonne, wenig Morgenfeuchtigkeit, leichter Wind. Besser geht es gar nicht."

Am Donnerstag war Lex auffällig gereizt, was so gar nicht zu ihrer sonstigen Gelassenheit passen wollte. Sie stauchte wegen einer Kleinigkeit zwei Kollegen so zusammen, dass die Frau schwer gegen Tränen kämpfte, und brach schließlich die Suche ihrer eigenen Hunde vorzeitig ab unter dem Vorwand, dass Iron und Titan zu erschöpft waren, um weiter machen zu können. Die Hunde wirkten tatsächlich müde, aber nicht so am Ende ihrer Kräfte wie ihre Herrin. Ohne große Umschweife übertrug Lex das Kommando an den nächsthöchsten Officer und fuhr schließlich ins Hotel zurück. Auch als Isaac am Abend ebenfalls in seinem Zimmer ankam, sah er nichts mehr von ihr. Er machte sich Sorgen um sie, so merkwürdig wie sie sich den Tag über benommen hatte. In der Tat machte er sich so sehr Sorgen, dass er kaum schlafen konnte. Um halb zwei war er schließlich so aufgedreht, dass er beschloss, ein wenig frische Luft schnappen zu gehen.

Langsam ging er um das Hotel herum und war überrascht, als er auf dem Spielplatz hinter dem Gebäude eine schemenhafte Gestalt in der Dunkelheit ausmachen konnte. Sie saß auf einer der Schaukeln, mit dem Rücken zu Isaac. Schon als er nur ein paar weitere Schritte auf die Gestalt zuging, erkannte er an dem Körperbau und dem blonden Haar, das in der Dunkelheit schimmerte, dass es sich um Lex handelte. Er rief sie mehrmals leise an, aber erst als er direkt hinter ihr stand, bemerkte sie ihn.

Sie fuhr erschrocken zu ihm herum und blickte ihn aus verquollenen Augen an. Ihr Gesicht, das von einer entfernt stehenden Straßenlaterne schwach beleuchtet wurde, glänzte tränennass. Als er das sah, fiel es ihm mit einem Mal wieder ein. Als er letzten Samstag bei ihr gewesen war, hatte sie ihm gesagt, dass Dantes Todestag fünf Tage her war, ebenso wie der ihrer Tochter. Gabriel hingegen war elf Tage nach den beiden gestorben. Sein Todestag war morgen. Oder heute, da es bereits nach Mitternacht war.

„Isaac", erkannte sie ihn überrascht und starrte ihn an, als hätte sie geglaubt, sie wäre der einzige Mensch auf Erden und wurde nun eines Besseren belehrt.

„Lex", erwiderte er und trat um das Schaukelgerüst herum, um vor ihr zu stehen. Sein Blick fiel auf die Flasche in ihrer Hand. Es war Cognac, zu drei Vierteln geleert.

„Was tun Sie hier?", wollte sie wissen. Sie klang nun leicht verärgert und ihre Zunge war etwas schwer. Aber nicht so schwer, wie er angesichts des Leeregrades der Flasche vermutet hätte.

„Dasselbe könnte ich Sie fragen", erwiderte er und musterte sie weiterhin ruhig.

Unberührt begegnete sie seinen Blick. Dann hob sie die Flasche an die Lippen und nahm einen tiefen Schluck daraus. „Wonach sieht's denn aus?", gab sie aggressiv zurück.

Sein Blick fiel auf eine ihrer Jackentaschen, die er durch die Bewegung von ihr besser sehen konnte. Daraus lugte eines der orangenen Tablettendöschen hervor. Besorgt runzelte er die Stirn. Auch wenn es ihn eigentlich nichts anging, sagte er: „Haben Sie Tabletten mit Alkohol eingenommen?"

Sie zuckte nur mit den Schultern. Auch in ihrem jetzigen Zustand war ihr diese Gewohnheit nicht abhandengekommen. Statt einer Antwort nahm sie einen weiteren Schluck aus der Flasche.

„Sind Sie sicher, dass das sinnvoll ist?", fuhr er daher fort und überlegte bereits fieberhaft, was er tun sollte, wenn sie plötzlich ohnmächtig würde.

Sie lachte auf. Es war ein freudloser, harter Laut. „Ist das von Bedeutung?", brachte sie hervor und in ihrer Stimme lag ein Schmerz, den der Alkohol und die Tabletten nicht hatten dämpfen können. In ihren Augen schimmerten neue Tränen, doch sie starrte ihn trotzig an.

Einige Momente war er unentschlossen, wie er sich jetzt verhalten sollte. Wer war er, dass er eine Frau, die alles verloren hatte, davon abhalten wollte, ihren Kummer irgendwie zumindest kurzfristig zu vergessen? Doch die Art, wie sie das versuchte, war nicht ungefährlich. Er konnte sie jetzt nicht einfach sich selbst überlassen. Außerdem wollte er das gar nicht. Es war nicht irgendeine Frau, sondern Lex, von der er wusste, dass sie ihm den Kopf mehr als nur ein bisschen verdreht hatte, schon beim ersten Mal, da er sie gesehen hatte, und daran konnte nichts und niemand etwas ändern, auch wenn er wusste, dass es ihm nur Kummer machen würde.

Schließlich ließ er sich auf der Schaukel neben ihr nieder. Sie sah ihn verblüfft an. „Was wird denn das, wenn's fertig ist?"

Er sah sie nicht an, sondern zuckte nur mit der Schulter – ohne es zu merken, auf ihre Gewohnheit zurückgreifend – und schaukelte leicht hin und her. „Ich setze mich hier her", erwiderte er ruhig.

„Ich brauche niemanden, der auf mich aufpasst", schnappte sie wütend. Er begann sich zu fragen, ob die Cognacflasche nicht schon, als sie angefangen hatte zu trinken, beträchtlich geleert gewesen war. Sie machte nicht den Eindruck, als hätte sie sehr viel intus, bis auf das sie deutlich aggressiver war als sonst. Das konnte jedoch auch an der Situation an sich liegen.

Isaac schüttelte den Kopf. „Ich passe nicht auf Sie auf. Ich sitze hier nur." Natürlich war das Unsinn. Ihr Zustand war der einzige Grund, warum er hier saß, aber er hatte nicht das Gefühl, dass es sie weiterbringen würde, wenn er das zugab.

Sie starrte ihn noch einige Atemzüge lang an, wobei er ihr ansehen konnte, dass sie überlegte, ob sie ihn anfahren sollte. Dann jedoch drehte sie den Kopf ruckartig nach vorn und nahm noch einen Schluck aus der Flasche. Er beobachtete sie mehrere Minuten schweigend, obwohl sie ihn auf eine harte Probe stellte: zwischen mehreren tiefen Zügen vom Cognac warf sie irgendwann noch eine Tablette ein. Am liebsten wäre er aufgesprungen und hätte ihr beides, Flasche und Tabletten, aus den Händen gerissen. Aber er hielt sich zurück, darauf vertrauend, dass sie zumindest so vernünftig war, sich nicht umbringen zu wollen.

Dann schließlich, als er sich sicher war, seine Stimme so unter Kontrolle zu haben, dass sie ruhig und beinahe unbeteiligt wirkte – er glaubte, nur so hatte er eine Chance, sie irgendwie zu erreichen; gegen alles andere würde sie sich wehren – meinte er:

„Wollen Sie darüber reden? Sie sehen nicht aus, als wären Sie mit Ihrer derzeitigen Methode sehr erfolgreich."

Sie erwiderte nichts auf seine Worte, sah nicht einmal zu ihm herüber, sodass er schon dachte, sie hätte ihn nicht gehört. Als er ihr einen kurzen Blick zuwarf, sah er neue Tränen über ihre Wangen laufen, die sie sich in einer beinahe wütenden Bewegung wegstrich, als sie bemerkte, dass er sie musterte. Er sah wieder nach vorn und schwieg. Irgendwie wusste er, dass er sie erreicht hatte und sie nur noch ein wenig Zeit brauchte, um etwas zu sagen.

Er sollte Recht behalten. „Es ist dumm", stellte sie plötzlich fest. Ein weiterer Schluck folgte. Noch immer sagte er nichts, wartete nur. Eine lange Minute später fuhr sie fort: „Dante und die Kinder sind an diesen Tagen nicht toter als an anderen." Ihre Stimme klang bemüht ruhig, aber ein leichtes Vibrieren darin verriet, wie heftig sie um ihre Selbstbeherrschung kämpfen musste.

Sie nahm noch einen Zug und er hatte noch nie so viel Verständnis dafür gehabt, dass sich jemand betrank. Selbst wenn sie es jeden Tag tun würde, könnte er es ihr nicht verübeln, obwohl er normalerweise über Besäufnisse nur missbilligend den Kopf schüttelte.

„Es ist doch völlig normal, dass diese Tage Sie besonders mitnehmen", erwiderte er sanft und sah wieder zu ihr hinüber. Sie starrte jedoch weiter geradeaus. Die Tränen, die über ihre Wangen liefen, strich sie diesmal nicht fort.

Sie seufzte. „Die letzten Jahrestage habe ich immer bei meinen Schwiegereltern verbracht. Dieses Mal musste ich wegen dem Doorsen-Fall den Urlaub verkürzen. Die beiden hatten versucht, mich zu überreden, es nicht zu tun. Aber Sie wissen ja, wie wichtig der Fall ist und welche Rolle der Hundestaffel darin zukommt. Es war schon ein Wunder, dass ich überhaupt den Urlaub noch so bekommen habe, wie ich ihn hatte. Aber weil ich den schon vor Ewigkeiten beantragt hatte, war Calvinson kulant und hat nur gekürzt." Wieder seufzte Lex.

Isaac hätte in diesem Moment ihr beider Chef am liebsten die Zähne eingeschlagen, dafür, dass er ihr den Urlaub gekürzt hatte. Wusste Calvinson von Lex' Hintergrund? Ehe er aber irgendwas in der Art äußern konnte, fuhr Lex bereits fort: „Meine Schwiegereltern hatten dann angeboten, mit zu mir zu kommen. Aber ich bin ja nicht mal zu Hause. Außerdem dachte ich wirklich, ich würde es dieses Jahr ein wenig besser verkraften. Zumal ich ja wusste, dass ich mit Arbeit gut eingedeckt sein würde." Sie zuckte die Schultern, doch diesmal war es nicht ihr übliches Leichthin, sondern drückte eine ganze Ladung Hilflosigkeit aus.

Für einen Moment übermannte Isaac das Bedürfnis, sie in den Arm zu nehmen. Aber er hielt sich zurück. Er konnte nicht einschätzen, ob er damit nicht genau das Gegenteil bewirken würde, von dem, was er beabsichtigte. Er fragte sich auch kurz, warum sie immer nur von ihren Schwiegereltern sprach. Warum unterstützten ihre eigenen Eltern sie in dieser Situation nicht? Dann jedoch fiel ihm wieder ein, dass sie gesagt hatte, dass sie mit 15 zu einem Freund gezogen war. Vermutlich nicht grundlos.

„Aber warum haben Sie versucht, das allein durchzustehen? Haben Sie hier niemanden, der zumindest heute bei Ihnen hätte sein können?", wollte er wissen.

Erneut zuckte sie mit den Schultern, eine nichtssagende Geste auf seine Frage, und erwiderte auch sonst nichts. Einige Momente verbrachten sie wieder in Schweigen, die Stille nur unterbrochen von dem gelegentlichen leisen Schwappen des Cognacs, wenn sie die Flasche an die Lippen setzte.

Als er allmählich zu überlegen begann, ob er sie erneut auffordern sollte, mit ihm zu reden, unterbrach sie schließlich das Schweigen. „Wissen Sie, die Ärzte hatten Gabriel keine guten Chancen eingeräumt. Eigentlich hatten sie sogar auf behutsame Art und Weise versucht, mir zu sagen, dass er es nicht schaffen würde. Die Verletzungen waren zu schwer. Und hätte er es geschafft, wäre er für den Rest seines Lebens invalid gewesen. Sein rechtes Auge war zerstört worden, den rechten Arm haben sie ihm an der Schulter amputieren müssen und seine Wirbelsäule war so durch Kugeln zerschmettert worden, dass er von der Hüfte abwärts gelähmt gewesen wäre. Sie hatten ihm eine Lunge rausnehmen müssen, eine Niere und die Milz. Gabriel war damals noch nicht einmal sechs Jahre alt."

So schrecklich ihre Beschreibungen von der Verwüstung, die die Kugeln angerichtet hatten, war, am meisten ergriff Isaac ihre letzte Feststellung vom Alter ihres Sohnes. Vorher war ihre Stimme erstaunlich ruhig, ja abwesend gewesen. Doch beim letzten Satz brach ihre Stimme und Tränen flossen nun in Strömen über ihr Gesicht. Ihre Hand zitterte heftig, als sie die Flasche erneut hob und für einen Moment verfluchte er das Teufelszeug, das ihr nicht die gewünschte Stumpfheit brachte.

Als sie weiterredete, war ihre Stimme so leise, dass er sich anstrengen musste, sie überhaupt zu verstehen. „Die Ärzte rechneten auch nicht damit, dass Gabriel noch einmal aufwachen würde. Ich saß Tag und Nacht an seinem Bett und fragte mich, was für ihn das Beste wäre: dass er starb oder dass er lebte. Ich war allein mit ihm, als er plötzlich die Augen aufschlug." Isaac sah, wie sie schauderte. Plötzlich blickte sie zu ihm hinüber. „Wissen Sie, ich habe das noch nie jemandem erzählt. Ich konnte es einfach nicht."

Überrascht von ihren Worten brachte er ein schwaches Nicken zu Stande. Er wollte nichts sagen, um sie nicht wieder davon abzubringen, sich ihm zu öffnen. Er hatte das Gefühl, dass es das einzig Richtige war, was er gerade für sie tun konnte: sie reden lassen und erst wenn sie nichts mehr sagen würde, irgendwie darauf zu reagieren.

Sie sah wieder nach vorne. Ein erneuter Schluck. Die Flasche neigte sich allmählich dem Ende zu. „Er erkannte mich sofort. Und er war völlig klar, nicht verwirrt oder sonst was. Als er mich sah, meinte er ‚Mommy, es ist was ganz Schlimmes passiert'. Ich weiß nicht, wie ich es schaffte, sofort darauf zu reagieren, aber ich nickte nur und sagte ihm, dass ich das wüsste. Er fragte mich, ob ich ihm böse deswegen sei." Lex stieß einen verzweifelten Laut aus, halb schmerzerfülltes Lachen, halb Schluchzen. Wieder ein Schluck. Ihre Hand zitterte nun so stark, dass sie es kaum schaffte, die Flasche an ihre Lippen zu führen. Dann fuhr sie fort: „Ich versuchte sofort, ihn zu beruhigen. Dass es nicht seine Schuld sei und dass ich ihm nicht böse sei. Ich sagte ihm auch, wie lieb ich ihn habe. Dann wurde sein Gesicht plötzlich sehr starr und er keuchte auf. Er sagte mir, dass er fruchtbare Angst habe. Da war etwas, wohin er gehen müsste. Aber er wollte nicht. Es wäre dort kalt und dunkel und es mache ihm Angst." Erneut unterbrach Lex sich für einen tiefen Schluck vom Cognac. Ihre freie Hand suchte zitternd nach dem Pillendöschen in ihrer Jackentasche, doch dann zog sie sie leer wieder heraus. Sie atmete tief durch. „Ich sagte ihm, er müsse keine Angst davor haben. Es wäre nur im ersten Moment kalt und dunkel dort. Danach würde es sehr schön dort sein. Und er hat es mir geglaubt, das sah ich ihm an." Lex verstummte. Einen Augenblick saß sie völlig starr da, dann schlug sie sich plötzlich die Hand vors Gesicht und begann heftig zu weinen. Ihr ganzer Körper wurde von Schluchzen geschüttelt.

Isaac konnte nun nicht mehr anders. Er erhob sich von der Schaukel, trat an Lex heran und zog sie in seine Arme. Sie ließ es zu, drückte sich sogar eng an ihn und weinte an seiner Schulter. Sie sanken zusammen auf den Boden und hockten in dem von Tau überzogenen Gras. Er wusste nicht, wie lange er sie so hielt. Doch irgendwann wurde ihr Weinen weniger, bis sie schließlich murmeln konnte: „Bis heute frage ich mich, ob ich ihm nicht das Gegenteil hätte sagen müssen. Ob ich ihn nicht dazu ermuntert habe, aufzugeben. Wenn ich ihm gesagt hätte, dass er Angst vor diesem Ort haben muss, dann wäre er vielleicht nicht gestorben." Ihre Stimme klang nun unendlich müde, voll hilfloser Erschöpfung.

Sanft strich Isaac ihr über den Hinterkopf. „Ich denke", erwiderte er, „du hast das einzig Richtige getan." Er merkte nicht einmal, in welch vertraulichen Tonfall er verfiel. „Ich denke", wiederholte er, „hätte dein Sohn überleben können, hätte er auch überlebt, ganz egal was du zu ihm gesagt hättest. Aber so hast du ihm zumindest die Angst vor dem Unausweichlichen genommen."

Danach saßen sie wieder lange schweigend da. Lex weinte nicht mehr, aber sie drängte sich noch immer dicht an Isaac heran und er gab ihr die Nähe, die sie zu brauchen schien. Er hatte einen Arm fest um sie gelegt, mit der freien Hand streichelte er abwechselnd über ihre Wange, ihren Arm oder ihr Haar. Die Berührung tat ihr offensichtlich gut, denn nach und nach entspannte sich ihr Körper, der bis dahin von ihrer inneren Qual verkrampft gewesen war. Ihre Atmung ging allmählich ruhiger.

Die Morgendämmerung war inzwischen hereingebrochen, als sie irgendwann leise sagte: „Mir ist kalt." Sie klang wie ein verlorenes Kind. Es schnitt Isaac mitten ins Herz.

„Willst du zurück in dein Zimmer?", fragte er sanft.

Sie nickte nur schwach. Er löste sich behutsam von ihr und stand auf. Ohne den bewussten Entschluss dazu gefasst zu haben, nahm er sie dabei in seine Arme. Sie protestierte nicht dagegen, legte ihm nur einen Arm um den Nacken und kuschelte sich erneut dicht an ihn. Er bückte sich noch einmal kurz nach der Cognacflasche, damit niemand diese hier finden würde, und ging dann langsam zurück zum Hotel. Lex in seinen Armen schien viel zu wenig zu wiegen.

„Wo hast du den Schlüssel?", fragte er sie, als sie ihre Zimmertür erreichten.

„Es ist offen", murmelte sie schläfrig und mit schwerer Zunge. Offenbar wirkte der Alkohol nun doch.

Er stieß die Tür auf und sah sich ihren vier Dobermännern gegenüber. Sein Herz setzte für einen Schlag aus, doch die Hunde wedelten um ihn herum, beunruhigt an ihrem Frauchen in seinen Armen schnuppernd.

„Ins Körbchen, Jungs", brachte Lex schwach hervor. Die Reaktion der Hunde kam etwas zögerlicher als sonst, aber sie gehorchten.

Plötzlich fiel Isaac wieder siedend heiß ein, dass sie nicht nur getrunken, sondern auch Tabletten genommen hatte. Was wenn sie eine Überdosis intus hatte zumal mit der Kombination Alkohol? Durfte er sie jetzt schlafen lassen?

„Lex, wie viele Tabletten hast du eigentlich genommen?", fragte er besorgt.

Sie brachte ein winziges Schulterzucken zustande, sagte aber nichts.

„Hast du so viele genommen, dass ich mir Sorgen machen

sollte?“, bohrte er weiter. „Hast du die ganze Flasche Cognac getrunken?“ In der Flasche schwappte nur noch ein kleiner Bodensatz.

Sie schien ihre Augen kaum noch offen halten zu können, als er sie behutsam auf ihr Bett legte.

„Ich bin so müde“, murmelte sie träge.

„Ich weiß, aber du musst mir meine Fragen beantworten. Soll ich einen Arzt kommen lassen?“, drängte er, während seine Sorge immer weiterwuchs.

Sie schüttelte abwehrend den Kopf.

„Bist du sicher?“, bohrte er.

„Ich bin okay“, erwiderte sie, dann fielen ihr die Augen zu.

Die nächsten Stunden beobachtete Isaac Lex dabei, wie sie schlief. Er betete, dass er das Richtige tat, sich auf ihre Aussage zu verlassen, und sie damit nicht umbrachte. Aber es würde für sie sicherlich unangenehm werden, wenn jemand davon erfuhr, dass sie eventuell zu viele Tabletten geschluckt und definitiv zu viel getrunken hatte.

Um kurz vor acht schrieb er ihr schließlich schweren Herzens einen Zettel, auf dem er ihr mitteilte, dass er zur Arbeit musste, sie krankmelden würde und sie ihn jederzeit auf seinem Handy erreichen konnte, die Handynummer darunter. Er konnte nur hoffen, dass er nicht völlig verantwortungslos handelte, sie nun auch noch allein zu lassen.

Gegen Mittag entschied er, dass er sich heute eine verlängerte Mittagspause genehmigen konnte, und fuhr zum Hotel zurück. Bisher hatte er nichts von Lex gehört. Als er ihr Zimmer erreichte, sah er sie bereits auf den Stufen der Veranda sitzen. Sie trug noch immer die Klamotten von gestern Nacht. Ihr Gesicht war bleich, ihre Augen verquollen und gerötet. In einer Hand hielt sie einen Becher, wie er vermutete mit Kaffee. Sie sah zu ihm auf, als sie ihn kommen sah.

„Lex“, brachte er erleichtert hervor und eilte die letzten Schritte auf sie zu, die Hunde, die um sie herum lagen, völlig ignorierend.

Sie begrüßte ihn mit einem schwachen Lächeln. „Isaac.“

Einen Moment sahen sie sich schweigend an, beide befangen. Er fragte sich, an wie viel von gestern Nacht sie sich wohl erinnerte.

Sie schien seine Gedanken zu erraten. Sie verzog ein wenig das Gesicht. „Das Dumme ist, ich blacke nie out. Ich hab's schon häufiger versucht. Es funktioniert einfach nicht." Mit einer Hand klopfte sie neben sich auf die Verandastufe.

Er folgte ihrer Aufforderung und ließ sich neben ihr sinken. Von der Seite her sah er sie an, beobachtete sie dabei, wie sie von ihrem Kaffee trank.

„Wie geht es Ihnen?", wollte er schließlich wissen.

„Ein Bier auf nüchternen Magen, danach Rührei pur und Unmengen Kaffee. So werde ich jeden Kater los", entgegnete sie.

Rührei und Kaffee. Warum überraschte ihn das nicht? Er konnte nicht anders, als aufzulachen. „Andere würden das nach durchzechter Nacht nicht mal runter bekommen", schmunzelte er.

Sie zuckte mit den Schultern, was auch sonst? „Ich habe einen starken Magen. Mir wird nie schlecht", entgegnete sie.

Es entstand eine kurze Pause, ehe er fragte: „Und wie geht es Ihnen wirklich?" Seine Stimme war nun beinahe so sanft wie in der letzten Nacht.

Sie seufzte schwer und mied seinen Blick. Mit ihrer Antwort wartete sie so lange, dass er bereits annahm, dass er keine erhalten würde. Doch dann sagte sie leise: „Ich komme mir vor wie ein kompletter Idiot."

Ihre Worte verblüfften ihn so sehr, dass er darauf nichts erwidern konnte. Das war nun wirklich nicht die Antwort, mit der er gerechnet hatte.

Wieder seufzte sie. „Ich weiß genau, dass es mir so gut wie gar nicht hilft, mich zu betrinken. Ich vergesse auch unter Alkohol nichts von alldem von früher. Das Einzige, was ich davon habe, ist, dass ich mal eine Nacht gut schlafen kann."

Isaac schüttelte sacht den Kopf. „Allein das würde es in Ihrer Situation doch bereits rechtfertigen, dass Sie sich dieses Hilfsmittel häufiger genehmigen würden. Das würde Ihnen wohl kaum jemand verübeln. Andere betrinken sich nur zum Spaß jedes Wochenende."

Sie sah ihn einen langen Moment mit schwer deutbarem Blick an. Dann stellte sie fest: „Irgendwie schätze ich Sie nicht als jemanden ein, der diese Sitte gutheißt."

„Tue ich auch nicht. Aber ich wollte Ihnen auch nur verdeutlichen, dass ich denke, dass Sie zu hart mit sich ins Gericht ziehen", erklärte er.

Sie wich seinem Blick nun wieder aus und schwieg erneut eine Weile, an ihrem Kaffee nippend. „Wissen Sie, eigentlich sollte es mir egal sein, was Sie über mich denken. Ich kenne Sie nicht und Sie mich nicht. Was für eine Aussagekraft kann Ihre Meinung da schon haben? Aber ich kann einfach nicht aufhören, mich zu fragen, was Sie nach gestern Nacht von mir halten", gab sie schließlich leise zu.

Er war überrascht von ihrem Geständnis und fühlte sein Herz einen kleinen, freudigen Hüpfer tun. Es interessierte sie, was er von ihr dachte. Er konnte ihr also nicht ganz egal sein. Sich dazu zwingend, sich von seiner Aufregung nichts anmerken zu lassen, erwiderte er: „Ich bewundere Sie." Er meinte es völlig ehrlich.

Nun war die Reihe an ihr, überrascht zu sein. Sie zog verblüfft die Augenbrauen hoch. „Wofür das?"

„Nach all dem, was Sie durchgemacht haben, erscheint es mir beinahe wie ein Wunder, dass Sie nicht längst dem Alkohol oder den Tabletten verfallen sind. Stattdessen sitzen Sie hier und machen sich einen Kopf darüber, sich einen Abend lang der Trauer und Verzweiflung einfach hingegeben zu haben. Sie sind die stärkste Person, die ich je getroffen habe." Isaac machte sich nicht die Mühe, die Inbrunst seiner Worte irgendwie abzumildern und konnte nur hoffen, dass er ihr nicht zu übereifrig erschien.

Sie musterte ihn einige Atemzüge lang, so als wolle sie sich darüber Klarheit verschaffen, ob er es wirklich ernst meinte. Dann warf sie ihm ein vertrauliches Lächeln zu. „Ich möchte mich bei dir bedanken. Es war gut, nicht allein sein zu müssen."

„Ich bin froh, dass ich ein wenig helfen konnte. Ein

schwacher Trost ist immerhin etwas und besser als gar kein Trost. Und ich bin jederzeit gerne wieder für dich da, Lex", wagte er sich zu sagen und hoffte, damit nicht zu weit zu gehen.

Es schien nicht so. Im Gegenteil, er schien sie damit geradezu zu ihren nächsten Worten zu ermutigen. „Es ist komisch, aber irgendwie fühlt sich alles mit dir so vertraut an. Das war schon so, als ich dich in der Bar getroffen habe. Das Reden, das Schweigen, das Flirten." Es war das erste Mal, dass sie darauf zu sprechen kam, wie sie sich kennengelernt hatten. Und auch das erste Mal, dass sie zugab, dass da etwas zwischen ihnen gewesen war, ehe sie erfahren hatte, dass er Polizist war. Nach einer kurzen Pause fuhr sie fort: „Und am Samstag war es ebenso. Es war, als hätten wir schon zigmal zusammen Frühstück gemacht und über die Arbeit gesprochen."

Isaac zwang sich, nicht näher auf ihren Verweis auf das Flirten einzugehen, auch wenn er es liebend gern getan hätte. Stattdessen fragte er ruhig: „Erinnere ich dich an irgendjemanden?" Er hoffte, dass sie verneinen würde, oder er sie zumindest nicht an Dante erinnerte. Vom Äußeren hatte er mit dem Italiener nichts gemein, aber vielleicht von der Art her.

Lex schüttelte den Kopf. „Das ist ja das Merkwürdige daran. Ich habe mir den Kopf zermartert, woran es liegen könnte, aber mir fällt absolut gar nichts ein."

Beinahe hätte Isaac entgegen aller Vernunft ihr ebenfalls seine Gedanken offenbart: wie sehr er sich von ihr angezogen fühlte, dass er Tag und Nacht an sie denken musste. Er konnte froh sein, dass in diesem Moment sein Handy klingelte und ihn vor dieser Dummheit bewahrte, von der er sicher war, dass er Lex damit für immer verjagen würde.

„Entschuldige", meinte er zu ihr, doch es schien ihr nicht unangenehm, dass ihre Offenheit von etwas so Banalem wie einem Handyklingeln gefolgt wurde, denn sie lächelte nur. „Sullivan", meldete er sich dann. Er lauschte einige Minuten schweigend in den Hörer, nickte schließlich und meinte: „Ich bin in zwanzig Minuten draußen." Nachdem er aufgelegt hatte, wandte er sich an Lex: „Einer der Hunde hat vielleicht was gefunden."

Erstaunlich galant sprang sie auf, mit keiner Bewegung verratend, wie sie die letzte Nacht verbracht hatte. „Ich zieh mich schnell um und komme dann auch raus."

Wie sich herausstellen sollte, hatte der Hund sich geirrt. Er war überarbeitet und hatte falsch reagiert. Lex, die auch an den anderen Hunden die Zeichen von Überarbeitung nach dieser langen, erfolglosen Woche sah, schickte die Staffel frühzeitig ins Wochenende. Nachdem die Zelte abgebrochen worden und Isaac und sie mit ihren Hunden allein bei Assabet River zurückgeblieben waren, fragte er sie, ob sie über das Wochenende nach Hause fahren würde.

Sie schüttelte den Kopf. „Nein, meine Dobis haben sich heute am freien Vormittag gut erholt. Ich werde mir Moses schnappen und mit den Hunden ein wenig das Gebiet durchforsten. Vielleicht finden sie bei einer etwas ungezielteren Suche durch Zufall was. Samstag und Sonntag werde ich ebenfalls ein paar Stunden suchen lassen."

Isaac zögerte einen Moment, dann gab er sich einen Ruck und fragte: „Kann ich dir dabei Gesellschaft leisten?" Er fragte das aus mehreren Gründen: einerseits war ihm nicht wohl dabei, zu wissen, dass sie allein hier herumstreifen würde, auch wenn sie bewaffnet war und von gut 160 Kilo Hund begleitet wurde. Zweitens wollte er sie nicht allein lassen, falls ihr Kummer sie nochmals übermannen sollte. Und last but not least: er wollte einfach Zeit mit ihr verbringen.

Auch sie zögerte einige Atemzüge, das sah er ihr nur zu deutlich an. Was hätte er darum gegeben, zu wissen, was in dieser Zeit durch ihren Kopf ging. Schließlich, er hatte jegliche Hoffnung darauf bereits aufgegeben, nickte sie sachte. „Na schön", gab sie nach.

Sie ließen Isaacs Wagen stehen und fuhren mit ihrem Jeep zu dem Stall, wo Lex ihre Pferde vorrübergehend untergebracht hatte. Es dauerte nicht lange, bis sie den Anhänger an den Jeep gekoppelt und die Pferde darin verfrachtet hatte und schon waren sie wieder auf dem Weg zu dem Naturschutzgebiet. Sie sprachen die ganze Zeit kaum mehr als ein paar Worte miteinander, aber das Schweigen war eines der angenehmen Sorte. Tatsächlich war Isaac überrascht, wie wohl er sich in der Stille fühlte. Immer wieder sah er zu ihr hinüber und ertappte sich dabei, wie sein Blick immer länger auf ihr verweilte. Ihr konnte das nicht entgangen sein, aber es schien ihr nichts auszumachen. Zumindest reagierte sie weder verärgert noch nervös oder gar beschämt darauf.

Isaac ritt wieder auf Fidata und in ihrem Sattel zu sitzen fühlte sich erstaunlich vertraut an. Sie ritten in einem lockeren Trab los und Lex ließ die Hunde frei laufen, ohne ihnen zu suchen aufzutragen. Als er sie verwundert darauf ansprach, erklärte sie: „Sie werden sowieso anzeigen, wenn ihnen irgendwas auffällt. Sie wissen, dass wir dieses Gebiet bisher erfolglos durchkämmt haben und sind daher eh auf der Hut. Aber so sind sie entspannter. Natürlich könnte ihnen so auch eher etwas entgehen, aber ich darf sie nicht überfordern. Sie haben die Woche viel gearbeitet. So können sie toben und sich frei bewegen, um den Stress loszuwerden."

Danach ritten sie eine Stunde schweigend nebeneinander her. Lex schien tief in ihre Gedanken versunken und erneut wünschte er sich zu wissen, was in ihr vorging. Es wirkte nicht so, als ob sie an die Dinge dachte, die sie gestern Nacht beschäftigt hatten. Zumindest wühlte es sie nicht so auf. Auf der anderen Seite schätzte er sie inzwischen als eine Person ein, die über eine unglaubliche Selbstbeherrschung verfügte und viel Zeit gehabt hatte, die äußere Hülle der Lässigkeit und Unbeschwertheit, mit der sie sich so gern umgab, zu perfektionieren. Ob sie wohl vor dem tragischen Unglück auch so gewesen war?

„Woran denkst du, wenn du mich so anschaust?", durchbrach sie plötzlich die Stille und ertappte ihn in seinen Gedankengängen.

Er wurde rot und suchte geradezu panisch nach einer Ausrede. „Ich… ich…", stammelte er. „Fidata", brachte er schließlich hervor. „Ich fragte mich gerade, was das für ein Name ist." Er klang nicht überzeugend, das wusste er, aber ihm fiel auf die Schnelle nichts Besseres ein.

Sie lächelte auf eine Art, die ihm zeigte, dass sie seine Worte als Ausrede erkannt hatte, tat ihm dann aber den Gefallen, darauf einzugehen. „Es ist Italienisch für vertraut, verlässlich. Ich fand, es passte zu ihr."

Dem konnte er nur zustimmen, von dem, was er bisher von der Stute erlebt hatte. „Und Lesto? Ist das auch Italienisch?", wollte er wissen und nickte zu dem Hund hinüber.

Lex nickte. „Flink, behände. Lesto war vom ersten Tag an, den ich ihn kennenlernte, ein kleiner Wirbelwind."

„Dante war Italiener, oder?", fragte er dann, wobei er sich nicht sicher war, ob er das Gespräch wirklich in diese Richtung lenken sollte. Ehe sie antworten konnte, fügte er daher hinzu: „Sag mir, wenn du darüber nicht reden willst."

Sie sah kurz zu ihm hinüber und lächelte auf eine Art, die er nur als so etwas wie Dankbarkeit interpretieren konnte. Dann nickte sie aber. „Ja, er ist in Italien geboren worden und dort zum Großteil aufgewachsen. Er war bereits 16, als seine Eltern nach Amerika auswanderten. Dantes Vater Atto hatte hier einen führenden Posten in der Zweigstelle seiner Anwaltskanzlei angeboten bekommen."

„Sprichst du Italienisch?" Isaac sah seine Chance gekommen, noch mehr über Lex zu erfahren.

Wieder nickte sie. „Dante brachte es mir bei. Ich konnte bis dahin keine Zweitsprache, war aber immer schon fasziniert von fremden Sprachen. Daher kam es mir sehr gelegen. Ich bat ihn darum, mit mir nur Italienisch zu sprechen, damit ich die Sprache lernen könnte. Es war anfangs gar nicht so einfach, aber wir blieben erstaunlicherweise konsequent. Nach den anfänglichen Schwierigkeiten lernte ich die Sprache in Windeseile. Wir haben auch Gabriel und Mia zweisprachig erzogen." Nach ihrem letzten Satz, der ihr ohne zu überlegen über die Lippen gekommen war, verdüsterte sich ihre Miene plötzlich und ihre Schultern spannten sich an. Ehe er jedoch die Gelegenheit hatte, sich irgendetwas einfallen zu lassen, was sie trösten könnte – was hätte sie schon trösten können? – atmete sie einmal tief durch und fuhr dann in veränderter Stimmlage fort: „Was ist mit dir? Sprichst du noch was anderes als

Englisch?"

Isaac beeilte sich zu nicken. „Russisch und Japanisch. Aber nicht so flüssig, dass ich mir zutrauen würde, mich damit tagtäglich zu unterhalten."

„Hast du es denn mal versucht?", wollte sie wissen.

„Eigentlich nicht", gab er zu.

Es entstand eine Pause, die Lex schließlich nach mehreren Minuten unterbrach. „Du hast mich noch nicht einmal nach meinen Eltern gefragt", stellte sie fest, als würde ihr das in diesem Moment bewusst. Sie klang etwas verwundert.

Er hatte sie einiges nicht gefragt, was er eigentlich wissen wollte! „Ich befürchtete, damit an etwas zu rütteln, das mich nichts angeht und das du vielleicht lieber ruhen lassen möchtest", erklärte er.

„Ja", nickte sie. „Du hast diese Art, nicht wahr? Andere Leute denken nur an ihre Neugier, aber bei dir hat man immer das Gefühl, dass du es auch einfach ertragen kannst, etwas nicht zu wissen. Du müsstest Frauen eigentlich in Scharen anziehen. Man fühlt sich bei dir dadurch irgendwie… hm, aufgefangen. Statt ausgefragt zu werden, kann man tatsächlich selbst entscheiden, was man erzählt und was nicht. Und wenn man etwas nicht erzählt, wird das nicht direkt zu einem Problem. Sehr angenehm."

Er war überrascht von ihrer Feststellung und auch geschmeichelt. Der Gedanke, dass er eine solch beruhigende Ausstrahlung hatte, in der sie sich so wohl fühlte, gefiel ihm. „Und dir müssten die Männer massenweise hinterherlaufen, wenn es deine Art ist, ihnen so zu schmeicheln", erwiderte er zwinkernd.

Sie grinste nur und erwiderte nichts auf seine unausgesprochene Frage. Die nächsten zwei Stunden unterhielten sie sich nur über Nebensächlichkeiten und die Arbeit, speziell den Doorsen-Fall. Gegen sechs machten sie sich dann auf den Rückweg. Isaac, der es nicht gewohnt war, so lange im Sattel zu sitzen, spürte allmählich seine Gesäß- und Schenkelmuskulatur. Zudem stellte er plötzlich fest, dass er keine Ahnung hatte, wo sie eigentlich waren.

Lex schien sein Erschrecken zu bemerken. „Was ist?", wollte sie selber beunruhigt wissen und ihre Augen glitten automatisch zu den Hunden herüber, um zu sehen, ob diese etwas anzeigten. Nichts.

Isaac gestand ihr errötend, was er gerade festgestellt hatte. Eigentlich hätte es ja andersherum sein müssen: er als Mann sah sich kurz um und sagte dann felsenfest überzeugt, wo genau sie sich befanden und wie sie dahin kamen, wohin sie wollten.

Lex lachte auf. Es war ein hinreißender Laut, den er bisher viel zu selten von ihr gehört hatte. „Mr. Macho also?", neckte sie ihn. „Ich hätte nicht gedacht, dass du an der klassischen Rollenverteilung festhältst."

Sein Gesicht wurde noch eine Nuance dunkler. „Tue ich normalerweise auch nicht", entgegnete er, ließ aber bewusst weg, dass er sich vor ihr allerdings am liebsten von seiner besten Seite zeigen wollte. Und sich zu verirren war nicht gerade sehr beeindruckend.

„Keine Sorge", ärgerte sie weiter. „Wenn du dich nicht auf die Richtungsanweisung einer Frau verlassen willst, musst du nur Titan anweisen, dich zum Auto zu bringen. Ich habe ihm beigebracht, was er dann zu tun hat und seine Nase wird ihn sicher leiten." Sie lachte wieder. „Allerdings", fuhr sie fort, „würdest du dann einen ordentlichen Umweg in Kauf nehmen. Titan wird einfach unsere Spur zurückverfolgen. Wenn wir allerdings dort entlang reiten", sie wies wage nach vorne links, „sollten wir das Auto in einer halben bis Dreiviertelstunde erreichen."

„Ich habe nicht gesagt, dass ich mich nicht auf dein Orientierungsvermögen verlassen will", beeilte er sich zu beteuern, sich nicht sicher, ob er sie nicht vielleicht doch ein wenig gekränkt hatte.

Sie lachte schon wieder. „Schon gut", beruhigte sie ihn. „Ich mache nur Spaß." Nach einer kleinen Pause erzählte sie: „Dante und ich haben zu unserem ersten Hochzeitstag eine Reise durch Italien gemacht. Zu Pferd. Wir waren vier Wochen unterwegs. Wir haben uns größtenteils durch die Natur geschlagen. Dante hat mir damals beigebracht, Karten zu lesen und sich auch ohne zu orientieren. Sonnenstand, Sterne, sowas. Aber auch einfach anhand geographischer Gegebenheiten. Seitdem liegt es mir praktisch im Blut, völlig automatisch abzuspeichern, wohin ich unterwegs bin. Ich habe mich nie wieder verirrt. Man sollte nicht meinen, wie hilfreich solche Sachen sogar in der Großstadt sein können!" Sie lachte ein weiteres Mal, offensichtlich bei dem Gedanken an irgendeine Erinnerung.

Isaac mochte es, sie dabei anzusehen, wenn sie an Dante dachte. Sie hatte dann dieses Strahlen an sich. Sie musste ihn sehr geliebt haben, tat es offensichtlich noch. Er fragte sich unwillkürlich, ob es ihr jemals möglich sein würde, einen anderen Mann zu lieben.

Plötzlich runzelte sie die Stirn, jedoch noch immer belustigt. „Meine Güte, wenn ich dir das so erzähle, fällt mir zum ersten Mal auf, dass Dante das alles wahrscheinlich nur gemacht hat, um mir zu imponieren. So ein Angeber. Und ich bin auch noch drauf reingefallen."

Isaac stimmte in ihre Heiterkeit mit ein. „Welche Frau könnte schon widerstehen, wenn ein Mann ihr mit Sternenbildern kommt?"

„Ach, hast du damit Erfahrung gemacht?", erwiderte sie, noch immer in Anspielung auf seine derzeitige Orientierungslosigkeit.

„Naja, wäre es dunkel…!", gab er in großspurigem Tonfall zurück. Dann jedoch wurde seine Miene wieder zerknirscht. „Dann wäre ich vermutlich noch viel verlorener als jetzt im Hellen", gestand er lächelnd.

Lex lachte einmal mehr. „Vielleicht kann ich dir dann ja Nachhilfe geben. Wer weiß, möglicherweise wirkt der Trumpf der Sternbilder auch andersherum." Erst als sie die Worte ausgesprochen hatte, wurde ihr schlagartig bewusst, dass sie mit Isaac flirtete. Ihre Ausgelassenheit war mit einem Mal wie weggewischt. Sie wusste, dass Isaac sich von ihr angezogen fühlte. Es war ihm gegenüber nicht fair, ihn zu falschen Schlüssen zu verleiten. Denn wenn auch die Anziehung durchaus auf Gegenseitigkeit beruhte, war es für sie doch völlig ausgeschlossen, sich je auf mehr mit ihm einzulassen. Sie hätte es nicht noch einmal ertragen können, mit einem Polizisten zusammen zu sein.

Isaac folgte ihren Gedankengängen, ohne dass sie sie hätte aussprechen müssen. Auch er wurde wieder ernst. Nach einigen Momenten des Schweigens entschloss er sich dazu, das, was in der Luft lag, auszusprechen: „Als du mich neulich in der Bar plötzlich hast sitzen lassen, das würdest du wiederholen, oder?"

Sie verzog ein wenig das Gesicht und warf ihm dann einen entschuldigenden Blick zu. „Würde es dich in deinem männlichen Ego sehr kränken, wenn ich ja sagte?", gab sie zurück. Auch wenn es für sie unmöglich war, sich mehr auf Isaac einzulassen, so genoss sie doch die beginnende Freundschaft zwischen ihnen und wollte ihn nicht verletzen.

Er nahm es auf sich, die Situation etwas zu entspannen. „Mein männliches Ego hat sich verzogen, als es gemerkt hat, dass ich mich verirrt habe", witzelte er.

Tatsächlich lächelte sie ein wenig. Dann wurde sie jedoch wieder ernst, plötzlich entschlossen, ehrlich zu ihm zu sein. Irgendwie schuldete sie ihm das. „Versteh mich bitte nicht falsch. Du bist ein interessanter Mann. Ich fühle mich durchaus von dir angezogen. Aber...", sie machte eine kurze Pause. Danach war ihr Tonfall beinahe flehentlich. Sie hoffte, er würde es verstehen. „Aber ich kann einfach nicht."

Er nickte sacht. „Datest du überhaupt schon wieder?", fragte er, von ihrer Offenheit dazu verleitet, ihr diese persönliche Frage zu stellen.

Sie seufzte, ohne dass er gewusst hätte, was es ausdrücken sollte. „Ja. Weißt du, Dante und ich haben uns immer mal wieder darüber unterhalten, was wäre, wenn einer von uns sterben sollte. Wir waren beide der Meinung, dass wir es für den anderen als das Beste empfinden, wenn er sich wieder unter die Leute mischt. Dass es nicht fair wäre, ein Leben lang an dem verlorenen Partner festzuklammern. Dantes Eltern sehen das genauso. Sobald ich über den ersten Schock hinweg war, haben sie das Thema behutsam angeschnitten und mich ermutigt, mich wieder mit Männern zu treffen. Dass sie mich darin unterstützten, hat es irgendwie leichter für mich gemacht. Ich liebe Dante noch immer und daran wird sich nie etwas ändern. Ich hätte mir im Leben nicht vorstellen können, ihn jemals zu betrügen. Aber er lebt nicht mehr, ich schon. Ich muss irgendwie auch ohne ihn zurechtkommen."

Sie ließ nach dieser Rede ein wenig den Kopf hängen und Isaac konnte nur vermuten, wie schwer ihr dieses Thema fallen musste. Er bewunderte sie dafür, es so realistisch zu betrachten. Und bewunderte auch ihre Schwiegereltern dafür, sie so zu unterstützen. Er bekam immer mehr das Gefühl, dass es zwei wunderbare Menschen sein mussten.

Er ließ ihr einige Momente Zeit, ihre Gefühle und Gedanken unter Kontrolle zu bringen. Dann meinte er: „Aber du verabredest dich nicht mit Polizisten." Es war keine Frage, sondern eine Feststellung.

Sie sah erneut zu ihm herüber und beinahe lag etwas wie Bedauern in ihrem Blick. „Nein, ich könnte es nicht ertragen", bestätigte sie.

Auch wenn er sich damit aller Hoffnungen beraubt sah, brachte er ein sanftes Lächeln zu Stande. Er streckte eine Hand nach ihr aus – sie ritten inzwischen gemächlich im Schritt nebeneinander her – und berührte sie sacht an ihrer rechten. „Wenn ich irgendetwas von dem nachvollziehen kann, was du durchmachst, dann ist es das", sagte er aufrichtig. Für einen verrückten Moment lang fragte er sich, in welchem Beruf er sich noch wohl fühlen könnte. Aber er wusste, dass nichts ihn so erfüllen würde wie die Polizeiarbeit. Er hatte schon als Kind Polizist werden wollen und hatte diesen Traum sein Leben lang verfolgt.

Danach ritten sie wieder schweigend, jeder in seine Gedanken versunken. Und tatsächlich: knapp zwanzig Minuten später erreichten sie Lex' Jeep. Noch ehe sie die Pferde in den Hänger stellte, gab sie den Hunden zu trinken. Diese schlappten das angebotene Wasser in rohen Mengen weg. Auch die Pferde, einmal im Hänger, bedienten sich zuerst an der integrierten Tränke. Isaac fiel erst jetzt auf, dass auch er furchtbar hungrig und durstig war. Beinahe begierig blickte er auf die inzwischen leeren Wasserschalen der Hunde.

Lex, die seinen Blick sah, lachte. „Es hätte ja was, dir dabei zuzusehen, wie du versuchst aus einer der Schalen zu trinken. Aber ich will mal nicht so sein." Mit diesen Worten zog sie aus einer Tasche auf der Rückbank des Jeeps eine Wasserflasche hervor und warf sie ihm zu.

Er fing sie dankbar auf und trank in gierigen Zügen. Beinahe erwartete er, dass sie stattdessen aus ihrer obligatorischen Thermoskanne Kaffee trinken würde, doch auch sie bediente sich an einer weiteren Wasserflasche.

„Das liebe ich so an meinem Beruf", sagte sie plötzlich. „Nach einem langen Arbeitstag an der frischen Luft schmeckt einfach alles, selbst simples Wasser, so viel besser."

Ein weiteres Mal verschwand sie zur Hälfte in ihrem Wagen. Mit einer Schachtel Zigaretten in der Hand tauchte sie wieder auf.

Er zog überrascht die Augenbrauen hoch. „Du rauchst?" Er hatte sie noch nicht einmal mit Zigaretten gesehen.

Sie schüttelte den Kopf, wobei sie jedoch gleichzeitig zuerst eine Kippe und dann ein Feuerzeug aus der Schachtel schüttelte. „Ich habe es mir mit Dante abgewöhnt. Er hasste es. Ich will auch nicht wieder anfangen. Aber hin und wieder gönne ich mir inzwischen eine. Des Geschmacks wegen. Ich bin eine von diesen, die geraucht hat, weil sie es wirklich mochte." Sie steckte sich die Zigarette an und nahm einen tiefen Zug davon, die Augen dabei genießerisch schließend. „Gott, was tut das gut", brachte sie, als sie den Rauch einige Herzschläge später wieder ausstieß, so inbrünstig hervor, dass er lachen musste.

„Du könntest mit diesem Satz in dem Tonfall jedem männlichen Ego Flügel verleihen", stellte er grinsend fest und schüttelte den Kopf, als sie ihm die Schachtel hinhielt. „Überzeugter Nichtraucher, danke", lehnte er ab.

Sie nickte. „Ja, die vernünftigste Einstellung. Manchmal wünsche ich mir, ich hätte nie damit angefangen. Jetzt muss ich immer gegen die Verlockung ankämpfen." Sie zuckte – nach einer halben Ewigkeit, wie es ihm schien – mit den Schultern und inhalierte einen weiteren Zug. Plötzlich sah sie ihm direkt in die Augen. „Sag mal, wie kommt es eigentlich, dass wir mein

Seelenleben und meine Fehler in aller Ausführlichkeit besprechen und ich noch keines deiner Laster erfahren habe, geschweige denn von irgendetwas anderem?", fragte sie, dabei ein umwerfendes Lächeln auf den Zügen.

Nun war auch einmal die Reihe an ihm, die Schultern hoch zu ziehen. „Ich bin ein Meister darin, von mir abzulenken", entgegnete er ebenfalls lächelnd.

„Das wird dir jetzt nicht mehr gelingen", versprach sie. Einen Moment schien sie angestrengt nachzudenken. Dann zählte sie auf: „Also, du betrinkst dich nicht, du rauchst nicht, du arbeitest sogar am Wochenende, du bist nicht neugierig, du kannst reiten und du verlierst deine Angst vor meinen Hunden. Wo ist der Haken?"

Sein Lächeln wurde etwas gequält. „Ich bin Polizist", erinnerte er, auch wenn er wusste, dass sie nicht darauf abzielte. Doch es rutschte ihm so heraus.

Auf ihr Gesicht schlich sich beinahe etwas wie Schuldgefühl. Doch dann überging sie die Spitze bewusst. „Und vermutlich hältst du dir eine Katze", mutmaßte sie. Es wäre gelogen, wenn sie sagen würde, dass sie Katzen nicht mochte. Aber sie würde sich im Leben keine anschaffen.

Er schüttelte den Kopf. „Nein. Nicht mal Goldfische."

„Geschieden?", riet sie. Sie nahm nicht an, dass er verheiratet war. Dazu war sein Interesse an ihr zu offensichtlich. Er trug auch keinen Ring.

Wieder ein Kopfschütteln. „Auch nicht."

„Wie enttäuschend. Da komm ich mir ja immer unzulänglicher vor", witzelte sie. Er hatte noch nie jemanden gesehen, der so sexy und humorvoll selbstironisch sein konnte. „Und du trägst auch keinen Ohrring. Ich glaube, ich habe haushoch verloren."

Er lächelte. „Mit 16 habe ich überlegt, mir einen stechen zu lassen. Nur meine Eltern haben mich davor bewahrt."

„Ohhh", machte sie und er genoss ihre neuerliche Ausgelassenheit. „Das ist unfair. Wir kämpfen mit ungleichen Waffen. Du hattest Eltern."

Da sie das Thema ein weiteres Mal so unbekümmert

ansprach, entschloss er sich dazu, ihr nun doch die offensichtliche Frage zu stellen. „Wenn du willst, gebe ich dir dafür einen Punkt aus Kulanz und gebe mein nicht-neugierig-sein auf." Er formulierte es extra so, um ihr die Möglichkeit zu lassen, von dem Thema abzulenken.

Sie nickte. „Das ist nur rechtens", sagte sie sehr ernsthaft, aber ihre Augen blitzten noch immer übermütig. Dann jedoch verschwand der Schalk für einen Moment aus ihrer Stimme. „Ich wurde an der Babyklappe abgegeben und wuchs im Waisenhaus auf. Mein Name ist die einzige Verbindung, die ich zu meinen Eltern habe." Sie zuckte einmal mehr mit den Schultern. „Aus welchem Grund auch immer habe ich es nie in eine Pflegefamilie geschafft."

Sie hatte sich so gut unter Kontrolle, dass er ihr nicht ansehen konnte, ob sie darunter litt. Und sie kehrte sofort zu dem vorherigen Thema zurück. „Wenn ich es mir recht überlege, habe ich dafür eigentlich noch einen weiteren Kulanzpunkt verdient. Also, was ist dein Laster?" Sie schien tatsächlich mehr über ihn erfahren zu wollen.

Er musste plötzlich an ihr Haus denken. Als er sie besucht hatte, war alles so ordentlich gewesen, wie er es nicht einmal schaffte, wenn er Gäste erwartete. Er lächelte. „Ich glaube, das lässt mich weit nach hinten fallen", kündigte er an. Ein hoffnungsvoller Ausdruck erschien auf ihrem Gesicht. „Ich bin schrecklich unordentlich. Ich hasse es, aber ich schaffe es einfach nicht, Ordnung zu halten."

„Bingo!", rief sie glücklich aus. „Meine Damen und Herren, sowas haben Sie noch nie gesehen", ahmte sie einen Ansagensprecher nach. „Mrs. Alki Tablettenabhängig Kaffeesüchtig Psychowrack hat einen Sieg erringen können. Mr. Unordentlich hat sich nicht gegen sie behaupten können." Sie lachte ausgelassen.

Er nickte ernst. „Du vergisst, ich war auch schwer gehandicapt. Meine Neugier und Orientierungslosigkeit sowie meine teenagerbedingte Geschmacksverirrung haben dir schließlich den entscheidenden Vorteil verschafft."

„Meine Güte", kicherte sie. „Was für ein unfairer Kampf.

Tja, das wird dir eine Lehre sein, gegen eine Einzelkämpferin aus dem Heim anzutreten. Wir gewinnen immer und wenn wir dafür schummeln müssen." Schließlich schien das Thema ausgeschöpft. Während sie den Rest ihrer Kippe wegschnippte, sah Lex einen Moment unentschlossen zwischen ihrem und Isaacs Auto hin und her und meinte dann: „Wolltest du mich morgen auch begleiten?" Sie war selber überrascht, einen hoffnungsvollen Ton in ihrer Stimme zu hören. Doch sie musste zugeben, dass sie Isaacs Gesellschaft wirklich genoss. Ein, zwei Sekunden lang fragte sie sich, ob es naiv war, zu denken, dass sie mit Isaac befreundet sein konnte, ohne sich in ihn zu verlieben. Doch dann schob sie den Gedanken energisch beiseite. Sie war schließlich keine zwanzig mehr. Da würde sie es ja wohl auseinanderhalten können, auf wen sie sich wie einließ!

Isaac schien von ihren Überlegungen nichts mitzubekommen. Er nickte. „Wenn du mich lässt", antwortete er auf ihre Frage.

„Wollen wir dann dein Auto stehen lassen?", schlug sie vor. „Dann müsstest du jetzt allerdings noch kurz mit zum Stall."

Er nickte, begierig darauf, so viel Zeit wie nur irgend möglich mit ihr zu verbringen. „Das stört mich nicht."

Als sie schließlich die Pferde im Mietstall eingestellt hatten, lud Isaac Lex zum Essen ein. Es schien ihm, als zögere sie kurz, doch dann nahm sie an. Sie fuhren erst zum Hotel, um nach dem langen Tag auf dem Pferderücken schnell zu duschen und sich umzuziehen. Außerdem brauchten die Hunde Futter und sollten danach im Zimmer schlafen können. Auch sie hatten einen anstrengenden Tag hinter sich. Lex nutzte zudem die Gelegenheit, noch schnell ihre Schwiegereltern anzurufen. Sie hatte ihnen versprochen, sich an diesem Abend bei ihnen zu melden.

Atto war offensichtlich erfreut, als er hörte, dass Lex heute Abend nicht allein sein würde, sondern mit einem Kollegen essen ging. Als er nach dem Namen des Kollegen fragte, sagte die kurze, bedeutungsschwere Pause nach ihrer Antwort ihr, dass Dilara ihm davon berichtet haben musste, dass Lex bereits letzten Samstag von Isaac Besuch bekommen hatte. Sie war froh, dass Atto keinen Kommentar dazu brachte, sondern ihr lediglich einen schönen Abend wünschte.

Als Isaac sie abholte, hatte sie Jeans und Shirt gegen ein sommerliches Blusenkleid in blau-weißem Karostoff ausgetauscht, das nicht so schick war, um einem Date gerecht zu werden, aber dennoch elegant wirkte. Sie wusste nicht einmal, warum sie das Kleid überhaupt mitgebracht hatte, da sie nicht damit gerechnet hatte, auszugehen. Aber Dilara hatte ihr beigebracht, stets für alle Fälle gerüstet zu sein, und so hatte sie auch das ein oder andere schickere Stück eingepackt. Sogar passende weiße Espadrilles hatte sie dabei.

Isaac war offensichtlich angetan von ihrer Aufmachung. Er machte auch keinen Hehl daraus. Als sie ihm die Tür öffnete, musterte er sie einmal von oben bis unten und pfiff dann anerkennend durch die Zähne. Nachdem er sie die letzten Tage ausnahmslos in Jeans gesehen hatte, wirkte das Kleid jetzt besonders weiblich an ihr. Zudem hatte sie atemberaubende Beine, die er heute das erste Mal unverhüllt zu sehen bekam.

„Womit wir wieder bei dem Thema wären, wie du dich so auf die Männer auswirkst", sagte er mit etwas rauerer Stimme als gewöhnlich. Inzwischen gelang es ihm ganz gut, seine Libido im Zaum zu halten, wenn er sie sah, aber mit dieser Kontrolle war es nun schlagartig dahin.

Sie lächelte auf eine Art, die ihm klar machte, dass sie es durchaus gewohnt war, Komplimente zu bekommen – was ihn nicht weiter überraschte – und musterte ihn dann ihrerseits. Er hatte auf eine hellgraue Anzugshose zurückgegriffen und ein langärmeliges, eisblaues Hemd, das er ohne Krawatte und Jackett trug, die Ärmel bis zu den Ellenbogen hochgeschlagen, und das seine ausgeprägte Sonnenbräune im Kontrast zu dem hellblonden Haar gut zur Geltung brachte.

„Du lässt dich aber auch sehen", erwiderte sie und meinte es durchaus so ehrlich wie er zuvor. An seiner Attraktivität gab es nichts zu rütteln.

„Nachdem ich vorhin schon verloren habe, muss ich mich jetzt schließlich ranhalten. Obwohl auch dieser Kampf aussichtslos sein dürfte", gab er charmant zurück, auch wenn er sich vorhin, als sie darüber gesprochen hatte, dass sie keine Polizisten datete, vorgenommen hatte, nicht mehr mit ihr zu flirten. Er wollte zumindest mit ihr befreundet sein und hatte die Befürchtung, dass sie ihm auch das verweigern würde, wenn er zu aufdringlich würde.

„Oh, ich sehe schon. Gleich willst du mir die Sterne zeigen", neckte sie und er war aufs Neue positiv überrascht, wie gut sie sich verstanden. Er liebte ihre spielerische Art.

„Nein, ich habe was viel besseres", entgegnete er. „Ich weiß von einem guten Restaurant."

Sie zwinkerte ihm zu. „Dann lasse ich dir Gelegenheit, mich gleich noch mehr zu beeindrucken, indem du auch noch den Weg dorthin findest. Du fährst." Mit diesen Worten warf sie ihm den Schlüssel zu ihrem Jeep zu.

Isaac fing ihn auf und während sie zum Auto gingen, wollte er wissen: „Und was werde ich als Anerkennung meiner Fähigkeiten bekommen?"

Während sie zu überlegen schien, schwang sie ihre weiße Handtasche hin und her. „Eigentlich", meinte sie dann, die Stirn in Falten gelegt, „eigentlich bin ich ganz und gar nicht davon überzeugt, dass du dieser Aufgabe gewachsen sein wirst. Vermutlich landen wir irgendwo in New York State oder so."

Er lachte. „Wer sagt, dass das Restaurant nicht dort ist?"

Auch sie grinste. „Dann wär's allerdings eine Leistung. Für dich zumindest", sagte sie augenzwinkernd. „Aber als Anerkennung kann ich dir anbieten, dass ich zurückfahre. Dann kannst du was trinken, wenn du möchtest."

„Das wäre aber eine jämmerliche Einladung, wenn ich dir nur Saft gönnen würde", lehnte er ab. Inzwischen saßen sie im Auto und er lenkte es auf die Straße.

Sie wurde ernst und zuckte mit einer Schulter. „Ich glaube, ich habe erst mal genug Alkohol für die nächsten Tage gehabt."

Er sah kurz zu hier hinüber. „Die Entscheidung überlasse ich ganz dir. Mir reicht auch ein Gläschen Wein. Dann kann ich noch fahren."

Sie schwieg darauf für eine Weile, bis sie in erneut

verändertem Tonfall ein neues Thema begann. „Erzähl mir ein wenig von dir, Isaac", bat sie mit echtem Interesse in der Stimme. „Wie bist du Polizist geworden?"

„Mein Vater war Polizist. Ich habe ihn sehr bewundert, auch für seinen Beruf. Von klein auf war mir klar, dass ich in seine Fußstapfen treten wollte", berichtete er bereitwillig.

Lex runzelte die Stirn. „War?", wiederholte sie vorsichtig.

Isaac nickte. „Er starb vor fünf Jahren am Herzinfarkt." Er konnte es ruhig sagen. Noch immer vermisste er seinen Vater. Er hatte eine ausgesprochen gute Beziehung zu ihm gehabt. Aber nichtsdestotrotz hatte er dessen relativ frühen Tod inzwischen überwunden.

„Das tut mir leid", bekundete Lex ihr Mitgefühl.

„Ja." Wieder nickte Isaac. „Mein Vater war ein guter Mann. Ich verdanke ihm viel. Unter anderem das Aussehen", lenkte er dann das Gespräch mit einem Augenzwinkern wieder in unverfänglichere Bahnen.

Sie lächelte, wollte aber dann wissen: „Wieso hat man dich hierher versetzt?"

„Ich hatte es beantragt. Der permanente Sonnenschein in Kalifornien war nicht mehr zu ertragen."

Lex fragte sich, ob tatsächlich nur ein Tapetenwechsel der Grund für die Versetzung gewesen war, oder nicht etwas anderes. Eine Frau vielleicht? Er schien ihren Zweifel zu spüren.

„Es ist tatsächlich so", bekräftigte er. „Ich komme ursprünglich von der Ostküste. In Kalifornien habe ich meine Ausbildung gemacht und dort im Anschluss eine gute Stelle angeboten bekommen. Aber ich wollte nie für immer dableiben. Als hier dann eine Stelle als Detective frei wurde, habe ich mich dafür beworben." Er sah wieder kurz zu ihr hinüber. „Und du? Wo bist du aufgewachsen?"

„Charlotte, Mecklenburg County", gab sie bereitwillig Auskunft. „Im Charlotte P.D. bin ich auch karrieremäßig eingestiegen. Ich habe mich nach Dantes Tod von dort versetzen lassen."

Einen Moment zögerte Isaac die nächste Frage zu stellen, aber schließlich entschied er sich dafür. „Wie habt ihr euch kennengelernt?" Seine Stimme verriet vorsichtige Zurückhaltung. „Oder willst du darüber nicht reden?", bot er ihr sofort an.

Sie schüttelte den Kopf. „Meine Erinnerungen sind alles, was mir noch von ihm geblieben ist. Ich rede gerne über ihn. Die Frage ist nur, ob du es wirklich hören willst."

„Ich hätte nicht gefragt, wenn ich es nicht würde hören wollen", gab er zurück und lächelte ihr sanft zu.

Sie nickte. Klang einleuchtend. Dann holte sie einmal tief Luft und begann zu erzählen: „Das C.M.P.D. hatte für einen Fall die Hundestaffel durch zivile Hundeführer aufgestockt, so wie wir es jetzt im Doorsen-Fall machen. Ich machte mit meinem damaligen Hund offenbar einen guten Eindruck und kam darüber mit dem dortigen Staffelleiter ins Gespräch. Ich erwähnte, dass ich den Hund selber ausgebildet hatte und eine Hundeschule leitete, in der ich mich auf spezielle Ausbildung konzentrierte. Jagdhunde, Rettungshunde und so. Der Staffelleiter zeigte sich interessiert und bat um Referenzen. Die überzeugten ihn offenbar, denn nur kurz darauf bekam ich ein Stellenangebot, zunächst als freie Mitarbeiterin, um bei der Polizeihundeausbildung mitzuhelfen. Mir kam diese Art der Anstellung gelegen, weil es bedeutete, dass ich meine Hundeschule weiterführen konnte. Einen Dienstag kam ich gerade von meinem eigenen Platz zur Polizei, nach einem langen Morgen, an dem ich all meinen Kaffee ausgetrunken hatte, gnadenlos auf Entzug. Daher sprang ich kurz in die Station rein, ehe ich zu den Hunden ging, um mir einen Kaffee zu holen. Dante stand an der Maschine und machte sich gerade auch einen, selber eine Cafeholik, wie sich später herausstellen sollte. Er bot mir eine Tasse an." Lex lächelte in Erinnerung an die Situation und wieder lag dieses Strahlen auf ihrem Gesicht, welches Isaac schon zuvor aufgefallen war. „Für Dante war es wohl sowas wie Liebe auf den ersten Blick", setzte sie dann hinzu.

„Für dich nicht?", hakte er nach, als sie daraufhin schwieg.

Sie zuckte die Schultern. „Naja, ich war jung und zu beeindrucken", spielte sie bewusst herunter.

Isaac zog eine Augenbraue hoch, womit er ihr zu verstehen gab, dass er sie durchschaute.

Sie lachte kurz und erklärte dann: „Zu meiner Verteidigung: ich befand mich zu der Zeit in einer Beziehung und war daher etwas zurückhaltend. Aber um ehrlich zu sein, die Beziehung war katastrophal und völlig zukunftslos. Und Dante… sagen wir so, er wusste seine Karten richtig zu spielen.“ Sie schüttelte ein wenig den Kopf. „Wenn ich an ihn zurückdenke, bekomme ich immer noch weiche Knie. Er war der reinste Adonis. Wie er an dem Tag an der Kaffeemaschine stand…“ Lex seufzte.

Als sie danach nicht fortfuhr, forderte Isaac sie dazu auf. Sie sah ihn einen Moment zweifelnd an, gab aber nach, als er sie erneut bat. „Du hast ja das Bild von ihm gesehen. Und er wusste sein Äußeres richtig in Szene zu setzen. An dem Tag war er ganz in schwarz gekleidet, Anzugshose und Hemd, vielleicht für die Arbeit ein Knopf zu viel offen, wodurch man eine goldene Kette auf seiner dunklen Haut schimmern sah.“ Bei diesen Worten griff Lex unbewusst nach dem Kreuz um ihren Hals und es war klar, dass es Dantes Kette war, die sie trug. „Er sprach mich mit schwerem italienischem Akzent an.“ Ein weiteres Mal lachte sie auf und schüttelte den Kopf. „Später fand ich heraus, dass er völlig akzentfrei sprechen konnte und das nur seine Nummer war, mit der er die Frauen beeindrucken wollte. Ich fiel natürlich darauf herein.“

„Wie alt wart ihr?“, fragte Isaac in die Pause.

„Dante 32 und ich 21“, antwortete sie und versank einmal mehr in Schweigen, offensichtlich in Erinnerungen. Isaac hoffte sehr, dass er sie wirklich nicht mit seinen Fragen nach Dante quälte. Er überließ es ihr, das Gespräch fortzuführen und unterbrach sie nicht in ihren Gedanken. Schließlich riss sie sich von diesen los, blickte auf und sagte: „Wie kommt es, dass wir jetzt schon wieder bei mir angelangt sind, obwohl doch eigentlich du dran warst, von dir zu erzählen? Ich muss dir Recht geben, du bist gut darin, von dir abzulenken!“

Zur Antwort deutete er nur mit einem Kopfnicken lächelnd nach vorn, um sie auf das Restaurant, das sie soeben erreichten, aufmerksam zu machen.

„Ich bin schwer beindruckt", spöttelte sie freundschaftlich. „Jetzt muss nur noch das Essen gut sein und deine Ehre ist wiederhergestellt."

„Dabei habe ich extra noch schnell zwei, drei Sternenbilder im Internet rausgesucht", gab Isaac zurück, während er aus dem Jeep ausstieg. Lex ließ ihm nicht die Gelegenheit, ihr die Beifahrertür zu öffnen, sondern stieg zeitgleich mit ihm aus.

Im Restaurant herrschte eine gemütliche Atmosphäre von gehobenem Ambiente. Ihnen wurde ein Tisch vor einem der Fenster gegeben, die einen anheimelnden Blick auf einen aufwendig gestalteten Garten ermöglichten. Lex bestellte sich Pangasiusfilet mit Gemüse der Saison an einer Weißweinsoße, während Isaac sich für ein Rindersteak mit Backkartoffel und Brokkoli entschied. Zum Trinken wählte sie tatsächlich nur eine große Apfelschorle, Isaac hingegen gönnte sich ein Glas Rotwein.

„Morgen würde ich gerne einen ganztägigen Ausflug in das Assabet River Gebiet unternehmen", sagte sie, während sie auf das Essen warteten. „Es sind einige Dutzend Hektar über, die wir bisher noch gar nicht abgesucht haben. Die möchte ich einmal grob abgrasen."

Isaac nickte. „Klingt gut. Haben wir die Möglichkeit, ein wenig Verpflegung mitzunehmen?"

Nun nickte Lex. „Klar, ich habe gute Satteltaschen. Da kriegen wir ein bisschen was unter. Ich wollte sowieso auch für die Hunde was mitnehmen."

„Und für dich Kaffee, nehme ich an", mutmaßte er schmunzelnd.

„Ich muss wohl oder übel zu dieser Sucht stehen, da sie sich kaum verbergen lässt", erwiderte sie leichthin. „Aber genug von meinen vielen Fehlern. Kommen wir wieder zu dir. Darf ich fragen, wie ein Mann wie du es schafft, Single zu sein?"

Er ließ sich seine Freude über das indirekte Kompliment nicht anmerken. „Natürlich darfst du. Nachdem ich dir dahingehend schon ordentlich auf den Zahn gefühlt habe, ist es nur rechtens, wenn auch ich mich ein wenig entblößen muss."

Lex zog ein wenig die Augenbraue hoch. „Wenn ich es nicht

besser wüsste, könnte ich das glatt als unmoralisches Angebot missverstehen", sagte sie ernst und er befürchtete schon, dass er in seiner Wortwahl zu unbedacht gewesen war, doch dann lachte sie auf und zwinkerte ihm zu.

Erleichtert atmete er auf und erklärte: „Vermutlich habe ich es selber verbockt. Früher war ich nicht an einer festen Beziehung interessiert, zumal ich mich auch mit Feuereifer in meine Karriere gestürzt habe. Und als ich beschloss, dass es allmählich an der Zeit sei, sozusagen sesshaft zu werden, schienen alle guten Frauen bereits vergeben zu sein. Zumindest habe ich keine getroffen, mit der ich mehr als zwei Jahre zusammen war."

Lex lächelte sacht ob seiner Darstellung. „Naja", meinte sie. „Statistisch gesehen flattern vermutlich allmählich die ersten Scheidungsanträge in die Anwaltskanzleien. Von daher werden die guten Frauen wieder frei. Außerdem wird der Markt doch permanent von knackigem Nachschub gespeist, wenn du dich nach etwas Jüngerem sehnst."

Beinahe hätte er gesagt, dass er bereits genau wusste, wonach er sich sehnte, doch im letzten Moment hielt er sich zurück. Er musste es ihnen nicht unnötig schwer machen. Lex hatte ihren Standpunkt klar gemacht und leider konnte er diesen nur zu gut nachvollziehen, als dass er versucht hätte, sie umzustimmen. Stattdessen sagte er: „Ach, ich habe mich inzwischen ganz gut an mein Singleleben gewöhnt. Es hat auch seine Vorteile." Es klang etwas flach, das wusste er, aber nichts zu sagen hätte eine zu bedeutungsvolle Stille entstehen lassen.

Lex wurde nun ernster. „Aber willst du denn keine Familie? Kinder?"

Er staunte einmal mehr über ihre Selbstbeherrschung, dass sie diese Fragen so einfach stellen konnte, wo sie doch ihrer eigenen Familie beraubt worden war. „Nicht auf Teufel komm raus", entgegnete er. „Eigentlich sieht meine Planung das schon vor. Aber nur mit der richtigen Frau."

Sie schwieg darauf und er konnte ihr geradezu ansehen, wie ihre Gedanken für einen Moment zu ihren eigenen Kindern wanderten. Sie seufzte leise und sah nach draußen.

„Ehe ich Dante traf, habe ich nie auch nur in Erwägung gezogen, Kinder zu kriegen", sagte sie in die entstandene Stille hinein. „Ich glaube, es lag daran, dass ich im Heim aufwuchs. Familie war irgendwie ein rein theoretisches Konstrukt für mich, noch dazu eins, was auf allzu wackligen Beinen stand. Es gab nur zu häufig Kinder, die aus Pflegefamilien wieder zurückkamen, weil sie sich nicht so eingefügt hatten, wie die Eltern es sich gewünscht hatten. Und andere Kinder wurden aus ihren richtigen Familien herausgeholt, weil die Eltern sich nicht um sie kümmerten, Drogenabhängig oder gewalttätig oder beides waren. Es gab für mich einfach kein Positivbeispiel. Mit Dante änderte sich das schlagartig. Er hat zwar nur eine Schwester, aber viele Onkel, Tanten und was sonst noch alles zu einer Großfamilie gehört. Und mit wenigen Ausnahmen stehen sich alle sehr nahe, obwohl Dantes Eltern nach Amerika auswanderten. Ich wurde in dieser Familie mit offenen Armen willkommen geheißen. Und Dante wollte unbedingt Kinder haben. Am liebsten hätte er wohl eine ganze Fußballmannschaft bekommen." Sie lachte, aber es war ein trauriger Laut. Danach verdüsterte sich ihre Miene noch weiter. „Ich war gerade wieder schwanger, als…" Sie beendete den Satz nicht. „Die Ärzte sagen, es lag an der Aufregung, dass ich es verloren habe." Tränen stiegen ihr in die Augen, aber sie hielt sie zurück.

Isaac konnte nicht anders, als ihre Hand über den Tisch hinweg zu ergreifen und sie mitfühlend zu drücken. Wie viele Lasten hatte ihr das Schicksal eigentlich auferlegt?

„Entschuldige, ich will nicht schon wieder…" Ihr Satz ging hilflos ins Leere.

Er schüttelte den Kopf. „Unsinn", entgegnete er. „Du musst dich für nichts entschuldigen."

Und tatsächlich schob sie ihre Finger zwischen seine und erwiderte dankbar den sachten Druck. Dann jedoch lehnte sie sich mit einem Räuspern zurück und entzog sich so der Berührung.

„Kommen wir wieder zu dir", sagte sie in verändertem Tonfall. Es war wieder ihr Schutzmantel von unbekümmerter Lässigkeit. „Hast du Geschwister?"

Selbst Isaac hatte allmählich Schwierigkeiten, dem ständigen Gefühls-Auf und -Ab noch hinterher zu kommen. Um sich etwas zu sammeln, atmete er einmal tief durch, ehe er nickte. „Ja, einen ein Jahr jüngeren Bruder. Thomas. Er ist Cellist und lebt in New York mit einem Chirurgen zusammen."

Isaac vermutete, dass Lex nicht sonderlich auf die Information, dass sein Bruder schwul war, reagieren würde, und wurde darin bestätigt. Sie zuckte mit keiner Wimper, sondern fragte lediglich interessiert: „Seht ihr euch viel?"

„Doch, relativ. Ich denke, es wird jetzt, wo ich hier wohne, wieder mehr werden", gab er zurück.

„Das ist schön", lächelte sie. „Mit Dante habe ich den Wert von Familie wirklich schätzen gelernt. Ich verstehe mich auch gut mit seiner Schwester Maria. Sie ist wesentlich jünger als er und war erst 12, als ich Dante kennenlernte."

„Oh!", machte Isaac überrascht.

Lex nickte. „Ja, seine Eltern wollten eigentlich auch immer viele Kinder haben. Aber es klappte nicht. Nach Dante hatte Dilara, seine Mutter, fünf Fehlgeburten, ehe sie es aufgaben. Als sie 40 wurde, entschlossen sie, es noch einmal zu versuchen. Viereinhalb Jahre später kam Maria zur Welt."

„Wie alt ist sie jetzt?", fragte er, während ein Kellner ihnen ihr Essen brachte.

Scheltend hob Lex den Zeigefinger. „Du willst nur nachrechnen, wie alt ich jetzt bin."

Isaac zog eine ertappte Miene. Das war tatsächlich seine Absicht gewesen. „Durchschaut", gab er zu. „Aber du musst dir doch noch keine falsche Scheu wegen deines Alters zulegen."

Sie zuckte nur mit den Schultern und nahm den ersten Happen von ihrem Fisch.

Er lächelte jetzt. „Ich hätte dich gar nicht als eitel eingeschätzt", neckte er.

Eine leichte Röte stieg in ihre Wangen. „Bin ich eigentlich auch nicht", erwiderte sie und wunderte sich selber, dass sie es jetzt aber war.

„Aber?", soufflierte er und hatte sein Essen bisher keines Blickes gewürdigt.

Sie verschaffte sich ein wenig Zeit, in der sie scheinbar völlig von ihrem Gemüse vereinnahmt wurde. Doch da er ihr nicht den Gefallen tat, seine Augen von ihr abzuwenden und das Thema damit fallen zu lassen, seufzte sie schließlich. „Weil du definitiv jünger bist als ich", gab sie zu. Bisher hatte sie nie Probleme mit ihrem Alter gehabt. Solche Dinge hatten mit Dante keine Rolle gespielt – nun gut, da hatte sie natürlich auch den Vorteil gehabt, dass er elf Jahre älter als sie gewesen war – und danach waren sie erst recht bedeutungslos geworden. Jetzt Isaac gegenüber fühlte sie sich plötzlich alt.

„Ich bin definitiv jünger?", wiederholte er, in der Stimme Skepsis, von der sie sich nicht sicher war, ob sie ehrlich oder nur charmant war. „Was glaubst du denn, wie alt ich bin?"

„Überleg dir gut, ob du mich das wirklich fragen willst", warnte sie mit einem Augenzwinkern. „Denn dann wirst auch du schätzen müssen."

Er nickte. „Das nehme ich in Kauf."

„Aber ich will dann eine ehrliche Einschätzung. Keinen Honig", mahnte sie streng.

Er hob die Schultern. „Da ich eh bei dir keine Chancen habe, muss ich ja nicht nett sein", lächelte er.

Sie seufzte. „Das heißt aber nicht, dass ich dir sagen werde, ob du mit deiner Einschätzung richtig liegst."

„Man könnte glatt meinen, du willst doch was von mir", war nun die Reihe an ihm, sie zu necken.

Wieder seufzte sie. „Na schön. Aber erst ich. Also, du bist auf keinen Fall älter als 30. Ich tippe auf 27, bald 28", sagte sie.

Überrascht ruckten seine Augenbrauen nach oben. „Wow, ich bin beeindruckt."

Sie sonnte sich noch einen Moment in seiner Verblüffung, dann gab sie zu: „Naja, wie ich schon einmal sagte: Einzelkämpferin aus dem Heim. Wir schummeln auch schon mal. Ehe du hierher versetzt wurdest, habe ich ein paar Frauen im P.D. über den neuen Detective reden hören. Die leckten sich schon die Finger nach dir Jungspund."

In gespielter Verärgerung schnaubte er. „Das war jetzt wirklich sehr ungerecht!", beschwerte er sich.

Sie zuckte mit den Schultern. „Aber um dir entgegen zu kommen: vom Äußeren her hätte ich dich auf um die Mitte 20 geschätzt."

„Na, das kannst du jetzt ja leicht behaupten", schmollte er.

„Da wir schließlich festgestellt haben, dass wir nicht nett zueinander sein müssen, meine ich es wohl tatsächlich ernst", grinste sie. „So, nun bist du dran", forderte sie dann und schon wieder stieg eine süße Röte in ihre Wangen, die ihm ganz flattrig im Magen werden ließ.

„Gut, ich soll ehrlich sein", sagte er und musterte sie einige Momente schweigend. Schließlich gab er seine Gedanken preis: „Ist nicht ganz einfach. Du hast irgendwie sowas Altersloses an dir. Wenn du in ausgelassener Stimmung bist, dann schätze ich dich auch glatt auf Mitte 20, auf keinen Fall älter als 30. Aber in anderen Momenten…, wenn du an das Schicksal deiner Kinder und Dantes erinnert wirst, dann sehen deine Augen plötzlich so… alt ist nicht das richtige Wort. Aber irgendwie lebensschwer. Und bei der Arbeit verhältst du dich so souverän, dass du glatt über vierzig sein könntest." Er machte eine kurze Pause, sie noch immer musternd. „Aber um zum Punkt zu kommen: ich schätze knapp 30."

Sie schüttelte den Kopf. „Du schmeichelst mir ja doch." Sie glaubte ihm nicht. Und erst Recht nicht seine Einschätzung von Mitte 20.

„Nein, Lex." Er war nun völlig ernst. „Das ist meine ehrliche Einschätzung."

Ein, zwei Herzschläge begegnete sie seinem Blick, als wolle sie sehen, ob er es wirklich so meinte. Dann zuckte sie wieder die Schultern und wandte ihre Aufmerksamkeit dem Pangasius zu.

„Hey!", protestierte er. „Du wolltest mir sagen, ob ich richtig liege."

Sie grinste ein bisschen und schüttelte den Kopf. „Tust du nicht." Mehr sagte sie nicht.

„Du zierst dich ja doch", neckte er sie.

„34, mit steiler Tendenz nach oben", gab sie endlich preis. „Ich habe in acht Tagen Geburtstag." Auf ihrer Stirn stand nun eine tiefe Furche, ehe sie erneut seufzte und ein ergebenes Lächeln auf ihren Zügen erschien.

Normalerweise fand er den Aufstand, den manche Leute um ihr Alter machten, lächerlich, aber Lex' schwache Verlegenheit ließ sein Gefühl der Zuneigung für sie nur noch weiterwachsen. „Auch das mit dem Mitte 20 habe ich nicht nur so gesagt", bekräftigte er noch einmal.

„Jaja, Zuckerbrot für mein Ego", schmunzelte sie und schien ihre Befangenheit damit hinter sich zu lassen. Während sie an einem neuerlichen Bissen kaute, wies sie mit ihrem Messer auf Isaacs noch immer unberührtes Steak. „Willst du nichts essen?" Sie schluckte und schloss genussvoll die Augen. „Hm, der Fisch ist einfach köstlich. Diese Soße! Zum drin baden! Möchtest du probieren?", bot sie ihm an.

Isaac nickte, woraufhin sie ein Stückchen Fisch mit Reis und ein wenig Spargel auf ihre Gabel schob und es ihm über den Tisch hinweg hinhielt, eine Hand darunter, damit nichts auf den Tisch tropfte. Dass sie ihn mit ihrer Gabel fütterte, ließ in ihm ein nie gekanntes Gefühl der Vertrautheit entstehen und trieb ihm das Blut vor neuerlichem Begehren zwischen die Beine. Mit aller Macht riss er sich zusammen und nahm den Bissen mit so unbewegter Miene wie nur irgend möglich entgegen.

Er konnte den Blick nicht von ihr wenden, all seine Aufmerksamkeit auf sie und nicht auf das Essen konzentriert. Sie sah ihn fragend an. „Wie findest du es?", wollte sie wissen, als er nichts zum Fisch sagte.

Mit einiger Verzögerung erwiderte er: „Aufregend." Seine Stimme war rau.

Ihre leicht hochgezogene Augenbraue verriet, dass sie wusste, dass er sich nicht aufs Essen bezog, aber sie sagte nichts dazu, sondern konzentrierte sich auf den Teller vor sich.

Auch Isaac aß eine Weile schweigend, bis er seine Stimme wieder unter seiner Kontrolle wusste. Dann meinte er: „Ich hoffe, du wirst deinen Geburtstag gebührend feiern." In der nächsten Sekunde hätte er sich für seine Dummheit am liebsten selbst ein paar Zähne ausgeschlagen. Ohne Dante und ihre Kinder machte sie kaum den Eindruck, viel Anregung zum

Feiern zu haben.

Aber seine Worte schienen sie nicht allzu sehr aus der Fassung zu bringen. Sie zog eine Schulter ein wenig hoch. „Meine Schwiegereltern und Maria kommen zu Besuch. Ansonsten ist nichts weiter geplant", erklärte sie. „Ich hoffe, dass wir bis dahin mit Assabet River durch sind. Und noch mehr hoffe ich, dass wir bis dahin neue Anhaltspunkte gefunden haben." Sie seufzte. „Ich fand diese Woche wirklich frustrierend."

Er mochte es an ihr, dass sie selbst in ihrer Freizeit immer wieder auf ihre Arbeit zu sprechen kam. Auch er hatte sich nie als Polizist nur während der Arbeitszeit verstanden und ging seinem Beruf mit genug Freude nach, dass er es nicht als Mängel ansah, sich damit auch in seiner Freizeit zu beschäftigen. Aber bei ihr war diese strikte Trennung vermutlich sowieso auch nicht machbar, da sie die Hunde schließlich zur Arbeit einsetzte, sich aber auch in ihrer Freizeit um deren Training kümmern musste.

„Wie motiviert man eigentlich die Hunde dazu, jeden Tag aufs Neue nach etwas zu suchen, das sie zuvor immer wieder nicht gefunden haben?", dachte Isaac laut.

„Mit der Zeit kriegen natürlich auch die Hunde eine höhere Toleranzgrenze, was Misserfolg anbelangt. Also einem erfahreneren Hund kannst du es durchaus schon mal hin und wieder zumuten, erfolglos zu bleiben. Auch sowas kann man trainieren. Aber diese letzte Woche ist für die Hunde sicherlich anstrengend und frustrierend gewesen. Nach der Arbeit muss man daher für ein wenig Ausgleich sorgen. Ihnen dann noch einmal Aufgaben anbieten, die sie auch lösen können. Dennoch wissen sie natürlich, dass da noch etwas Offenes ist. Allein deswegen hoffe ich, dass wir nächste Woche erfolgreicher sein werden."

Isaac nickte ernsthaft und wechselte einmal mehr übergangslos das Thema. „Willst du auch von meinem Steak probieren?", bot er an.

„Wenn du es denn ertragen kannst", erwiderte sie augenzwinkernd in Anspielung auf seine vorherige starke Reaktion darauf, von ihr gefüttert worden zu sein.

Er schaute ein wenig verlegen aus der Wäsche, gab ihr dann aber in gleicher Manier wie sie zuvor von seinem Essen. „Mh, ja", kaute sie. „Wirklich lecker." Nachdem sie den Bissen geschluckt hatte, neckte sie: „Du hast also nicht nur das Restaurant gefunden, sondern hast auch noch ein gutes ausgesucht. Ich bin schwer beeindruckt von deiner männlichen Potenz."

„Ich erlaube mir, diesen Kommentar stillschweigend zu genießen", entgegnete er lächelnd.

Den Rest des Essens verbrachten sie schweigend. Anstatt eines Desserts, das er ihr liebend gerne ausgegeben hätte, wählte sie einen Kaffee, was ihn nicht weiter überraschte. Sie trank den Kaffee mit solch offensichtlichem Verzücken, dass er nicht anders konnte, als darüber lächelnd den Kopf zu schütteln. Als sie ihn etwas verunsichert ansah, erklärte er: „Ich habe, glaube ich, noch nie jemanden gesehen, der Kaffee so zu schätzen weiß wie du. Du bist nicht nur völlig abhängig von dem Zeug, sondern du liebst es scheinbar abgöttisch."

In einer ergebenen Geste hob sie die freie Hand. „Das lag völlig außerhalb meiner Macht", erklärte sie. „Im Heim haben all die coolen Kids früh angefangen mit Kaffeetrinken und Rauchen. Natürlich versteckt vor den Erzieherinnen. Und dein Ansehen stieg potenziell zu der Menge, die du zu dir genommen hast, und zu der Überzeugung, mit der du das getan hast. Was soll ich sagen? Ich war immer schon ein Aufsteigertyp."

„Was mich zu der Frage bringt, wie deine Karriere eigentlich weiterging, nachdem du im C.M.P.D. die freie Mitarbeiter Stelle angenommen hattest", warf er ein.

„Naja, ungefähr ein Jahr später wurde mir eine feste Anstellung angeboten, unter der Voraussetzung, dass ich einige Police Academy Ausbildungen mitmachte. Insgesamt war der Vertrag so gut, dass ich auf Grund der Sicherheit, die dieser mir versprach, das Angebot annahm und meine Hundeschule aufgab. Es war keine leichte Entscheidung, aber meine damalige Situation gab schließlich den Ausschlag. Ich war inzwischen mit Dante verheiratet und wäre ich schwanger geworden, hätte ich wesentlich bessere Absicherungen gehabt, als in meiner freiberuflichen Tätigkeit. Nach den Geburten der Kinder bin ich jedes Mal zügig in den Beruf zurückgekehrt und habe mich daher recht kontinuierlich nach oben arbeiten können. Als Dante starb, war ich bereits seit zweieinhalb Jahren stellvertretender Staffelleiter. Nach dem Mord wurde für mich sehr schnell klar, dass ich nicht mehr in Charlotte würde bleiben können. Alles dort erinnerte mich zu sehr an Dante und die Kinder und das auf keine gute Art. Zudem durfte ich auch nicht arbeiten, da die Psychologen mir kein Go gaben. Du weißt, wie die Polizei in solchen Dingen verfährt. Ich brach also meine Zelte in Charlotte ab, zog für ein Vierteljahr zu meinen Schwiegereltern nach New York und bekam dann eine Stelle hier im Boston P.D. als Staffelleiterin angeboten, falls ich innerhalb eines Jahres wieder arbeitsfähig sein sollte. Nach einigem Hin und Her – ich war mir nicht sicher, ob ich je wieder für die Polizei würde arbeiten wollen – nahm ich die Stelle schließlich an, begab mich auf die Suche nach einem neuen Heim, fand die Scheune und baute sie sozusagen als Therapieergänzung um. Ein knappes Jahr später kehrte ich dann in den Dienst zurück und hier bin ich nun." Lex schloss ihre Rede mit einem Schulterzucken und einem tiefen Atemzug.

„Glaubst du, es war die richtige Entscheidung, bei der Polizei zu bleiben?", fragte Isaac nach einer kurzen Pause vorsichtig. Er war sich nicht sicher, ob seine Frage nicht zu schmerzhaft für sie war.

Doch sie reagierte ziemlich entspannt. „Ich denke schon. Irgendwie gibt mir die Polizeiarbeit das Gefühl, mit meinen Hunden etwas von Bedeutung zu leisten. Und als Staffelleiterin habe ich natürlich viel mehr Einfluss auf das Training der Polizeihunde. So ist nicht nur das, was meine eigenen Hunde schaffen, irgendwie auch mein Verdienst, sondern der Erfolg der gesamten Staffel liegt auf meinen Schultern. Es ist eine Verantwortung, die ich gerne trage." Nachdem sie das gesagt hatte, lehnte sie sich in ihrem Stuhl zurück und streckte sich ein wenig. „Würd's dich stören, wenn ich kurz nach draußen verschwinde und noch eine rauche? Das wäre der perfekte Abschluss eines köstlichen Abendessens."

Isaac schüttelte den Kopf. „Natürlich nicht. Darf ich dich begleiten oder willst du kurz allein sein?" Er hatte die Vermutung, dass sie nicht nur des Geschmacks wegen eine rauchen wollte, sondern dass die Gesprächsthemen sie doch mehr mitnahmen, als sie zeigte.

Doch Lex nickte. Kurz darauf standen sie gemeinsam im Garten des Restaurants und sahen hinauf in den inzwischen dunklen Himmel. Es war eine sternklare, laue Nacht. Isaac ließ sich davon wenig beeindrucken und lenkte seinen Blick schon bald auf Lex. Sie hatte sich lässig an einen Baum gelehnt, den rechten Fuß elegant nach hinten gegen den Stamm gestützt und inhalierte jeden Zug von der Zigarette tief in ihre Lungen. Jede Bewegung, von dem Herausholen der Schachtel bis zum Hinführen der Zigarette an ihren Mund, führte sie mit einer solch liebevollen Präzision aus, als würde sie etwas besonders Kostbares handhaben. Er hatte noch nie jemanden so elegant rauchen sehen und es wirkte so atemberaubend sexy, dass er kaum die Ruhe bewahren konnte. In allem was sie tat, war sie einfach die anziehendste Frau, der er je begegnet war.

„Sag, willst du doch eine Zigarette? Du schaust mich an, als wärst du ein Kettenraucher und ich hätte die letzte Schachtel auf Erden", riss sie ihn aus seinen Gedanken.

Verlegen räusperte er sich und zwang sich, seinen Blick abzuwenden. „Es war nicht wegen der Zigaretten", gab er leise zu. „Entschuldige", fügte er hinzu.

Einen langen Moment sah sie ihn auf eine Art an, die er nicht zu deuten wusste. Dann seufzte sie kaum hörbar. „Vielleicht sollten wir langsam ins Hotel zurückfahren. Es war ein langer Tag und morgen wird ebenfalls anstrengend." Sie wirkte nicht verärgert, aber bemüht darum, die Situation zu unterbrechen.

Er wusste nichts anderes, als ihrem Vorschlag nachzugeben. Die Fahrt zurück verlief recht schweigsam und es schien, als hielte sie die folgende Verabschiedung bewusst kurz. Er konnte nur hoffen, nicht alles ruiniert zu haben. Sie schien seine Unsicherheit zu merken, denn ehe sie in ihrem Zimmer verschwand, drehte sie sich ihm plötzlich noch einmal zu.

„Ich habe deine Gesellschaft heute sehr genossen, Isaac.

Danke für alles." Ehe er etwas auf ihre Worte erwidern konnte, schlüpfte sie durch ihre Tür und schloss sie leise hinter sich. Mit einem Gefühl der Unbeschwertheit ging er zu Bett.

Die Nacht schlief er, wie für ihn durchaus üblich, tief und fest und erwachte am nächsten Morgen vorm Weckerklingeln putzmunter um kurz nach halb sieben. Bis auf dass er zugegebenermaßen einen nicht unerheblichen Muskelkater von der gestrigen ungewohnten Anstrengung hatte, fühlte er sich frisch und ausgeruht. Eine halbe Stunde später verließ er nach der Morgentoilette fröhlich pfeifend sein Zimmer, um ein wenig die morgendliche Luft zu genießen, ehe er, wie gestern vereinbart, um acht Lex treffen würde.

Doch er war kaum auf die Veranda vor seinem Zimmer getreten, als er von links ein unwilliges Knurren hörte. „Gott, ein Frühaufsteher aus Überzeugung", brummte Lex schlecht gelaunt. Sie saß vor ihrem Zimmer auf den Stufen, dort, wo er sie auch gestern Mittag angetroffen hatte.

„Dir auch einen guten Morgen, Lex", begrüßte er sie mit einem Lächeln, seine Stimmung durch ihre Muffigkeit nicht im Mindestens getrübt.

Sie gab nur einen undefinierten Grunzlaut von sich, der in ihrer Kaffeetasse erstickt wurde. In der anderen Hand hielt sie eine Zigarette, die jedoch nicht angesteckt war. Isaac ließ sich neben ihr sinken und musterte sie besorgt. Beinahe bekam er ein schlechtes Gewissen, dass er so gut geschlafen hatte, denn sie sah aus wie der Tod auf Latschen.

„Wie war deine Nacht?", fragte er vorsichtig.

Sie zuckte nur die Schultern, ihren Blick unverwandt auf die Zigarette gerichtet.

„Konntest du ein wenig schlafen?", hakte er nach.

Sie seufzte, stellte die Kaffeetasse neben sich ab und stützte sich mit der frei gewordenen Hand auf dem Holz ab, um sich ein wenig nach hinten lehnen zu können. Mit der anderen Hand strich sie sich eine Haarsträhne aus dem Gesicht.

„Nicht wirklich", erwiderte sie und seufzte nochmals schwer. „Ich frage mich, warum ich die dummen Tabletten eigentlich noch nehme. Sie helfen eh nicht." Sie klang ärgerlich.

„Du kannst trotz Schlaftabletten nicht schlafen?", wiederholte er überrascht.

Sie schüttelte den Kopf. „Ich habe, wenn's hochkommt, eine halbe Stunde gedöst. Das war's auch schon."

Bestürzung erschien auf seiner Miene. „Dann willst du sicher heute nicht den Ausritt machen", vermutete er und war auf einer egoistischen Ebene enttäuscht darüber.

Doch zu seiner Verwunderung verneinte sie. „Wenn ich nicht arbeiten würde, wenn ich schlecht schlafe, wäre ich inzwischen arbeitslos. Unser Plan steht."

„Aber es ist Wochenende. Du musst heute schließlich nicht arbeiten", erinnerte er sie.

Sie sah ihn aus leicht zusammen gekniffenen Augen an. „Isaac, ich weiß, ich bin alt genug, dass ich auch in schlechter Laune höflich sein sollte. Stell mich nicht auf die Probe, okay? Ich sagte, es ist in Ordnung. Für Bemutterung ist es noch zu früh am Tag. Gib mir noch ein, zwei Stunden und einen guten Liter Kaffee, dann kann ich deine Umsicht mit einem Augenzwinkern abtun."

Er hob abwehrend die Hände und lächelte entwaffnend. „Ich habe nichts gesagt." Um das Thema zu wechseln deutete er mit einem Kopfnicken auf die glutlose Zigarette. „Dir ist klar, dass die nicht brennt, oder?"

„Wie aufmerksam von dir." Ihre Stimme war noch immer knurrig, aber sie schien nicht mehr tatsächlich verärgert. „Ich kämpfe derzeit sehr stark mit meinem Nicht-Raucher-Sein. Ich werd's wohl nicht mehr lange sein." Schon wieder seufzte sie, steckte dann jedoch die Zigarette zurück in die Schachtel und griff stattdessen wieder nach ihrer Kaffeetasse.

„Soll ich dich noch ein wenig allein lassen?", bot er umsichtig an.

Aber sie schüttelte den Kopf. „Musst du nicht, solange wir nur nicht allzu viel reden."

Tatsächlich verbrachten sie daraufhin die nächste Viertelstunde in Schweigen. Lex trank noch drei Tassen Kaffee. Immer wieder glitt ihre Hand unbewusst zu der

Zigarettenschachtel in der Tasche ihres Morgenmantels, ehe sie merkte, was sie tat und mit einem Seufzen die Hand zurückzog. Um Viertel vor Acht entschuldigte sie sich dann kurz und verschwand in ihrem Zimmer. Hier zog sie sich rasch um und telefonierte kurz mit Dilara. Um acht kam sie wieder hinaus auf die Veranda. Sie sah inzwischen deutlich munterer aus und war bereit aufzubrechen.

Auf dem Weg zum Stall hielten sie noch bei einem Supermarkt, um sich Verpflegung für den Tag zu kaufen, bis sie schließlich um kurz nach neun mit den Pferden das Naturschutzgebiet erreichten. Die Zeit bis dahin hatten sie ebenfalls größtenteils schweigend verbracht, während Lex noch immer Kaffee, nun aus ihrer Thermoskanne, trank. Als sie dann aus dem Jeep stieg, strahlte sie Isaac mit ihrer gewohnten Gelassenheit an. Aus dem Tod auf Latschen war wieder die hinreißende, geistreiche Frau geworden, die sofort begann, Isaac wegen seines steifen Ganges aufzuziehen.

KAPITEL 3

„Okay, würde mir jetzt bitte jemand sagen, was los ist?" Lex legte abrupt ihr Besteck beiseite und blickte zwischen ihren Schwiegereltern und ihrer Schwägerin fragend hin und her. Diese legten augenblicklich und völlig synchron den gleichen ahnungslosen Blick auf. Lex schüttelte den Kopf. „Nein, kommt mir jetzt nicht so. Ihr wisst genau, was ich meine. Seit ihr angekommen seid, behandelt ihr mich wie ein rohes Ei und keiner von euch kann mir länger als ein paar flattrige Herzschläge in die Augen blicken. Irgendwas ist hier im Busch und ich möchte wissen, was."

Dilara griff nach ihrer Hand. „Es ist nichts, Liebling. Mach dir keine Gedanken."

„Mama, bitte." Lex sah sie flehentlich an.

Atto seufzte. „Dilara", sagte er nur, sonst nichts. Auch seine Frau seufzte daraufhin. „Lasst uns ins Wohnzimmer gehen. Dort sitzen wir gemütlicher", bestimmte er.

Kurz darauf saß Lex, Dilara neben sich, ihre Hand haltend, ihrer Schwägerin und Atto gegenüber. Maria schaffte es nicht, Lex anzusehen. In ihren Augen schimmerten Tränen. Lex fragte sich, was zum Teufel hier los war.

„Es war meine Entscheidung, es dir noch nicht zu sagen. Du hast Geburtstag und ich weiß, da leidest du schon genug", eröffnete Maria schließlich. „Ich wollte dich nicht zusätzlich quälen."

Lex schüttelte hilflos den Kopf. „Maria, Liebes, sag mir einfach, worum es geht. Ich bin sicher, so schlimm ist es nicht."

Maria brach daraufhin erst richtig in Tränen aus. Atto tätschelte ihr beruhigend die Hand. Dann brachte sie schließlich hervor: „Es tut mir so leid, Lex. Es muss so schwer für dich sein. Aber ich bin schwanger."

Lex wurde schlagartig leichenblass und für ein, zwei Momente schien die Zeit einfach still zu stehen. Keiner sagte etwas oder rührte sich. Sie wusste selbst nicht, wie sie die Kraft dazu aufbrachte, sich schließlich als Erste aus diesem Vakuum zu lösen. Sie erhob sich auf wackeligen Knien und ging hinüber zu Maria.

Als würde sie die Szene von weit weg beobachten, sah sie sich selbst ihre überraschte Schwägerin in die Arme schließen. „Liebling, was für eine tolle Nachricht. Ich freue mich so für dich." Sie klang völlig aufrichtig, nicht das leiseste Vibrieren durchbrach ihre Selbstbeherrschung.

Was danach kam, daran konnte Lex sich nicht mehr erinnern. Sie wusste nur noch, dass es schließlich neun Uhr war, als sie sich allein auf ihrer Terrasse wiederfand. Als würde sie erst jetzt in ihren Körper wiederkehren, stellte sie verblüfft fest, dass ihre Wangen tränennass waren, ohne dass sie gewusst hätte, dass sie überhaupt weinte. Maria und Dilara waren inzwischen für die Nacht ins Hotel gefahren und eigentlich dachte sie, dass auch Atto gegangen wäre, doch dann hörte sie ihn plötzlich hinter sich.

„Die Frauen sind jetzt im Hotel angekommen", sprach er sie an, während er zu ihr nach draußen kam.

Hastig strich Lex sich die Tränen aus dem Gesicht. „Du solltest auch fahren. Es ist spät", sagte sie leise, die Stimme rauer als gewöhnlich.

„Es ist erst neun", stellte er fest und trat neben sie. Sie spürte seinen Blick auf sich lasten und kämpfte um ihre Selbstbeherrschung.

„Bitte, Atto. Vielleicht wäre es besser, wenn du fahren

würdest", brachte sie schließlich hervor, als sie merkte, dass sie den Kampf verlieren würde.

Er legte ihr sacht einen Arm um die Schultern. „Lass dir von deinem Schwiegerpapa einen Drink machen, Alexandra."

Sie schluckte schwer. „Ich… ich möchte nicht…" Sie wollte eigentlich noch mehr sagen, doch die Worte blieben ihr im Halse stecken. Plötzlich konnte sie die Tränen nicht mehr zurückhalten und ein herzzerreißendes Schluchzen bahnte sich seinen Weg aus ihr heraus. Sie schlug beide Hände vors Gesicht. Atto zog sie an seine Brust, beide Arme um sie gelegt.

„Schon gut, Mädchen, schon gut. Ich weiß", murmelte er ihr sanft zu und küsste ihr aufs Haar. Sie standen eine ganze Weile so, bis Lex nicht mehr die Kraft dazu hatte, noch länger zu weinen. Sie fühlte sie irgendwie hohl, eine bohrende Verzweiflung nagte an jeder Faser ihres Seins.

„Entschuldige", brachte sie schließlich schwach hervor. „Ich… ich sollte nicht… ich möchte nicht…" Sie seufzte laut. „Ihr wart immer so gut zu mir. Ich möchte nicht undankbar erscheinen", schaffte sie dann endlich zu sagen.

Atto schüttelte energisch den Kopf. „Sag nicht so einen Blödsinn, Alexandra. Dilara und ich lieben dich wie unsere leibliche Tochter, Maria wie eine Schwester. Meinst du nicht, wir wissen, was in dir vorgeht? Nun lass uns erst einmal hinein gehen und gönne einem alten Mann einen guten Cognac und eine Zigarette."

Kurze Zeit später saßen sie sich im Wohnzimmer gegenüber. Wenn Lex schon rauchte, dann nie drinnen, aber heute brach sie diese ehrende Regel. Sie und Atto hielten jeder einen Cognacschwenker und eine Zigarette in den Händen.

„Dante würde jetzt ordentlich mit uns schimpfen", sagte Atto nach einer Pause und in seiner Stimme schwang dieselbe Trauer, wie Lex sie in sich fühlen konnte. Schon wieder stiegen Tränen in ihre Augen. „Weißt du, Dilara und ich haben uns sehr gefreut, als Maria uns von ihrer Schwangerschaft erzählte. Aber gleichzeitig haben wir geheult wie die Schlosshunde. Dante und eure Kinder fehlen uns jeden Tag." Auch in Attos Augen schimmerte es nun. Er brauchte eine Weile, ehe er fortfahren konnte. „Dante würde wollen, dass wir weiter machen, so gut es uns eben möglich ist."

Lex weinte nun doch erneut. Sie nahm einen zittrigen Zug von ihrer Zigarette. „Ich weiß manchmal einfach nicht, wie. Jeden Tag, überall, sehe ich Mütter mit ihren Kindern, Frauen mit ihren Männern. Mein Leben habe ich erst angefangen zu leben, als ich Dante kennenlernte. Und die Kinder… Es hat einfach alles keinen Sinn mehr für mich", schluchzte sie.

Atto nickte mitfühlend. „Ich weiß. Ich habe nur meinen Sohn und meine Enkel verloren. Du hast deinen Mann und drei Kinder verloren…" Er seufzte und ließ den Satz ins Leere verklingen. „Wir müssen darauf vertrauen, dass Gott uns nicht mehr aufbürdet, als wir irgendwie tragen können."

Sie sagte darauf nichts. Schon häufig hatte sie diese Worte von Dantes Eltern gehört. Manchmal halfen sie ihr, doch an anderen Tagen klangen sie nur wie eine leere Hülle, der Bindfaden, an dem eine Tonnenlast halten sollte. Zwei Zigaretten lang herrschte Schweigen, bis Lex dieses brach.

„Ich freue mich wirklich für Maria. Ich hoffe, sie weiß das", sagte sie.

Atto nickte. „Natürlich weiß sie das." Nach einer kurzen Pause fügte er hinzu: „Und ich hoffe, du weißt, dass du immer zu dieser Familie gehören wirst. Du bist Dantes Vermächtnis an uns. Auch wenn du es schaffen solltest, vielleicht doch noch einmal einen Neuanfang zu wagen, wir werden immer für dich da sein."

Schon wieder spürte Lex heiße Tränen über ihre Wangen laufen, doch diesmal vor gerührter Dankbarkeit. Sie stand auf und umarmte Atto heftig. „Danke, Papa. Ich werd's mir merken."

Nachdem Atto um halb elf gegangen war, glaubte Lex zunächst, dass sie nun froh sein würde, ein wenig allein sein zu können, um ihrer Gedanken und Gefühle wieder Herr zu werden. Doch als sie voller Verwunderung feststellte, dass sich nur noch fünf Zigaretten in ihrer vormals frisch angebrochenen Schachtel befanden und sie gerade dabei war, sich ein ungezähltes weiteres

Glas Cognac einzuschenken, musste sie einsehen, dass sie sich in ihrer Einsamkeit keinen Deut besser fühlte, sondern im Gegenteil nur noch viel elender, und sich nichts sehnlicher wünschte, als Gesellschaft, die sie von ihrem Elend ablenkte.

Sie warf einen Blick auf die Uhr. Es war inzwischen kurz vor zwölf. Einen Moment lang gab sie sich den Anschein, zu überlegen, ob sie Isaac wirklich anrufen sollte. Doch sie merkte, dass sie den Entschluss im Prinzip schon gefällt hatte, ehe sie die Idee hatte. Wenn sie ehrlich war, hatte sie sich nach einem Gespräch mit Isaac gesehnt, von der Sekunde an, als Maria ihr von ihrer Schwangerschaft berichtet hatte.

Sie musste nicht lange klingeln lassen. Nach nur zwei Freizeichen nahm Isaac bereits den Hörer ab. „Sullivan“, meldete er sich und am Klang seiner Stimme erkannte sie, dass er erwartete, dass er vom Police Department angerufen wurde – scheinbar hatte er Rufbereitschaft.

„Isaac“, sagte sie leise und wunderte sich selbst darüber, wie verloren sie klang. Sie wollte eigentlich noch mehr sagen, doch mit einem Mal war ihre Kehle wieder wie zugeschnürt.

Trotzdem hatte er sie sofort erkannt. „Lex“, erwiderte er jetzt sanft und nicht mehr geschäftlich. Einen Moment wartete er vergeblich darauf, dass sie irgendetwas sagen würde, doch als das nicht geschah, fragte er: „Bist du okay?“ Die Antwort konnte vermutlich nur nein lauten, so wie die Dinge aussahen.

„Ich - “, setzte sie mühsam an, musste sich aber unterbrechen, um nicht laut zu schluchzen. Sie räusperte sich und versuchte es erneut. „Habe ich dich geweckt?“

„Nein, ich war noch wach“, beruhigte er sie.

„Ich… ich dachte…“ Sie wusste nicht recht, was die richtigen Worte waren, denn plötzlich bereute sie es, angerufen zu haben. Es war ihm gegenüber nicht fair. Ihn so in ihre Privatangelegenheiten mit hinein zu ziehen würde ihn vermutlich nur daran zweifeln lassen, dass ihr Entschluss, sich nicht auf ihn einzulassen, unumstößlich war. Sie seufzte. „Entschuldige, ich hätte nicht anrufen sollen“, brachte sie schließlich matt hervor.

Doch so einfach ließ er sich jetzt nicht mehr abwimmeln.

„Ist etwas vorgefallen?", wollte er wissen.

Sie schwieg einige Atemzüge und rang mit ihrem Bedürfnis nach seiner Gesellschaft und der Befürchtung, dass er in dieses Bedürfnis mehr hineininterpretieren würde, als es für sie bedeutete – bedeuten konnte.

„Lex", rief er sie sacht an.

Schließlich siegte ihre Angst vor der Einsamkeit. „Meinst du… willst du vielleicht vorbeikommen?" Ein anderer Teil von ihr hoffte fast, dass er ablehnen würde. Doch stattdessen fragte er nicht einmal, warum sie ihn um diese Uhrzeit zu sich einlud.

„Natürlich. Gerne. Ich bin in einer Dreiviertelstunde bei dir."

Die Zeit, die Isaac brauchte, um zu ihr raus zu fahren, kam ihr unendlich lange vor, zumal sie nicht mehr genügend Zigaretten hatte, um diese zu überbrücken. Ihre Disziplin reichte gerade noch aus, die letzte Zigarette so lange aufzuheben, bis die 45 Minuten, die Isaac ihr angegeben hatte, um waren. Danach ging sie nach draußen vor die Tür, um sich die letzte Zigarette zu gönnen und hier auf Isaac zu warten. Sie war gerade dabei, in Gedanken nochmal jeden möglichen Ort zu durchkämen, an dem sie vielleicht noch Zigaretten aufbewahrte, als endlich die Scheinwerfer von Isaacs Wagen die Dunkelheit durchschnitten.

Als er mit dem üblichen warmen Lächeln, das er ihr immer zur Begrüßung schenkte, ausstieg, wusste sie mit einem Mal, dass es das einzig Richtige gewesen war, ihn gebeten zu haben, für sie da zu sein. Denn auch wenn sie sich noch immer scheußlich fühlte, so konnte sie doch bereits etwas leichter atmen. Als er sie erreichte, schloss er sie in einer unglaublich tröstenden Geste in die Arme. Obwohl sie das bisher noch nie zur Begrüßung getan hatten, erschien ihr die Umarmung so vertraut, dass sie nicht anders konnte, als sich für einen langen Moment an seine schützende Brust sinken zu lassen. Seine eine Hand legte sich sanft in ihren Nacken und die Geborgenheit, die er ihr dadurch vermittelte, nahm weitere Last von ihren Schultern.

„Lass uns nach drinnen gehen. Dir ist kalt", durchbrach

Isaac schließlich den Moment.

Erst als er das sagte, wurde ihr bewusst, dass sie tatsächlich zitterte, jedoch nicht etwa, weil sie fror, sondern vor innerer Anspannung. Dennoch nickte sie zustimmend, löste sich langsam von ihm – wobei er sie jedoch nicht ganz gehen ließ, sondern ihre rechte Hand fest in die seine schloss – und ging zurück ins Haus. Drinnen wurde ihr plötzlich bewusst, wie verraucht ihre Wohnung roch und unsinnigerweise schämte sie sich dafür. Sie machte sich jetzt doch ganz von Isaac los und lief zu dem Panoramafenster des Wohnzimmers, um die großen Flügel aufzuschieben und so frische Luft hineinzulassen.

„Entschuldige. Atto und ich haben…" Ihr Satz ging in eine verlorene Leere unter, als ihre Kehle sich bereits ein weiteres Mal eng zusammenschnürte.

„Mach dir darum keine Gedanken", erwiderte Isaac mit einer wegwerfenden Geste, während er versuchte, allen vier Hunden, die ihn inzwischen jedes Mal beinahe wie einen alten Freund begrüßten, gerecht zu werden. Danach ließ er sich auf das Sofa fallen. Lex ließ sich ihm gegenüber in einen Sessel sinken. Das Zittern, das zuvor ihren ganzen Körper geschüttelt hatte, beschränkte sich inzwischen auf ihre Hände. Einen Moment sah sie stirnrunzelnd auf diese hinunter, dann verzog sie das Gesicht und blickte mit einem gequälten Lächeln zu Isaac auf.

„Manchmal komm ich mir vor wie ein Drogenjunkie", gestand sie und hielt zur Erklärung ihrer Worte ihre zitternden Hände hoch. „Das habe ich immer mal wieder. Und ich kann einfach gar nichts dagegen tun."

„Dann musst du dir nicht wie ein Junkie vorkommen. Denn die können etwas dagegen tun", erwiderte Isaac sanft.

Sie seufzte, ließ die Hände sinken und lehnte sich für einige Atemzüge lang mit geschlossenen Augen in ihrem Sessel zurück. Dann begann sie mit der Rechten ihren verspannten Nacken zu massieren. Ihre Linke glitt wie automatisch auf die Zigarettenschachtel, die neben ihr auf einem kleinen, runden Tischchen lag. Sie wollte eine Zigarette herausschütteln, erst dann fiel ihr ein, dass die Schachtel leer war. Und dass sie ja eigentlich sowieso nicht rauchen wollte…

Isaac beobachtete sie in dieser Zeit schweigend und nahm die wenigen Details in sich auf, die ihm einen Anhaltspunkt geben konnten, was eigentlich passiert war. Neben dem überquellenden Aschenbecher auf dem Tischchen neben Lex und dem vor Isaac auf dem niedrigen Couchtisch stand je ein Cognacglas, auf dem Couchtisch außerdem eine halb geleerte Cognacflasche. Lex sah mehr als nur erschöpft aus. Ihre Augen waren rot und geschwollen, ein deutliches Anzeichen, dass sie eine ganze Weile geweint haben musste. Zudem hatte sie wieder diesen abgehärmten Zug auf ihrem Gesicht, den er dort jedes Mal entdeckte, wenn sie auf schmerzhafte Weise an all das erinnert wurde, was sie verloren hatte.

Schließlich entschloss er sich dazu, das Gespräch zu eröffnen. „Hast du dich mit deiner Familie gestritten?", fragte er vorsichtig.

Noch immer mit geschlossenen Augen schüttelte sie den Kopf. Als sie ihn dann ansah, schimmerten Tränen in ihren Augen, doch sie hielt sie zurück. Erneut seufzte sie, fuhr sich dann mit einer Hand durchs Gesicht und erklärte leise: „Maria ist schwanger."

Selbst Isaac ließ diese Nachricht schmerzlich zusammenzucken. Er konnte nur vermuten, wie hart diese Neuigkeit Lex getroffen haben musste.

„Versteh mich nicht falsch", fügte sie hinzu, die Stimme eine deutliche Nuance rauer als sonst. „Ich freue mich wirklich für sie. Sie ist seit der High School mit ihrem Freund zusammen. Seit dem College wohnen sie zusammen. Und sie sind sehr glücklich miteinander. Also wirklich die perfekten Voraussetzungen, um eine Familie zu gründen. Es ist nur…" Ihre Stimme brach und sie konnte den Satz nicht beenden.

Aber das musste sie auch nicht. Isaac verstand auch so, dass Lex sich durch diese Neuigkeit nur einmal mehr damit konfrontiert sah, dass auch sie einmal das perfekte Glück gefunden hatte. Und dass ihr eben dieses auf brutale und grausame Weise unwiderruflich genommen worden war.

Ihre Hand wanderte wieder zu der Zigarettenschachtel und erneut erinnerte sie sich erst mit einiger Verzögerung, dass diese leer war. Sie seufzte schwer und zog die Hand zurück.

„Rauch ruhig eine", ermutigte er sie, ihre Zurückhaltung falsch deutend.

Sie lächelte schwach. „Würde ich ja. Aber ich habe keine mehr."

„Warum sagst du das nicht gleich?" Er erwiderte ihr Lächeln breit und zog dann mit einer triumphierenden Geste aus der Innentasche seiner neben ihm liegenden Jacke eine Schachtel von Lex' Marke heraus. Sie sah ihn überrascht an. Nun beinahe etwas verlegen, zuckte er mit den Schultern. „Deswegen habe ich fünfzig statt 45 Minuten gebraucht", erklärte er und warf ihr die Schachtel zu.

Sie fing sie geschickt auf. „Danke, Isaac", entgegnete sie aufrichtig und hatte das Gefühl, dass es eine der nettesten Gesten war, die er je für sie getan hatte. Er zuckte zur Antwort lediglich erneut mit den Schultern.

Wieder saßen sie sich eine Weile schweigend gegenüber, während derer Lex mit sichtlichem Genuss rauchte. Die Zigarette schien außerdem eine tröstliche Wirkung auf sie zu haben. Plötzlich jedoch fuhr sie zusammen. „Ich bin ein scheußlicher Gastgeber. Ich habe dir überhaupt nichts angeboten. Möchtest du was trinken? Oder essen?"

Isaac schüttelte beruhigend den Kopf, ein Gähnen unterdrückend. Es war inzwischen fast halb zwei. „Nein, danke. Ich brauche nichts."

Lex jedoch merkte seine Müdigkeit. Nun sah sie schuldbewusst aus. „Ich hätte dich nicht anrufen sollen", sagte sie und klang dabei so niedergeschlagen, dass es ihn geradezu schmerzte.

„Unsinn", widersprach er. „Ich bin froh, dass du es getan hast. Ich habe dir doch gesagt, ich bin für dich da, wann immer du mich brauchst."

Sie seufzte. „Das ist ja das Problem. Du investierst viel zu viel in diese Freundschaft. Denn sie kann nie mehr werden als das. Es ist dir gegenüber nicht fair."

Er war ein wenig überrascht, dass sie dieses Thema erneut anschnitt, erwiderte aber dennoch sehr ernst: „Lex, ich bin froh, wenn ich überhaupt eine Rolle in deinem Leben spielen darf. Alles andere lass nur meine Sorge sein."

Lex war irgendwann doch ein wenig eingedöst und schreckte schließlich um zwanzig nach neun aus diesem leichten Schlummer hoch. Für einen Moment war sie noch benommen genug, um sich darüber zu wundern, warum Isaac neben ihr in ihrem Bett lag. Und auch benommen genug, um sich nicht sicher zu sein, was sie hier im Bett getan hatten. Als sie sich daraufhin erschrocken aufsetzte, drehte sich das Zimmer ein wenig um sie. Okay, sie hatte zu viel getrunken… Und dem Kratzen in ihrer Kehle nach zu urteilen hatte sie deutlich zu viel geraucht. Dann klärten sich endlich ihre Gedanken und sie erinnerte sich an alles. Marias Eingeständnis, das Gespräch mit Atto und schließlich ihre Bitte an Isaac, zu ihr raus zu kommen. Die ungezwungene Nacht, die sie redend miteinander verbracht hatten. Ihr fiel ein riesengroßer Stein vom Herzen, dass sie nicht mehr miteinander gemacht hatten. Doch als ihr Blick dann auf ihren Wecker fiel, spürte sie gleich einen weiteren Stich im Magen. Um zehn wollte ihre Familie wieder zu ihr kommen. Auch wenn Lex wusste, dass weder ihre Schwiegereltern noch Maria etwas dagegen haben würden, wenn Lex ihr Bett mit einem neuen Mann teilen würde, so wollte sie sie doch nicht zu den falschen Schlüssen bezüglich Isaacs verleiten. Und solche würden sie ziehen, wenn sie Isaac hier antreffen würden. Wenn Lex ihnen dann erklärte, dass Isaac nur ein Freund war und sie die ganze Nacht geredet hatten, würden sie ihr das vermutlich nicht abkaufen.

Sacht berührte sie Isaac, der tief und fest zu schlafen schien, an der Schulter. „Isaac", sprach sie ihn sanft an. Er gab nur ein Murmeln von sich und drehte sich auf die andere Seite. Sie rüttelte ein wenig an ihm. „Isaac, du muss aufwachen." Er schlief wirklich tief. Sie musste noch ein paar Mal an seiner Schulter rütteln, ehe er endlich aufwachte.

Dann jedoch begrüßte er sie mit seinem charakteristischen Lächeln. „Lex."

Sie erwiderte sein Lächeln. „Guten Morgen." Direkt darauf

wurde sie sich wieder der etwas merkwürdigen Situation bewusst, dass sie zusammen in einem Bett geschlafen hatten und sie ihn außerdem innerhalb der nächsten halben Stunde aus ihrem Haus komplementieren musste, damit ihre Familie ihn nicht zu Gesicht bekam. „Ich will nicht undankbar erscheinen oder so etwas", sagte sie, ihre Stimme ein verlegenes Drucksen.

Er lachte, während er die Beine aus dem Bett schwang. „Oh, mein männliches Ego", witzelte er. „Du musst gar nichts weiter sagen. Die Nacht mit mir war so schlecht, dass du mich rausschmeißt."

Trotz seines unbekümmerten Tonfalls war sie sich nicht sicher, ob er nicht doch ein wenig gekränkt war. „Ich… ich will nicht, dass meine Familie die falschen Schlüsse zieht", erklärte sie leise und sah ihm dabei zu, wie er seine von der Nacht zerknitterten Klamotten vergeblich glatt zu streichen versuchte und sich, als er die Sinnlosigkeit dieses Unterfangens einsehen musste, stattdessen einmal mit den Händen durchs Gesicht fuhr.

Dann drehte er sich zu ihr um, noch immer das Lächeln auf den Zügen. „Mach dir keine Sorgen, Lex. Ich versteh das schon."

„Bist du sicher?", zweifelte sie noch immer. Er nickte bestätigend. Sie stand nun auch auf. „Es ist nicht so, dass ich nicht möchte, dass sie dich kennenlernen. Nur vielleicht nicht gerade so."

Er schüttelte den Kopf, griff kurz nach ihrer Hand und drückte sie sacht. „Alles in Ordnung, Lex", wiederholte er. „Mach dir keinen Kopf darum."

Sie erwiderte seine freundliche Geste und war selber überrascht, wie gut sich diese anfühlte. „Was hältst du davon, wenn du heute Abend mit uns essen gehst?", wollte sie, plötzlich mutig geworden, wissen.

Wieder schüttelte er den Kopf. „Du musst mich nicht einladen, Lex. Ich fühle mich wirklich nicht gekränkt", missverstand er ihre Motivation.

Doch nun war sie es, die den Kopf schüttelte. „Ich möchte dich aber gerne einladen. Ich würde mich freuen, wenn du meine Familie kennenlernst. Und sie dich. Und ich würde mich auch freuen, wenn du bei meinem Geburtstagsessen mit dabei bist. Wie sagtest du noch? Du hoffst, dass ich meinen Geburtstag gebührend feiere? Nun, dazu gehört, dass ich dich einlade. Bitte sag ja.“ Mit großen Augen, in denen er sich hätte verlieren können, sah sie bittend zu ihm auf.

„Wie könnte ich da ablehnen?“, erwiderte er mit einem neuerlichen Lächeln. Dann beugte er sich zu ihr vor, um ihr einen leichten Kuss auf die Stirn zu geben. Es war der erste Kuss, den er ihr je gab. „Und wo wir schon dabei sind“, sagte er dann sanft. „Herzlichen Glückwunsch zum Geburtstag.“

Sie war etwas überrumpelt von dem Kuss, doch stellte auch hier fest, dass es eine ihr sehr willkommene Geste war. Einen Moment sah sie ihm direkt in die Augen und sie spürte ein kleines Flattern in ihrem Magen. Dieses war es schließlich, welches sie dazu bewegte, sich mit einem Räuspern abzuwenden. Sie warf einen bedeutungsschweren Blick auf die Uhr. Er verstand ihre wortlose Aufforderung. Ihr voraus ging er nach unten. Im Vorbeigehen griff er noch nach seiner Jacke, die auf der Couch lag, dann standen sie sich im Flur erneut gegenüber. Lex wirkte etwas nervös und vermied es offensichtlich, einen längeren Augenkontakt herzustellen.

„Wann soll ich heute Abend kommen?“, fragte Isaac in die verlegene Stille hinein.

„Oh, äh…“, machte sie und überlegte kurz. „Würde dir halb sechs, sechs passen?“

Er nickte und streckte bereits die Hand nach der Türklinke aus. „Ja, das passt gut.“ Er hatte die Tür schon einen Spalt breit geöffnet, als ihn Lex noch einmal zurückhielt.

Sie verzog ein wenig das Gesicht, eine Mischung aus Verlegenheit und Unsicherheit darüber, ob sie das Folgende wirklich sagen sollte. „Ehm, Isaac?“, brachte sie gedehnt hervor. Fragend wandte er sich zu ihr um. „Ich hätte vielleicht eine Bitte an dich.“ Er schloss die Tür, um ihr seine volle Aufmerksamkeit zu signalisieren. Sie wand sich ein wenig, noch immer unentschlossen. „Es… es ist gegen die Vorschriften. Und es wird übermäßig dramatisch erscheinen.“

Auf Grund dieser Ankündigung erst recht völlig ratlos, was

sie meinen könnte, lächelte er ihr auffordernd zu, damit sie weitersprach. Sie seufzte. „Du hast ja sicherlich bemerkt, dass im Moment viele Jahrestage zusammen liegen. Meine Abwehr ist irgendwie ziemlich down, wie du bestimmt ebenfalls mitbekommen hast. Und nun noch Maria…" Sie ließ den Satz unbeendet.

„Was kann ich für dich tun?", wollte er sanft wissen, als sie nicht weitersprach.

Noch immer wand sie sich ein wenig. „Ich… ich möchte dir keinen falschen Eindruck vermitteln. Wie gesagt, es wird dramatischer wirken, als es ist."

„Lex, sag einfach, was Sache ist. Ich werde es schon richtig verstehen", ermutigte er sie.

„Ich…", druckste sie. „Ich… Würdest du… Ich habe eine private Waffe im Haus. Würdest du sie für diese Nacht mit zu dir nehmen?", brachte sie schließlich heraus und wich seinem Blick dabei aus.

Er unterdrückte ein überraschtes Zusammenzucken. Was auch immer er erwartet hatte, das war es nicht gewesen. Er hatte Lex nun schon das zweite Mal in völliger Verzweiflung erlebt, doch beide Male hatte er nicht ernsthaft in Erwägung gezogen, dass sie wohlmöglich über Selbstmord nachdenken könnte.

Als er nichts sagte, verzog sie wieder ihr Gesicht. „Ich sagte doch, es wird sehr dramatisch klingen. Es ist nur - ", setzte sie zu einer Erklärung an. Sie seufzte. „Es wird eine weitere schwere Nacht werden. Ich möchte nur sicher sein, dass ich keine Kurzschlusshandlung unternehme."

Er hatte sich inzwischen von seiner Überraschung etwas erholt. Erneut griff er nach ihrer Hand. „Was hältst du davon, wenn ich stattdessen die Nacht wieder bei dir verbringe? Wir können es so einrichten, dass deine Familie davon nichts mitbekommt." Der Gedanke, dass sie in einer Verfassung, die sie dazu treiben könnte, ihre Waffe… Gott, er konnte den Satz nicht einmal in Gedanken zu Ende bringen! Dass sie jedenfalls in dieser Verfassung allein sein würde, war ihm unerträglich.

Sie schüttelte den Kopf. „Darum kann ich dich nicht bitten."

Sein Druck um ihre Hand verstärkte sich. „Es wäre mir aber

sehr viel lieber, als deine Waffe mitnehmen zu sollen. Und das nicht wegen der Vorschriften." Er sah, dass sie noch immer zögerte. „Bitte, Lex", drängte er daraufhin. „Lass mich für dich da sein. Du musst das nicht allein durchmachen."

Langsam nickte sie. „Na gut", gab sie nach.

Nur wenige Minuten nachdem Isaac gefahren war, kamen Lex' Schwiegereltern und Maria bei ihr an. Das folgende gemeinsame Frühstück verlief in herzlicher und entspannter Atmosphäre. Im Anschluss wurden Lex ihre Geschenke überreicht, was sie nicht ganz ohne Tränen schafften. An ihrem Geburtstag war Dante einfach viel zu sehr in seinem Element gewesen, als dass sie nicht an ihn hätte denken können. Und aus der Geschenkübergabe hatte er immer einen riesigen Rummel gemacht.

Lex war froh, als sie danach mit ihren Hunden allein einen Ausritt machen konnte, um sich wieder etwas zu fangen. Erst als sie nach dem Ausflug bei einer Tasse Kaffee mit ihrer Familie zusammensaß, weihte sie sie ein, dass sie heute zum Abendessen einen Gast erwartete.

„Ich habe für heute Abend noch jemanden eingeladen, wenn euch das recht ist", eröffnete sie. Während auf Marias Gesicht sofort ein neugieriger Ausdruck erschien, wirkten Dantes Eltern eher überrascht.

„Natürlich ist uns das recht", erwiderte Dilara mit einiger Verzögerung.

„Wer ist es denn?", wollte Maria mit wenig überzeugender Beiläufigkeit wissen.

Lex überlegte kurz, wie sie Isaac mehr würde herunterspielen können: indem sie Maria mit ihrer Neugier aufzog oder indem sie auf diese nicht einging. Sie entschied sich zu letzterer Variante und zuckte etwas unbestimmt mit den Schultern. „Ein Arbeitskollege." Sie betonte diesen Umstand mit Absicht, um klar zu machen, dass eine intime Beziehung zu Isaac von vornherein ausgeschlossen war.

„Isaac Sullivan?", hakte Dilara nach, sich an den Mann erinnernd, der Lex zu Hause besucht hatte und mit dem sie in der folgenden Woche abends essen gegangen war.

Lex nickte so gelassen wie möglich. Alle Blicke verharrten fragend auf ihr und ihr war klar, dass ihre Erklärung nicht ausreichte. Ihre Familie fragte sich offensichtlich, warum Lex irgendeinen Arbeitskollegen zu ihrem Geburtstagsessen einlud. Sie unterdrückte ein Seufzen und fügte dann hinzu: „Ich hatte dir ja schon erzählt, dass er neu hierher versetzt worden ist und dass wir am Doorsen-Fall zusammenarbeiten." Bei diesen Worten blickte sie zu Dilara hinüber, doch auch Atto und Maria nickten. Dilara hatte den beiden also offensichtlich ebenfalls davon erzählt. „Durch den Fall haben wir die letzten beiden Wochen sehr viel Zeit miteinander verbracht und er hat sich als guter Freund erwiesen."

Während Lex das so sagte, wunderte sie sich selber, dass sie Isaac tatsächlich erst die zwei Wochen kannte. Ihr kam es vor, als wären sie schon jahrelang befreundet. Sie hatte ihm Sachen von sich erzählt, die sie nicht einmal ihrer Familie anvertraut hatte, und hatte sich ihm auch sonst auf eine Art geöffnet, wie sie schon lange keinen Fremden mehr an sich herangelassen hatte.

Mit diesem Gedanken im Hinterkopf setzte sie hinzu: „Ich möchte gerne, dass ihr ihn kennen lernt und habe ihn deswegen eingeladen."

Als Isaac um zwanzig vor sechs klingelte, wäre Maria beinahe aufgesprungen, um Lex an die Tür zu begleiten, so gespannt darauf war sie, diesen Arbeitskollegen, von dem Lex wollte, dass ihre Familie ihn traf, kennenzulernen. Ein strenger Blick ihres Vaters ließ sie auf die Couch, von der sie bereits halb aufgestanden war, zurücksinken. Sie lächelte Lex entschuldigend zu, die ebenfalls lächelnd die Augen ein wenig verdrehte und dann zum Flur verschwand.

Als sie Isaac öffnete, sah sie zunächst vor sich nur einen überdimensionalen Strauß frischer Schnittblumen. Als Isaac diesen dann beiseite nahm, strahlte er ihr entgegen.

„Herzlichen", setzte er. Dann sah er Lex, die zuvor für ihn hinter dem Strauß verborgen gewesen war. Erst mit einiger

Verzögerung fügte er hinzu: „Glückwunsch zum Geburtstag.“ Sein Blick verharrte dabei wie gebannt auf Lex' Gestalt. Sie trug ein zart fliederfarbenes, kurzes, enganliegendes Kleid in Bolero-Optik, welches ihre gesamte Figur, vor allem aber ihr Dekolleté und ihre langen Beine auf atemberaubende Weise zur Geltung brachte. Die hohen Riemchenschuhe waren in einem dunklen Lilaton gehalten. Ihr langes Haar fiel ihr offen über die Schultern und passendes Make-Up vollendete ihr Outfit. Er hatte sie noch nie so hinreißend gesehen. „Wow“, machte er schließlich beeindruckt, noch immer nicht in der Lage, seinen Blick von ihr zu wenden. „Du siehst umwerfend aus.“

Von seinem verschlingenden Blick beinahe etwas verlegen, zuckte sie ein wenig mit den Schultern. „Ich habe das Outfit heute von Dilara geschenkt bekommen, zusammen noch mit einer passenden Jacke und Handtasche. Das Ganze muss absurd teuer gewesen sein, aber sie besteht darauf, dass ich es behalte.“

„Erinnere mich daran, ihr dafür zu danken“, erwiderte Isaac, weiterhin völlig vereinnahmt von ihrem Anblick.

Sie ließ ihm noch ein, zwei Atemzüge lang Zeit, dann lachte sie leise auf. „Nun ist aber gut“, schalt sie ihn neckend. „Ich habe mich so ins Zeug gelegt, meine Familie davon zu überzeugen, dass wir nur Freunde sind. Du machst ja alles kaputt.“ Nach einer kurzen Pause fügte sie hinzu: „Jetzt komm erst mal rein. Es sind schon alle ganz gespannt darauf, dich kennen zu lernen.“

Zugegebenermaßen war auch Isaac gespannt darauf, ihre Familie zu treffen, und so folgte er ihr ins Haus. Er wurde herzlich und frei jeglicher Vorbehalte begrüßt. Das beeindruckte ihn aufs Neue. Auch wenn Lex versucht hatte, ihrer Familie klar zu machen, dass Isaac nichts weiter als ein Freund war, hatte es doch so geklungen, dass sie vielleicht mehr vermuten könnten. Somit hätte es ihn nicht gewundert, wenn er in eine Art Konkurrenz zu Dante geraten wäre, doch von etwas dergleichen war nichts zu spüren. Auch während des folgenden Abendessens nicht.

Sie fuhren mit zwei Wagen in ein gehobenes Restaurant in der Stadt. Ihre Familie würde nach dem Essen ins Hotel zurückfahren. Sie ließen sich Zeit zum Essen und die Stunden plätscherten in unverfänglichen und ausgelassenen Gesprächen dahin. Nur hin und wieder kam eine gewisse Schwermut auf, wenn das Thema irgendwie auf Dante oder Lex' Kinder zu sprechen kam. Die Familie wechselte dann des Häufigeren ins Italienische, sodass Isaac nicht verstand, was gesagt wurde. Dennoch konnte er aus den ausgetauschten Gesten erkennen, dass diese Familie durch gegenseitigen Trost den schrecklichen Geschehnissen zu trotzen schien. Jedem war die Trauer gestattet, anstatt dass diese krampfhaft verdrängt wurde. Doch immer fand sich einer, der gerade die Stärke aufbringen konnte, Trost zu spenden. So fanden sie immer wieder zu einer entspannteren Stimmung zurück und bezogen Isaac anschließend wieder in ihre Gespräche mit ein.

Nach dem Essen zogen sie irgendwann in die angegliederte Bar um und verabschiedeten sich hier erst um nach zwölf. Maria war es, die Lex noch einmal fragte, ob sie ihr in der Nacht nicht Gesellschaft leisten sollten, doch Lex lehnte das ab. Vielleicht würde sich später für Isaac die Gelegenheit ergeben, sie zu fragen, warum sie das tat. Und schließlich fanden Isaac und Lex sich allein in ihrem Auto auf dem Rückweg zu ihr nach Hause. Während der gesamten Fahrt war sie schweigsam und starrte seitlich aus dem Beifahrerfenster. Er hatte angeboten zu fahren. Immer wieder warf er einen raschen Blick zu ihr hinüber, doch sie saß einfach nur völlig reglos da. Er fragte sich, wo ihre Stimmung vom Restaurant hin war. Dort hatte sie trotz des zwischenzeitlichen Kummers alles in allem doch ausgelassen gewirkt. Jetzt hingegen war da wieder dieser Ausdruck in ihren Augen, der Isaac immer schmerzlich ins Herz schnitt. Unendliche Trauer, verzweifeltes Leid und Erschöpfung, tiefe Erschöpfung. So, als würde sie einfach nur noch aufgeben wollen.

„Vielleicht hättest du das Angebot deiner Familie doch annehmen sollen", durchbrach er endlich die Stille.

Er schien sie aus tiefen Gedanken zu reißen. Mit einiger Verzögerung glitt ihr Blick hinüber zu ihm. „Hm?", machte sie, wie von weit weg. Als er seine Worte wiederholte, schüttelte sie sacht den Kopf. „Ich weiß nicht warum, aber sie in der Nacht vor und nach meinem Geburtstag bei mir zu haben, ertrage ich einfach nicht. Es ist schlimmer, als allein zu sein. Aber ich bin froh, dass du mir angeboten hast, zu bleiben." Sie lächelte schwach.

„Bist du sicher?", hakte er nach. „Wenn du lieber allein sein möchtest, dann werde ich nur deiner ursprünglichen Bitte nachkommen und gehen." Er brachte es irgendwie nicht fertig, ihre Bitte, ihre Waffe mitzunehmen, wörtlich zu wiederholen.

Ihr Kopfschütteln wurde energischer. „Nein. Wenn du dir wirklich eine weitere Nacht mit mir antun willst, dann bin ich froh, wenn du bleibst."

Er zwinkerte ihr beinahe verschwörerisch zu. „Natürlich möchte ich bleiben. Ich habe doch schon einen Schlachtplan ausgearbeitet, wie wir die Stunden um kriegen."

„Oh", machte sie, sich merklich immer mehr von ihren Gedanken lösend. „Was denn für einen?"

Er wurde noch einmal ernst. „Das heißt natürlich nur, wenn du keine anderen Vorstellungen hast. Wir können auch nur reden oder selbst auch nur schweigen."

„Ich bin für alles offen", erwiderte sie leichthin.

Er warf ihr einen kurzen Blick zu, offensichtlich ihr Äußeres einmal mehr bewundernd. „Ich bin versucht, dich beim Wort zu nehmen", meinte er. Ehe sie in die Verlegenheit kam, darauf etwas zu erwidern, fuhr er in verändertem Tonfall fort: „Also mein Schlachtplan sieht definitiv Kartenspielen vor. Ich bin nur noch nicht sicher, um was wir spielen sollen."

Überrascht zog sie die Augenbrauen hoch. „Kartenspielen?", wiederholte sie.

Er nickte eifrig. „Ich habe die Erfahrung gemacht, dass man durch nichts leichter eine Nacht durchmachen kann, als durch Kartenspielen. Na gut, eine Möglichkeit fällt mir noch ein, aber damit wären wir wieder bei deinem Kommentar, dass du für alles offen wärest, den ich ja nicht zu ernst nehmen wollte." Erneut zwinkerte er ihr zu.

Sie zeigte ein hinreißendes Lächeln, dann nickte sie langsam. „Karten also. Was willst du spielen?"

„Pokerst du?"

Erneut nickte sie. „Und um was wollen wir pokern?", wollte sie wissen. „Geld ist langweilig, findest du nicht auch?"

Auf ihre Worte hin strahlte er, als hätte sie ihm eine Reise geschenkt. „Ganz meine Meinung", bestätigte er. „Was hältst du von Truth Poker? Wer verliert, muss auf eine beliebige Frage, die der Gewinner stellt, wahrheitsgemäß antworten. Will er das nicht, ist stattdessen ein Schluck Alkohol fällig. Ansonsten trinkt der Gewinner."

Sie verzog ein wenig das Gesicht. „Schlägst du das deswegen vor, um mir einen Vorwand zu geben, zu trinken? Ich habe mir nach gestern vorgenommen, erst mal wieder zurück zu schrauben. In der letzten Zeit habe ich ein paar Mal zu häufig über den Durst getrunken."

„An deinem Geburtstag darfst du ruhig noch einmal ein bisschen zu viel trinken. Ab morgen werde ich dich in deinem Entschluss unterstützen, aber heute Nacht werde ich dich zu jugendlichem Leichtsinn verführen. Keine Widerrede", befahl er mit einem spitzbübischen Grinsen.

Mit einem Seufzen gab sie nach. „Na schön, wie du meinst. Truth Poker also."

In diesem Moment erreichten sie Lex' Auffahrt und nur eine knappe Viertelstunde später saßen sie sich im Wohnzimmer gegenüber, ein Kartendeck, eine volle Flasche Cognac, den Isaac mitgebracht hatte, und zwei Gläser vor sich. Während Lex die Karten mischte und austeilte, füllte Isaac ihre Gläser. Für die erste Runde brauchten sie beinahe zwanzig Minuten. Isaac verlor.

Lex schüttelte den Kopf. „Zwanzig Minuten. So kommen wir ja zu gar nichts", lächelte sie. „Meine Frage an dich daher: was hältst du statt Poker von Stich?"

„Stich?", wiederholte Isaac ratlos.

Sie nickte. „Höhere Karte sticht niedrigere Karte."

„Geniales Spiel. Sehr anspruchsvoll", nickte er, ebenfalls grinsend. Sie griff erneut zum Mischen nach dem Kartendeck und hielt ihm dieses dann zum Ziehen hin. Kreuz Bube. Lex zog Kreuz Ass.

„Ha", machte sie. „Also, nun geht's ans Eingemachte." Sie überlegte kurz. „Bist du wirklich wegen des Wetters aus Kalifornien geflohen?" Sie glaubte ihm seine Begründung noch immer nicht.

Er lächelte breit. „Jap", meinte er. „Keine versteckten Geheimnisse an dieser Stelle."

„An dieser nicht?", wiederholte sie. „An welcher dann?"

Er schüttelte den Kopf. „Nichts da. Erst wieder Karten ziehen. Und vergiss deinen Cognac nicht. Du musst trinken, da ich geantwortet habe."

Sie prostete ihm zu, dann zogen sie wieder Karten. Erneut stach Lex' Isaacs Karte aus. „Also, an welcher Stelle dann?", wollte sie wissen.

„Ich finde, die Frage ist viel zu unkonkret. Ich kann dir schließlich nicht meine ganzen vergrabenen Leichen nennen. Du musst schon genauere Fragen stellen."

„Hm", machte sie. „Da hast du wohl Recht. Na schön: wie viele Beziehungen hast du schon hinter dir?"

„Gleich ans Eingemachte, das sagtest du ja." Er überlegte kurz. „Drei. Nein vier, wenn man meine High School Freundin mitzählt."

„Armes Mädchen. Natürlich zählen wir die mit", entgegnete Lex, einen weiteren Schluck aus ihrem Glas nehmend.

Wieder gewann Lex. „Wann hast du deine letzte Beziehung beendet?"

„Vor gut anderthalb Jahren."

Er schüttelte den Kopf, als seine Herz Sieben von Lex' Herz Acht geschlagen wurde. „Trauerst du ihr nach?"

„Nein. Wir passten nicht zueinander. Das wussten wir eigentlich von Anfang an."

„Warum wart ihr dann zusammen?", rutschte es Lex heraus, noch ehe sie neue Karten gezogen hatten. Er hob tadelnd den Finger, doch sie gewann tatsächlich erneut. „Also?", bohrte sie weiter. Er zuckte etwas hilflos die Schultern. „Heißt das, du willst etwas trinken?"

Er seufzte und wich ihrem Blick aus, antwortete jedoch: „Körperliche Anziehung. Nichts anderes."

„Na, das ist auch ein Grund.“ Sie schien nicht verlegen, wie er befürchtet hatte.

Die nächsten Karten folgten. „Endlich. Ich bin dran“, sagte Isaac. „Da du sofort an die heikelsten Fragen gegangen bist, werde ich mich auch nicht zurückhalten“, kündigte er an.

Sie lächelte. „Bitte, tu dir keinen Zwang an.“

„Hattest du schon One-Night-Stands?“ Sie nickte nur stumm, doch die folgenden Karten gaben ihm die Möglichkeit weiter nach zu haken. „Wie viele?“

Einen Moment sah sie ihr Glas an, als überlege sie, statt einer Antwort zu trinken. Dann jedoch meinte sie: „Fünf.“

Als nächstes durfte sie wieder fragen. „Und du?“, wollte sie wissen. Ohne zu zögern nahm er einen Schluck vom Cognac. „Was?“, brachte Lex erstaunt hervor. „Du zierst dich?“ Sie grinste. „Kannst dich wohl an die Anzahl schon gar nicht mehr erinnern“, neckte sie.

„Soll das eine Frage sein?“, entgegnete er, ebenfalls lächelnd. „Du hast nämlich noch gar nicht wieder gezogen.“ Seine Karte gewann. „Wann war dein letzter?“

„Aha, selber nicht darauf antworten, aber bei mir weiter nach Details picken“, meinte sie mit einem kleinen Schmollmund.

„Du kannst ja was trinken“, erinnerte er schmunzelnd.

„In Anbetracht dessen, dass die Nacht noch jung ist, antworte ich wohl lieber. Vor ungefähr drei Monaten.“ Auf ihre Wangen trat ein hinreißender Hauch von Rosa. Gleichzeitig jedoch sah er auch wieder einen kurzen Augenblick Kummer auf ihren Zügen, der seiner ausgelassenen Stimmung einen plötzlichen Dämpfer verpasste.

„Entschuldige, ich wollte nicht - “, setzte er an, doch sie unterbrach ihn mit einem Kopfschütteln.

„Schon gut. Ich hätte ja nicht antworten müssen.“ Diesmal stach ihre Karte wieder seine aus. „Also, kannst du dich noch an die Anzahl erinnern?“, wiederholte sie. Er nickte lediglich. Ein triumphierendes Lächeln von Lex quittierte den nächsten Zug und sie fragte: „Warum willst du mir die Anzahl nicht nennen?“

Sein Blick glitt hinüber zu seinem Glas, doch dann entschied er sich dagegen. Er seufzte. „Weils mir peinlich ist.“

Ohne erneut gezogen zu haben, wollte sie wissen: „Wär's dir weniger peinlich, wenn ich dir noch mehr von meinen erzählen würde?"

Er grinste. „Was wäre die richtige Antwort, um zu erreichen, dass du mir davon erzählst?"

Sie erwiderte sein Lächeln. „Wenn's dich denn so brennend interessiert, dann schlage ich dir einen Deal vor."

„Ich bin ganz Ohr", nickte er.

„Ich erzähle dir alles, was du über mein Liebesleben erfahren willst, wenn du es im Gegenzug auch tust."

„Hm, sehr verlockend", meinte er, überlegte aber offensichtlich noch.

„Komm schon, Isaac, hab dich nicht so", drängte sie ihn.

Er seufzte. „Na schön", gab er dann nach.

Sie lehnte sich in ihrem Sessel zurück, prostete ihm ein weiteres Mal zu und fragte nach einem genüsslichen Schluck Cognac: „Also, was möchtest du wissen?"

Wieder lächelte er. „Wäre es zu viel verlangt, wenn ich ‚alles' sagen würde?"

„Solange du mir dann nicht weniger erzählst", nickte sie.

„Wenn das der Preis ist, werde ich mich wohl fügen."

„Dann lass uns nach draußen gehen, damit ich eine rauchen kann." Auf der Terrasse inhalierte sie den ersten Zug von der Zigarette und schaute ihn interessiert von der Seite her an. „Hast du überhaupt schon mal geraucht?" Er schüttelte den Kopf. „Noch nie auch nur einen Zug?" Sie war ehrlich überrascht. Doch wieder schüttelte er den Kopf. „Woher willst du dann wissen, dass du es nicht magst?"

Er zuckte die Schultern. „Ich habe nie behauptet, dass ich es nicht mögen würde. Ich will es nur nicht, weil's schlecht für die Gesundheit ist. Meine Tante ist an Lungenkrebs gestorben, als ich acht war. Sie hat geraucht wie ein Schlot."

„Oh", machte Lex betroffen. „Ja, das prägt einen wohl."

Einige Augenblicke schwiegen sie, ehe Isaac sie dann aufforderte: „Also, dann fang mal an und spann mich nicht länger auf die Folter."

Sie lächelte wieder. „Alles also", wiederholte sie. „Vom

ersten Mal angefangen?“, wollte sie wissen. Er nickte. Sie schien kurz ihre Gedanken zu sammeln, dann lachte sie plötzlich. „Mein erstes Mal war grauenhaft. Ich war 14, Michael 17. Er behauptete zwar, schon Vorerfahrungen gemacht zu haben, aber so ungeschickt, wie er sich anstellte, kann ich’s mir kaum vorstellen. Wir waren seit einiger Zeit zusammen und schlichen uns an einem Tag in einen Teil des Heims, der damals nicht benutzt wurde. Bis auf von Pärchen. Wie gesagt, er war recht ungeschickt und so habe ich von meinem ersten Mal nur in Erinnerung behalten, dass es ziemlich kurz, ziemlich schmerzhaft und ziemlich das letzte war, was wir je miteinander taten.“ Wieder lachte sie in Erinnerung daran und schüttelte den Kopf. „Er wollte mir weiß machen, dass es beim nächsten Mal besser sein würde, aber ich erwiderte darauf nur: ‚Ja, weil es nicht mit dir sein wird‘. Danach hat er kein Wort mehr mit mir geredet.“

„Na, das kann man ihm wohl auch kaum verübeln“, warf Isaac ein, der spontan Mitgefühl für diesen Jungen hatte. Eine solche Abfuhr erteilt zu bekommen, hatte sein Ego sicherlich ordentlich ins Wanken gebracht.

Lex zuckte die Schultern. „Wohl nicht. Aber wie gesagt, ich war schon damals ein Aufsteigertyp. Ich hatte sehr genaue Vorstellungen davon, was ich erwartete, und er hatte diese Erwartungen nicht erfüllt. Daher suchte ich mir jemand anderen.“

„Ganz schön hart“, sagte Isaac in die entstehende Pause hinein.

Wieder erntete er nur ein Schulterzucken. „Wie auch immer. Danach war ich ein paar Monate mit Leo zusammen, mit dem ich mich nicht gerade in Zurückhaltung übte, ehe ich mit 15 entschloss, dass ich die Schnauze voll vom Heim hatte. Ein Freund von mir, Nathan, war inzwischen 21 und lebte schon länger nicht mehr im Heim. Ich kannte ihn bereits mein Leben lang. Er war wie ein älterer Bruder für mich. Wir kriegten beim Jugendamt durch, das ich zu ihm ziehen durfte. Leo traf ich danach nie wieder. Ich war viel zu froh über die plötzliche Freiheit, die ich genoss, als dass ich noch Verbindungen zum

Heim hätte halten wollen. Mit 16 hatte ich dann meinen ersten One-Night-Stand mit einem Freund von Nathan, ehe ich ein knappes halbes Jahr später mit Julian zusammenkam. Mit ihm lief es wirklich gut und wir waren fast drei Jahre zusammen, ehe er das College beendete und ich danach schon bald nichts mehr von ihm hörte. Ich fühlte mich zugegebenermaßen mehr gekränkt als verletzt und warf mich Hals über Kopf in die nächste Beziehung mit einem Typen namens Greg. Er war ein Arsch." Hier stockte Lex in ihrer Erzählung. Einige Momente rauchte sie schweigend, in denen sie Isaac ebenfalls wortlos aufmerksam musterte. Eine steile Falte war auf ihrer Stirn erschienen und ihre Schultern wirkten verkrampft. Dann jedoch entspannte sie sich sichtlich. „Mit 21 lernte ich schließlich Dante kennen. Ich trennte mich von Greg, zog aus der Wohnung, die ich mir mit ihm teilte, in ein kleines Apartment, in dem ich aber so gut wie keine Zeit verbrachte, da ich jede freie Minute bei Dante war. Zwei Monate später zog ich zu ihm, wieder neun Monate später heirateten wir. Vorher hatte ich nie an Heirat gedacht, aber ich wusste, dass Dante der Mann war, mit dem ich mein Leben verbringen wollte. Als er mir den Antrag machte, zögerte ich keine Sekunde." Als sie diesmal eine Pause machte, um einen Schluck aus ihrem Cognacschwenker zu nehmen, zitterte ihre Hand ein wenig.

Ohne Nachzudenken legte Isaac ihr einen Arm um die zierlichen Schultern und zog sie ein wenig an sich heran. Sie ließ es geschehen, ließ sich sogar gegen ihn sinken. Sie standen fast zwanzig Minuten schweigend da, in denen Lex auf eine ruhige, beherrschte Art weinte. Isaac war sich sicher, dass sie es genoss, an die Zeit mit Dante zurückzudenken, auch wenn es sie schmerzte. Irgendwann atmete sie einmal tief durch, wischte sich die Tränen aus dem Gesicht und steckte sich eine zweite Zigarette an.

„Ungefähr zwei Jahre nach Dantes Tod habe ich einen One-Night-Stand mit einem Arzt gehabt. Es war schrecklich, was allerdings weniger an dem Arzt lag, als vielmehr an meiner Situation. Ich kam mir vor, als würde ich Dante betrügen. Beim One-Night-Stand darauf war's auch nicht viel besser. Danach lernte ich vor ungefähr neun Monaten einen - ", plötzlich unterbrach sich Lex mitten im Satz und warf Isaac einen verlegenen Blick zu. „Oh man, mir geht grad auf, wie oberflächlich das klingen wird", meinte sie. Ehe er etwas darauf erwidern konnte, fuhr sie bereits fort: „Ich lernte einen KFZ-Mechaniker kennen, als ich meinen Jeep in die Werkstatt bringen musste." Lex' Wangen glühten, aber sie sprach dennoch weiter. „Wir konnten praktisch überhaupt nicht miteinander reden. Schon nach ein paar wenigen Stunden waren alle Gesprächsthemen ausgeschöpft. Dennoch traf ich ihn für drei Monate regelmäßig. Ich war nicht offiziell mit ihm zusammen oder sowas. Ich denke, ich habe ihn lediglich dafür benutzt, über meine Abscheu hinwegzukommen, mit anderen Männern etwas anzufangen. Sobald ich merkte, dass ich meine Gefühle für Dante von den Begegnungen mit Keith sicher trennen konnte, traf ich ihn nie wieder, auch wenn mir der Zusammenhang erst ein wenig später bewusstwurde. Eine Weile danach folgte One-Night-Stand Nummer vier und vor ungefähr drei Monaten dann Nummer fünf." Zum Abschluss ihrer Rede zuckte Lex mit den Schultern.

Isaac, der diesen Abriss von Lex' Liebesleben erst mal etwas verdauen musste, fiel nichts anderes ein, als zu sagen: „Ein KFZ-Mechaniker also."

Wieder lächelte sie verlegen. „Ich sagte doch, es würde oberflächlich klingen." Sie nahm einen weiteren Schluck von ihrem Cognac und Isaac tat es ihr gleich. Für einen kurzen Moment spürte er Eifersucht in sich aufflammen, als er daran denken musste, dass sie auch nach Dante noch Männer so nah an sich herangelassen hatte, wie sie ihm niemals gestatten würde. Dann ermahnte er sich jedoch selbst, diesen Gedankengang besser nicht weiter nachzuverfolgen. Er hatte Verständnis dafür, dass sie sich auf keinen Polizisten mehr einlassen wollte. Und er wollte ihre beginnende Freundschaft nicht dadurch riskieren, dass er sie an eben diesem Verständnis zweifeln ließ.

Sie schien allerdings dennoch einiges von seinem inneren Aufruhr mitbekommen zu haben, denn plötzlich wurde ihm bewusst, dass sie ihn aufmerksam musterte. Ihre rechte

Augenbraue war nach oben gezogen. Er räusperte sich umständlich und wich ihrem Blick aus. Sie tat ihm den Gefallen, nicht weiter darauf einzugehen, dass ihm ihr Bericht deutlich mehr zusetzte, als er es tun sollte, und meinte stattdessen bewusst munter: „Nun bist du dran."

Es dauerte ein wenig zu lange, bis er seine Gedanken so weit gesammelt hatte, dass er ansetzen konnte: „Versprochen ist versprochen, nicht wahr?" Er seufzte schwer. Wünschte sich, nichts von seinem Liebesleben erzählen zu müssen. Aber er hatte sich schließlich selbst darauf eingelassen. Er zog ein wenig unbeholfen die Schultern hoch: „Mein erstes Mal hatte ich mit 17. Ich war schon fast zwei Jahre mit ihr zusammen."

Lex unterbrach ihn mit einem knappen Lachen. Kurz glaubte er ernsthaft, dass sie ihn dafür auslachte, erst mit 17 das erste Mal Sex gehabt zu haben, doch dann meinte sie mit neckender Entrüstung in der Stimme: „Und da wolltest du das Mädchen nicht mal als Beziehung mitzählen? Wie schändlich von dir!" Sie schüttelte den Kopf.

Er setzte eine schuldbewusste Miene auf. „Du hast vermutlich Recht. Also, wir zählen sie mit." Er zuckte die Schultern. „Sobald wir mit der High-School fertig waren, trennten sich unsere Wege", fügte er hinzu.

„Hey, du hast mir gar nicht gesagt, wie dein erstes Mal gewesen ist", protestierte Lex.

Der schuldbewusste Ausdruck wechselte zu ertappt. „Ich hatte gehofft, ich käme ohne davon", gestand er.

„So schlecht?", lachte sie gutmütig.

„Naja", wiegelte er ab. „So schlimm dann auch wieder nicht. Wir waren, wie gesagt, schon länger zusammen und hatten schon viel aneinander herumexperimentiert. Der Akt an sich war für sie dann, glaub ich, wenig spektakulär und ziemlich kurz, aber immerhin nicht schmerzhaft. Und danach habe ich sie dafür entschädigt, dass ich nicht lange durchgehalten habe."

Lex nickte, beinahe gönnerhaft. „Na also, das passt schon eher in mein Bild von dir."

Er zog beide Augenbrauen hoch. „Dein Bild von mir?", wiederholte er mit plötzlichem Interesse.

Ihre Wangen wurden rot und nun war sie es, die seinem Blick auswich. Sie nahm einen langen Schluck aus ihrem Glas, um sich Zeit zu erkaufen, vielleicht hoffte sie gar, dass er sie vom Haken springen lassen würde, wenn sie nur lange genug schwieg. Er tat ihr den Gefallen nicht, seinen vorherigen Entschluss, diese Richtung mit ihr nicht weiter zu vertiefen, plötzlich bereits wieder vergessend.

„Du hast dir ein Bild davon gemacht, wie ich im Bett bin?", hakte er nach.

Ihre Wangen glühten noch mehr. Sie starrte in ihr Glas, schwieg weiterhin. Dann allerdings schien sie einzusehen, dass sie es vermutlich nur schlimmer dadurch machte, diese allzu vieldeutige, lastende Stille zwischen ihnen bestehen zu lassen, die, sollte sie sie nicht durch Worte unterbrechen, eigentlich nur zu einem führen konnte.

„Mir will irgendwie nichts einfallen, wie ich unverfänglich meinen Kopf aus dieser selbst geknüpften Schlinge wieder herausziehen könnte", gab sie leise zu und warf ihm einen raschen Blick zu.

Kurz sah sie den Konflikt auf seinem Gesicht, wie seine Emotionen mit seinem Verstand rangen. Sie war sich nicht sicher, was von beidem gewann, als er dann sacht seine Hand nach ihrer ausstreckte. Seine Finger schoben sich zwischen ihre.

„Ich wünschte, ich hätte einen anderen Beruf gewählt", erklärte er leise, die Stimme rau.

Sein Stimmfall berührte etwas tief in ihrem Inneren, genauso wie seine Finger an ihren. Etwas, was sie schon im ersten Moment in sich gespürt hatte, als er sie in der Bar angesprochen hatte. Etwas, was sie seitdem, wann immer sie ihm begegnete, stets bewusst in Schach gehalten hatte. Jetzt kämpfte sich dieses Etwas seinen Weg an die Oberfläche, spiegelte sich plötzlich in ihren Augen. Ohne sich dessen bewusst zu sein, stand ein nur zu deutliches Sehnen in ihrem Blick, als sie ihn jetzt doch wieder ansah.

„Ja, ich auch", entgegnete sie mindestens ebenso heiser wie er zuvor. Nachdem sie bis eben seitlich nebeneinandergestanden hatten, wandte sie sich ihm nun zu.

Mehrere lange Atemzüge sahen sie einander einfach nur an. Schließlich hob er seine freie Hand und streckte sie sehr langsam nach ihr aus. Langsam genug, um sie realisieren zu lassen, was er tat, und um ihr genug Zeit zu geben, sich von ihm zurück zu ziehen, sollte sie dies wollen. Sie tat es nicht. Seine Hand legte sich sanft an ihre Wange. Sie lehnte sich in die Berührung und schloss die Augen.

Das Etwas in ihrem Inneren begann zu vibrieren, zu flattern wie ein frisch entpuppter Schmetterling.

„Isaac“, brachte Lex leise hervor und sie wusste selbst nicht zu sagen, ob es eine Mahnung oder ein Flehen war.

Er trat den halben Schritt, der sie noch voneinander trennte, näher an sie heran, lehnte sich vor und küsste sie sacht auf die Stirn. Es war eine Geste voller Zurückhaltung. Ohne ihr willentliches Zutun legte sie ihre freie Hand an seine Seite. Sie gab einen leisen Laut von sich, der mehr als alle Worte ausdrückte, wie sehr sie sich nach genau dem hier gesehnt hatte.

Sie hob den Kopf, sah zu ihm auf. Er löste seine Hand aus ihrer, aber nur, um ihr auch die zweite Hand an die Wange legen zu können. Sanft umschloss er ihr Gesicht und sie wusste, was er als nächstes tun würde, noch ehe er sich erneut vorlehnte. Sie kam ihm entgegen und ihre Lippen trafen sich zu einem zärtlichen Kuss.

Sie küssten sich ohne Eile, ließen die Geste andauern. Erst eine ganze Weile später lösten sie sich wieder voneinander und sie atmeten beide schwerer, als sie es schließlich taten. Er hielt ihren Blick, suchte in ihren Augen nach irgendetwas, was ihn dazu anhalten würde, von ihr zurückzutreten. Nach einem Anzeichen dafür, dass er zu weit gegangen war. Da war nichts. Nur ein neugieriger Schimmer, die Lust auf mehr. Erst mit deutlicher Verzögerung trieb sie diesen zurück. Sie löste sich nicht aus seiner Berührung, wich aber nun seinem Blick aus.

„Wir sollten das nicht tun“, erklärte sie leise und es schwang Bedauern in ihrer Stimme mit. „Es ist dir gegenüber nicht fair. Du weißt, es kann nicht funktionieren.“ Sie schien sich mit ihren Worten vor allem selbst zu ermahnen.

Er war jedoch nicht gewillt, so schnell aufzugeben. Noch vor wenigen Minuten hatte er gedacht, dass es niemals so weit zwischen ihnen kommen würde. Hatte den Stich in seinem Herzen über eben diesen Umstand verspürt. Jetzt, ganz plötzlich, standen die Dinge mit einem Mal ganz anders und er war nicht sicher, ob er diese Chance jemals noch einmal erhalten würde.

„Du könntest meinen Erfahrungshorizont erweitern. Ich hatte noch nie einen One-Night-Stand", erklärte er und hielt seine Stimme bewusst munter und unverfänglich, an ihre gewohnte Unbeschwertheit miteinander anknüpfend.

Sie schien wie er gewillt, der Situation etwas von der unvermittelt aufgeladenen Spannung nehmen zu wollen. Sie zog beide Augenbrauen hoch. „Wirklich?", gab sie überrascht zurück. „Noch nie?"

Er schüttelte nur den Kopf.

„Das heißt, du hattest seit anderthalb Jahren keinen Sex mehr?" Jetzt wirkte sie beinahe entsetzt.

Er verzog das Gesicht. „Und du wunderst dich, dass es mir peinlich war, dir davon erzählen zu sollen", gab er halb neckend, halb verlegen zurück.

Nun war sie es, die den Kopf schüttelte. „Es muss dir nicht peinlich sein. Ich bin nur etwas überrascht, dass ein Mann wie du eine solch lange Abstinenz wählt. Die Frauen müssten dir doch eigentlich in Scharen zu Füßen liegen", erklärte sie, während ihre Hände ohne ihr bewusstes Zutun von seiner Seite nach oben zu seiner Brust wanderten. Kurz spielte sie mit einem Knopf seines Hemdes, mied dabei offensichtlich seinen Blick. Irgendwann sah sie doch wieder zu ihm auf, deutliche Unentschlossenheit in ihren Augen.

„Muss am Beruf liegen", erwiderte er auf ihre Worte und seine Stimme war schon wieder heiser. Eine Reaktion auf ihre Berührung.

Ihre Unentschlossenheit machte Schmerz Platz. Jetzt machte sie sich doch von ihm los, zog seine Hände von ihren Wangen und trat mit einem deutlichen Räuspern gleich zwei Schritte von ihm zurück. Sie griff nach ihrem Glas, das sie auf einem kleinen Tisch neben ihnen abgestellt hatte. Es wirkte wie ein Griff nach einer Rettungsleine. Sie sah hinaus in den dunklen Garten.

„Wir sollten das nicht tun, Isaac", wiederholte sie mit mehr Nachdruck, aber auch mit mehr Bedauern.

Ein, zwei Minuten musterte er sie wortlos, sah, wie sie versuchte, ihre aufgewühlten Gefühle unter Kontrolle zu bekommen, ihre Lust zurückzudrängen. Kämpfte währenddessen selber darum, seinen Verstand über seine eigenen Gefühle siegen zu lassen. Er verlor diesen Kampf.

Ruhig trat er wieder an sie heran, stellte sich genau hinter sie und legte seine Arme um ihre Taille. Verschränkte seine Hände vor ihrem flachen Bauch. Sie atmete tief durch, schloss die Augen und lehnte sich gegen ihn, als habe sie genau darauf nur gewartet.

„Vielleicht nicht", erwiderte er leise und drückte sein Gesicht in ihr Haar, wie er es schon hatte tun wollen, als er sie das erste Mal in ihrem Haus besucht hatte. „Dann sag mir, dass du es nicht möchtest", forderte er sie sanft auf.

Sie schwieg, genoss offensichtlich den neuerlichen Körperkontakt zwischen ihnen. Mit den Händen strich er über ihren Bauch, ließ sie dann weiter nach unten wandern. An dem Dreieck über ihren Beinen machte er kurz halt, dann ließ er die Hände seitlich ausweichen, um ihre Oberschenkel hinabgleiten zu können. Sie öffnete mit einem leisen Keuchen die Lippen.

„Isaac", brachte sie erneut hervor, bittend. Er war sich nicht sicher, worum sie ihn bat: darum, aufzuhören, oder im Gegenteil darum, fortzufahren. Vielleicht um beides gleichzeitig.

„Gib uns diese eine Nacht, Lex", flüsterte er an ihrem Ohr. „Du verpflichtest dich zu gar nichts. Lass uns nur diese eine Nacht zusammen verbringen." Seine Stimme vibrierte. Es war ihm anzuhören, wie sehr er sie begehrte. Ihm selbst jedoch war klar, dass dieses Begehren weit über sexuelles Verlangen hinausging. Er hatte sein Herz an sie verloren, schon als er sie das erste Mal gesehen hatte.

„Das ist keine gute Idee", erwiderte sie schwach, während sie bereits den Kopf zur Seite legte. Er verstand es richtig als Aufforderung, ihren Hals zu küssen.

„Ich halte das für eine sehr gute Idee", widersprach er und

ließ seine Lippen ihre Haut finden. Seine Hände glitten unter den Rock ihres Kleides, schoben ihn nach oben, sodass er nun die nackte Haut ihrer Schenkel streicheln konnte.

Sie keuchte auf, während er gleichzeitig einen Laut von reiner Zufriedenheit von sich gab. Er hatte sie anfassen wollen, seit er sie kennengelernt hatte und mit jedem Mal, das er sie seitdem gesehen hatte, war es ihm schwerer gefallen, eben das nicht zu tun. Mit beiden Händen drückte er sie näher an sich heran, ihren Po an die harte Beule seines Geschlechts.

Sie gab ein leises Lachen von sich. „Du willst nur deinen Entzug an mir abbauen", neckte sie ihn, drehte sich in seine Armen um und ließ ihre Hand zwischen seine Beine gleiten. Nachdrücklich griff sie nach seinem steifen Fleisch in dem Gefängnis seiner Hose.

„Ich glaube, du würdest dich besser damit fühlen, wenn ich ja sage", gab er dunkel zurück und küsste sie im nächsten Moment. Von seiner vorherigen Zurückhaltung war nichts mehr zu spüren. Sein Kuss war nun voller Leidenschaft und Verlangen. Seine Hände griffen nach ihrem Po unter dem Stoff ihres Kleides.

Sie erwiderte seinen Kuss und es war offensichtlich, dass sie genauso wie er mehr wollte. „Ja, vielleicht", gestand sie schließlich etwas atemlos an seinen Lippen.

„Dann ja, ich will nur meinen Entzug an dir abbauen", log er ohne mit der Wimper zu zucken.

Sie küsste ihn wieder, noch fordernder jetzt. „Nur heute Nacht", mahnte sie und war sich nicht einmal selbst sicher, an wen sich diese Mahnung wirklich wandte: sich oder ihn.

Er nickte. „Ja, nur heute Nacht", stimmte er zu, während jede Faser seines Körpers und seiner Seele stumm hinzufügte: „Und jede weitere Nacht von heute an."

Sie nickte und machte sich ein wenig von ihm los, griff aber seine Hand. Ihre Augen brannten förmlich vor Verlangen. „Komm mit nach oben", sagte sie und er liebte den dunklen Klang, den die Lust ihrer Stimme verlieh.

Er folgte ihr hinein, hinüber zur Treppe und von da nach oben. Genoss den Anblick ihres sinnlichen Körpers, der noch immer von ihrem Geburtstagskleid verhüllt wurde. Alles in ihm kribbelte vor Vorfreude darauf, ihr dieses Kleid in wenigen Momenten ausziehen zu können. Oben, vor ihrem Bett, wandte sie sich ihm schließlich wieder zu und schon in der nächsten Sekunde öffnete sie die Knöpfe seines nachtblauen Hemdes. Sie strich das Hemd beiseite und küsste ihn auf die Brust. Er gab einen dunklen, lustvollen Laut von sich, während seine Hand an ihren Hinterkopf glitt und sie dichter an sich zog.

Sie lachte erneut, ein entspannter Laut. „Sag mir, wenn du etwas nicht magst", meinte sie, während ihre Hände auf seine Gürtelschnalle glitten. Hätte er gewusst, wie dieser Abend enden würde, hätte er einen anderen Gürtel gewählt. Er wusste, die Schnalle war störrisch. Sie stellte das ebenfalls fest, doch da half er ihr bereits.

„Ja, dito", entgegnete er auf ihre Worte, zog den Gürtel auf und griff danach wieder mit beiden Händen nach ihrem Gesicht, um sie innig küssen zu können. Er hätte sich in diesem Kuss verlieren können. Sie ließ jedoch ihre Lippen von seinem Mund zu seinem Hals wandern. Spielerisch glitt ihre Zunge über seine Haut, während sie die Knöpfe seiner Hose öffnete. Im nächsten Moment glitt bereits ihre linke Hand unter den Bund seiner Hose.

Lex erwachte am nächsten Morgen als erstes. Kurz fühlte sie sich geradezu orientierungslos. Sie konnte sich nicht einmal mehr daran erinnern, wann sie das letzte Mal wirklich richtig geschlafen hatte. Aber das hatte sie, tief und traumlos, und dem Licht nach zu urteilen, das durch die Dachfenster fiel, mehrere Stunden lang. Im selben Moment wurde sie sich bewusst, dass sie nicht allein in ihrem Bett lag. Dass dicht an ihren Rücken geschmiegt, einen Arm unter ihrem Kopf, den anderen um ihre Taille gelegt, Isaac hinter ihr lag, nackte Haut an nackter Haut.

Für zwei, drei kostbare Minuten erlaubte sie sich selbst, es einfach zu genießen. Die Erinnerung an gestern Abend, an die Stunden mit Isaac im Bett. Sie hatte sich so unendlich wohl mit ihm gefühlt, die Vertrautheit, die sie von Anfang an mit ihm verbunden hatte, wenngleich sie sie sich nicht erklären konnte, hatte auch währenddessen zwischen ihnen geherrscht. Als hätten sie sich schon etliche Male zuvor angefasst und liebkost, schon etliche Male ihre Körper miteinander verschmelzen lassen. Es war unbeschwert gewesen, wie alles, was sie bisher mit ihm erlebt hatte. Sie hatten gelacht und geredet und hatten immer und immer wieder zueinander gefunden. Um halb sieben hatte sie das letzte Mal auf die Uhr geguckt, ehe sie eingeschlafen war.

Dann jedoch holte die Realität Lex unerbittlich wieder ein. Denn eben genau das, die Unbeschwertheit, die Vertrautheit, ja, die Glückseligkeit in seinen Armen bewies ihr nur, was sie von Anfang an befürchtet hatte, als sie gestern Abend ihrer Lust nach ihm nachgegeben hatte: dass es eine schlechte Idee war, mehr mit ihm gemacht zu haben. Seit sie ihn kennengelernt hatte, hatte sie sich immer wieder dazu ermahnen müssen, ihre Gefühle nicht mit ihr durchgehen zu lassen. Dass Isaac nicht mehr als ein Freund sein konnte. Und jetzt schmerzte ein dumpfer Druck in ihrer Brust, wenn sie allein nur daran dachte, dass es bei dieser einen Nacht bleiben musste. Aber sie konnte, sie durfte sich nicht auf ihn einlassen. Er war Polizist. Sie würde das nicht noch einmal durchmachen können.

Mit einem Ruck setzte sie sich im Bett auf, weckte Isaac damit. Ehe er eine Hand nach ihrem Rücken ausstrecken konnte, um darüber zu streichen, stand sie auf, griff nach ihrem Morgenmantel auf der Bank am Fußende. Ohne Isaac anzusehen, zog sie ihn über.

„Du musst gehen", erklärte sie und ihre Stimme war tonlos. Trotzdem hörte er etwas darin schwingen, das an Panik grenzte.

Langsam setzte er sich auf und sah so lange auf ihren Rücken, ihre angespannten Schultern, bis sie nicht mehr anders konnte, als sich ihm zuzuwenden. Ihre Miene war verschlossen, abweisend fast.

Er überging das. „Guten Morgen", sagte er sanft.

Sie fuhr zusammen, als habe er sie plötzlich angeschrien. Ihr Blick wich ihm aus und sie schlang die Arme um ihre Gestalt. Sie wirkte verloren. „Guten Morgen", erwiderte sie und klang erschöpft. Einsam.

Er streckte eine Hand nach ihr aus. Irgendwie hatte er gewusst, dass sie so erwachen würde. Ängstlich vor dem, was gestern Nacht vielleicht bedeuten mochte. Wusste auch, wie er damit umgehen wollte. Eine ganze Minute starrte sie ihn nur an, seine ausgestreckte Hand. Es fühlte sich wie eine halbe Ewigkeit an. Dann endlich gab sie nach. Sie ließ sich neben ihm auf die Bettkante sinken, ergriff seine Hand und verwob ihre Finger mit seinen. Er spürte ihre Hand zittern. Sanft strich er ihr eine Haarsträhne aus dem Gesicht. Sie ließ es zu.

„Wir haben gesagt, nur diese eine Nacht", erinnerte sie ihn und klang flehentlich.

Er nickte. „Ja, ich werde bald aufbrechen", erwiderte er leise, während seine Hand von ihrem Haar in ihren Nacken glitt. Von da weiter ihren Rücken hinunter. Sie erschauderte wohlig und schloss die Augen. Seine Hand erreichte ihre Hüfte, wanderte langsam zu ihrem Unterleib und noch weiter nach unten. Sie zog sie nicht von sich, auch nicht, als er das Band ihres Morgenmantels öffnete und seine Finger zwischen ihre Beine schob, mit einem in sie eindrang. Er setzte sich auf, um sie auf die Wange küssen zu können. Sie wandte ihm das Gesicht zu, fand mit ihrem Mund seine Lippen, ließ ihre Zunge dagegen spielen. Er öffnete die Lippen, drängte seine Zunge in ihren Mund und seinen Finger tiefer in sie. Sie keuchte auf. Dann griff er nach ihrem Arm, um sie rittlings auf seinen Schoß zu ziehen. Sie gab auch dem nach und während sie sein steifes Fleisch langsam in sich aufnahm, strich er ihr den Morgenmantel von den Schultern.

Nach einem gemeinsamen Höhepunkt blieben sie noch eine ganze Weile so sitzen, er noch immer in ihr, gegenseitig die Arme umeinandergeschlungen. Sie sagten nichts, genossen die Nähe zueinander, während sie beide wussten, dass ihre Zeit sich dem Ende entgegen neigte.

Isaac war sich nicht ganz sicher, ob sie es wirklich geschafft hätten, sich voneinander zu trennen, hätte nicht irgendwann die Türglocke geklingelt. Die vier Hunde schlugen augenblicklich an. Lex fuhr so heftig zusammen, dass sie einen schmerzerfüllten Laut nicht ganz unterdrücken konnte, als sein Fleisch ihr einen unangenehmen Stoß durch den Schoß sendete. Sie küsste ihn noch einmal, flüchtig jetzt, und machte sich von ihm los, einen hastigen Blick auf die Uhr werfend. Schon nach 12 Uhr mittags. Sie stöhnte entsetzt auf.

„Das muss meine Familie sein", erklärte sie und hätte sich selbst ohrfeigen mögen. Da hatte sie alles darangesetzt, ihrer Familie klar zu machen, dass Isaac nur ein Freund war und dann fanden sie sein Auto vor ihrem Haus geparkt am Mittag nach ihrem Geburtstag. Und wenn sie Isaac nicht irgendwie heimlich hinausschmuggeln wollte, würde sein zerzaustes Äußeres Bände darüber sprechen, wie lange das Auto dort bereits stand.

Sie hörte es an die Haustür klopfen, ehe diese geöffnet wurde. Ihre Schwiegereltern besaßen einen Schlüssel.

„Alexandra?" Es war die fragende Stimme ihrer Schwiegermutter. Leichte Besorgnis schwang darin mit. „Ist ja gut, Jungs", begrüßte sie die Dobermänner, die sie augenblicklich umschwärmten. Kurz darauf rief sie erneut nach Lex und musste inzwischen das Wohnzimmer betreten haben, wenn Lex ihr Gehör nicht täuschte.

Isaac einen warnenden Blick zuwerfend, legte sie einen Finger an die Lippen. Sie stand aus dem Bett auf und griff wieder nach ihrem Morgenmantel. Hastig kämmte sie ihre Haare mit ihren Fingern, strich sich durchs Gesicht.

„Alexandra, bist du wach?", hörte sie Dilara erneut rufen.

„Ja, Mama, ich bin wach. Ich komme sofort nach unten", rief Lex nach ihr und betete, dass ihre Schwiegermutter nicht auf die Idee kam, nach oben zu kommen. Sie warf Isaac seine Klamotten zu. Fieberhaft suchte sie nach einem Weg, wie sie sich doch noch aus dem Schlamassel ziehen konnte. „Bleib hier", flüsterte sie Isaac drängend zu und hastete dann nach unten.

Ihre Schwiegermutter sah ihr mit besorgter Miene entgegen, unterzog sie einer kritischen Musterung. „Ich versuche seit Stunden, dich zu erreichen, Kind", brachte sie hervor. „Wir waren um zehn zum Frühstück im Hotel verabredet", erinnerte sie Lex.

Lex schlug sich mit der Hand vor die Stirn und umarmte ihre Schwiegermutter. „Das hatte ich total vergessen", gab sie zerknirscht zu und küsste Dilara knapp auf die Wange. „Entschuldige, ich habe bis eben geschlafen."

Dilara griff nach ihren Oberarmen, musterte sie erneut von Kopf bis Fuß. „Wir haben uns Sorgen um dich gemacht, als du nicht gekommen bist und wir dich nicht erreichen konnten." Dann glitt ihr Blick hinauf zur Galerie zu Lex' Schlafzimmer. „Bist du allein?", fragte sie und klang noch immer besorgt.

„Ja", log Lex wie aus der Pistole geschossen. Vielleicht etwas zu schnell.

Dilara zog eine Augenbraue hoch. „Isaacs Auto steht noch vor der Tür", erklärte sie und ihre eigentliche Frage schwebte geradezu greifbar in der Luft: ob er ihr über Nacht Gesellschaft geleistet hatte.

„Ich… Das…", stammelte Lex und wich dem Blick ihrer Schwiegermutter aus. „Ich habe ihn gestern nach Hause gefahren. Er holt sein Auto später", fiel ihr dann die rettende Ausrede ein.

Dilara machte eine bedeutungsschwere Pause. „Wirklich?", gab sie dann skeptisch zurück und es war offensichtlich, dass sie ihr nicht glaubte. Lex konnte es ihr nicht verübeln. Sie musste keinen Blick in den Spiegel werfen, um zu wissen, dass sie bestimmt nicht so aussah, als habe sie bis gerade geschlafen. Ihre Wangen glühten warm von dem Intermezzo mit Isaac, sie trug noch die kläglichen Überreste ihres MakeUps von gestern Abend und ihr Haar hatte schon immer die Angewohnheit gehabt, den „I just had Sex"-Look voller Inbrunst hinauszuposaunen. Dilara hatte das sogar einmal lachend zu Dante gesagt, als sie die zwei kurz zuvor überrascht hatte.

In diesem Moment ertönte oben ein Scheppern und direkt danach ein nur schlecht unterdrückter, leiser Fluch. Dilaras Augenbrauen wanderten nach oben und ein vieldeutiges Lächeln umspielte ihre Mundwinkel. „Dann war das wohl der fünfte Hund, den ich bisher noch nicht kennen gelernt habe. Ein intelligentes Tier. Kann sogar sprechen", neckte sie gutmütig.

Lex zuckte zusammen. Ein zerknirschter Ausdruck erschien

auf ihren Zügen. „Nein", gab sie zu, die Stimme jetzt leiser, sich dem Unvermeidlichen beugend.

Auf Dilaras Gesicht erschien ein Strahlen.

Lex wiegelte sofort ab. „Es hat sich ganz kurzfristig so ergeben", versuchte sie zu erklären. Sie wollte noch mehr sagen, aber Dilara unterbrach sie.

„Ich hatte mir wirklich nur Sorgen um dich gemacht. Aber es ist ja scheinbar alles in bester Ordnung. Komm doch heute Nachmittag zum Kaffee ins Hotel, Schatz. Ich wollte nicht stören." Mit diesen Worten küsste sie nun ihrerseits Lex auf die Wange und verschwand dann bereits wieder. Lex sah ihr nur stumm hinterher.

Wenige Minuten später, in denen Lex etwas ratlos im Wohnzimmer stand und ihre Hunde begrüßte, kam Isaac nach unten, inzwischen vollständig angezogen. Auf seinem Gesicht lag ein entschuldigender Ausdruck.

„Ich hab's wohl versaut", meinte er zerknirscht.

Lex schüttelte den Kopf und winkte ab. „Dilara hat mir kein Wort geglaubt, noch ehe wir dich oben gehört haben."

Isaac kam zu ihr hinüber, legte eine Hand an den schmalen Teil ihres Rückens und küsste sie auf die Stirn. Er wollte die Geste nicht andauern lassen, doch dann schlang sie ihre Arme um ihn und drängte sich gegen ihn. Mit einem zufriedenen Lächeln zog er sie enger an sich, vergrub einmal mehr sein Gesicht in ihrem Haar und atmete ihren Duft tief ein. Auf seinen Lippen lagen Worte, die er nur mit Mühe zurückhalten konnte, noch mehr, da er aus tiefster Seele wusste, dass sie wahr waren, auch wenn er Lex erst vor nur zwei kurzen Wochen kennengelernt hatte. Aber noch nie zuvor hatte er etwas ähnliches für eine Frau empfunden.

„Es war schön mit dir", sagte Lex schließlich.

Er nickte, löste sich ein wenig von ihr, aber nur um mit beiden Händen ihr Gesicht sanft umfassen zu können. Er küsste sie auf die Lippen. „Ja, mit dir auch", erwiderte er danach. Für einen Moment trafen sich ihre Blicke und in ihren Augen stand ein Sehnen, das er auch in seinem Herzen spürte. Dennoch machte sie sich mit einem Räuspern von ihm los, trat gleich mehrere Schritte von ihm zurück und schlang die Arme um sich.

Sie wich seinem Blick aus, als sie meinte: „Du solltest gehen." Ihre Stimme klang plötzlich hohl. Noch während sie die Worte sagte, wusste sie, dass sie eigentlich das genaue Gegenteil sagen wollte. Dass sie ihn darum bitten wollte, zu bleiben. Aber es durfte nicht sein. Sie würde an der Angst zu Grunde gehen, wenn sie sich wieder auf einen Polizisten einließ.

Ein kleines Stimmchen in ihrem Hinterkopf flüsterte ihr zu, ob es für diese Bedenken nicht bereits viel zu spät war. Denn selbst wenn sie keine Beziehung zu Isaac führen würde, sondern nur eine Freundschaft, wusste sie auch so, dass er ihr bereits zu viel bedeutete. Auch wenn er nur ihr Freund bleiben sollte, würde es sie hart treffen, wenn ihm etwas zustieße. War es nicht unvermeidbar, dass, solange sie bei der Polizei arbeitete, sie hier Freundschaften schließen würde, um die sie trauern würde, sollte es zu einem neuerlichen Zwischenfall kommen? War es nicht utopisch, zu meinen, dass sie sich davor schützen konnte? Und was für einen Unterschied machte es dann, ob sie sich auch mehr auf Isaac einließ?

Isaac musterte sie ein, zwei Atemzüge lang, sah den Konflikt, der in ihr tobte. Entschied, dass es nicht fair wäre, sie jetzt zu bedrängen – und dass es ihn auch nicht weiterbringen würde. Sie brauchte Zeit für sich, um ihre Gedanken zu ordnen, um ihrer Gefühle wieder Herr werden zu können.

Er hätte sie gerne gefragt, ob er sie am Abend würde anrufen dürfen, aber er unterließ auch das. Mit einem „Ich wünsche dir einen schönen Tag, Lex" ging er. Sein Herz ließ er bei ihr zurück.

KAPITEL 4

Mit gemischten Gefühlen fuhr Lex später in die Stadt, um ihre Familie zum Kaffee im Hotel zu treffen. Die letzten zweieinhalb Stunden hatte sie erfolgreich vermieden, über Isaac nachzudenken, indem sie sich um die Hunde und Pferde gekümmert hatte. Jetzt befürchtete sie, dass Dilara ihr Fragen stellen würde, die sie nicht würde beantworten können – oder wollen. Sie wusste ja selbst nicht einmal, was sie jetzt fühlte und dachte, geschweige denn, dass sie ihren inneren Aufruhr in Worte würde fassen können.

Aber sie hätte sich keine Gedanken machen müssen. Dilara erwähnte mit keinem Wort, dass Isaac die Nacht bei Lex verbracht hatte. Auch Atto und Maria nicht. Lex war dankbar darüber.

Nach dem Kaffee und Kuchen ging sie mit ihrer Familie lange spazieren, ehe sie schließlich gemeinsam zu Abend aßen. Morgen würden die drei zurück nach Hause fliegen und so saßen sie den Abend noch lange zusammen, ehe sie sich verabschiedeten. Als Dilara sie dazu umarmte, meinte sie: „Wenn du jemanden zum Reden brauchst, dann melde dich, Kind." Sonst nichts weiter. Lex hatte Tränen der Dankbarkeit in den Augen und drückte Dilaras Hand voll aufrichtiger Zuneigung.

Als sie nach Hause kam, kam ihr dieses irgendwie leer vor. Ihre Kehle war wie zugeschnürt, als sie das Wohnzimmer betrat und ihr Blick auf die Couch fiel, auf der Isaac ihr gestern Abend beim Kartenspielen gegenübergesessen hatte. Sie wusste, oben in ihrem Schlafzimmer würde es noch schlimmer sein. So pfiff sie stattdessen nach den Hunden und ging mit ihnen nach draußen, auch wenn es bereits stockdunkel war. Schon nach elf. Morgen musste sie arbeiten, aber sie würde jetzt eh nicht schlafen können.

Während sie in die Dunkelheit loszog – die Hunde pesten vergnügt davon – warf sie einen Blick auf ihr Handy. Den ganzen Tag über hatte sie das vermieden. Hatte nicht wissen wollen, ob Isaac sich bei ihr gemeldet hatte oder nicht. Jetzt hingegen konnte sie sich davon nicht mehr abhalten. Nichts. Das sendete einen scharfen Stich in ihre Brust, auch wenn sie sich einzureden versuchte, dass sie darüber erleichtert war. Erleichtert war, dass er sich ganz offensichtlich an ihre Abmachung hielt, dass es nur ein One-Night-Stand hatte sein können. Erleichtert war, dass… Nein, sie war nicht erleichtert. Nur im letzten Augenblick konnte sie sich davon abhalten, Isaac anzurufen. Stattdessen wählte sie die Nummer ihres Wahlbruders. Schon vor Jahren hatte Nathan ihr klar gemacht, dass sie ihn immer und zu jeder Zeit anrufen konnte.

„Schwesterherz", begrüßte der sie nach dem vierten Freizeichen. Er klang nicht, als habe er bereits geschlafen.

„Hey, C27-2", entgegnete sie und griff dabei auf seine alte Nummer aus dem Heim zurück. Irgendwann hatten sie mal herausgefunden, dass die Akten, die über sie geführt wurden, nicht etwa unter ihrem Namen abgelegt wurden, sondern unter ihrem Hausbuchstaben, ihrer Zimmernummer und einer Ziffer zwischen 1 und 6, die eines von sechs Kindern in den jeweiligen Zimmern voneinander unterschied. Anstatt sich darüber aufzuregen, sich verletzt zu fühlen, dass sie nicht mehr als bloße Zahlen waren, hatten sie damals begonnen, die Ziffern als Namen zu benutzen. An diese alte Gemeinsamkeit zu erinnern, tat ihr in diesem Moment gut, wo sie sich so einsam und allein fühlte. Nathan war immer für sie dagewesen.

„Na, C58-1", gab er zurück und sein Stimmfall machte klar, dass er ihrem angehört hatte, dass es ihr nicht gut ging.

„Störe ich?", wollte sie wissen.

Er antwortete mit einem Lachen. „Gar nicht", erklärte er gutmütig und meinte offensichtlich das genaue Gegenteil.

Sie machte eine kurze Pause, überlegte, ob sie auf das, was er sagte, oder das, was er meinte, eingehen sollte. Sie entschied sich für letzteres. „Du hast Besuch", riet sie. Im Hintergrund hörte sie eine leise Frauenstimme, konnte aber nicht verstehen, was diese sagte. Nathan gab ein Keuchen von sich, das er zu unterdrücken versuchte.

Lex verdrehte die Augen. „Ihr seid mitten bei der Sache, habe ich Recht?", schalt sie ihn. „Wieso hast du überhaupt abgenommen?"

„Du hast deinen eigenen Klingelton", entgegnete er. „Jetzt warte doch mal", fügte er dann hinzu, aber sie wusste, er meinte nicht sie, sondern seinen Besuch. „Ich ruf dich in fünf Minuten zurück, Lex, okay?", wandte er sich dann wieder an sie.

Sie lachte. „Mach ruhig zehn draus."

Entgegen ihrer munteren Antwort schien ihr jede Minute, die sie danach weiter allein durch die Dunkelheit streifte, wie eine Ewigkeit. Immer wieder schaute sie auf die Uhranzeige ihres Handys und konnte kaum glauben, dass diese nicht einfach stehen geblieben, irgendwie kaputt war. Endlich, sieben Minuten später, klingelte es.

Sie hob sofort ab. „Na, fertig?", zog sie Nathan auf.

„Vorerst", gab er zurück und sie konnte sein breites, zufriedenes Lächeln geradezu vor sich sehen.

„Wie heißt sie?", fragte Lex.

„Jessy", antwortete er, verbesserte sich aber direkt: „Gar nicht wahr, Lisa."

Schon wieder lachte Lex und war froh, ihn angerufen zu haben. Wie immer tat es gut, mit ihm zu reden und wenn auch nur, um seine gelöste Unbeschwertheit mitzubekommen. „Ich hoffe, das hat sie jetzt nicht gehört."

„Nein, ich bin in die Küche gegangen. Was kann ich für dich

tun, Schwesterlein?", kam er auf den Punkt.

Sie schwieg. Er schwieg einige Momente mit ihr. Als er weitersprach, war seine Stimme sanft. „Wir hatten überlegt, ob ich dich nicht endlich da draußen mal besuchen komme", erinnerte er sie. „Sorry, dass ich gestern an deinem Geburtstag arbeiten musste."

Sie sagte nichts.

„Weißt du was, ich habe morgen einen Tag frei. Ich komme zu dir raus, Lex", entschied er spontan und sein Tonfall machte klar, dass jeder Widerstand zwecklos sein würde. Und wenn sie ehrlich war, wollte sie es ihm auch gar nicht ausreden. Es würde ihr guttun, ihn wiederzusehen.

Für den nächsten Tag meldete sie sich krank. Sie wollte, sie konnte jetzt nicht Isaac begegnen. Ihr Chef war alles andere als begeistert, aber sie sagte ihm nur, dass sie die Krankschreibung nachreichen würde. Den Vormittag verbrachte sie mit ihren Hunden und Pferden, schaltete währenddessen ihr Handy aus, um nicht in Versuchung zu geraten, zu schauen, ob Isaac sich bei ihr meldete oder nicht, und schlief danach tatsächlich für eine kurze Zeit auf der Couch ein. Die Nacht hatte sie kein Auge zugekriegt. Erst als es an der Tür klingelte, schreckte sie hoch, war für einen Moment orientierungslos. Ihr Blick irrte auf ihre Uhr. 14:07 Uhr.

Etwas mühsam erhob sie sich von der Couch und ging zur Tür hinüber. Als sie diese aufzog, stand Nathan davor und strahlte sie mit seinem typischen, jungenhaften Grinsen an, das er auch mit fortschreitendem Alter nie verloren hatte. Er breitete die Arme für sie aus und sie warf sich hinein.

Eine ganze Weile hielt er sie nur, ehe er schließlich meinte: „Schön, dich zu sehen, altes Haus. Herzlichen Glückwunsch nachträglich."

Lex löste sich aus seiner Umarmung, sodass er sich zu einer Tasche zu seinen Füßen beugen konnte. Er zog eine Karte daraus hervor und überreichte sie ihr.

Sie grinste. „Eine Karte von dir? Es geschehen noch Zeichen und Wunder."

Er zuckte mit den Schultern, eine Geste, die in ihrer Unbekümmertheit allzu deutlich an ihr eigenes, häufiges Schulterzucken erinnerte. „Ich hatte keine Zeit mehr, ein Geburtstagsgeschenk zu besorgen, da musste ich mir was anderes einfallen lassen. Mach sie auf", forderte er dann.

Noch immer lächelnd öffnete sie die Karte und las, was darinstand. Ihre Augen wurden groß. „Ernsthaft? Du bleibst die ganze Woche hier?" Ihrer Stimme konnte man anhören, dass sie sich riesig freute.

Er wies nur auf seine Tasche. „Wäre ich sonst mit meinem halben Kleiderschrank angereist?"

Schon wieder warf sie sich in seine Arme. „Du bist der beste Bruder, den ich haben könnte", erklärte sie voller Inbrunst.

Er brummte, offensichtlich etwas verlegen. „Schon gut. Ich komm eh nur deiner Kochkünste wegen."

Sie lachte. „Wenn du es eine Woche lang mit Rührei, Kaffee und Zigaretten aushalten willst, meinetwegen."

Er zog erneut die Schultern hoch. „Klingt ganz nach Haus C."

Sie drückte sich nochmal eng an ihn, ihm einen Kuss auf die Wange gebend. „Ich freue mich wirklich, dass du hier bist, Nathan. Du bist ein Engel." Dann löste sie sich von ihm und zog ihn an der Hand hinter sich her ins Haus.

Am Mittwoch hielt Isaac es nicht mehr aus. Noch immer war Lex nicht zur Arbeit zurückgekehrt, war angeblich weiterhin krank. Sie ging weder an ihr Handy, noch antwortete sie auf eine seiner vielen Nachrichten auf ihrem Anrufbeantworter. Allen guten Vorsätzen zum Trotz entschied er schließlich, nach der Arbeit zu ihr hinaus zu fahren.

Als er an ihrer Tür klingelte, öffnete ein Mann ihm diese. Zu sagen, dass er sich verletzt fühlte, wäre untertrieben gewesen. Für einen langen Moment konnte er den anderen Mann nur anstarren. Er war groß und breitschultrig, arbeitete entweder körperlich oder machte viel Sport. Seine Haut war braun gebrannt, als wäre er viel an der frischen Luft, und sein schokobraunes Haar fiel ihm frech in die Stirn. Er mochte Ende dreißig sein. Er trug lose geschnittene Jeans, ein enganliegendes T-Shirt und war barfuß.

Als Isaac nichts sagte, den Mann nur weiter anstarrte, zog dieser fragend eine Augenbraue hoch. „Isaac, nehme ich an", erriet Nathan. Lex hatte ihm ihren Kollegen, der sie emotional so aufgewühlt hatte, ausführlich genug beschrieben, dass er meinte, ihn erkennen zu können.

Isaac konnte nur nicken.

Nathan trat bereits von der Tür zurück und winkte Isaac herein. „Kommen Sie rein, Lex sollte bald zurück sein. Sie hatte einen Arzttermin. Mein Name ist Nathan."

Nathan. Der Freund, zu dem sie mit 15 gezogen war. Schon als sie ihm davon erzählt hatte, hatte er sich gefragt, ob nicht mehr zwischen den beiden gewesen war, als sie ihm erzählt hatte. Hatte sich daran erinnert, wie warm und vertraut sie mit ihm am Telefon geredet hatte, als Isaac sie das erste Mal hier besucht hatte. Langsam folgte er Nathan ins Wohnzimmer, wo dieser sich auf der Couch niederließ, die Füße auf dem niedrigen Tisch davor ablegend.

Die Hunde umschwärmten Isaac begeistert, zogen sich aber schon bald zu Nathan zurück. Es war offensichtlich, dass sie diesen kannten und sich wohl bei ihm fühlten, als sie nun alle vier versuchten, sich den besten Platz neben Nathan zu ergattern. Mit einem Lachen schob er Lesto von sich, der sich direkt auf seinen Schoß setzen wollte.

„Die Biester sind unmöglich", meinte Nathan, streichelte aber Lesto und Bravo hinter den Ohren. „Setzen Sie sich", fügte er mit einer Geste auf die andere Couch hinzu und wirkte dabei so selbstverständlich, als wäre dies sein Zuhause. „Falls Sie was trinken wollen…" Mit dem Daumen zeigte er über seine Schulter hinüber zur Küche.

Isaac setzte sich, konnte noch immer keinen klaren Gedanken formulieren, spürte nur einen rohen, wunden Schmerz in seiner Brust, als er weiterhin den gutaussehenden Mann sich gegenüber musterte. Der wusste Isaacs Gesichtsausdruck offensichtlich zu deuten.

„Lex und ich sind zusammen aufgewachsen", erklärte er wie

beiläufig. „Sie ist wie eine Schwester für mich." Bei diesen letzten Worten sah er Isaac direkt an. Es war klar, was er diesem damit sagen wollte: dass er keine Konkurrenz darstellte.

Isaac wurde einer Erwiderung enthoben, als die Hunde in diesem Moment synchron wie ein einziges Wesen aufsprangen und schwanzwedelnd zur Tür liefen. Diese wurde nur wenige Sekunden später geöffnet.

„Ich habe uns Essen mitgebracht, Nathan", erscholl Lex' Stimme. „Hey, meine Süßen", begrüßte sie ihre Hunde, die sie fiepend und winselnd erwarteten.

Nathan und Isaac erhoben sich beide, während Lex ihre Schuhe im Flur von den Füßen stieß. „Weg von meinem Essen, ihr Monster", mahnte sie gutmütig, als die Hunde die Tüten in ihren Händen mit großem Interesse beschnüffelten. „Iron! Wirst du wohl!", schimpfte sie, als der Ranghöchste der vier es wagte, seine Nase in eine Tüte hineinzuschieben. „Das kommt davon, wenn du ihnen immer was vom Tisch gibst!", rief sie Richtung Wohnzimmer und hatte bisher noch immer nicht bemerkt, dass Nathan nicht allein war. „Geht ab!", befahl sie dann mit mehr Nachdruck. Lesto lief sofort davon, die drei anderen folgten ihm mit deutlichem Zögern. Iron musste sie sogar erneut auffordern. Sie folgte ihm ins Wohnzimmer.

Als sie Isaac sah, blieb sie so abrupt stehen, als wäre sie gegen eine Wand gelaufen. So irritiert wie hilflos irrte ihr Blick kurz zu Nathan, der nur die Schultern hochzog, als wolle er sagen: „Ich konnte nichts tun." Dann sah sie wieder hinüber zu Isaac.

„Isaac", grüßte sie ihn und ihre Stimme klang selbst in ihren eigenen Ohren fremd.

„Lex", erwiderte er und fühlte sich genauso unwohl und überfordert, wie sie es offensichtlich tat.

Mehrere Sekunden herrschte bedeutungsvolles Schweigen, während dessen sie sich einfach nur ansahen. Schließlich räusperte sich Nathan vernehmlich.

„Ihr solltet euch zumindest umarmen, finde ich. Ihr wart schließlich zusammen im Bett", erklärte er so geradeheraus, wie Lex es nicht anders von ihm gewohnt war.

Lex schoss das Blut in die Wangen und sie wich Isaacs Blick

aus. „Taktvoll wie immer, Nathan", schalt sie ihn, halb ernsthaft, halb lachend, und schüttelte den Kopf. Trotzdem war sie froh, dass Nathan den Moment unterbrochen hatte. Sie kam zu Isaac hinüber, küsste ihm auf die Wange und war sich dabei nicht sicher, ob die Geste zu flüchtig oder vielmehr zu bedeutungsvoll wirkte.

„Was für eine Überraschung, Isaac", meinte sie und trat bereits wieder von ihm zurück, ging hinüber zu Nathan und reichte ihm die Tüten. Der nahm sie ihr ab und brachte sie in die Küche, ihnen den Anschein von Privatsphäre gebend.

„Ich habe mir Sorgen um dich gemacht", brachte Isaac hervor und seine Stimme klang heiser. Er wusste auch nicht, was er sich erhofft hatte, wie dieses Treffen ablaufen würde. Aber eines wusste er dafür umso mehr: dass allein nur wieder in ihrer Nähe zu sein, berauschend war. Langsam kam er die wenigen Schritte zu ihr hinüber. Sie wich ihm nicht aus, sah ihm nur entgegen und in ihren Augen stand wieder das Sehnen, wie am Abend ihres Geburtstags.

Als er sie erreichte, griff er sacht nach ihrer Hand, führte sie an seinen Mund und küsste sie darauf. Dann musterte er sie besorgt. „Wie geht es dir?", wollte er wissen, ihre Hand wieder sinken lassend. Er hätte sie auch losgelassen, wenn sie nicht ihre Finger zwischen seine geschoben hätte.

„Ich - ", setzte sie an, führte den Satz aber nicht zu Ende. Auf ihrem Gesicht konnte er lesen, dass sie noch immer genauso überfordert war, wie als er sie nach ihrer gemeinsamen Nacht zurückgelassen hatte. Kurz glitt ihr Blick hinüber zu Nathan, der in der Küche mit Geschirr klapperte.

„Ich deck dann mal für Isaac mit", rief er zu ihnen hinüber und es war wieder dieser Tonfall an ihm, der keine Widerrede duldete.

Lex sah zurück zu Isaac. Ihre Miene wirkte beinahe entschuldigend und sie zog die Schultern hoch, genauso offensichtlich damit ein „Ich kann nichts tun" ausdrückend, wie Nathan zuvor, als sie Isaac im Wohnzimmer entdeckt hatte.

Isaac lächelte und es war eben dieses Lächeln, was sie seine Hand noch fester greifen ließ. Gemeinsam gingen sie zur Küche hinüber.

Der Abend verlief so entspannt, als hätten sie schon etliche Male zu dritt zusammengesessen – und als würden sich Lex und Isaac nicht in einem merkwürdigen Schwebezustand zwischen lauter unausgesprochenen Gefühlen und Ausflüchten, die ihnen ihr Verstand auferlegen wollte, befinden. Isaac genoss es, Nathan und Lex zusammen zu erleben. Schon nach wenigen Minuten konnte er nicht mehr daran zweifeln, dass wirklich nicht mehr zwischen den beiden war. Sie gingen zwar herzerwärmend vertraut miteinander um, aber sie erinnerten ihn dabei viel zu sehr daran, wie er selbst sich mit seinem Bruder verhielt, als dass er noch hätte skeptisch sein können. Er genoss auch die vielen Anekdoten und Erinnerungen, in denen die beiden schwelgten, genoss, mehr über Lex' Kindheit zu erfahren, die, obgleich sie im Heim aufgewachsen war, doch verhältnismäßig unbeschwert gewesen zu sein schien. Die zwei hatten offensichtlich viel Unsinn zusammen angestellt und lachend, feixend und sich gegenseitig aufziehend berichteten sie von der ein oder anderen Begebenheit. Es tat gut, Lex so ausgelassen zu sehen. Sie zeigte mit Nathan eine ganz andere Seite von sich, als wie er sie mit Dantes Familie kennengelernt hatte. Zwar war auch hier die tiefe Verbundenheit offensichtlich gewesen, aber es herrschte auch noch immer eine tiefe Trauer über den schweren Verlust, den die Familie erlitten hatte. Mit Nathan konnte sie davon mehr Abstand nehmen.

Um halb neun erhob Nathan sich schließlich von seinem Stuhl. Freundschaftlich boxte er Lex in den Oberarm. „Ich geh mal mit deinen Monstern spazieren. Ne Stunde oder so." Sein Tonfall war so wenig subtil, wie zuvor seine Worte, als er die zwei dazu aufgefordert hatte, sich zur Begrüßung zu umarmen. „Ich habe meinen Schlüssel irgendwie verlegt. Ich klingle, wenn ich zurückkomme", fügte er mit einem allzu eindeutigen Grinsen hinzu.

Lex warf ihm einen leicht entnervten Blick zu und schüttelte den Kopf. Er zog nur einmal mehr die Schultern hoch und ging mit einem Lachen.

Ein, zwei Minuten schwiegen Lex und Isaac sich einfach nur an, nachdem Nathan die Haustür hinter sich ins Schloss gezogen hatte, beide nun plötzlich doch wieder befangen. Isaac unterbrach die Stille schließlich.

„Warst du wirklich krank?", fragte er sacht und musterte sie erneut.

Sie verzog das Gesicht. „Verpetzt du mich, wenn ich nein sage?", gab sie zurück und stand auf, um den Tisch abzuräumen. Isaac tat es ihr gleich.

In der Küche trat er nah an sie heran, um die leeren Teller zur Spüle stellen zu können. Sie erstarrte für einen Moment, ehe sie ihm den Kopf zuwandte. In ihren großen Augen stand ein verlorener Ausdruck. Die Zeit schien einige Sekunden lang still zu stehen, als er ihren Blick erwiderte. Schließlich beugte er sich zu ihr hinunter, ließ seinen Mund den ihren finden. Sie erwiderte den Kuss, wandte sich ihm jetzt ganz zu. Er zog sie sanft in seine Arme.

„Wir hatten gesagt, dass es nur für eine Nacht sein würde", erinnerte sie ihn.

Er nickte. „Ich weiß", erwiderte er, während er sein Gesicht in ihr Haar drückte und ihren Geruch tief inhalierte, sie noch fester in seine Arme ziehend. „Ich habe dich vermisst", gestand er dann nichtsdestotrotz und wunderte sich selbst darüber, wie tief und schmerzlich eben dieses Gefühl die letzten paar Tage gewesen war.

Sie seufzte. „Ja, ich dich auch." Ihre Worte klangen fast wie eine Beichte. Sie küsste ihn auf das Dreieck freier Haut, das über dem offenen, obersten Knopf seines Oberhemdes aufblitzte. Seine Hände glitten von ihrem Rücken hinunter zu ihrem Po.

Als Nathan an der Haustür klingelte, hätte Lex noch Stunden länger in Isaacs Armen verbringen mögen. Dennoch löste sie sich jetzt hastig von ihm. Lachend suchten sie nach ihren in der Küche verstreuten Klamotten. Sie hatten keine Zeit damit verschwendet, nach oben zu gehen. Während Lex in ihre Hose schlüpfte, klingelte es erneut und direkt danach noch einmal.

„Ja, ja, ja", meinte sie, obgleich Nathan draußen ihre Worte nicht hören konnte. Suchend sah sie sich um. Lächelnd hielt Isaac ihr ihren BH hin. Sie grinste, küsste ihn und zog BH und T-Shirt über. Mit den Fingern kämmte sie ihre Haare, begann diese rasch in einen Zopf zu flechten, während sie bereits zur Haustür ging. Sie warf Isaac einen kurzen Blick zu, ob er fertig angezogen war. Der knöpfte sein Hemd zu. Sie trat durch die Glastür in den Flur und öffnete die Haustür gerade, als Nathan wieder klingelte.

„Immer langsam mit den jungen Pferden", begrüßte sie ihn mit einem Funkeln in den Augen, das noch nicht dort gewesen war, als er gegangen war.

Er grinste sie breit an, musterte sie kurz von Kopf bis Fuß. Dann trat er an ihr vorbei in den Flur. Die Hunde stürmten ebenfalls herein, begrüßten Lex begeistert.

„Dein T-Shirt ist auf links", erklärte Nathan anzüglich.

Lex schoss das Blut in die Wangen. „Du bist doof", schimpfte sie verlegen.

„Nicht meine Schuld, dass du dich nicht richtig anziehen kannst", erwiderte er unbeeindruckt, während er Jacke und Schuhe wegräumte.

In diesem Moment kam auch Isaac zum Flur. „Ich fahre dann mal nach Hause", meinte er und wich Nathans Blick aus, ebenfalls etwas verlegen, dass der andere Mann offensichtlich genau wusste, was sie die letzten anderthalb Stunden miteinander gemacht hatten.

Nathan hob zum Abschied nur stumm die Hand und verschwand ins Hausinnere. Lex sah ihm kurz hinterher und wandte sich dann Isaac zu, der sich bereits die Schuhe anzog. Sie trat an ihn heran und er zog sie noch einmal in die Arme. Sanft küsste er sie.

„Ich melde mich morgen bei dir, okay?", versprach sie, auch wenn sie bereits wieder ihren Gefühlsaufruhr zurückkommen spürte.

Er nickte. „Das wäre schön", entgegnete er. „Schlaf gut, Lex." Mit diesen Worten küsste er sie ein letztes Mal. Dann ging er.

Zusammen mit Nathan erledigte sie den Abwasch. Sie war froh, dass er sie währenddessen in Ruhe ließ. Zwar spürte sie, wie er sie immer mal wieder von der Seite musterte, aber er sagte nichts. Es war eine vertraute Stille zwischen ihnen. Diese erinnerte sie beide an die vielen gemeinsam geleisteten Küchendienste ihrer Kindheit.

Später sahen sie sich in ihrem Bett noch einen Film an. Lex genoss es, in Nathans Arm liegen zu können. Auch das war vertraut. Sie hatten einander stets viel gegeben und in der etwas sterilen Welt des Heims hatten sie sich gegenseitig den Körperkontakt gespendet, wie ihn andere Kinder sonst in ihren Familien fanden. Als sie mit 15 zu ihm gezogen war, hatten sie bald danach ein einziges Mal probiert, ob zwischen ihnen nicht doch mehr sein konnte, als nur eine geschwisterliche Liebe. Sie waren nicht weit gekommen. Hatten sehr rasch festgestellt, dass sie wirklich nur Bruder und Schwester waren. Mit einem Lachen hatten sie jede Idee nach mehr ad acta gelegt. Nichtsdestotrotz hatten sie sich oft ein Bett geteilt und auch seit er bei ihr zu Besuch war, hatte keiner von ihnen nur eine Sekunde daran gedacht, dass er vielleicht auf der Couch schlafen sollte. Selbst wenn das bedeutete, dass sie allmorgendlich mit seinem harten Geschlecht in ihrem Rücken aufwachte, da er sie zum Schlafen eng in seinen Armen hielt. Und sie schlief wie früher gut in seinen Armen. Schon lange hatte sie nicht mehr so viele erholsame Stunden Schlaf abbekommen wie derzeit.

Als sie am nächsten Morgen erwachte, blieb sie noch reglos liegen. Das Gefühl von Nathans warmen Körper an sich, seinen Armen um sich, seiner Hand, die wie selbstverständlich an ihrer Taille ruhte, hatte etwas unglaublich Beruhigendes, Vertrautes. Sie fühlte sich geborgen bei ihm wie kaum sonst je. Spürte eine tiefe Dankbarkeit dafür, dass sie Nathan ihren Bruder nennen konnte, dass sie immer füreinander da gewesen waren.

Er schien ähnliche Gedanken zu haben, als er kurz darauf ebenfalls erwachte. „Guten Morgen, C58-1", murmelte er schläfrig, während er sein Becken etwas von ihr abrückte, um seinen morgendlichen Ständer nicht weiter gegen das weiche

Fleisch ihres Pos zu drücken.

„Hey C27-2", gab sie mit einem Lächeln zurück.

Einige Momente lagen sie nur schweigend da, genossen die Nähe zueinander und wurden nur ganz allmählich munter. Schließlich gab er ein leises Lachen von sich. „Weißt du noch, was für ein Höllentheater über uns hereingebrochen ist, als uns die olle Butcher so bei dir im Bett gefunden hat?"

Auch Lex lachte. Allerdings wusste sie das noch. Und es hatte auch nicht im Geringsten das Donnerwetter abgemildert, dass sie wie jetzt gerade beide Unterhosen und Shirts getragen hatten und sie mit ihren damals sieben Jahren viel zu jung gewesen war, um auch nur zu wissen, warum sich alle so aufregten. „Klar weiß ich das noch", erwiderte sie. „Und auch, dass du danach alle anderen Kids im Glauben gelassen hast, dass mehr gelaufen ist."

Er küsste sie aufs Haar. „Und du hattest nicht den blassesten Schimmer, was alle von dir wollten, als sie dich fragten, wie es gewesen ist." Wieder lachte er.

Sie grinste. „Deine Aufklärung danach war so subtil, wie du es noch heute bist."

„Was denn, ich wollte es doch nur anschaulich gestalten."

Sie schüttelte gutmütig den Kopf. „Das hast du allerdings", gab sie zurück und dachte daran, wie er sie zwei Tage nach der ganzen Aufregung mit in ein leeres Zimmer geschmuggelt hatte. Ohne große Umschweife hatte er sich seine Hose heruntergezogen und ihr seinen Penis gezeigt. Sie war sehr neugierig gewesen und als er ihr erklärte, wie das mit dem Sex funktionierte, hatte sie sehen wollen, wie er steif wurde. Er jedoch hatte nur den Kopf geschüttelt. „Das geht mit dir nicht", hatte er ihr erklärt. „Du bist meine Schwester."

Es war das erste Mal, dass er sie als solche bezeichnete, auch wenn sie es beide immer schon gefühlt hatten. Herunter gezogene Hose hin oder her, sie hatte sich ihm in die Arme geschmissen und geweint vor Glück. Von da an hatten sie einander oft mit Bruder und Schwester angesprochen.

„Schwesterlein", sagte er auch jetzt.

„Bruderherz", erwiderte sie und spürte den warmen,

wohligen Kokon, den er wie immer um ihr Herz breitete.

„Du solltest mit Isaac weniger denken", stellte er nach einer langen, schweigsamen Weile fest.

Sie zuckte leicht zusammen, sagte aber nichts.

Er seufzte. „Ich weiß, es ist ungünstig, dass er Polizist ist. Aber jeder Blinde mit Krückstock kann sehen, wie gut er dir tut. Und wie vernarrt er in dich ist."

„Spielst du mal wieder meinen Beziehungsberater?", gab sie zurück und versuchte ihrer Stimme einen leichten Klang zu verleihen. Es gelang ihr nicht sehr gut, viel zu wund war das Thema um Isaac in ihrem Inneren.

„Ich will schließlich nicht aus der Rolle fallen", gab er neckend zurück. Es war nicht das erste Mal, dass sie sich mit ihren Männersorgen an ihn wandte. Sie hatte nie eine beste Freundin gehabt und überhaupt war es ihr immer schon als sinnvoll erschienen, sich mit ihren Sorgen und Nöten, die mit einem Mann zu tun hatten, an eben einen anderen Mann zu wenden, der ihr schließlich auch die andere Seite der Medaille etwas näherbringen konnte.

Sie löste sich jetzt aus seinen Armen und setzte sich in ihrem Bett auf. Sie gab ein tiefes Seufzen von sich. „Ich geh mal duschen", erklärte sie, um dem Gespräch zu entkommen, dem sie sich ganz und gar nicht gewachsen fühlte.

Er brummte nur.

Den Tag verbrachten sie entspannt miteinander. Beim Arzt hatte sie gestern erreicht, auch für den Rest der Woche krankgeschrieben zu werden und so hatten sie alle Zeit für sich. Nathan bedrängte sie nicht weiter mit dem Thema zu Isaac. Nachmittags jedoch schlug er ihr vor, dass sie Isaac wieder zum Abendbrot einladen sollte.

Sie warf ihm einen Blick mit hochgezogener Augenbraue zu. „Damit du uns dann danach wieder ganz dezent und taktvoll ein, zwei Stunden allein lassen kannst? Das ist doch bescheuert."

Er zuckte mit den Schultern. „Ich würde ja im Gästezimmer schlafen, wenn du eins hättest. Dann könnte er die Nacht bleiben."

Sie starrte ihn nur an, wusste nicht, ob sie empört, verlegen oder belustigt sein sollte. Er erwiderte ihren Blick ernst. „Er tut dir gut, Lex. Und das kannst du gebrauchen. Du bist einsam, Schwesterlein", stellte Nathan fest und plötzlich lag tiefes Mitgefühl in seiner Stimme.

Jetzt wich sie seinem Blick aus. „Es ist zu früh", gab sie leise zurück. Sprach damit das erste Mal aus, was sie neben dem Umstand, dass Isaac Polizist war, vielleicht noch mehr beschäftigte.

Er legte ihr den Arm um die Schultern, während sie zurück zu den Pferden sah. Sie standen draußen am Koppelzaun und hatten die Pferde vor wenigen Minuten nach einem Ausritt auf die Weide gelassen.

„Du hast mir selbst gesagt, dass Dante und du euch einig wart, dass, sollte einem von euch etwas zustoßen, der andere sein Leben trotzdem weiterführen muss. Mit allem, was dazu gehört", erinnerte er sie sanft. „Es war zu früh, dass du Dante hast gehen lassen müssen. Jeder, der dich kennt, weiß, wie sehr du ihn geliebt hast. Noch immer liebst. Niemand zweifelt daran. Aber er ist fort, Lex."

Tränen traten in ihre Augen, einmal mehr den furchtbaren, verzehrenden Schmerz über die Unabänderlichkeit dieser Tatsache spürend. Nathan zog sie näher an sich und küsste ihr auf die Schläfe.

„Du hast es verdient, glücklich zu sein. Du hilfst niemanden von ihnen, wenn du es nicht bist", flüsterte er an ihrer Haut.

Einen Moment noch kämpfte sie gegen die Trauer an, dann musste sie einsehen, dass es vergeblich war. Mit einem Schluchzen schlug sie die Hände vors Gesicht und drängte sich an Nathans Brust. Er hielt sie, spendete ihr stummen Trost. Es dauerte lange, bis sie sich wieder beruhigte. Zu roh waren die alten Wunden wieder nach all den Jahrestagen, nach Marias Geständnis über ihre Schwangerschaft, nach dem, was sie unvermittelt mit Isaac gefunden hatte. Irgendwann jedoch versiegten ihre Tränen, wenn auch nur deswegen, weil sie schlicht zu erschöpft war, um noch weiter weinen zu können.

„Lad Isaac heute Abend ein. Wir können nach dem Essen

auch Karten spielen oder so", drängte Nathan sie sanft.

Genauso schrieb sie es Isaac. Fragte ihn, ob er zum Abendbrot vorbeikommen wollte. Dass sie danach vielleicht mit Nathan Karten spielen könnten. Dass dieser noch bis Sonntagmittag bei ihr sein würde. Fast augenblicklich schickte Isaac ihr seine Zusage.

Mit Herzklopfen erwartete sie seine Ankunft. Seit er ihr zugesagt hatte, konnte sie sich kaum noch konzentrieren. So ließ Nathan sie gutmütig in Ruhe, während sie gemeinsam den Stall auf Vordermann brachten. Eine gute halbe Stunde, ehe Isaac kommen wollte, sprang sie noch einmal unter die Dusche und erwischte sich danach dabei, dass sie ihre Unterwäsche mit Bedacht wählte. Aus reinem Trotz sich selbst gegenüber zog sie sich deswegen darüber nur eine Jeans und ein einfaches T-Shirt, anstatt der Bluse und dem Rock, die so gut zu der Wäsche gepasst hätten.

Als es klingelte, lief sie mit beinahe so viel Begeisterung zur Tür wie die Hunde, während Nathan mit den Worten, rauchen zu gehen, auf die Terrasse verschwand, die Glastür hinter sich zuziehend. Als sie die Haustür öffnete, stand ein Strahlen auf ihrem Gesicht, das auch von all dem Auf und Ab ihrer Gefühle nicht verdrängt werden konnte.

„Isaac", begrüßte sie ihn und ihre Stimme verriet all ihre Freude. Am liebsten hätte sie ihn geküsst, aber sie hielt sich zurück. Eigentlich waren sie noch immer auf dem Stand, dass sie nur Freunde sein wollten.

„Lex", erwiderte er, augenblicklich angesteckt durch ihre offene Begeisterung. Ihre Augen brannten, als sie ihn einen langen Moment schweigend ansah. Er erkannte den Funken darin inzwischen nur zu gut. Er lächelte, stellte die Tüten zu Boden – er hatte sich erboten, Essen mitzubringen – und trat an sie heran. Auch wenn er auch die vorsichtige Zurückhaltung auf ihren Zügen zu deuten wusste, beugte er sich zu einem Kuss zu ihr herunter. Ganz kurz schien es, als wolle sie zurückweichen, doch dann kam sie ihm entgegen und schmolz geradezu dahin an seinen Lippen. Seine eine Hand glitt an ihre Wange, die andere an ihre schmale Taille. Er zog sie näher an sich heran. Schon forderte er mit seiner Zunge Einlass in ihren Mund, den sie ihm nur zu willig gewährte. Ihre Hände glitten in seinen Nacken und nun presste sie sich aus eigenem Antrieb mit ihrem ganzen Körper gegen seinen. Er gab einen dunklen Laut von sich, seine Libido erwacht.

„Nathan ist nicht zufällig wieder mit den Hunden unterwegs?", fragte er mit einem leisen Lachen an ihren Lippen.

Sie schüttelte den Kopf, küsste ihn noch einmal mindestens so hitzig wie zuvor. Sein empfindlichstes Fleisch reagierte mit einem beinahe schon schmerzhaften Pulsieren darauf. „Nein, leider nicht", erwiderte sie und machte sich dann los von ihm. Es fiel ihr sichtlich schwer. Sie griff seine Hand. „Lass uns essen gehen", fügte sie hinzu, offensichtlich bemüht, die Situation zu beenden.

Er nickte, während jedoch seine andere Hand an ihren Po glitt, als sie sich nach den Tüten mit dem Essen bückte, dann an die Haut, die ihre Bewegung zwischen T-Shirt und Hose freigab. Noch einmal zog er sie in seine Arme, als sie sich wieder aufrichtete, schob seine Hand zielstrebig unter den Bund ihrer Hose. „Ich würde lieber mit dem Nachtisch beginnen", grinste er anzüglich.

Sie schüttelte mit einem gutmütigen Lächeln den Kopf. „Noch immer auf Entzug, scheint mir", zog sie ihn auf.

„Schon wieder", gab er zurück, die Stimme plötzlich dunkler.

Sie küsste ihn, flüchtiger diesmal und nur auf die Wange, dann machte sie sich wortlos von ihm los. Ihm voraus ging sie ins Haus.

Das Essen lief so entspannt wie am vorherigen Abend. Isaac stellte fest, dass er Nathan wirklich sympathisch fand. Er unterhielt sich eine ganze Weile mit ihm über Lex' Haus. Es stellte sich heraus, dass Nathan Häuser baute und dass er Lex' Begeisterung für das Remodeling von alten Gebäuden durchaus teilte. Nathan erzählte ihm von anderen Häusern, die er bereits umgebaut hatte. Lex klinkte sich aus dem Gespräch aus, saß verträumt stumm daneben, ihren Blick ununterbrochen auf

Isaac gewandt. Sie genoss es einfach, ihn ansehen zu können, mochte, wie er gestikulierte, das gelegentliche Lächeln, das über seine Züge zog, während er sich angeregt mit Nathan unterhielt. Am liebsten hätte sie ihn fotografiert, um diesen Moment festhalten zu können.

„Erde an Lex, du Träumerin", riss Nathan sie schließlich aus ihren eigenen Gedanken und warf eine zusammengeknüllte Serviette nach ihr. Sie fuhr zusammen und sah ihn überrascht an. Er lachte. „Na, C58-1, wo bist du denn unterwegs?", fragte er sie gutmütig.

„Ich… was?", gab sie zurück. Sie hatte überhaupt nichts mehr mitbekommen, so versunken war sie in Isaacs Betrachtung gewesen.

„Ich habe dich schon dreimal gefragt, ob die Hunde nochmal raus müssen", wiederholte er ein viertes Mal. Sie sah ihn nur an, als hätte er in einer anderen Sprache gesprochen. Noch einmal lachte er. „Wow, du warst echt auf einem anderen Planeten gerade, kann das sein?", zog er sie auf.

Verlegen strich sie sich eine Haarsträhne aus dem Gesicht. „Ich habe nur - ", setzte sie wie als Rechtfertigung an. Dann fiel ihr allerdings nichts ein, wie sie den Satz sinnvoll zu Ende hätte bringen können.

Isaac sprang für sie ein. „C58-1?", wiederholte er. „Was ist das denn für ein Spitzname?" Fragend sah er hinüber zu Nathan, damit Lex sich noch ein wenig fangen konnte. Der erklärte es ihm. Lex stand unterdessen auf und begann den Tisch abzuräumen. Nathan folgte ihr, während Isaac sich kurz entschuldigte.

„Bist du okay?", fragte Nathan sie in der Küche. Mit einem Mal wirkte sie nervös. Das Geschirr klapperte, als sie es mit zitternden Händen an die Spüle stellte. Sie sagte nichts, starrte nur angestrengt auf die Teller vor sich. „Lex?", sprach er sie sanft an.

„Ich… ich glaub, ich geh mal eine rauchen", erklärte sie. Auch ihre Stimme zitterte. Er musterte sie besorgt.

„Ich könnte auch eine vertragen", verkündete er, denn ihm gefiel ganz und gar nicht, was er sah. Sie sah aus, als würde sie jeden Moment in Tränen ausbrechen. Sanft griff er ihre Hand und führte sie nach draußen. Er steckte sich und ihr eine Zigarette an und reichte ihr ihre. Mit bebender Hand führte sie sie an ihren Mund, nahm einen tiefen Zug. Er legte ihr den freien Arm um die Schultern und zog sie näher an sich. Schweigend rauchten sie, bis Isaac ebenfalls herauskam.

Er musterte die zwei, wie sie so vertraulich beisammenstanden, und erfasste mit einem Blick, dass Lex' Gemütszustand sich drastisch geändert hatte. Nathan sah kurz zu ihm, dann küsste er Lex sacht auf die Stirn.

„Ich geh mal die Küche zu Ende aufräumen, okay?", meinte er zu ihr, zog die Frage aber in die Länge, um ihr klar zu machen, dass sie ihn aufhalten konnte, wenn sie ihn hier draußen brauchen sollte. Erst mit etwas Verzögerung nickte sie. Er machte sich von ihr los und ging leise hinein, Isaac dabei noch einen leicht zu deutenden Blick zuwerfend. Sei nicht aufdringlich, aber kümmere dich um sie, stand darin.

An seiner Statt trat jetzt Isaac an Lex heran. Sie versuchte sich gerade eine zweite Zigarette anzuzünden, aber ihre Hände zitterten so sehr, dass sie es nicht schaffte. Er griff nach dem Feuerzeug. Mit Tränen in den Augen sah sie zu ihm auf.

„Ich - ", setzte sie an, verstummte aber hilflos. Wusste nicht, wie sie ihm begreiflich machen sollte, was in ihr vorging, ohne ihn zu verletzten.

Er schüttelte den Kopf. „Du musst nichts erklären, Lex. Der Abend war doch schön bisher. Ich habe überhaupt keine Erwartungen", versuchte er sie zu beruhigen, da er ihr ihren inneren Zwiespalt ansehen konnte; sehen konnte, dass sie sich einerseits nach seiner Umarmung sehnte, andererseits Angst vor dem hatte, was eine solche für sie beide bedeuten würde. Angst hatte, nicht mehr zurück zu können, wenn sie jetzt nur immer weiter nach vorne ging.

Er zündete ihre Zigarette für sie an und beobachtete sie schweigend dabei, wie sie rauchte. Auf halbem Wege durch ihre Zigarette schnaubte sie irgendwann. Es war ein selbstironischer Laut. „Du musst mich für völlig durchgeknallt halten", stieß sie spöttisch hervor, aber ohne die Leichtigkeit, die er sonst von ihr gewohnt war. Sie befürchtete, dass er ja sagen würde.

„Nein", erwiderte er schlicht und zog sie sanft zu einer Umarmung an sich heran. Es war eine tröstende, keine fordernde Geste. Noch während sie sich gegen ihn drängte, brach sie in Tränen aus. Beruhigend streichelte er über ihr Haar und ihren Rücken und ließ sie gewähren. Es dauerte eine ganze Weile, bis sie sich zumindest wieder etwas entspannte.

„Ich vermisse sie so unendlich", brachte sie leise hervor, die Stimme rau von all den Tränen. Isaac zog sie noch näher an sich, sagte nichts. Es gab keine Worte, mit denen er etwas von ihrem Leid hätte mildern können. Er konnte nur für sie da sein, ihr zeigen, dass er Verständnis dafür hatte, dass sie wegen ihrer Trauer Vorbehalte gegen ihn hatte. Sacht küsste er ihr auf den Kopf. Noch einmal standen sie mehrere Minuten schweigend zusammen.

„Lass uns hinein gehen", meinte er schließlich sanft. „Dir ist kalt." Obwohl er seine Arme um sie gelegt hatte, fröstelte sie inzwischen.

Sie nickte und wirkte erschöpft. Er griff ihre Hand, um sie nicht ganz allein zu lassen, und ging mit ihr zurück ins Haus. Nathan war nirgends zu sehen, aber sie hörten oben den Fernseher laufen.

„Nathan?", rief sie nach oben.

Er erschien an der Galerie. „Ich habe Nachrichten geguckt", erklärte er, als wäre es nicht völlig offensichtlich, dass er nur versucht hatte, ihnen etwas Privatsphäre zu gewähren, nachdem er in der Küche fertig gewesen war und sie noch immer nicht hereingekommen waren.

„Ich hole mir einen Pullover", meinte Lex an Isaac gewandt und löste ihre Hand bereits aus seiner, um nach oben zu gehen. Sie sah sich nicht nach ihm um. Er konnte die zwei leise oben miteinander sprechen hören – zu leise, um verstehen zu können, was sie sagten.

Nathan kam erst ein paar Minuten später allein wieder herunter. „Sie ist müde. Ich habe ihr gesagt, sie soll sich schon hinlegen", erklärte er Isaac.

Isaac hatte irgendwie gewusst, dass sie nicht mehr

herunterkommen würde. Er nickte und machte sich ohne Umstände auf den Weg nach Hause.

KAPITEL 5

Lex schlief noch lange nicht ein. Sie weinte wieder, gehalten von Nathan. Er schmerzte ihn, sie abermals so traurig zu sehen, schmerzte ihn, dass das unverhoffte Glück, welches er glaubte, dass sie es mit Isaac haben könnte, sie so durcheinanderbrachte. Irgendwann endlich forderte ihre Erschöpfung ihren Tribut und sie glitt hinüber in den Schlaf.

Nicht für lange allerdings. Sie wurde heimgesucht von dunklen, beängstigenden Träumen, in denen Greg, der Freund, mit dem sie vor Dante zusammen gewesen war, sie immer und immer wieder anbrüllte, sie habe ihren Sohn damit umgebracht, ihm die Angst vorm Tod genommen zu haben. Schreiend fuhr sie zwei Stunden, nachdem sie eingeschlafen war, auf. Sie schluchzte den Namen ihres Sohnes immer und immer wieder nahe einem hysterischen Zusammenbruch. Nathan konnte nicht zu ihr durchdringen. Hilflos durchsuchte er die Schublade ihres Nachttischs nach ihren Tabletten. Er fand ein starkes Beruhigungsmittel und drängte sie dazu, es zu nehmen. Irgendwie gelang es ihm. Sie brach trotzdem weinend zusammen. Nathan hatte sie noch nie so erlebt und einmal mehr wurde ihm bewusst, wie beherrscht sie sich stets zeigte – trotz der Tränen, die sie manchmal zuließ. Es hatte für ihn oft etwas beinahe Übermenschliches gehabt, wie sie mit dem Tod ihrer

Kinder und ihres Mannes umgegangen war. Dass sie sobald danach dieses Haus fast allein umgebaut hatte und zurück zur Arbeit gekehrt war. Jetzt fragte er sich, wie viele dieser Zusammenbrüche sie ganz allein, einsam, hinter sich gebracht hatte.

Irgendwann schließlich beruhigte sie sich soweit, dass er, sie in seinen Armen haltend, selbst zurück in den Schlaf fiel. Für sie hingegen war die Nacht vorbei. Wach und innerlich wund, trotz der Tabletten, die sie nur wenig abstumpften, lag sie an Nathan gedrängt und war froh, nicht allein sein zu müssen. Er hatte Recht, sie war einsam. Ihn jetzt hier zu haben, bedeutete ihr alles.

Gegen Morgen nickte sie doch noch einmal kurz ein und wachte davon auf, dass er begann, sich hinter ihr zu regen. Sie griff seine Hand, die einmal mehr an ihrer Taille ruhte, und drückte sie sacht.

„Hey", brummte er, die Stimme noch rau vom Schlaf.

„Guten Morgen", erwiderte sie und irgendwie trieb es ihr schon wieder die Tränen in die Augen. Trauerte, dass es nicht Dante war, den sie begrüßen konnte. Heute war schon Freitag. Noch zwei Nächte, dann wäre sie wieder allein, wenn Nathan zurück nach Hause musste.

Er schien zu spüren, dass sie emotional noch immer angeschlagen war, und zog sie noch ein wenig enger an sich. Eine ganze Weile lagen sie so da, schweigend, genossen die Nähe zueinander. Schließlich jedoch löste er sich doch etwas von ihr.

Er lachte, leicht verlegen. „Du hältst dich schon ganz gut in Form, weißt du das?" Er zog seine Hände von ihr und drehte sich auf den Rücken, um ein wenig Abstand zwischen sie und ihn zu bringen. Seinem Körper schien es in seinem morgendlichen Erregungszustand für einen Moment entfallen zu sein, dass Nathan nur rein brüderliche Gefühle für Lex hegte.

Sie nahm es mit Gelassenheit, war sogar erleichtert darüber, dass er sie mit seinem kurzen Aussetzer von ihren eigenen, schmerzlichen Gefühlen ablenkte. „Du bist es nur nicht gewohnt, so lange abstinent zu sein", neckte sie ihn. „Sonst schleppst du doch jeden Abend eine andere ab."

„Nicht jeden", gab er mit einem Schulterzucken zurück. Ehe sie darauf etwas erwidern konnte – es hätte sicherlich nichts zu seinen Gunsten gewendet – fügte er hinzu: „Wenn ich im Bett rauche, killst du mich, oder?"

„Allerdings", schnaubte sie und knuffte ihm mit dem Ellenbogen in die Seite. Dann setzte sie sich auf, schwang die Beine über die Bettkante. Kurz musste sie so sitzen bleiben. Ihr war schwindelig. Deswegen hasste sie ihre Tabletten. Irgendwann spürte sie, dass Nathans Blick die ganze Zeit auf ihr verharrte. Sie fischte nach seiner Hose am Boden, erhob sich mit einem Lachen und warf ihm die Hose ins Gesicht.

„Hör schon auf. Du willst eh nichts von mir", schalt sie ihn spielerisch.

„Was nicht bedeutet, dass ich den Anblick einer schönen Frau nicht trotzdem zu schätzen weiß", erwiderte er charmant, aber mit einem frechen Grinsen.

Auch wenn sie nur einen knappen Slip und ein Hemdchen trug, fühlte sie sich nicht unwohl unter seinem musternden Blick. Sie verdrehte die Augen. „Ich geh zuerst duschen. Du brauchst eh kein warmes Wasser, wie mir scheint", zog sie ihn auf.

Bis zum Frühstück hatte er sich wieder beruhigt. Ungezwungen saßen sie zusammen, schlürften Lex' Teufelsgebräu von Kaffee und redeten über dies und das, nur nicht über Lex' Zusammenbruch gestern. Er hatte ganz kurz einen Vorstoß in die Richtung gewagt, wollte wissen, wie es ihr jetzt ging. Ob sie sowas noch häufig hatte. Wie sie sich damit half. Aber sie hatte hektisch vom Thema abgelenkt.

Irgendwann entschieden sie, dass sie den Tag in der Stadt verbringen wollten. Nathan hatte sie damals zwar beim Hausumbau unterstützt, war aber seitdem nie wieder hier und auch sonst noch nie in Boston selbst gewesen. So ließen sie die Pferde auf die Koppel, gingen eine rasche Runde mit den Hunden und fuhren dann los.

Es war eine gute Idee. Lex konnte ihre trüben Gedanken

erfolgreich in den Hintergrund drängen und Stunden über Stunden zogen sie bei herrlichem Sonnenschein durch die Stadt. Sie schauten sich ein paar Sehenswürdigkeiten an, gingen für zwei Stunden in die Kunstgalerie, shoppten ein paar Klamotten und aßen ausgiebig zu einem frühen Abendessen. Jede Sekunde mit ihm war das reinste Seelenfutter für sie. Vor allem mit ihm zusammen Kaffee zu trinken und zu rauchen erinnerte sie nur einmal mehr an all die vielen Jahre, die sie einander nun schon kannten.

Sie hatte es im Waisenheim nicht schlecht gehabt. Nathan war schon dort gewesen, als sie dort als Baby aufgenommen worden war. Seine Eltern waren gestorben, als er drei Jahre alt gewesen war. Er hatte sonst niemanden und konnte sich auch nicht wirklich an seine Eltern erinnern. Alle Kinder waren im Heim schon früh für verschiedene Aufgaben mit eingespannt worden, je nachdem wie alt sie waren. Nathan hatte Mülldienst gehabt, als er Lex das erste Mal im Babyzimmer gesehen hatte. Er trödelte immer im Babyzimmer, liebte es, die winzigen Menschen dabei zu beobachten, wie sie schliefen.

Lex war ein unruhiges Baby gewesen. Man hatte sie mit mehreren Knochenbrüchen in der Babyklappe gefunden und auch wenn all das verheilt war, ehe sie im Heim ankam, schien sie die Erinnerung an den Schmerz noch nicht losgeworden zu sein. Sie weinte viel, schlief schlecht, musste eigentlich ständig getragen werden, um überhaupt mal zur Ruhe zu kommen. Und auch wenn die Krankenschwestern, die das Babyzimmer betreuten, ihre Schützlinge wirklich gernhatten, hatten sie nur selten genug Zeit dazu, Lex lange auf dem Arm zu halten.

Als Nathan die Mülleimer in der Krippe leerte, weinte Lex mal wieder. Die diensthabende Schwester war gerade dabei, zwei anderen Babys die Flasche zu geben und sprach währenddessen beruhigend auf Lex ein.

„Was hat sie denn?", wollte Nathan, damals gerade sechseinhalb Jahre alt, wissen. Den Müll hatte er vergessen. Neugierig, aber auch besorgt kam er langsam an Lex' Bettchen herüber. Die Krankenschwester stieß immer wieder mit der Hüfte dagegen, um es zum Schaukeln zu bringen, in der

Hoffnung, dass Lex sich dadurch vielleicht beruhigen würde.

Sie seufzte. „Die kleine Lex will immer nur auf dem Arm sein. Aber ich kann sie leider gerade nicht halten", erklärte sie.

Nathan stand jetzt direkt am Bett, schaute auf das weinende und strampelnde Baby herunter. Sie trug einen rosanen Strampler und ein pinkes Mützchen. Neben ihr lag ein unbeachteter Schnuller.

„Darf ich sie anfassen?", fragte der Junge und seine Stimme war geradezu ehrfürchtig.

Die Schwester nickte. „Aber denk dran, dass sie noch ganz klein ist. Babys sind sehr zerbrechlich. Du musst ganz vorsichtig sein."

Behutsam streckte Nathan seine Hand nach dem Baby aus, legte ihr diese sanft, aber mit Nachdruck auf die Brust. Schon nach wenigen Momenten begann sie, sich zu beruhigen. Mit der anderen Hand griff er nach dem Schnuller und steckte ihn ihr vorsichtig zurück in den Mund. Lange sahen sie einander nur an.

Von da an war Nathan regelmäßig im Babyzimmer. Die Krankenschwestern bemerkten rasch, dass sich die zwei Kinder gegenseitig guttaten. Sie zeigten ihm, wie er sie auf seinem Schoß sicher halten konnte und Lex schlief stets innerhalb kürzester Zeit bei ihm ein. Auch Nathan wurde ruhiger, seitdem er Zeit bei Lex verbrachte. Seine Vorgeschichte war nicht in allen Details bekannt, aber als er damals im Heim angekommen war, hatte er vor jedem und allem Angst gehabt. Er hatte sich zu einem misstrauischen Kind entwickelt, das oft allein war und noch häufiger Blödsinn anstellte.

Nachdem er begann, sich um Lex zu kümmern, hatte er dafür gar keine Zeit mehr. Anstatt irgendwelche Regeln zu brechen, saß er Stunden über Stunden im Babyzimmer. Er blühte auf, zeigte plötzlich auch Interesse an seinen Schulaufgaben. Vorher hatte er nur selten gesprochen, aber mit Lex redete er wie ein Wasserfall.

Über den Tisch des Restaurants hinweg griff Lex nach Nathans Hand und unterbrach ihn mitten im Satz. Sie lächelte ihn offen an. „Manchmal wünschte ich, ich wäre nicht aus Charlotte weggezogen. Wir könnten uns öfter sehen, wenn ich dortgeblieben wäre", erklärte sie und in ihrer Stimme schwang ihre ganze Zuneigung für ihn.

Mehrere lange Augenblicke sah er sie schweigend an, musternd. Sie hielt seinem Blick stand, auch wenn sie sich nicht sicher war, ob es nicht besser wäre, wegzuschauen. Vielleicht hätte sie es tun sollen.

„Geht es dir nur zu den Jahrestagen so schlecht oder ist es die ganze Zeit so?", wollte er schließlich wissen, die Stimme belegt von der Sorge um sie. Gestern Nacht hatte ihn erschreckt.

Nun wich sie doch seinem Blick aus, zog die Hand zurück. Versuchte es zumindest. Er griff danach, hielt sie. Statt einer Antwort zuckte sie nur ausweichend die Schultern.

„Lex?", hakte er nach, nicht gewillt, locker zu lassen.

Sie seufzte. „Es ist noch immer oft schwer, Nathan", gestand sie leise. Schwer war eigentlich kein passender Ausdruck. Ihr Leben hatte seinen Sinn verloren, als ihre Kinder und Dante gestorben waren. Sie versuchte Tag um Tag diesem wieder einen abzuringen. Aber auch wenn sie Freude an ihrer Arbeit hatte, das Loch in ihrem Herzen war einfach zu verzehrend.

Nathan schwieg, spürte, dass sie noch mehr sagen würde, wenn er sie nur ließ. Tränen stiegen nun einmal mehr in ihre Augen. „Ich hätte damals bei ihnen sein sollen", brachte sie schließlich gepresst hervor. Nathan zuckte zusammen. „Stattdessen habe ich unsere dämliche Wohnung geputzt, Nathan. Während Dante, Mia und Gabriel… ich habe geputzt, Nathan. Musik gehört, herumgetanzt. War froh, dass ich mich mal in Ruhe um den Haushalt kümmern konnte. Ich war froh, Nathan", wiederholte sie und er hörte einen Selbsthass, den sie bisher vor ihm verborgen hatte. Vor jedem eigentlich. Da sie wusste, es würde sie nur einen Schritt weiter zu einer Zwangseinweisung bringen, wenn die Leute wussten, wie schlimm es wirklich um sie stand.

„Lex", setzte er an, doch sie unterbrach ihn mit einem energischen Kopfschütteln.

„Nein, Nathan. Ich hätte bei ihnen sollen. Mit ihnen sterben sollen. Alles andere ist einfach nicht richtig." Jetzt machte sie doch ihre Hand von ihm los. Ihre Finger krallten sich in das gegenüberliegende Handgelenk, in dem kläglichen Versuch, dem inneren Schmerz einen körperlichen Gegenpol zu bieten. Vergeblich. Ruckartig erhob sie sich.

„Ich… ich geh mal an die frische Luft", brachte sie hervor und ihre Kehle war so zugeschnürt, dass er sie kaum verstehen konnte.

Er ließ sie ein paar Minuten allein, auch weil er erst noch zahlen musste, dann kam er zu ihr hinaus. Nur ein Blick zu ihm hinüber reichte, um sie wissen zu lassen, dass er das Thema wieder aufgreifen wollte. Beinahe flehentlich schüttelte sie den Kopf.

„Nicht, Nathan", bat sie matt. „Ich… ich kann das nicht."

Er seufzte, gab ihr aber nach. Sacht zog er sie in seine Arme, ihr die Möglichkeit gebend, sich der Berührung zu entziehen. Sie tat es nicht. Mehrere Minuten standen sie eng aneinander gedrängt da.

„Es macht mich ganz krank, dich so zu sehen, Schwesterlein", murmelte er irgendwann an ihrem Haar. „Noch mehr bei dem Gedanken, dass ich in ein paar Tagen schon wieder abreise. Hätte ich mehr Geld, ich würde jedes Wochenende nach Boston fliegen, um dich besuchen zu kommen."

Sie lachte an seiner Brust, auch wenn es noch immer etwas gezwungen wirkte. „Ich wusste gar nicht, dass mein Rührei so gut ist", spöttelte sie.

„Hmm, das Beste der ganzen Ostküste", gab er zurück, gewillt, der Situation etwas von ihrer Schwere zu nehmen. Er machte sich ein wenig von ihr los, um zu ihr herabsehen zu können. Noch einmal seufzte er tief. „Was mach ich nur mit dir?", fragte er dann etwas hilflos.

Sie schüttelte den Kopf. „Du hast genug getan, Nathan. Du weißt gar nicht, wie gut es mir tut, dich eine ganze Woche hier zu haben. Ich komm schon klar, Bruderherz."

Die gute halbe Stunde Fahrt zurück nach ihr zu Hause verbrachten sie schweigend. Lex döste sogar etwas ein, nachdem sie die letzte Nacht kaum geschlafen hatte. Sie fuhr aber schon nach wenigen Minuten mit einem Keuchen wieder auf, das Gesicht plötzlich kreidebleich. Nathan streckte seine Hand zu ihr hinüber aus. Sie ergriff sie und starrte aus dem Seitenfenster.

Zu Hause legten sie sich zusammen ins Bett und stellten den Fernseher an. Eine Weile zappten sie sich durch die Programme. Es lief nur Mist. Als sie bemerkte, dass Nathan schon eingeschlafen war, ließ sie den Sender einfach laufen, ohne dem, was lief, irgendeine Beachtung zu schenken. Aber sie hoffe, dass das leise Gemurmel sie beruhigen würde, während sie an die Decke starrte. Der Druck auf ihrer Brust war zurück in dem Moment, wo sie gemerkt hatte, dass Nathan schlief. Urplötzlich fühlte sie sich wieder einsam, obwohl sie noch immer an ihn geschmiegt da lag. Unwillkürlich musste sie an Isaac denken. Das verstärkte den Druck auf ihrer Brust nur noch.

Sie gab auf und setzte sich vorsichtig auf, um Nathan nicht zu wecken. Kurz rang sie noch mit sich, dann erhob sie sich. Sie würde jetzt eh noch nicht schlafen können und wenn sie sich im Bett umherwälzte, würde sie Nathan ebenfalls um den Schlaf bringen.

Barfuß tapste sie nach unten, sich einen warmen Pullover überziehend. Die Hunde klopften müde mit den Schwänzen, ohne sich von ihrer Couch zu erheben. Sie ging kurz zu ihnen und strich jedem von ihnen über den Kopf. Dann ging sie hinaus, um zu rauchen. Eigentlich wollte sie nur eine Zigarette rauchen, aber als sie mit der dritten fertig war, entschied sie, dass es jetzt auch egal war. Sie steckte sich die nächste an. Dann noch eine. Nur weil ihr schließlich trotz des Pullovers zu kalt wurde, ging sie schließlich hinein. Unruhig ging sie in der Wohnung umher, zu ruhelos, um sich setzen zu können, zu erschöpft, um irgendetwas Sinnvolles tun zu können. Ihre Wanderung endete im Bad. Sie hatte nicht einmal bemerkt, dass sie hierher gegangen war. Erst als sie sich den Inhalt einer ihrer Tablettendosen komplett auf die Handfläche kippte, wurde ihr wirklich bewusst, was sie tat. Einen Moment starrte sie auf die Pillen in ihrer Hand.

Waren das genug, um sich damit das Leben zu nehmen? Der

Gedanken erschrak sie nicht. Er war ihr vertraut. Schon oft hatte sie ihre Tablettendosen unverwandt mit dem gleichen Gedanken gemustert. Mit einem Seufzen füllte sie jetzt allerdings die Tabletten zurück in das Plastikröhrchen. Sie würde es Nathan bestimmt nicht antun, sie hier morgen früh tot im Bad aufzufinden. Wenn sie sich umbringen wollte, konnte sie damit zumindest warten, bis er fort war.

Von oben hörte sie ihn da nach sich rufen. Jetzt hastig packte sie die Tabletten fort und verließ das Bad.

„Ja, ich bin unten", antwortete sie ihm. Sie hörte das Rascheln der Bettdecke, dann erschien er an der Treppe. Mit zerzaustem Haar und kleinen Augen sah er zu ihr hinunter.

„Was machst du denn?", fragte er heiser vom Schlaf.

„Nichts. Ich habe geraucht."

Er zog eine Augenbraue hoch. „Mitten in der Nacht? Ich dachte, du rauchst eigentlich gar nicht mehr."

Sie zuckte mit den Schultern. Eine Geste, die sie von ihm hatte. „Ich konnte nicht schlafen", entgegnete sie und kam zur Treppe hinüber.

Er streckte eine Hand nach ihr aus. „Komm zurück ins Bett, C58-1", forderte er sie mit einem sachten Lächeln auf.

Sie folgte der Geste und war froh, dass sie sich kurz darauf wieder mit ihm zusammen ins Bett legen konnte. War froh, dass er wach geworden war. Das Gefühl der Einsamkeit war dadurch etwas in den Hintergrund gedrängt worden.

„Nathan?", fragte sie leise.

„Hmhm", gab er undefiniert an ihrem Haar von sich, schlief schon wieder halb.

„Erzählst du mir noch einmal, wie wir uns kennen gelernt haben?", bat sie noch immer leise. Er hatte ihr schon tausend Mal davon berichtet. Von dem kleinen Baby im rosa Strampler mit der pinken Mütze. Er hatte ihr gesagt, dass er die Klamotten total bescheuert gefunden hatte, trotzdem stand in seinen Augen immer dieser verklärte Ausdruck, wenn er sie beschrieb. Es hatte irgendwas in ihm berührt, dieses kleine verletzliche Mädchen vor sich gesehen zu haben, hilflos, einsam, weinend.

Nathan küsste ihren Nacken. „Natürlich, C58-1, so oft du

willst", gab er zurück und sie hörte das Lächeln in seiner Stimme. Und während er begann, davon zu berichten, wie er sie das erste Mal gesehen hatte, wie er von da an praktisch jeden Tag bei ihr gewesen war, sie gehalten hatte, damit sie schlafen konnte, schlummerte sie langsam ein.

Ein paar Mal schreckte sie in der Nacht auf. Jedes Mal wurde auch Nathan wach, zog sie jedoch nur wieder dichter an sich und murmelte beruhigend: „Schon gut, Lexi, schlaf." Lexi. So hatte er sie schon seit Ewigkeiten nicht mehr genannt. Sie sank immer wieder zurück in den Schlaf.

Am Morgen wurden sie von einem scharfen Bellen der Hunde geweckt. Nathan stöhnte.

„Diese Monster", beschwerte er sich über das Bellen der Hunde hinweg.

Sie brummte, eigentlich froh, dass die Hunde sie aus ihren Träumen geweckt hatten. Sie hatte zum Schluss von Isaac geträumt. Von Dingen, die sie besser nicht mit ihm tun sollte…

„Wie geht es dir?", fragte er, noch immer verschlafen.

Sie antwortete nur mit einem undefinierten „hmhm".

„Wie hast du noch geschlafen?"

„Gut – mit dir. Wie früher", lächelte sie, sich daran erinnernd, dass er ihr von damals erzählt hatte, als sie eingeschlafen war. „Du hast mich Lexi genannt", fügte sie hinzu.

„Wann?", gab er verwundert zurück.

„In der Nacht."

Nun war die Reihe an ihm, ein „hm", von sich zu geben. Er drückte sein Gesicht dichter in ihr Haar. „Daran könnte ich mich gewöhnen", erklärte er.

Sie lachte. „Vielleicht solltest du dir dann mal jemanden für länger als nur eine Nacht suchen."

„Hey", protestierte er. „Manchmal treffe ich mich für mehrere Wochen mit ein und derselben Frau."

„Du hast Bindungsängste, Nathan", gab sie halb neckend, halb ernst zurück.

Ein weiteres „hm", gepaart mit einem Schulterzucken. „Ich

soll jetzt wohl nicht von Isaac anfangen, oder? Wo wir grad von Bindungsängsten sprechen?", erwiderte er im gleichen Tonfall.

Sie stöhnte. „So früh am Morgen? Vorm Kaffee? Besser nicht."

Sie blieben noch lange liegen, dösten beide nochmal ein. Als Lex die Augen wieder aufschlug und auf ihr Handy blickte, um nach der Uhrzeit zu sehen, zeigte das Telefon zwei verpasste Anrufe an. Einer war von ihrer Schwiegermutter, einer von Isaac. Ihr Herz machte einen Hüpfer, nur um dann zu schnell weiter zu schlagen. Es schmerzte.

Hinter ihr lachte Nathan leise. Sie hatte nicht bemerkt, dass er auch schon wach war. „Alleine an der Wärme, die du plötzlich ausstrahlst, weiß ich, dass Isaac sich gemeldet hat", meinte er und sie spürte seinen Atem in ihrem Nacken.

Einen Moment überlegte sie, ob sie es abstreiten sollte – nur, um seiner Selbstgefälligkeit einen Dämpfer zu verpassen. Aber sie wusste, sie würde ihn eh nicht überzeugend anschwindeln können.

„Er hat angerufen", gab sie daher zu, wobei in ihren Worten ihr neuerliches Gefühlschaos mitschwang.

Nathan drückte sie sanft. „Ruf ihn zurück, C58-1", ermutigte er sie.

Sie antwortete nicht.

„Lex, merkst du nicht selbst, dass es bereits zu spät dazu ist, sich noch davor schützen zu wollen, dass du mehr als nur Freundschaft für ihn empfindest? Meinst du nicht, du hast genug Leid auf deinen Schultern zu tragen auch ohne, dass du dir selber etwas Glück vorenthältst?" Bei seinen Worten machte er sich los, aber nur um sich etwas aufsetzen und sie ansehen zu können.

Sie wich seinem Blick aus. Noch immer sagte sie nichts. Runzelte die Stirn. Eine ganze Weile wartete er darauf, dass sie doch noch etwas sagen würde. Vergeblich.

„Also schön", setzte er an und seinem Tonfall war anzuhören, dass er schonungslos ehrlich sein würde. Dinge sagen würde, die sie nicht hören wollte. Sie schloss die Augen, als könne sie damit auch ihre Ohren verschließen. „Spielen wir das ganze doch mal durch. Nur die allernächste Zukunft. Heute ist Samstag. Morgen Mittag reise ich ab.“

Sie zuckte zusammen. Allein die Vorstellung, in anderthalb Tagen wieder allein sein zu müssen, war grausam. Er ignorierte das.

„Was machst du dann Sonntag? Sonntagnacht?“, fuhr er gnadenlos fort.

Ihr Stirnrunzeln vertiefte sich. Auch sie setzte sich nun auf. „Ich bin auch sonst allein, Nathan. Nur weil du jetzt für eine Woche hier warst, habe ich nicht verlernt, allein zu atmen.“ Ihre Stimme war bissiger als sie beabsichtigte. Zu roh war der Schmerz, von dem sie wusste, dass er sie erwartete, sobald Nathan fort war.

„Was, wenn es wieder so schlimm wird, wie vor zwei Nächten?“, fragte er, die Stimme nun sanfter, da er merkte, wie sehr er ihr zusetzte. Er wollte sie nicht quälen, wollte und konnte das Thema aber auch nicht einfach auf sich beruhen lassen. Er hatte Angst um sie.

Sie schüttelte den Kopf. „Deswegen habe ich ja meine Tabletten“, entgegnete sie, klang aber plötzlich erschöpft.

Er schwieg. Lange. „Ja“, bestätigte er schließlich fast heiser. Seine Angst schwang in nur diesem einen Wort geradezu greifbar mit. „Und eine Waffe. Das beunruhigt mich ja so“, gestand er. Noch einmal sah er den Ausdruck in ihren Augen vor sich, als sie gestern im Restaurant davon gesprochen hatte, dass sie mit ihrer Familie hätte sterben sollen. Ein eisiger Schauder lief bei der Erinnerung seinen Rücken hinunter.

Angestrengt starrte sie auf ihre im Schoß verkrampften Hände, als gäbe es dort etwas furchtbar Spannendes zu sehen. Sie presste die Lippen zusammen, schwieg abermals. Vorsichtig streckte er eine Hand nach ihrer Schulter aus.

„Du bist meine Familie, Lex. Die einzige, die ich habe“, erklärte er, roher Schmerz in der Stimme.

Stumm griff sie nach seiner Hand auf ihrer Schulter. Lange schwiegen sie einfach nur.

„Isaac tut dir gut, kleine Schwester“, wiederholte er

irgendwann sanft.

Sie ließ den Kopf hängen. „Ich kann nicht", flüsterte sie rau. „Es ist… zu früh."

Nun zog er sie wieder in seine Arme. Sie begann zu weinen. „Besser, als wenn es zu spät wäre", gab er zurück. Einmal mehr schwieg sie nur. „Ich kann dich so, in diesem Zustand, nicht allein lassen, Lex", erklärte er nach einer Weile. Sie verkrampfte sich. Hörte an seinem Stimmfall, dass sie nicht mochte, was er als nächstes sagen würde.

Trotzdem fragte sie, als er nicht von sich aus fortfuhr: „Was meinst du damit?" Sie machte sich von ihm los, sah ihn jetzt gerade heraus an, Wut auf den Zügen.

Er schüttelte den Kopf. „Meinst du, ich könnte es mir je verzeihen, wenn ich jetzt fortfahre und du dir dann was antust?"

Sie zog beide Augenbrauen hoch. „Wer hat gesagt, dass ich mir was antun werde? Ich habe mir die letzten drei Jahre auch nichts getan." Ihre Stimme war scharf.

„Ja, das stimmt", gab er zu. „Vielleicht hast du gehofft, es würde irgendwann leichter werden", fügte er hinzu. „Ich glaube, du gibst diese Hoffnung allmählich auf", stellte er dann unumwunden fest. Er schien sie damit nur noch wütender zu machen. Nochmal schüttelte er den Kopf. „Du kannst mich jetzt fressen, mit Haut und Haar, aber das ändert nichts an meiner Einstellung, Lex. Ich habe dich noch nie so erlebt. Und ich meine nicht nur vor zwei Nächten. Ich… Du…" Er suchte nach Worten. „Du bist am Ende, Lex."

Tränen schossen bei diesen unverblümten Worten in ihre Augen. „Ich… ich…", stammelte sie, doch dann siegte wieder ihre Wut. „Sorry, dass ich nicht tanzend und singend im Kreise springe", schnappte sie und stand aus dem Bett auf.

Mitgefühl trat auf seine Züge. „Das meine ich nicht und das weißt du auch", erklärte er sanft. „Ich habe den Blick in deinen Augen gesehen, als du mir gestern gesagt hast, du hättest mit ihnen sterben sollen. Sag mir nicht, du spielst nicht mit dem Gedanken, ihnen zu folgen."

Zornig griff sich nach einem T-Shirt, das am Boden lag. „Natürlich spiele ich mit dem Gedanken", schnappte sie scharf.

„Jeden verfluchten Tag. Aber das ist nichts Neues, Nathan.“

Er zuckte zusammen, als sie so grade heraus eingestand, Selbstmord in Erwägung zu ziehen. Geradezu bittend sah er sie jetzt an. „Kannst du nicht verstehen, dass ich mir Sorgen mache?“

Sie zog sich das Shirt über, erkaufte sich damit Zeit. Entschloss sich schließlich, besser nichts zu sagen. Wusste, sie konnte nichts sagen, das ihn nicht nur noch mehr davon überzeugen würde, dass er sie nicht einfach allein lassen konnte.

„Wir haben jetzt mehrere Möglichkeiten“, stellte er nüchtern fest.

Sie kniff die Augen zusammen. „Wir?“, wiederholte sie, hielt weiterhin an der Wut fest. Es war das leichter zu ertragende Gefühl. „Was für Möglichkeiten?“

Er hob einen Finger. „Entweder du lässt dich einweisen.“

Sie schnappte nach Luft. Aber er ließ ihr gar nicht die Gelegenheit irgendwas zu sagen, hob nur einen zweiten Finger. „Du sagst mir, dass es dir helfen würde, wenn Isaac sich um dich kümmern würde. Und ich meine nicht, dass du mit ihm in die Kiste springen musst. Aber dass du zumindest zulässt, dass er für dich da ist.“

Da sie wusste, dass er noch mehr Optionen bereithielt, zog sie jetzt nur eine Augenbraue hoch. Er zeigte den dritten Finger. „Du kommst mit zu mir. Oder“, der vierte Finger folgte: „ich ziehe für eine Weile zu dir.“

Sie wartete. Als er nichts weiter sagte, meinte sie: „Bist du fertig?“ Ihre Stimme war jetzt erstaunlich ruhig. Kühl geradezu. Er konnte nicht einschätzen, was in ihr vor ging. Er nickte. Sie schüttelte den Kopf. „Du bist völlig übergeschnappt“, erklärte sie nüchtern.

Jetzt setzte auch er sich an die Bettkante, sah ihr dabei zu, wie sie ihre Jeans überzog. Gerade wollte er dazu ansetzen, erneut etwas zu sagen, als sie ihm zuvorkam. „Ich gehe mit den Hunden raus“, erklärte sie und wandte sich bereits ab.

„Lex“, rief er sie mahnend an.

Abwehrend schüttelte sie den Kopf. „Nicht, Nathan. Lass mich bitte einfach mit den Hunden spazieren gehen, okay?“ Nur weil sie nicht mehr so furchtbar wütend klang, ließ er sie gehen.

Erst fast drei Stunden später kam sie zurück. Sie hatte sich Moses geschnappt und war mit den Hunden ausgeritten. Als sie jetzt in die Küche kam – Nathan saß mit der Zeitung am Tresen und trank Kaffee – sah sie nicht zu ihm hinüber. Sie schenkte sich ebenfalls eine Tasse ein. Er musterte sie, den verhärmten Ausdruck in ihrem Gesicht, die tiefe, alles konsumierende Trauer in ihren Augen. Sie lehnte sich ihm gegenüber an einen der Küchenschränke, nippte von dem Kaffee. Sie sagte nichts. Er legte die Zeitung beiseite.

„Ich werde dich nicht einfach so allein lassen", begann er wieder.

Sie schien in sich zusammen zu fallen. „Ich kann mich nicht einweisen lassen", erklärte sie leise, sah ihn dabei nicht an.

Seine Miene wurde sanft. „Warum nicht?", wollte er wissen.

Sie zögerte mit einer Antwort. Er stand auf und kam um den Tresen zu ihr hinüber. Langsam streckte er eine Hand nach ihrer Wange aus, war sich nicht sicher, ob sie von ihm in diesem Moment berührt werden wollte. Sie ließ die Geste jedoch zu und er zog sie an seine Brust, legte beide Arme eng um sie. „Warum nicht?", wiederholte er leise.

„Ich… ich brauche zumindest die Option…" Sie unterbrach sich.

„Welche Option?", hakte er sanft nach, auch wenn er glaubte zu wissen, was sie meinte. Er schluckte schwer.

„Die Option, es beenden zu können, wenn es… zu schlimm wird", gestand sie und bestätigte damit seine Befürchtung. Deutlich hörbar atmete er durch.

„Du weißt, dass dieser Satz in deiner Situation vermutlich ausreicht, um dich zwangseinweisen zu lassen, oder?", gab er vorsichtig zurück.

Sie schluchzte auf. „Nimm mir diese Option nicht, Nathan, bitte. Du… du weißt nicht, wie es ist", flehte sie, die Kehle eng vor Tränen.

Lange sagte er nichts.

„Bitte, Nathan", wiederholte sie.

Er seufzte, küsste ihr aufs Haar. „Ich werde zu dir ziehen.“

Sie sah jetzt zu ihm auf. „Das kannst du nicht tun“, lehnte sie ab.

„Natürlich kann ich das“, widersprach er.

„Dann kann ich es nicht zulassen. Was ist mit deinem Job, deiner Wohnung, deinen Freunden?“

„Meine Freunde? Du bist meine Familie, Lex, das wiegt mehr als tausend Freunde. Ich kann überall neue Kumpel finden. Dich gibt es nur einmal. Meine Wohnung hat keinerlei emotionalen Wert für mich und einen Job auf dem Bau finde ich überall“, entkräftete er jedes ihrer Gegenargumente.

Sie schüttelte trotzdem den Kopf. „Das kann ich nicht von dir verlangen“, meinte sie schwach. Sie kannte diesen Tonfall an ihm nur zu gut. Mit dem gleichen Tonfall hatte er ihr damals versprochen, dass er es schon schaffen würde, dass das Jugendamt zustimmte, ein 15jähriges Mädchen zu einem 21jährigen, alleinstehenden Mann ziehen zu lassen.

„Tust du ja auch gar nicht“, gab er zurück. „Das ist meine freie Entscheidung. Dein Job hier ist viel mehr wert als meiner. Viel schwieriger zu ersetzen. Ich sehe ein, dass Isaac im Moment vielleicht das Problem nur noch verkompliziert. Und auch, dass du Vorbehalte gegen eine Einweisung hast. Damit bleibt nur, dass ich zu dir ziehe. Ich habe dir gesagt, ich werde dich nicht allein lassen. Das ist auch nicht verhandelbar.“

„Nathan“, protestierte sie, Tonfall hin oder her. Auch das warme Gefühl ignorierend, dass der Gedanke daran, dass er sich um sie kümmern würde, dass er bei ihr sein würde, dass sie in ihrer Einsamkeit nicht länger allein sein würde müssen, in ihr entstehen ließ. Ein Gefühl, wie ein Kaminfeuer an einem dunklen, frostigen Winterabend, nur zehnfach stärker.

„Nein, Lex“, lehnte er wie nicht anders erwartet kategorisch ab.

„Aber“, versuchte sie es noch einmal.

„Nein“, wiederholte er nur genauso kompromisslos. „Nein, Lexi.“ Er zog sie dichter an sich. „Lass mich für dich da sein, C58-1.“

KAPITEL 6

Sie ergatterten noch für denselben, frühen Nachmittag einen Flug nach Charlotte. Die Hunde gab Lex in der Staffel der Polizei ab und bat eine Kollegin, von der sie wusste, dass sie ritt, nach den Pferden zu sehen. Nathan rief seinen Chef an und bat ihn darum, morgen persönlich mit ihm sprechen zu können. Er hatte ein gutes Verhältnis zu ihm, war eine wertvolle Arbeitskraft. Er war sich sicher, dass, sollte er seinem Chef die Umstände erklären, er trotzdem ein gutes Empfehlungsschreiben für seinen neuen Job erhalten würde, auch wenn er von Jetzt auf Gleich kündigte.

Lex, die einsah, dass sie gar nicht die Energie dazu hatte, noch weiter gegen Nathan anzudiskutieren, konnte ihn wenigstens dazu bringen, dass sie seine Umzugs- und Reisekosten bezahlen würde. Dass sie seine Wohnung für die drei Monate, bis seine Kündigung durch war, ebenfalls bezahlte, lehnte er allerdings ab. Er hätte sie schließlich auch dann weiterbezahlt, wenn er nicht zu Lex gezogen wäre, und bei ihr entfielen für ihn die Mietkosten, da sie es ihrerseits rundheraus ablehnte, dass er sich an den Finanzierungsraten für ihr Haus beteiligen würde.

Spät abends kamen sie schließlich in Nathans Wohnung an, zu müde, um noch mit dem Packen zu beginnen. Es würde eh nicht lange dauern. Nathan besaß nicht allzu viel. Die Möbel bis auf Couch und Bett gehörten zur Wohnung und er hatte sich nie etwas aus materiellem Besitz gemacht. Er hatte, was er brauchte. Sonst nichts.

Er bestand darauf, das Bett frisch zu beziehen, während sie eine heiße Dusche nahm. Sie war irgendwie durchgefroren, was ihr nur weiteres Anzeichen war, dass es wirklich nicht sonderlich gut um sie stand. Sie fröstelte eigentlich nur, wenn einer ihrer Zusammenbrüche auf sie lauerte. Er bestellte Pizza, während sie im Bad war, und als sie fertig war, setzten sie sich in seiner spartanischen Küche auf die zwei klapprigen Holzstühle.

Sie lachte, auch wenn ihr nicht wirklich danach zu Mute war. „Was hast du gesagt? Deine Wohnung hat keinerlei emotionalen Wert für dich? Ich verstehe gar nicht, wieso“, zog sie ihn auf.

Er zog seine Schultern hoch, grinste nur. Dann jedoch wurde er bereits wieder ernst. Aufmerksam musterte er sie. „Hast du deine Tabletten dabei?“

„Natürlich“, nickte sie.

Kurz zögerte er. Dann meinte er: „Du siehst aus, als könntest du eine vertragen.“

Sie wich seinem Blick aus. „Ich versuche, sie mir aufzusparen für die wirklich schlimmen Phasen“, erklärte sie.

Er zog eine Augenbraue hoch. „Vielleicht solltest du sie nehmen, damit es gar nicht erst richtig schlimm wird.“

Noch immer sah sie ihn nicht an. „Ich kann nicht ständig dieses Zeug in mich hineinstopfen“, wehrte sie ab.

Seine Augenbraue wanderte noch höher. Ein, zwei Minuten sah er sie einfach nur an. Sie tat so, als sei sie voll und ganz mit ihrer Pizza beschäftigt.

„Du hast die Befürchtung, es könnten vielleicht nicht mehr genug Tabletten sein“, stellte er schließlich fest, die Stimme plötzlich belegt. Nicht mehr genug, um sich mit einer Überdosis das Leben nehmen zu können.

Sie sagte nichts.

„Ich möchte, dass du eine nimmst. Jetzt.“ Es war wieder dieser Tonfall in seiner Stimme.

Weiterhin seinem Blick ausweichend kaute sie ihre Pizza, als habe sie ihn nicht gehört. Er erhob sich, ohne noch weiter mit ihr zu diskutieren, und verließ die Küche. Ihre Kosmetiktasche war im Bad. Schon beim ersten Blick hinein sah er ihre Pillendosen. Sieben Stück. Er nahm sie alle heraus und ging damit zurück in die Küche, die Plastikröhrchen in seinen Händen drehend, um die Aufschriften darauf zu lesen. Er fand wieder das Beruhigungsmittel, welches er ihr schon bei ihr zu Hause gegeben hatte. Er hielt es hoch.

„Hast du irgendwas, was noch besser ist als das?", fragte er.

Sie sah nicht einmal auf.

„Lex!" Jetzt wurde er das erste Mal wütend mit ihr. Sie zuckte zusammen. „Scheiße man, lass mich nicht so vor die Wand laufen!", polterte er lauter als gewöhnlich. Als er sah, dass ihr die Tränen in die Augen schossen, atmete er einmal tief durch. Langsam ließ er sich wieder auf seinen Stuhl sinken. „Ich sehe doch, wie beschissen es dir geht. Nimm eine verdammte Tablette, Lex. Sonst musst du sie auch gar nicht haben, wenn du sie eh nicht nutzt." Er bemühte sich wieder um einen etwas ruhigeren Tonfall.

Endlich begegnete sie seinem Blick und versuchte sich an einem schiefen Lächeln. „Du bist auch nur solange nett, wie man tut, was du möchtest, oder?", spottete sie, wenngleich sie noch etwas gepresst klang. Sie streckte eine Hand mit der Handfläche nach oben aus. Er ließ eine Tablette darauf fallen.

„Gib mir ruhig zwei", meinte sie leise.

Er ließ eine zweite folgen, dann schenkte er ihr Wasser nach. Mit einem großen Schluck spülte sie die Tabletten hinunter.

„Danke", sagte er schlicht.

„Ich sollte diejenige sein, die sich bedankt", gab sie zurück.

„Dann tu es." Auch er versuchte sich jetzt an einem Lächeln.

Sie sah ihn direkt an. „Danke, Nathan", erklärte sie ernst. „Danke, dass du das für mich tust. Zu mir ziehst. Alles stehen und liegen lässt. Das ist mehr, als irgendjemand ein Recht hätte zu erwarten."

Er nickte nur, die Reihe an ihm, ihrem Blick auszuweichen. Verlegen. „Ist eh nur wegen dem Rührei", brummelte er.

Am Sonntag schafften sie es sogar noch rechtzeitig mit dem Packen, dass sie die Sachen bei einer Spedition abgeben konnten, die Nathans Hab und Gut nach Boston bringen würde. Danach hatte er seinen Termin mit seinem Chef. Er sah sie lange musternd an, ehe er sich entschied, dass er Lex für eine gute Stunde alleine in seiner Wohnung lassen konnte.

„Wehe, du stellst was an", warnte er, halb spöttisch, halb ernsthaft.

Sie winkte ab, entschied sich, auf seinen Spott einzugehen und nicht seine Sorge. „Ich zünde schon nichts an", grinste sie schief.

Kurz spürte sie Panik in sich aufkommen, als sie ihn durch das Fenster weggehen sah. Dann schalt sie sich zornig selbst. Sie würde es ja wohl eine Stunde allein aushalten. Bis gestern hätte sie nicht einmal im Traum daran gedacht, dass Nathan zu ihr ziehen würde. Hätte es dann also auch alleine aushalten müssen.

Ziellos irrte sie eine Weile durch die Wohnung. Dann griff sie nach ihrem Telefon, um Dilara anzurufen. Erst als sie Isaac zur Begrüßung ihren Namen sagen hörte, wurde ihr bewusst, dass sie stattdessen seine Nummer gewählt hatte.

„Isaac", gab sie zurück und hörte selbst, wie verloren sie klang.

„Hi", meinte er sanft. Als sie nichts weiter sagte, fügte er hinzu: „Wie ist deine Zeit mit Nathan? Er ist doch noch da, richtig?"

„Ich… äh, ja, nein", brachte sie hervor. Plötzlich schämte sie sich dafür, dass Nathan zu ihr ziehen wollte. War das nicht eigentlich ein völlig wahnwitziger Plan? Sie war eine erwachsene Frau, sie brauchte keinen Aufpasser. Und war es nicht furchtbar egoistisch von ihr, das überhaupt zuzulassen? Und was würde Issac von ihr denken, wenn er erfuhr, dass Nathan der Meinung war, dass es so schlecht um sie stand, dass er sie derzeit nicht alleine lassen konnte?

„Lex?", hakte Isaac fragend nach.

„Ich… also, ich weiß, das wird jetzt total bescheuert klingen, aber Nathan und ich sind gestern nach Charlotte geflogen. Ich bin in Nathans Wohnung", setzte sie zu einer Erklärung an.

„Okay", gab Isaac etwas langgezogen zurück, überrascht von dieser Entscheidung, aber unsicher, was daran so „bescheuert" sein sollte.

„Er… also er hat entschieden…" Lex stockte. Dann brachte sie hastig hervor, als würde das irgendwie die Tragweite dieser Entscheidung mindern: „Er zieht nach Boston. Zu mir. Für eine Weile zumindest."

„Wow", brachte Isaac, jetzt wirklich überrascht, hervor. „Das ist… wow." Für einen Moment fehlten ihm die Worte.

„Ich habe versucht, es ihm auszureden", erklärte sie beinahe entschuldigend. Wofür unterdes sie sich entschuldigen sollte, wusste sie selber nicht. „Aber… naja, du hast ja gesehen, wie er sein kann", fügte sie etwas lahm hinzu.

Isaac schwieg ein paar Momente, während er versuchte, seine Gedanken etwas zu klären. Zu überlegen versuchte, was Nathan wohl zu diesem radikalen Schritt bewegt haben mochte. „Er wird schon seine Gründe haben", meinte er schließlich auf ihre Worte. Sah sie wieder vor sich, wie sie erschöpft und irgendwie müde, lebensmüde, nach oben gegangen war, als er am Donnerstag bei ihr gewesen war. Wie sie im Hotel bei Assabet River auf der Schaukel gesessen, getrunken und Tabletten genommen hatte. Wie sie ihn vor ihrem Geburtstag darum gebeten hatte, ihre Waffe mit zu ihm zu nehmen. Wie sie ihm von Gabriel erzählt hatte. Ja, Nathans Gründe waren offensichtlich.

„Ich", setzte sie wieder an. „Ich…" Sie kam nicht weiter, wusste nicht, was sie sagen sollte.

„Wann kommt ihr zurück?", fragte Isaac stattdessen.

„Heute Abend", antwortete sie. „Ich muss Montag wieder arbeiten." In diesem Moment piepte ihr Telefon. Sie sah auf das Display. Es war Nathan. „Ich muss Schluss machen. Nathan ruft mich an. Vielleicht hat er was vergessen. Er ist auf dem Weg, um seinen Job zu kündigen." Hastig verabschiedete sie sich von Isaac, nahm dann den anderen Anruf an. „Gut, dass der Kopf zumindest angewachsen ist", neckte sie Nathan zur Begrüßung.

„Haha", gab er trocken zurück. „Ich wollte nur hören, ob die

Bude noch steht", fügte er gutmütig hinzu.

„Klar. Alles heil. Fast", erwiderte sie mit einem leisen Lächeln.

„Was machst du so?", fragte er, beinahe komisch beiläufig.

„Nichts. Ich habe mit Isaac telefoniert."

„Und? Was macht er so?"

„Nichts. Keine Ahnung. Darüber haben wir nicht gesprochen." Schon wieder war sie beinahe verlegen.

Nathan lachte. „Ich versteh schon. Dirty talk am Telefon."

Lex schnaubte. „Du hast echt eine rege Phantasie, Nathan."

„Nicht?" Er klang beinahe enttäuscht. „Dann muss ich dir wohl noch das ein oder andere beibringen, Schwesterlein."

Sie brummte. „Also, was hast du vergessen?", kam sie auf den Punkt.

„Ich wollte nur deine Stimme hören. Ich war einsam." Plötzlich war seine Stimme sanft. Erst da wurde ihr klar, dass er anrief, um sich zu vergewissern, dass sie in Ordnung war.

Einen langen Augenblick schwieg sie. „Geh deinen Job kündigen, C27-2", meinte sie dann nur.

„Home, sweet home", sagte Nathan schwungvoll, als er Lex' Hausflur betrat. In beiden Händen trug er je eine große Tasche voller Klamotten.

Mit etwas weniger Begeisterung als er folgte sie ihm ins Haus, trotzdem ein sachtes Lächeln auf den Zügen. Noch immer konnte sie es nicht ganz glauben, dass er wirklich hier war. Nicht nur auf Besuch, sondern auf unbestimmte Zeit. Konnte nicht glauben, dass sie nicht mehr würde allein sein müssen. Plötzlich überschwemmten sie die Erinnerungen daran, wie sie damals bei ihm eingezogen war. Wie sie mehrere Jahre bei ihm gewohnt hatte. Es ließ in ihr ein warmes, geborgenes Gefühl entstehen, daran zurückzudenken. Ja, sie hatte trotz allem eine schöne Kindheit gehabt. Und das war allein ihm zu verdanken gewesen, wie sie einmal mehr feststellte. Immer war er für sie da gewesen. Wieviel hatten sie gemeinsam gelacht, hatten ausprobiert, wonach auch immer ihnen der Sinn gestanden hatte. Sie hatte stets offen mit ihm sein können, über alles reden können, hatte nie etwas vor ihm geheim halten müssen. Mit ihm hatte es ihr nie an etwas gefehlt.

Jetzt sah sie zu ihm herüber, während er bereits Schuhe und Jacke auszog. „Nathan?", sprach sie ihn an.

Er begegnete mit einem fragenden „hm" ihrem Blick.

„Danke", sagte sie aufrichtig.

Er schien in ihren Augen einiges ihrer Gedanken lesen zu können. Er lächelte, kam zu ihr hinüber und zog sie kurz in die Arme. „Für dich immer, Schwester."

Sie lehnte sich gegen ihn, atmete tief seinen ihr so vertrauten Geruch ein. „Ja", erwiderte sie nur schlicht. Denn wenn er eines bewiesen hatte über all die Jahre, dann das: dass das aus seinem Munde keine Phrase war, sondern er es genauso meinte, wie er es sagte.

In der Wohnung war es merkwürdig still. Lex hatte sich entschieden, die Hunde noch bis morgen im Zwinger zu lassen. Jetzt fehlten die Geräusche, die die Tiere sonst machten.

„Ich guck mal, was wir noch zu essen haben", erklärte sie, während ihr Blick über die Couch der Hunde strich. Danach weiter zu dem Sofa, auf dem Isaac an ihrem Geburtstag gesessen hatte. Und schließlich zu den Bildern über ihrem Sideboard. Sie schluckte, die Kehle plötzlich zugeschnürt.

„Ich helfe dir gleich", gab Nathan zurück, während er bereits zur Treppe ging, um seine Taschen wegzubringen. Als er wieder hinunterkam, schien sie schon was gefunden zu haben, denn sie klapperte mit irgendwelchem Geschirr.

„Ist es okay, wenn ich kurz dusche? Ich fühl mich irgendwie klebrig", rief er zu ihr hinüber.

„Ja, klar", entgegnete sie. „Ich mach uns Omelette. Ich habe sonst nicht mehr viel da. Ich geh morgen einkaufen."

Als er wieder aus dem Bad kam, stand sie reglos mit dem Rücken zu ihm in der Küche. Es erschien ihm sofort merkwürdig, wie sie dastand, auch wenn er im Nachhinein nicht mehr hätte sagen können, was ihn beunruhigte. Vielleicht der Umstand, dass sie das Omelette längst auf dem Herd hätte haben müssen.

Langsam ging er zu ihr hinüber. „Lex?", sprach er sie sacht an. Sie reagierte nicht. Als er um den Tresen herumtrat, der die Küche zum Wohnraum hin abtrennte, wurde sein Blick sofort wie magisch von der großen Pfütze am Boden angezogen. Es war Blut, das sich um ihre Füße sammelte.

Sie schien ihn erst jetzt zu bemerken, wandte sich ganz langsam zu ihm um. Ihre Augen waren leer, das Gesicht totenbleich. In einer Hand hielt sie ein Gemüsemesser, aus ihrem anderen Handgelenk pulste stoßweise Blut.

Während er in ihrem Auto mit ihr zum Krankenhaus jagte, wurde sie irgendwann ohnmächtig. Dort angekommen, nähte man den Schnitt und gab ihr eine Bluttransfusion. Der Schnitt an ihrem Handgelenk war tief und fast zehn Zentimeter lang. Mit großer Präzision hatte sie die Hauptschlagader geöffnet und viel Blut verloren. Erst fast acht Stunden später schlug sie die Augen wieder auf. Er saß auf einem Stuhl neben ihrem Krankenbett, hielt ihre unverletzte Hand und starrte mit tiefem Entsetzen auf sie herab.

Sie schien verwirrt. „Wo… wo sind wir?", brachte sie hervor, die Stimme heiser, ihr Mund wie ausgedörrt.

„Im Krankenhaus", gab er tonlos zurück, noch immer wie im Schock.

Überrascht fuhr ihr Blick durch den Raum, über die piepende, blinkende Maschine an der Seite ihres Bettes, welche ihre Vitalfunktionen überwachte, den Ständer mit der Bluttransfusion. Der Vorhang, der den Rest des Zimmers jenseits ihres Bettes abtrennte. „Wie… was…", stammelte sie und schien sich an nichts erinnern zu können. „Was ist passiert?", wollte sie irritiert wissen.

„Du hast dir die Pulsader aufgeschnitten", entgegnete er noch immer in diesem flachen, ausdruckslosen Tonfall. Seine Stimme konnte nicht mehr transportieren, was in ihm wütete.

„Ich… Was?" Sie schien ehrlich fassungslos.

Er deutete mit seiner freien Hand auf ihr verbundenes rechtes Handgelenk. Seine andere Hand umklammerte noch immer ihre unverletzte, als wolle er sie niemals wieder loslassen.

Sie sah hinüber, runzelte die Stirn, schien noch immer keine konkrete Erinnerung daran zu haben, was passiert war.

„Erinnerst du dich nicht?", fragte er dumpf.

„Ich…" Sie stockte, schüttelte den Kopf. „Ich habe Pilze für unser Omelette geschnitten", erklärte sie, die Stirn noch immer gerunzelt. Angestrengt versuchte sie, ihre Erinnerungen zusammen zu setzen. „Ich… ich habe mir in den Finger geschnitten."

Nathan lachte, ein humorloser Laut, der all seinen Horror ausdrückte. Ja, am Zeigefinger trug sie ein Pflaster um einen kleinen Schnitt. Er sah sie an, zog beide Augenbrauen hoch.

Langsam schüttelte sie erneut den Kopf. „Das… das ist alles", erklärte sie und sie log nicht. Danach war nichts mehr. Sie erinnerte sich, wie sie in der Küche gestanden und das Gemüse geschnitten hatte. Daran, wie still ihr die Wohnung vorgekommen war, obgleich sie das Wasser der Dusche im Bad hören konnte. Aber mit einem Mal vermisste sie das Gewusel und Lachen ihrer Kinder. Früher hatte es sie manchmal genervt, dass die Kinder immer beim Kochen hatten helfen wollen. Vor allem wenn sie müde und hungrig von der Arbeit gewesen war und eigentlich nur schnell etwas hatte essen wollen. Trotzdem hatte sie es für gewöhnlich gestattet, dass Mia und Gabriel auf der Küchentheke saßen und halfen. Gabriel hatte sogar inzwischen selber schon einige Dinge schneiden können. Pilze zum Beispiel. Er schnitt sie, Mia warf sie in die Schüssel, wo sie auf ihre weitere Verwendung warteten. Nie wieder…

Lex war unachtsam geworden und das Messer war in ihren Finger geglitten. Sie erinnerte sich, wie sie unverwandt auf die Wunde gestarrt hatte, aus der sofort Blut quoll. Erinnerte sich, dass es irgendwie gar nicht weh tat. Erinnerte sich an den unerträglichen Druck auf ihrer Brust.

Wieder schüttelte sie den Kopf, sah jetzt Nathan an. „Ich… ich… das… das war keine Absicht", brachte sie schließlich hervor. Auch das war nicht gelogen. Sie konnte sich nicht daran erinnern, bewusst den Entschluss gefasst zu haben, sich die Pulsader aufzuschneiden.

Lange musterte er sie nur. Schien in ihrem Gesicht nach

etwas zu suchen. Wonach indes war ihr nicht klar. Erst als eine Krankenschwester durch den Vorhang trat, sah er wieder weg.

„Sehr schön, Sie sind wach, Mrs. Morgan. Wie fühlen Sie sich?", fragte die Frau.

„Ich… ich habe Durst." Das war das Einzige, was Lex in diesem Moment einfallen wollte.

Die Frau nickte geschäftig. „Sie haben viel Blut verloren. Ich bringe Ihnen sofort etwas Wasser", meinte sie nüchtern, während sie eine Taste an dem Gerät neben Lex' Bett drückte und dann einen Blick auf den Schlauch warf, durch den frisches Blut in Lex' Adern sickerte. „Ich bin gleich zurück. Und dann wird eine Psychologin vorbeikommen."

Nur mit Mühe unterdrückte Lex ein Aufstöhnen. Sie hatte noch gar nicht die Zeit gehabt, sich mit den Konsequenzen ihrer Handlung auseinanderzusetzen. Die Krankenschwester ging. Wenige Minuten später, in denen Lex und Nathan sich anschwiegen, kam eine andere Frau mit einer Karaffe mit Wasser und einem Glas zurück.

„Mrs. Morgan", sprach sie Lex an. „Ich bin Dr. Susan Wellis. Ich bin Psychologin", stellte sie sich vor. Sie goss Lex ein Glas Wasser ein und reichte es ihr.

Nathan half ihr vorsichtig, sich ein wenig aufzusetzen, stopfte das Kissen in ihrem Rücken zurecht. Sie stellte fest, dass sie dies allein tatsächlich nicht geschafft hätte. Schon als sie nur den Kopf hob, wurde ihr schwindlig und dunkle Punkte tanzten vor ihren Augen. Beinahe fiel ihr das Glas aus der Hand und nur weil Nathan rasch danach griff, kippte es nicht aus. Sacht nahm er es ihr ab, schob ihr eine Hand unter den Kopf, um sie noch mehr zu stützen, und führte dann das Glas an ihre Lippen. Sie nippte daran, war aber plötzlich so angestrengt, dass sie kaum etwas hinunter bekam. Sie musste wirklich viel Blut verloren haben.

Dr. Wellis wartete geduldig, bis Lex mit dem Trinken fertig war, dann zog sie sich einen zweiten Stuhl heran, ließ sich darauf nieder und öffnete eine dünne Akte, die sie mitgebracht hatte. Sie zückte einen Stift.

„Sie waren schon zwei Mal hier im Krankenhaus, Mrs.

Morgan. Beide Male mit ähnlichen Verletzungen", eröffnete sie.

„Was?!", fiel ihr Nathan entsetzt ins Wort. Davon wusste er nichts.

Geradezu schuldbewusst sah Lex zu ihm hinüber. Sie sagte aber nichts.

„Was soll das heißen?", hakte Nathan nach, ließ den Blick jedoch zur Ärztin gleiten, da er wusste, dass er von Lex eh keine Antwort erhalten würde. Dr. Wellis sah ihn mitfühlend an, dann wandte sie sich jedoch bereits wieder an Lex.

„Vielleicht sollten wir uns einen Moment allein unterhalten, Mrs. Morgan", meinte sie.

„Ich gehe nirgendwo hin", brauste Nathan auf, überfordert und hilflos. Lex hatte schon zuvor versucht, sich das Leben zu nehmen? Wieso hatte niemand sie in eine Klinik eingewiesen? Warum zum Teufel wusste er davon nichts?

Die Ärztin sah nur unbeeindruckt weiter auf Lex herunter. Die schüttelte erschöpft den Kopf. „Schon okay. Er kann ruhig bleiben."

Kurz sah Dr. Wellis zu Nathan, dann wieder auf die Akte in ihrem Schoß. „Hier steht, dass Sie einen behandelnden Psychologen haben. Dass sie Medikamente nehmen. Was ist gestern Abend vorgefallen, Mrs. Morgan?"

Lex schwieg. Ihre Miene wirkte plötzlich verschlossen.

Dr. Wellis seufzte. Als sie weitersprach, klang sie weniger professionell distanziert und vielmehr mitfühlend: „Mrs. Morgan. Ich kann Sie so nicht einfach wieder gehen lassen. In Ihrer Akte steht, dass Sie sich die letzten beiden Male dagegen ausgesprochen haben, in eine Klinik aufgenommen zu werden. Ihr Psychologe hat das unterstützt. Nur deswegen hat Sie niemand zwangseingewiesen. Aber jetzt sind Sie schon das dritte Mal hier." Sie machte eine kurze Pause: „Was ist gestern Abend geschehen?", fragte sie dann erneut.

Lex schüttelte den Kopf. „Ich… ich weiß es nicht. Ich habe Gemüse geschnitten. Ich habe mich am Finger verletzt. Ich… ich wollte nicht… ich habe nicht…" Hilflos brach sie ab, sah hinüber zu Nathan, wie um ihn um Hilfe zu bitten. Plötzlich wollte sie nur noch nach Hause. Er griff nach ihrer unverletzten

Hand. „Ich wollte mich nicht umbringen", setzte sie hinzu und sah wieder zur Ärztin. „Ich… es… war ein Unfall." Selbst in ihren eigenen Ohren klangen die Worte schwach. Ein Unfall, bei dem sie wie durch einen Zufall ihre Pulsader präzise um zehn Zentimeter geöffnet hatte? Wohl kaum.

Die Ärztin seufzte. „Ja, das haben Sie die letzten Male auch gesagt", erwiderte sie mit einem Blick auf die Akte.

KAPITEL 7

Die gesamte Rückfahrt war Nathan auffällig still. Immer wieder sah sie zu ihm hinüber, aber sein Gesichtsausdruck ließ sie jedes Mal verstummen, ehe sie überhaupt dazu angesetzt hatte, etwas zu sagen.

Er schloss die Haustür auf, ließ sie dann aber zuerst hinein gehen. Mit einem dumpfen Laut ließ er ihre Kliniktasche im Flur zu Boden fallen. Ohne sie anzusehen stieß er sich die Schuhe von den Füßen, warf seine Jacke über die Garderobe und meinte: „Ich brauche eine Zigarette und einen Kaffee." Seine Stimme war ihr unmöglich zu deuten. Er ging zur Küche.

Langsam folgte sie ihm dorthin, noch immer zu gehemmt, um irgendwas zu sagen. Sie verstand nicht, was in ihm vorging, und fühlte sich, als hätte sie etwas ausgefressen.

Mit irgendwie übertrieben wirkenden Handgriffen setzte er Kaffeewasser auf. Dann ging er an ihr vorbei nach draußen. Er zog die Glastür hinter sich zu. Sie sah ihn eine Zigarette anzünden. Einmal tief durchatmend ging sie ins Bad hinüber. Sie wusch sich Hände und Gesicht und starrte danach in den Spiegel über dem Waschbecken. Ihr Gesicht sah blass und irgendwie eingefallen zurück. Dunkle Schatten lagen unter ihren Augen, in denen ein hohler Ausdruck lag. Mit einem Seufzen wandte sie sich ab.

Nachdem sie sich auch frische Klamotten angezogen hatten – ihre alten rochen unangenehm penetrant nach Krankenhaus; es erinnerte sie an die Zeit, die sie an Gabriels Bett ausgeharrt hatte – war der Kaffee durchgelaufen. Sie füllte zwei Becher auf und ging dann hinaus zu Nathan.

Er sah nicht zu ihr, starrte nur in den Garten hinaus, zog an seiner dritten Zigarette. Sie reichte ihm den Kaffeebecher. Er nahm ihn entgegen.

Eine Weile standen sie schweigend nebeneinander, nippten an dem Kaffee – der, den er machte, war genauso stark, wie der, den sie aufbrühte – und sahen gemeinsam in den Garten. Als er sich noch eine vierte Zigarette anzündete, fragte sie leise: „Kriege ich auch eine oder sind die nur für dich?" Sie bemühte sich um ein Lächeln. Es gelang ihr nicht besonders gut.

Er brummte, hielt ihr aber die Zigarette hin, von der er gerade den ersten Zug genommen hatte. Sie nahm sie ihm ab. Er zündete sich eine eigene an.

„Was hat dein Arzt gesagt?", wollte er schließlich wissen. Seine Stimme zitterte uncharakteristisch.

Nachdem sie aus dem Krankenhaus entlassen worden war, hatte sie eine Sitzung mit ihrem Psychologen gehabt. Sie hatte zwei Stunden gedauert. Nathan hatte die ganze Zeit draußen gewartet. Erst danach waren sie nach Hause gefahren.

„Er hat mich vom aktiven Dienst suspendiert", gab sie zurück. Sie klang ruhig.

Nathan gab ein „hm" von sich.

Sie seufzte. „Wir versuchen es nochmal mit einem neuen Anti-Depressivum. Ich muss jeden zweiten Tag nach der Arbeit zu einer Sitzung zu ihm", fuhr sie fort.

Wieder nur ein „hm" von Nathan.

„Ich habe ihm gesagt, dass du bei mir eingezogen bist", fügte sie hinzu. Sie machte eine kurze Pause, dann gestand sie: „Nur deswegen hat er mich nicht eingewiesen."

Jetzt erwiderte Nathan gar nichts mehr. Kurz sah sie zu ihm hinüber, dann wieder hinaus in den Garten. „Er hat mir aufgetragen, mit dir darüber zu sprechen. Ob du dich dazu in der Lage fühlst, dass ich nicht eingewiesen werde", erklärte sie leise. Noch immer reagierte er nicht. „Nathan“, rief sie ihn schließlich sacht an.

Mit einer zornigen Geste stopfte er den Filter seiner aufgerauchten Zigarette in den Aschenbecher. „Du hast mir ins Gesicht gesagt, dass du dir in den letzten drei Jahren nichts angetan hast“, brachte er gepresst hervor und klang anklagend.

Sie ließ den Kopf hängen.

„Du hast mich angelogen“, setzte er hinzu. Enttäuschung, Wut, Kummer, Schmerz in der Stimme. Und über all dem Angst. Pure, vereinnahmende Angst. „Lex!“, schrie er sie plötzlich an, als sie nichts sagte.

Sie fuhr zusammen. „Ich habe nicht… Ich wollte nicht… Es… es war nie mit Absicht“, brachte sie schwach hervor.

Er lachte auf, ein harscher, ungläubiger Laut. „Nie mit Absicht? Du hast dir die Pulsader zehn Zentimeter weit aufgeschnitten, Lex. Was soll daran keine Absicht gewesen sein?“

Jetzt traten Tränen in ihre Augen. Sie starrte auf die glimmende Zigarette in ihrer Hand. „Ich…“ Sie suchte nach Worten. „Ich habe… nie den bewussten Entschluss getroffen. Ich kann mich nicht einmal daran erinnern, Nathan. Es… Da war nur dieser Schmerz. In mir. Und dann… dann nichts mehr.“ Jetzt sah sie doch zu ihm auf. Flehentlich. Es machte sie fertig, ihn so zu sehen. So voller Wut. Voller Angst. Angst um sie. Sie wollte ihm nicht wehtun.

Er starrte sie nur weiter an.

„Du… du weißt nicht, wie es ist“, erklärte sie einmal mehr, die Stimme nun leise. Erschöpfung stand darin. Und Trauer. Tiefe, verzehrende Trauer. Die ersten Tränen rannen über ihre Wangen.

Ein sanfter Ausdruck trat in seine Augen. Er stellte seine Kaffeetasse neben den Aschenbecher und zog sie eng in seine Arme. Sie weinte. Er hielt sie.

Sie konnte sich nicht daran erinnern, wie sie ins Bett gekommen war. Als sie die Augen aufschlug, war es dunkel. Alles war still. Nathan lag dicht an sie gedrängt hinter ihr. Einige Momente blieb sie liegen, versuchte, sich daran zu erinnern, wie sie hierhergekommen war. Vergeblich. Sie fragte sich, wie spät es war. Sie spürte eine plötzliche Unruhe in sich und konnte es mit einem Mal keine Sekunde länger im Bett aushalten. Vorsichtig, um Nathan nicht zu wecken, machte sie sich von ihm los und setzte sich auf.

Leise tappte sie die Treppe hinunter. Dunkelheit, Stille empfing sie hier. Die Hunde waren noch immer im Zwinger. Trotzdem ging sie zur Hundecouch hinüber, starrte auf die Decken und Kissen, die alle in einer Ecke lagen. Eigentlich waren genug für alle da, aber Iron kratzte immer alles nur für sich zusammen, egal wie oft sie alles wieder ordentlich verteilte. Keiner der anderen drei wagte, ihm davon etwas streitig zu machen. Ruckartig wandte sie sich ab, ertrug mit einem Mal den Anblick der leeren Couch nicht mehr. Sie ging hinüber zum Bad. Zielstrebig griff sie nach ihrem Beruhigungsmittel im Kosmetikschrank. Sie nahm zwei Tabletten und stellte das Döschen dann rasch zurück, als sie merkte, dass sie am liebsten den Rest des Inhalts auch noch geschluckt hätte. Sie verließ das Bad wieder.

In der Küche starrte sie die Stelle an, wo sie gestanden hatte, als sie Pilze für die Omelette geschnitten hatte. Alles war sauber und aufgeräumt. Sie war drei Tage im Krankenhaus gewesen. Nathan war zwar viel bei ihr gewesen, aber zwischenzeitlich auch hier. Sie öffnete den Kühlschrank, nicht weil sie Hunger hatte, sondern weil sie nicht wusste, was sie sonst tun sollte. Er war gut gefüllt. Nathan musste eingekauft haben. Im Gemüsefach sah sie eine Packung Pilze. Kurz sah sie sich selbst an der Küchentheke stehen und die Pilze schneiden. Ehe sie in ihr Handgelenk geschnitten hatte. Dachte wieder daran zurück, woran sie sich erinnert hatte, als sie die Omelette zubereitet hatte. Gabriel. Mia. Wie sie ihr in der Küche halfen. Wie sie zusammen gelacht und geblödelt hatten. Erinnerte sich mit plötzlicher, schmerzlicher Klarheit daran, wie sie erst Gabriel, dann Mia auf die Schläfe geküsst hatte. Meine kleinen Chefköche, hatte sie mal zu ihnen gesagt. Mit einem Mal hatte sie den Geruch ihrer Kinder in der Nase.

Mit einem Keuchen wandte sie sich ab, verließ die Küche. Trotzdem kam jetzt die Erinnerung mit voller Wucht zurück. Gabriel, wie er Pilze schnitt. Mia, die sie in die Schüssel warf, jedes Stück einzeln. Meine kleinen Chefköche. Sie küsste erst Gabriel, dann Mia. Dante hatte die Küche betreten. Wie so oft war er hinter sie getreten, hatte seine Arme um ihre Taille geschlungen, seine Hände besitzergreifend vor ihrem Unterleib verschränkt, in dem das dritte Kind heranwuchs. L'amore della mia vita, hatte er an ihrem Ohr geflüstert und sie auf die Wange geküsst. Die Liebe meines Lebens. Ich auch, hatte Mia gerufen und ihre Arme nach ihm ausgestreckt. Mit einem Lachen hatte er sich von Lex losgemacht und erst Mia, dann Gabriel geküsst. Es war das letzte Mal gewesen, dass sie alle zusammen in der Küche gewesen waren.

Mit einem gequälten Aufschrei griff sie nach dem nächstbesten Gegenstand, den sie zu fassen kriegte, und warf ihn gegen die große Fensterfront. Mit einem ohrenbetäubenden Knall zersprang das Fester und der steinerne Aschenbecher, den sie vom Couchtisch genommen hatte, flog noch ein paar Meter weiter, ehe er mit einem dumpfen Aufprall im Garten verschwand.

„Lex?!" Nathans panische Stimme erscholl von oben. Licht ging an. Sie antwortete nicht, sank nur kraftlos zu Boden, machte sich klein, in der Hoffnung, den Schmerz in ihrem Innern damit in seine Schranken zu weisen. „Lex?!", rief Nathan erneut. Immer mehrere Stufen auf einmal nehmend sprang er die Treppe hinunter und stürmte zu ihr hinüber. „Bist du verletzt?" Er klang atemlos, noch immer voller Panik. Kurz musterte er sie, dann glitt sein Blick hinüber zu der zersplitterten Scheibe. „Bist du verletzt, Lex?", wiederholte er, die Stimme zu laut. Als sie noch immer nichts sagte, nur herzzerreißend schluchzte, griff er nach ihren Armen, um sie aus ihrer embryonalen Haltung herauszuzerren. Sie weinte nur noch lauter. Hastig musterte er sie von Kopf bis Fuß, konnte aber erleichtert kein Blut sehen. Er zog sie an sich.

„Sag mir, was ich machen soll, Lex", bat er sie verzweifelt, als sie immer heftiger weinte. Sie reagierte nicht. Er hielt es nur ein paar Momente aus. Dann machte er sich von ihr los, stürmte hinüber ins Bad, ihr dabei einen angstvollen Blick zuwerfend, als fürchte er, dass sie seine kurze Abwesenheit nutzen würde, um sich doch noch etwas anzutun. Doch sie saß genauso, wie er sie zurückgelassen hatte, weinend, schluchzend und vermutlich gar nicht dazu in der Lage, auch nur aufzustehen.

Mit zittrigen Fingern griff er nach ihren Beruhigungsmitteln, rannte bereits wieder zurück zu ihr. „Nimm das", meinte er sanft und hielt ihr eine Tablette hin. Sie zeigte keinerlei Reaktion. Vorsichtig schob er ihr die Tablette zwischen die Lippen, zögerte kurz und ließ noch eine zweite folgen. Dann zog er sie wieder in seine Arme.

Es dauerte fast eine Stunde, bis sie sich auch nur im Ansatz beruhigte. Zwischendurch hatte sie plötzlich versucht, sich von ihm loszumachen, aber als er sie gehen ließ, hatte sie begonnen, den Verband von ihrem Handgelenk zu zerren. Deswegen hatte er wieder nach ihr gegriffen. Sie hatte tatsächlich nach ihm geschlagen, kraftlos allerdings. Als er sie trotzdem in seine Arme zog, fing sie an zu schreien. Er hielt sie einfach nur. Schließlich verstummte sie, irgendwann später verebbten langsam ihre Tränen. Er suchte nach Worten, die es nicht gab, um sie zu trösten.

„Ich möchte ins Bett", brachte sie hervor, die Stimme so heiser, dass er sie kaum verstehen konnte. Er ließ sie los, damit sie aufstehen konnte. Sie versuchte es, schaffte es aber nicht, schwankte so sehr wie auf einem Schiffsdeck im Sturm. Er fragte sich, ob es von den Tabletten kam. Er griff nach ihrem Arm, um sie zu stützen. Sie brauchte ein paar Momente, bis sie sicher stand. Dann versuchte sie sich an einem ersten Schritt. Die Beine brachen unter ihr weg.

Nathan fing sie auf, dann nahm er sie auf seine Arme. Schwach legte sie ihm einen Arm um den Nacken, hatte die Augen geschlossen, schien schon halb zu schlafen. Jetzt fragte er sich, ob sie schon Tabletten genommen hatte, ehe er ihr zwei gegeben hatte. Und wenn ja, wie viele. Er nahm sich vor, von nun an ihre Tabletten abzuzählen. Und mit einem Arzt zu sprechen, wie viele sie maximal nehmen durfte.

Er trug sie nach oben, legte sie behutsam aufs Bett, zog die Decke über sie. Ihre Augenlider flatterten kurz. Mit einem mulmigen Gefühl legte er sich zu ihr. Was, wenn er einschlief? Sie wieder erwachte? Was würde sie als nächstes tun?

Er schlief tatsächlich wieder ein, aber er schlief unruhig, schreckte immer wieder auf. Jedes Mal lag sie noch in seinen Armen, atmete ruhig und tief. Irgendwann war es hell, als er wieder aufwachte. Erst mit einiger Verzögerung bemerkte er, dass der Wecker klingelte. Lex musste heute wieder zur Arbeit. Er bezweifelte, dass sie dazu in der Lage sein würde.

Sie schien den Wecker nicht zu hören. Vorsichtig stand er auf, gönnte ihr, dass sie noch weiterschlafen konnte. Er ging nach unten, setzte Kaffee auf, bereitete ein Frühstück vor. Er hatte Müsli gekauft – ihr Lieblingsmüsli, zumindest als sie damals bei ihm gelebt hatte. Mit Joghurt gab er es in zwei Schüsseln, schnitt etwas Obst und schenkte zwei Gläser Orangensaft ein. Dann schnitt er noch zwei Bagel auf, beschmierte sie mit Frischkäse. Der Kaffee war inzwischen durchgelaufen. Aus den Schränken nahm er zwei der größten Kaffeebecher, die sie hatte, befüllte sie. Mit diesen ging er nach oben. Lex schlief noch immer.

Er setzte sich zu ihr ans Bett, stellte die Tassen auf den Nachtisch. Kurz verweilte sein Blick auf dem Foto, welches dort stand. Es zeigte Lex mit ihrem Mann und ihren Kindern. Sie sahen glücklich aus. Er wusste, dass sie es auch gewesen waren. Er schluckte. Dann streckte er eine Hand nach ihrer Schulter aus. Sacht rüttelte er daran.

„Noch fünf Minuten, Dante", murmelte sie schläfrig und ohne die Augen zu öffnen. Nathan zuckte zusammen.

„Guten Morgen, Schlafmütze", brachte er dann trotzdem bemüht unbekümmert hervor.

Sie brummte, schien ihn aber immer noch nicht richtig wahrzunehmen.

„Hey, C58-1, aufstehen. Frühstück ist fertig", versuchte er zu ihr durchzudringen.

Jetzt schlug sie die Augen auf. Für einen Moment schien sie verwirrt, schien nicht zu wissen, warum er an ihrem Bett saß.

Dann zuckte sie zusammen. Sie wich seinem Blick aus.

„Guten Morgen", sagte er noch einmal, sanft.

„Guten Morgen, Nathan", gab sie leise zurück, die Stimme noch immer heiser.

Er griff nach dem Kaffeebecher, hielt ihn ihr vor die Nase. „Ich habe Frühstück gemacht", erklärte er, nun wieder bewusst munter. „Gewöhn dich nicht dran", setzte er neckend hinzu.

Kurz wirkte es, als würde sie sich einfach nur auf die andere Seite drehen und nie wieder aufstehen wollen. Mit einem Seufzen gab sie nach. Ein wenig umständlich setzte sie sich auf und griff nach dem Kaffeebecher.

„Danke", sagte sie matt.

Eine ganze Weile ließ er sie schweigend trinken, nippte währenddessen selber an seiner Tasse. Er zwang sich, seinen Blick nicht die ganze Zeit auf ihr ruhen zu lassen.

„Ich wusste nicht, ob du heute würdest arbeiten gehen wollen. Der Wecker hat geklingelt", erklärte er schließlich.

Sie atmete hörbar durch. „Ja. Ich muss mich mal wieder blicken lassen", sagte sie. Sie klang nicht begeistert.

„Du kannst die Hunde abholen", erinnerte er sie.

Die Worte schienen nicht den gewünschten Effekt zu haben. Sie schwieg.

„Ich habe mehr als nur Kaffee zum Frühstück gemacht", sagte er.

Das entlockte ihr tatsächlich ein schwaches Lachen. „Hast du die Zigaretten schon angezündet, oder was?", zog sie ihn auf und er war froh darüber.

Er grinste. „Klar, für jeden vier", gab er zurück.

Sie sah ihn an, überlegte, ob er es ernst meinte oder nicht.

Er schüttelte den Kopf. „Quatsch. Echtes Essen. Ich sag ja, gewöhn dich nicht dran." Er streckte seine Hand nach ihr aus. „Na komm, raus aus den Federn."

Mit einem resignierenden Seufzen setzte sie sich auf. Stöhnend stützte sie sich schwer auf die Kissen, als alles begann, sich um sie herum zu drehen, Nachwirkung der Tabletten.

Es dauerte unverhältnismäßig lange, bis sie unten in der Küche ankamen. Am liebsten hätte er sie getragen, so wacklig war sie auf den Beinen. Aber sie gab nur ein Schnauben von sich, als er es ihr vorschlug. Kurz wanderten ihrer beider Blicke hinüber zu der zerstörten Glasscheibe. Es war frisch im Haus. Beide entschieden sie, die Geschehnisse von gestern Nacht zunächst unkommentiert zu lassen.

Sie aßen größtenteils schweigend. Nathan konnte ihr ansehen, dass sie noch nicht genug Kaffee intus hatte, um reden zu wollen. Zu ihrem Müsli und ihrem Bagel – wofür sie sich bedankte, aber rasch wegsah, als ihr die Tränen in die Augen stiegen – stürzte sie vier weitere Becher Kaffee hinunter. Langsam schien sie munterer zu werden.

„Ich geh ins Bad", meinte sie, als sie aufgegessen hatte.

Er konnte sich den musternden Blick nicht verkneifen, den er ihr daraufhin zuwarf. „Soll ich mitkommen?", wollte er wissen und die Angst war wieder in seiner Stimme.

„Ich werde es wohl grad noch schaffen, allein zu duschen, danke", erwiderte sie und klang schnippisch.

„Ja, das habe ich auch nicht bezweifelt", gab er zurück und sah sie nun geradeheraus an. Beinahe provokant starrte sie zurück. „Ich würde mich besser fühlen, dich noch nicht allein zu lassen", sagte er leise.

Mit einem entnervten „pff" ging sie hinüber ins Bad. Das war kein Nein. Nathan erhob sich und folgte ihr. Während sie sich auszog, begann er, seine Zähne zu putzen. Er trat dazu an das bodentiefe Fenster, das ebenfalls den Blick in den Garten ermöglichte, und sah hinaus. Er hörte die Duschtür auf und wieder zu gehen. Sie stellte das Wasser an und er ging hinüber zum Waschbecken. Er bemühte sich, nicht in den Spiegel zu sehen, in dem ihre nackte Gestalt hinter der Glaswand der Dusche gespiegelt war. Für einen kurzen Moment konnte er es trotzdem nicht sein lassen. Als sein Blick von ihrem Körper schließlich hoch zu ihrem Gesicht glitt, erwiderte sie diesen. Nathan wurde rot.

„Spanner", sagte sie. In ihrer Stimme schwang keine Wut. Plötzlich grinste sie.

Er sah hinab ins Waschbecken, scheinbar vollkommen

vereinnahmt davon, die Zahnbürste abzuwaschen. Er zog seine Schultern hoch. „Ich sag ja, du hältst dich ziemlich gut in Form", murmelte er, noch immer etwas verlegen.

Sie lachte nun sogar. „Fast zwei Wochen ohne Sex. Das muss ein neuer Rekord für dich sein."

Er brummte und griff nach dem Rasierer.

„Wann hast du Schluss?", fragte Nathan Lex, als er sie vor der Polizeistation absetzte.

Sie zog eine Schulter hoch. „Gegen vier oder fünf. Ich schreibe dir rechtzeitig. Was machst du den ganzen Tag?"

„Ich werde mich nach einem eigenen Auto umsehen. Du wohnst am Arsch der Welt da draußen."

Sie nickte. „Wenn du Geld bauchst…"

Er winkte ab. „Ich habe was auf die hohe Kante gelegt", gab er unbekümmert zurück.

„Ja, sicher." Triefender Sarkasmus.

Der Tag verlief entspannter, als sie zu hoffen gewagt hatte. In ihre gewohnte Routine mit den Hunden und Hundeführern zurückzufallen tat ihr gut. Ihre Junghundegruppe zeigte sich vorbildlich und sie hatte Spaß an ihrer Arbeit. Die Zeit flog dahin. Als ihr Handy in ihrer Tasche vibrierte, war sie überrascht, festzustellen, dass es bereits kurz vor vier war.

„Wann soll ich dich abholen?" Die Nachricht war von Nathan.

„Halb fünf/ fünf. Wie es dir passt", schrieb sie ihm zurück.

Er kam nicht mit ihrem Jeep. Mit einem fetten Grinsen stieg er aus einem Monster von PickUp Truck aus. „Mein neues Baby", sagte er mit weitausholender Geste.

Mit offenem Mund starrte sie den schwarzen Wagen entgeistert an. Dann zog sie beide Augenbrauen hoch. „Und ich hatte eigentlich in Erinnerung, dass du ganz gut ausgestattet bist." Sie lachte. „Was soll diese Penisverlängerung?", fügte sie kopfschüttelnd hinzu.

Er zog eine Flunsch. „Ich habe seit Ewigkeiten kein eigenes

Auto mehr gehabt. Ich wollte mir mal was gönnen", erklärte er leicht beleidigt.

Mehrere Male sah sie zwischen ihm und dem Auto hin und her. Wieder lachte sie und stellte erleichtert fest, wieviel besser sie sich nach ihrem Arbeitstag fühlte. Das Lachen fiel ihr leicht. Nur deswegen wiederholte sie es. Dann trat sie an ihn heran und küsste ihn knapp auf die Wange. „Ein tolles Auto", gurrte sie mit sehr weiblicher Stimme und warf ihm einen aufreizenden Augenaufschlag zu.

Nun schüttelte er den Kopf. „Du bist doof", maulte er. Sie lachte nur noch einmal. Mit einer Geste befahl sie den Hunden in das offene Heck zu springen, stieg dann auf der Beifahrerseite ein.

„Lass uns was essen fahren. Ich verhungere", erklärte sie, stellte mit einem Mal fest, dass sie seit dem Frühstück nichts mehr zu sich genommen hatte.

Als sie das Restaurant betraten, fuhr Lex wie geschlagen zusammen. Der Tür gegenüber saß Isaac allein an einem Tisch und studierte die Karte. Aus dem Augenwinkel musste er die Bewegung an der Tür gesehen haben, denn er blickte auf.

Überraschung und Freude zeigte sich auf seinen Zügen. Er erhob sich augenblicklich und kam die wenigen Schritte zu ihnen hinüber.

„Lex", begrüßte er sie und sein Blick verweilte ein wenig zu lange auf ihr. Es ließ flüssige Lava tief in ihrem Inneren entstehen. Ihr Herz flatterte. Schließlich wandte er den Blick zu Nathan. „Nathan", fügte er hinzu, die Stimme plötzlich rauer. Auch er hatte die Verbindung gespürt, die sofort wieder zwischen ihm und Lex bestand.

Nathan zog beide Augenbrauen hoch. „Hey Isaac", erwiderte er, wandte sich dann allerdings mit einem Lachen ab. „Ich habe was im Auto vergessen", erklärte er und schon verschwand er nach draußen.

„Isaac", sagte sie und auch ihre Stimme war belegt. Im nächsten Moment trat sie bereits den letzten Schritt zu ihm heran. Schon zog er sie an sich. Sie küssten einander. Erst mit einiger Verzögerung wurde ihnen wieder bewusst, dass sie sich in einem Restaurant befanden. Schwerer atmend lösten sie sich schließlich wieder voneinander. Seine Finger schoben sich zwischen ihre. Mit einem deutlichen Sehnen in den Augen sah er sie an. Ihre Wangen wurden rot, als die Lava in ihrem Inneren sich zu feuchter Hitze zwischen ihren Beinen wandelte.

Er lehnte sich noch einmal zu ihr vor, küsste sie auf die Wange, ließ von da seine Lippen kurz an ihren Hals wandern. Tief inhalierte er ihren Duft. Mit einem Räuspern machte er sich von ihr los. „Wo warst du? Ich dachte, du wolltest schon Montag zurück bei der Arbeit sein?" Seine Stimme war noch immer dunkel bei seiner besorgten Frage.

Irgendwann hatte er aufgegeben, sie immer wieder anzurufen. Nie antwortete jemand. Auf der Arbeit hatte man ihm gesagt, sie sei noch immer krank. Heute war Freitag. Nach dem frühen Abendessen wäre er zu ihr hinausgefahren.

Ihre Wangen röteten sich noch mehr. Zunächst wurde sie allerdings einer Antwort enthoben, als Nathan in diesem Moment zurück ins Restaurant kam. Der Kellner, der Lex und Isaac bei ihrer Begrüßung immer wieder nervöse, beinahe empörte Blicke zugeworfen hatte, schien das zum Anlass zu nehmen, endlich zu ihnen hinüber zu kommen. „Darf ich Ihnen einen Tisch anbieten?", fragte er und seine Stimme war ein wenig zu frostig. „Für drei?", fügte er hinzu.

Sie folgten ihm in den hinteren Teil des Restaurants. Es wirkte ein wenig so, als wolle er sie verstecken, für den Fall das Isaac und Lex ihre Zuneigung erneut so überdeutlich zur Schau würden stellen wollen.

„Wo warst du die letzten Tage?", wiederholte Isaac nun doch, während sie die Jacken ablegten.

Nervös zupfte Lex an den Ärmeln ihres T-Shirts, darauf bedacht, den Verband verdeckt zu halten. „Ich… mir ging es nicht gut. Ich habe meine Krankschreibung verlängern lassen", erklärte sie ausweichend.

Nathan starrte sie an. Sie tat, als merke sie es nicht. Etwas umständlich setzte sie sich. Auch Isaacs Blick ruhte musternd auf ihr, glitt dann fragend zu Nathan, der jedoch noch immer

Lex ansah. Isaac blickte wieder zu ihr hinüber.

„Schön, dich zu sehen", sagte sie. Es klang wie eine Ablenkung.

Einen Moment musterte Isaac sie noch, dann entschied er, es auf sich beruhen zu lassen. Zunächst.

Er nickte. „Ja, ebenso." Sein Blick lud sich wieder mit anderen Gefühlen als Besorgnis auf. Sie lächelte. Demonstrativ griff Nathan zwischen ihnen über den Tisch hinweg nach der Karte. Isaac räusperte sich.

„Und du wohnst jetzt hier?", wandte er sich an Nathan.

Der nickte nur mit einem „hmhm". Er studierte die Karte. „Was ist gut hier?", fragte er.

„Das Steak", antworteten Lex und Isaac gleichzeitig wie aus der Pistole geschossen. Sie sahen einander an, lächelten.

„Aha", gab Nathan betont neutral zurück. Es klang nach einem „Nehmt euch ein Zimmer". „Dann nehme ich wohl das Steak", fügte er hinzu. Die beiden anderen reagierten nicht, sahen sich nur weiterhin an. „Und ihr? Was nehmt ihr?", wollte Nathan schließlich wissen.

Mit deutlicher Verzögerung sah Lex zu ihm hinüber. Beinahe hätte sie geantwortet: „Das Zimmer." Im letzten Moment schluckte sie die Worte hinüber. Ihre Wangen röteten sich schon wieder. „Auch das Steak", gab sie zurück.

Isaac nickte. „Ich auch."

Nathan gab die Bestellung beim Kellner auf, der bemüht nicht zu Lex und Isaac schaute, die sich schon wieder im Blick des jeweils anderen verloren. Nathan kam sich ziemlich überflüssig vor, während sie auf das Essen warteten. Nur, um überhaupt etwas zu tun, entschuldigte er sich schließlich, um rauchen zu gehen. Als er zurückkam, war das Essen da. Er war sich nicht sicher, ob die zwei das überhaupt mitbekommen hatten.

Etwas umständlich ließ er sich auf seinen Stuhl nieder. Isaac und Lex rissen sich endlich voneinander los. Lex warf Nathan einen zerknirschten, entschuldigenden Blick zu, auf den er bloß mit einem anzüglichen Grinsen antwortete. So rot, wie sie wurde, hatte sie ziemlich rege Gedanken.

Er begann, von seinem Tag zu erzählen. Zuerst hatte er sich das neue Auto gekauft – Isaac gratulierte ihm dazu – danach hatte er eine neue Scheibe für Lex' Verandatür bestellt. Da die erst in einer knappen Woche geliefert werden würde, hatte er mit Holzbrettern die zerbrochene Scheibe notdürftig vernagelt.

„Wie ist sie denn kaputt gegangen?", fragte Isaac verwundert.

Lex war plötzlich sehr beschäftigt mit ihrem Steak. Isaac sah zwischen ihr und Nathan hin und her. Der zog eine Schulter hoch. „Aschenbecher, Glas, keine gelungene Kombination", erklärte er nüchtern.

Isaac sah ein, dass es besser war, nicht weiter nach zu haken.

„Danke, dass du dich darum gekümmert hast", meinte Lex an Nathan gewandt.

Er winkte ab. „Kein Problem. Ärgerlich nur, dass es so lange braucht, bis die neue kommt. Ich werde sie dir einsetzen."

„Hast du dich schon nach einem Job umgehört?", wollte sie wissen.

Er nickte. „Mir wurden ein paar Adressen genannt, wo ich anfragen kann. Montag fahre ich mal hin."

Während des restlichen Essens berichteten auch Lex und Isaac von ihrem Tag auf der Polizeistation und bei der Hundestaffel. Anfang der Woche hatte die Staffel drei neue Welpen bekommen. Lex war ganz begeistert von ihnen. Es hatte ihr viel Spaß gemacht, Zeit mit ihnen zu verbringen. Ihre Dobermänner hatte sie mit dazu genommen. Die vier waren vorbildlich sozialisiert und würden den Welpen Manieren beibringen können. Alles, was sich von Hund zu Hund gehörte. Den Rest würde sie übernehmen.

„Lesto hat bei einer Schussübung Angst bekommen. Das ist nicht das erste Mal gewesen." Sie runzelte die Stirn, während sie ihren Teller von sich schob. Sie war pappsatt. Auch die Männer hatten ihre Teller inzwischen geleert. Ihr Blick pendelte sich wieder auf Isaac ein. Er sah zu ihr auf. Knisternde Energie stand sofort förmlich greifbar zwischen ihnen.

Nathan erhob sich mit einem leicht entnervten Geräusch. „Kommst du eine mit mir rauchen, Lex?", fragte er. Sie nickte, erhob sich und drückte Isaac im Vorbeigehen kurz die Schulter.

Die Hitze zwischen ihren Beinen war zurück.

Draußen gab Nathan ihr eine Zigarette. Ein paar Züge rauchten sie schweigend.

„Willst du heute Nacht mit zu ihm?", fragte er schließlich.

„Nein", log sie etwas zu eilig. Natürlich wollte sie, aber aus mehreren Gründen sollte sie es nicht tun. Und wenn schon allein deswegen, weil es Nathan gegenüber unhöflich sein würde.

Nathan lachte. „Das klang jetzt genauso überzeugend wie damals, als ich dich gefragt habe, ob du was mit Devon hattest."

Sie verzog das Gesicht. Devon war ihr erster One-Night-Stand gewesen. Nathan war nicht sonderlich begeistert davon gewesen. Er fühlte sich für sie verantwortlich, da sie schließlich bei ihm lebte. Er wusste nicht, ob er es gutheißen sollte, dass eine 16jährige mit einem 25jährigen Sex hatte. Da sie keinen Stress mit ihm hatte haben wollen, hatte sie auf Nathans Nachfrage zunächst verneint, mehr mit Devon gemacht zu haben. Er hatte sie sofort durchschaut. Sie war nie gut darin gewesen, ihn anzulügen. Hatte auch kaum je Übung darin gesammelt. Er hatte Devon ein blaues Auge verpasst. Damit war die Sache gegessen gewesen.

„Wollen vielleicht", räumte sie ein. „Aber ich werde nicht."

„Warum nicht?"

Sie seufzte, hob ihren verbundenen Arm. „Vielleicht nicht der richtige Zeitpunkt. Außerdem waren er und ich uns einig, dass wir… du weißt schon, Freunde sind. Nicht mehr."

Er gab einen spöttischen Laut von sich. „Richtig." Mehr sagte er nicht.

„Es ist dir gegenüber nicht höflich, wenn ich dich allein nach Hause fahren lasse."

Mit einem Schnauben sah er sie an. „So ein Quatsch. Nur weil ich jetzt bei dir wohne, heißt das nicht, dass wir jede Nacht in deinem Bett kuscheln müssen. Heute ist Freitag. Vielleicht gehe ich mal gucken, ob die Bostoner Frauen genau so leicht zu haben sind, wie die in Charlotte", erklärte er mit einem selbstgefälligen Grinsen.

Sie streckte die Hand aus, verwuschelte sein dichtes, braunes Haar. „Irgendwann bist du alt und schrumpelig. Was machst du dann eigentlich?", neckte sie ihn.

Er zuckte mit den Schultern. „Ich mach mir da keine Sorgen. Ich lasse meine Fähigkeiten für mich sprechen, wenn mein Äußeres langsam zerfällt."

Kopfschüttelnd zog sie an ihrer Zigarette.

„Also, was ist? Fährst du zu ihm?", hakte Nathan nach.

„Ich muss die Hunde nach Hause bringen."

„Das kann ich übernehmen."

Sie schwieg.

„Lex, ihr habt euch im Restaurant förmlich die Klamotten mit den Augen vom Leib gezogen. Ihr seid nicht nur Freunde", stellte er schließlich fest.

Sie hob nur wieder ihren Arm hoch. „Was soll ich ihm sagen?", fragte sie und klang plötzlich beschämt. Aber auch offensichtlich angetan von dem Gedankenspiel, die Nacht bei Isaac zu verbringen.

Nathan lächelte. Er wusste bereits, dass sie gehen würde. „Die Wahrheit wäre ein Anfang", gab er nonchalant zurück. „Und nimm eine Tablette", fügte er hinzu.

KAPITEL 8

Die Fahrt zu Isaacs Wohnung über fühlte sie sich wie ein aufgeregter Teenager. Immer wieder sah sie zu ihm hinüber, konnte es kaum erwarten, dass sie endlich bei ihm ankamen. Sah sich schon seine Klamotten von ihm zerren.

Er lächelte immer wieder zu ihr herüber. Irgendwann griff er ihre Hand und hielt sie für den Rest der Fahrt. Sie schafften es kaum das Treppenhaus hinauf, hatten bereits die Hände überall auf dem Körper des anderen. Eine ältere Dame, die zwei Stockwerke über Isaac wohnte, ging mit einem missbilligenden „tz tz tz" an ihnen vorbei. Danach rissen sie sich so lange zusammen, bis sie fast durch Isaacs Tür hindurchfielen. Er verpasste der Tür einen Tritt mit dem Fuß, um sie hinter ihnen zuzuwerfen, während Lex seinen Gürtel aufzog. Mit fahrigen Fingern knöpfte sie auch ihre Hose auf, zog sie herunter, befreite ihre Füße daraus und schlang ihre Arme um Isaac. Sie mit dem Rücken gegen die Flurwand drängend, hob er sie hoch und sank im nächsten Augenblick tief in sie ein. Gleichzeitig stöhnten sie auf, was ihnen beiden ein Lachen entlockte. Danach ließen sie sich ein wenig mehr Zeit, küssten einander. Nur allmählich erhöhte Isaac das Tempo seiner Stöße in ihr. Er kletterte trotzdem rasch seinem Höhepunkt entgegen. Sie bemerkte, wie er versuchte sich zurückzuhalten, doch mit einem

Lächeln forderte sie ihn dazu auf, sich gehen zu lassen.

„Bist du sicher?", fragte er heiser vor Lust.

Sie nickte mit einem neuerlichen Lachen. „Ja, Isaac. Ich bin sicher. Ich will dich kommen spüren."

Mit einem Stöhnen gab er ihr nach und fand nur kurz darauf seine Erlösung in ihr. Danach hielt er sie noch einige Augenblicke. Jetzt zärtlich küssten sie einander, sahen sich mit einem zufriedenen Ausdruck auf den Zügen an. Nur ganz behutsam löste er sich schließlich aus ihr und ließ sie zurück zu Boden. Sie griff nach den Knöpfen seines Hemdes und öffnete sie. Mit einem Lächeln strich sie das Hemd zur Seite, küsste ihn auf die Brust.

„Ich mag deine Muskeln", murmelte sie an seiner Haut und ihre Stimme hatte wieder diesen dunklen Klang, der ihm den Kopf verdrehte. Er gab einen zufriedenen Laut von sich, zog sie wieder enger an sich, drängte sein noch immer steifes Fleisch gegen ihren Unterleib.

„Lass uns ins Schlafzimmer gehen", schlug er vor und griff bereits nach ihrer Hand. Willig folgte sie ihm, sah ihn aus großen Augen, in denen er sich hätte verlieren können, erwartungsvoll an, als er sich, dort angekommen, ihr wieder zuwandte. Er beugte sich zu ihr, um sie erneut küssen zu können. Seine Hände glitten an den unteren Rand ihres Shirts und zogen diesen hoch. Sie hob die Arme, um ihn es sich ausziehen zu lassen und erst als er auch ihre Arme aus den Ärmeln befreite, fiel ihr der Verband wieder ein. Sie zuckte zusammen. Ihre Wangen röteten sich, als Isaac scharf die Luft zwischen den Zähnen einzog, als er den Verband sah, der ihren ganzen Unterarm bedeckte, sofort das Schlimmste ahnend.

„Lex?", brachte er fragend hervor und warf ihr einen musternden Blick zu. Dass sie diesem auswich, war ihm beinahe Antwort genug. Sanft griff er nach ihrem Kinn, bewegte sie dazu, ihn anzusehen.

„Was ist passiert, Lex?", fragte er eindringlich, die Sorge in seinen Worten geradezu greifbar.

„Ich… nichts", gab sie gepresst zurück und griff ihrerseits nach seinem Hemd, um es ihm ausziehen zu können. Er fing ihre Hände auf, umschloss sie vorsichtig mit seinen. Wortlos sah er auf sie herab. Sie biss sich auf die Unterlippe.

„Ist es das, was ich denke?", wollte er leise wissen.

Sie schwieg nur, die Stirn gerunzelt. Mit einem Seufzen schloss er sie fest in seine Arme, versuchte, den kalten Schauer, der über seinen Rücken lief, zu beherrschen. Es war offensichtlich, dass der Verband das bedeutete, was er annahm. Unwillkürlich fragte er sich, ob er das hier konnte. Ob er sich auf eine Frau einlassen konnte, die so dicht am Abgrund stand. Ob die Sorge um sie nicht zu viel sein würde. Von seiner zweiten Freundin hatte er sich getrennt, weil er mit ihren Depressionen schließlich nicht mehr hatte umgehen können. Doch dann musste er feststellen, dass es utopisch war zu glauben, dass er sich noch von Lex würde zurückziehen können. Welche Rolle auch immer sie ihm in ihrem Leben gestatten würde, er würde diese annehmen. Er würde sie sich nicht versagen können.

„Willst du darüber reden?", fragte er sie leise. Sie schüttelte sofort den Kopf. Seufzend gab er nach. Ein weiteres Mal küsste er sie, ließ sich Zeit dazu. Als ihre Zunge gegen seine Lippen spielte, gab er auch dem nach.

Lex schlief tief und traumlos in Isaacs Armen. Am Samstagmorgen erwachte sie ungewohnt ausgeruht. Isaac schlief noch an sie gedrängt. Vorsichtig machte sie sich von ihm los und begab sich auf die Suche nach dem Bad. Mit moderater Neugier warf sie einen kurzen Blick in jeden Raum. Das Wohnzimmer war geschmackvoll mit modernen Designermöbeln eingerichtet. Die vorherrschenden Farben schwarz und weiß wurden von einem großen modernen Gemälde in lebhaften Grünfarben ergänzt, das über der riesigen Couch hing. Das Licht der Morgensonne fiel durch eine große Fensterfront, hinter der ein Balkon lag. An einer Wand stand ein schwarzes E-Piano. Sie hatte nicht gewusst, dass er Klavier spielte.

Auch die Küche war modern eingerichtet, nahm das gleiche Farbkonzept wieder auf. Auch hier ein großes, modernes Gemälde in grün. Im Bad herrschten sanfte Beigetöne, aufgepeppt durch grüne Badvorleger und Handtücher. Mit einem Lächeln erinnerte sie sich an ihre Unterhaltung in dem Naturschutzgebiet. Was seine Schwäche war: Unordnung. Sie fand es wohnlich, dass hier und da Dinge herumflogen, die bestimmt einen anderen Platz hatten.

Im Flur zurück fischte sie ihr Handy aus ihrer noch immer einsam am Boden liegenden Hose. Sie warf einen Blick darauf. Fast zehn. Sie waren wieder bis vier Uhr wach gewesen. Eine Nachricht blinkte auf ihrem Display. Sie war von Nathan.

„Lass uns telefonieren, sobald du wach bist. Ruf an.“

Es ließ wieder dieses geborgene Gefühl in ihr entstehen, dass er an sie dachte, sich sorgte, sich kümmerte. Sie tippte eine Antwort ein. „Ruf DU an, sobald du wach bist. Mir geht's gut.“

Mit einem Lächeln zog sie ihre Hose über, tappte, weiterhin barfuß, leise zurück zum Schlafzimmer, um ihr Shirt zu holen. Isaac schlief noch immer. Sie ging wieder in die Küche und setzte sich Kaffee auf. Während das Wasser blubbernd und gluckernd durchlief, legte sie ihr Handy auf die Küchentheke, stützte sich mit den Unterarmen auf die Arbeitsplatte und scrollte sich durch die Nachrichten. Während sie mit gerunzelter Stirn davon las, dass in der Nacht ein junges Pärchen in den Straßen Bostons ermordet worden war, hörte sie plötzlich Isaac hinter sich.

„Hmmm, ein Anblick, an den ich mich gewöhnen könnte“, meinte er mit einem dunklen Unterton in der Stimme, während er bereits direkt hinter sie trat und ihr Becken dicht an seines zog. Sanft strich er ihr Haar beiseite und küsste sie in den Nacken. Ihr Handy war vergessen. Sie lächelte, drückte sich nun von sich aus noch fester gegen ihn. „Guten Morgen“, murmelte er an ihrem Ohr und sie spürte an ihrem Po, dass er bereits wieder steif war.

„Guten Morgen“, erwiderte sie mit einem Lächeln und schloss genüsslich die Augen, als er zwei Finger unter den Bund ihrer Hose schob. Plötzlich wünschte sie sich, dass sie sich nichts übergezogen hätte. Er schien ähnliche Gedanken zu haben, denn jetzt glitten seine beiden Hände zu ihrem Hosenknopf. Er öffnete ihn und den Reißverschluss.

„Ja?“, fragte er heiser und küsste ihre Wange.

Sie nickte. „Ja", stimmte sie zu.

Mit einem ungeduldigen Laut zog er ihre Hose von ihrem Hintern herunter. Seine Finger glitten von hinten zwischen ihre Beine. Sanft rieb er sie an ihrer empfindlichsten Stelle.

Sie drückte sich nur wieder enger an sein Becken. „Mehr", brachte sie ungeduldig hervor.

„Ich wollte dir einen Moment geben, um…" Er beendete den Satz nicht. „Ich will dir nicht wehtun", fügte er stattdessen hinzu.

Sie antwortete mit einem Lachen. „Ich werde schon feucht genug werden, sobald du in mir bist", meinte sie ungeniert. Er mochte das an ihr. Sie schien mit ihrem Körper im Reinen zu sein, war selbstbewusst und offen.

Statt einer Antwort griff er nach sich, um sich in sie einzuführen. Sie keuchte genussvoll auf, als er behutsam in sie glitt. Mit beiden Händen griff er ihre Hüften.

„Ja?", vergewisserte er sich noch einmal.

„Ja", antwortete sie und das Wort ging in ein lustvolles Stöhnen über, als er begann, sich in ihr zu bewegen.

Einige Minuten hatten sie miteinander, genossen die neuerliche körperliche Vereinigung. Dann plötzlich klingelte Lex' Handy, das noch immer vor ihr auf der Küchentheke lag. Es war Nathans Nummer auf dem Display.

Mit einem bedauernden Lachen streckte sie ihre Hand nach hinten, legte sie sacht gegen Isaacs Hüften an ihrem Po. „Ich muss ran gehen, Isaac", erklärte sie ihm, etwas atemlos.

Er brummte und als sie sich von ihm lösen wollte, zog er ihr Becken nur noch näher an seines, drang einmal mehr tief in sie ein. Er beugte sich über sie, um sie in den Nacken küssen zu können.

„Mach es kurz", grollte er verführerisch an ihrem Ohr.

Sie lache wieder, hielt jetzt wie gewünscht still. Sie hob ab.

„Guten Morgen, Nathan", begrüßte sie diesen. Selbst in ihren eigenen Ohren hörte sie den dunklen Klang, den ihre Stimme bei Erregung annahm.

Sie konnte förmlich sehen, wie Nathans Augenbraue nach

oben wanderte. „Guten Morgen, Schwesterherz.“ Eine kurze Pause. „Ich störe doch nicht?“, fügte er anzüglich hinzu.

Sie lachte. „Gar nicht“, wiederholte sie seine Worte auf die gleiche Frage, die sie ihm vor zwei Wochen gestellt hatte. Als wolle er sagen „Also mich definitiv“ bewegte Isaac sich in ihr. Sie musste ein Stöhnen unterdrücken. Es gelang ihr nicht ganz.

„Warum hast du überhaupt abgenommen?“, benutzte Nathan auch ihre Worte aus der Unterhaltung von neulich.

Sie verdrehte die Augen. „Weil ich mir nicht den Kopf von dir abreißen lassen wollte, wenn ich es nicht tue“, gab sie zurück.

Er schnaubte belustigt. „Ich wollte mich nur vergewissern, dass es dir gut geht. Offensichtlich schon. Schreib mir, wenn ihr fertig seid und du nach Hause willst. Ich komme dich abholen.“

Lex und Isaac waren wie berauscht voneinander. Sie konnten kaum die Finger voneinander lassen, um zwischenzeitlich mal den ein oder anderen Happen zu essen. Den ganzen Tag über fanden sie wieder und wieder und wieder zueinander. Am späten Nachmittag schrieb Lex Nathan, ob es okay für ihn wäre, wenn sie noch eine zweite Nacht bei Isaac verbringen würde. Er schickte ihr nur einen grinsenden Smiley zurück. Irgendwann gegen zwei Uhr nachts schliefen sie schließlich eng miteinander verschlungen ein.

Auch den Sonntag verbrachten sie nicht viel anders. Irgendwann gegen Mittag gestand Lex lachend, dass sie sich allmählich wund fühlte, sodass sie sich für einen Spaziergang anzogen. Oder es versuchten. Sie kamen nicht weit. Während Lex ihre Hose anzog, beugte Isaac sich für einen kurzen Kuss auf ihre Wange zu ihr hinunter. Ein Blick in seine Augen und plötzlich war ihr das Brennen zwischen ihren Beinen egal.

Um acht klingelte es an der Haustür. Etwas überrascht – er hatte keine Ahnung, wer das sein könnte – zog Isaac sich eine Jogginghose über. Er konnte Lex ihm mit den Augen folgen spüren, als er das Schlafzimmer Richtung Haustür verließ.

Durch die Kamera sah er Nathan, der gerade die Hand ausstreckte, um erneut zu klingeln. Zwei, drei Mal rasch in Folge. Isaac drückte den Türsummer und Nathan zog die Tür des Wohngebäudes auf.

„Es ist Nathan", rief Isaac über die Schulter zu Lex. Er hörte das Rascheln seiner Bettlaken, dann ein leises Stöhnen, ein Laut von Schmerz, und direkt darauf ein Lachen. Nur wenige Augenblicke später erschien auch sie im Flur, bereits in Jeans und T-Shirt. Sie grinste ihn an, kam zu ihm hinüber, streckte ihre Hand nach seinem Rücken aus, strich darüber, und küsste ihn aufs Schulterblatt.

„Ich kann mich nicht einmal daran erinnern, wann ich das letzte Mal so wund war", murmelte sie an seiner Haut. Es war kein Vorwurf, sondern eine Feststellung voller Befriedigung.

Lächelnd wandte sich Isaac zu ihr, küsste sie aufs Haar. Ehe er jedoch etwas sagen konnte, klopfte es ungeduldig an seiner Wohnungstür. Daher löste er sich von ihr und öffnete die Tür.

„Hi Nathan", begrüßte er den anderen Mann. Lex trat seitlich hinter Isaac, nickte Nathan zu.

„Hi", meinte auch sie.

„Du musst morgen arbeiten. Zeit fürs Bettchen", erklärte er statt einer Begrüßung. Aufmerksam musterte er sie einmal von Kopf bis Fuß. Besorgt.

An Isaac vorbei trat sie auf ihn zu. Kurz küsste sie ihn auf die Wange. „Danke, dass du mich abholen kommst", meinte sie, aber in ihrer Stimme schwang eine offene Frage. Sie hatte bemerkt, wie angespannt er war. Sie sah ihn so lange an, bis er auf ihre Frage einging.

„Ich habe dir geschrieben und dich angerufen. Zehntausend Mal gefühlt." Er wirkte mit einem Mal verlegen, als würde er sich seiner Besorgnis schämen. „Warum hast du dich nicht zurückgemeldet?", setzte er trotzdem hinzu.

Sie setzte eine zerknirschte Miene auf. „Ich hab's gar nicht mitbekommen", gab sie zu. Sie hatte tatsächlich keinen einzigen Gedanken mehr an Nathan verschwendet, nachdem sie ihn nach der zusätzlichen Übernachtung gefragt hatte.

Er schüttelte den Kopf, so entnervt, wie gutmütig. Und erleichtert zu sehen, dass es ihr gut ging. „Schlimmer als als Teenager", brummte er. Bei seinen Worten wurde Isaac sich einmal mehr bewusst, wie nahe die zwei sich standen. Nathan war nicht nur wie ein Bruder für sie, er hatte auch einen elterlichen Part angenommen, als er die Verantwortung für sie übernommen hatte, als sie mit 15 zu ihm gezogen war.

Der Ausdruck von schlechtem Gewissen verstärkte sich noch auf ihren Zügen. „Tut mir leid, Nathan."

„Schon gut", brummte er.

Sie griff kurz seine Hand und drückte sie. „Sei nicht böse, Bruderherz", bat sie mit süßer Stimme. Ohne eine Antwort abzuwarten, sah sie dann zwischen ihm und Isaac hin und her. „Wollen wir noch was zusammen zu Abend essen? Ich bin am Verhungern." Ein Frühstück, das sie nicht einmal beendet hatten, da sie sich lieber gegenseitig vernaschten, war die letzte Mahlzeit, die Lex und Isaac zu sich genommen hatten.

Mit einem neuerlichen Brummen trat Nathan endlich in die Wohnung ein. „Meinetwegen", gab er zurück. „Hast du wenigstens deine Tabletten genommen?", wollte er wissen.

„Äh… klar", gab sie zurück, während ihr Gesichtsausdruck das genaue Gegenteil ausdrückte. „Ich bin gleich zurück", erklärte sie kleinlaut und verschwand in Richtung des Schlafzimmers, wo sie ihren Rucksack stehen hatte, den sie stets mit zur Arbeit nahm. Darin waren unter anderem ihre Tabletten.

„Was wollen wir bestellen, Pizza?", fragte Isaac währenddessen.

Nathan zuckte nur die Schultern.

„Komm rein", forderte Isaac ihn auf, Jacke und Schuhe abzulegen. „Ich bin gleich zurück", meinte er dann, folgte Lex bereits, um sich was überzuziehen. Im Schlafzimmer trat er noch einmal an Lex heran, zog sie wortlos gegen seinen Körper und küsste sie. Unwillkürlich fragte er sich, wie lange er wohl diesmal nichts von ihr hören würde. Wann seine Sorge unerträglich werden würde. Und seine Sehnsucht.

Sie schien etwas von seinen Gedanken zu erraten. „Vielleicht können wir in der Woche mal zusammen Mittagspause machen oder so?", fragte sie, umschloss sein Gesicht mit beiden Händen und küsste ihn innig.

„Ja, gerne", gab er zurück, die Stimme einmal mehr dunkler werdend. Er wusste nicht, was sie mit ihm angestellt hatte, aber er hatte noch immer nicht genug von ihr.

Mit einem bedauernden Lächeln machte sie sich schließlich von ihm los, griff aber nach seiner Hand und gemeinsam gingen sie zurück zu Nathan.

„Ich könnte ein Glas Wasser oder so gebrauchen", meinte sie und ging bereits zur Küche. Nathan folgte ihr und Isaac.

„Kann ich dir auch was anbieten?", fragte Isaac und nahm drei Gläser aus einem Schrank. Er reichte eins davon Lex. Der Blick, den sie austauschen, hielt etwas zu lang an.

Mit einem lauten, schabenden Geräusch zog Nathan einen Stuhl vom Tisch zurück, um sich darauf zu setzen. Er stutzte kurz, griff dann nach etwas. Er hielt einen schwarzen BH mit blutroter Spitze hoch. Seine Augenbraue wanderte nach oben und er hielt ihn Lex hin.

„Deiner?", fragte er anzüglich.

Mit feuerroten Wangen trat sie hastig an ihn heran und riss ihm den BH praktisch aus der Hand. Sie hatte keine Ahnung, wann der seinen Weg hierher gefunden hatte.

„Nett", fügte er noch hinzu, als wolle er sie absichtlich ärgern. Sie warf ihm einen wütenden Blick zu. Er lachte. „Pizza?", griff er schließlich wieder auf.

KAPITEL 9

Lex lag auf dem Bauch, hatte die Augen geschlossen und döste vor sich hin, während Isaac sanft ihren Rücken streichelte. In der Woche hatten sie sich nur einmal gesehen, waren am Dienstag in der Mittagspause gemeinsam Essen gewesen. Isaac hatte sie gefragt, ob sie nach Feierabend mit zu ihm kommen wollte, aber sie hatte abgelehnt. War ihm den Rest der Woche ausgewichen, einmal mehr überfordert von dem Wirrwarr ihrer eigenen Gefühle. Hatte ihm nicht einmal geschrieben.

Heute jedoch, es war inzwischen Freitag, hatte Isaac sie auf dem Hundeplatz besucht. Hatte wissen wollen, wie es ihr ging. Sie hatte etwas wie Schmerz in seinen Augen gesehen und konnte es ihm nicht verübeln. Sie benahm sich unmöglich mit ihm. Als sie ihm sagte, dass es ihr gut ging, hatte er sich mit einem Nicken bereits wieder verabschiedet. Aber der Ausdruck in seinen Augen ließ sie nach seiner Hand greifen. „Es tut mir leid, Isaac", hatte sie hervorgebracht und als sich ihrer beider Blicke dann trafen, waren sie beide verloren.

Nach Feierabend war sie mit zu ihm gefahren. Das war inzwischen knapp sechs Stunden her. Jetzt gönnten sie sich das erste Mal eine wirkliche Pause, hatten bis eben einmal mehr einfach nicht voneinander ablassen können. Während sie in seinen Armen war, war auch ihr Gefühlschaos vorüber, verdrängt. Sie genoss das.

Er gab ein leises, zufriedenes Lachen von sich. „Weißt du, was ich wirklich mit dir genieße?", fragte er sanft und küsste sie auf die Schulter.

Sie gab ein fragendes „hm" von sich und öffnete etwas mühsam die Augen. In der Nacht hatte sie wieder Alpträume gehabt, obwohl Nathan sie gehalten hatte. Sie war müde.

Wieder küsste Isaac sie, diesmal in den Nacken. „Dass du so unverkrampft bist. Selbstbewusst. Das ist erfrischend."

Sie wandte ihm ihr Gesicht zu, lächelte. „Das ist die Weisheit des Alters, Isaac", spöttelte sie, sich einmal mehr erinnernd, dass sie acht Jahre älter war als er. Das Verlegenheitsgefühl darüber blieb diesmal aus.

Er zog skeptisch eine Augenbraue hoch. „Wirklich?" Irgendwie konnte er sich nicht vorstellen, dass sie je anders gewesen war.

Jetzt lachte sie. Dann schüttelte sie den Kopf. „Aufsteiger aus dem Heim, erinnerst du dich? Ich wusste schon immer, was ich wollte."

Allein diesen letzten Satz von ihr zu hören, den Blick zu sehen, den sie ihm dabei zuwarf und der besagte, dass derzeit er es war, den sie wollte, ließ sein Fleisch bereits wieder zum Leben erwachen. Mit einem dunklen, lustvollen Laut küsste er sie wieder, ließ seine Zunge über ihre Haut im Nacken wandern.

Sie reagierte darauf mit einem neuerlichen Lachen. „Du scheinst auch zu wissen, was du möchtest."

Er gab nur einen undefinierten Laut als Antwort von sich, glitt im nächsten Moment über sie. Sein hartes Fleisch presste sich zwischen ihre Beine und als er in sie eindrang, war ihre Müdigkeit vergessen.

Am frühen Sonntagabend entschlossen sie, dass sie ausgehen mussten, wenn sie überhaupt etwas essen wollten. Die Anwesenheit anderer Leute würde sie zu etwas mehr Disziplin zwingen, sodass sie sich nicht wieder vom Essen abbringen lassen würden. Nicht weit entfernt von Isaacs Wohnung gab es eine Bar, die auch passable Mahlzeiten anbot. Es würde reichen.

Sie hatten inzwischen das Essen beendet und auch schon bezahlt. Noch unterhielten sie sich über Nebensächlichkeiten, aber ihre Blicke, die sie einander zuwarfen, luden sich bereits wieder mit einer ganz anderen Art von Hunger auf. Sie würden nicht mehr lange hier blieben.

Unvermittelt merkte Issac, wie Lex' Aufmerksamkeit plötzlich von etwas an der Bar angezogen wurde. Ihre Augenbrauen schossen nach oben und ein überraschter Ausdruck erschien auf ihrem Gesicht.

„Was ist?", wollte Isaac wissen und wandte sich zur Bar hin um, musterte die Gesichter dort. Niemand, den er kannte.

Die Überraschung wurde jetzt von Wut verdrängt, reiner, unverstellter Wut. Isaac hatte sie noch nie so gesehen.

„Lex?", fragte er unsicher. Sie hob nur eine Hand abwehrend und stand auf, in der eindeutigen Absicht, zur Bar hinüber zu gehen. Er folgte ihr mit ein paar Schritten Abstand, unsicher, wie er sich verhalten sollte.

Sie steuerte zielstrebig auf einen großen, breitschultrigen Mann zu. Er hatte kurz geschorenes schwarzes Haar, durch das ein Tattoo hindurchschimmerte. Irgendein Schriftzug, den Isaac nicht entziffern konnte. Auch an seiner Halsseite zeigte sich ein Tattoo, das unter seinem schwarzen, enganliegenden T-Shirt verschwand.

„Greg?", sprach sie ihn an und ihre Stimme war absolut neutral. Die Wut war verschwunden.

Der Mann wandte sich fragend zu ihr um, dann erschien auch auf seinem Gesicht Überraschung. Er lächelte breit.

„Lex", erkannte er sie.

Isaac zermarterte sich den Kopf, wer Greg sein könnte. Irgendwie hatte sie den Namen schon einmal erwähnt.

Mit nicht ganz zwei Schritten Abstand baute sie sich vor Greg auf, musterte ihn von Kopf bis Fuß, während er von dem Barhocker aufstand. Sein Lächeln war gewinnend. Auch er musterte sie.

„Wow. Du siehst toll aus", meinte er.

Dann fiel es Isaac wieder ein. Greg. Sie war mit ihm zusammen gewesen, als sie Dante kennengelernt hatte. Isaac erinnerte sich auch wieder an ihre verschlossene Miene, die verkrampften Schultern, als sie nicht mehr zu ihm erzählt hatte, als ihn als Arsch zu betiteln.

In diesem Moment holte Lex aus und donnerte Greg die Faust mitten ins Gesicht. Mit einem überraschten Schmerzenslaut taumelte Greg gleich mehrere Schritte zurück und schlug sich die Hände vor die Nase, aus der sofort ein ganzer Schwall Blut schoss. Einige der umstehenden Menschen sprangen auf und wichen vor dem Geschehen zurück.

„Bitch!", stieß Greg heiser hervor.

„Sorry, *Babe*, aber du weißt doch, wie wütend du mich machst, wenn du so bist." Lex spie die Worte förmlich aus, auf ihren Zügen geradezu mörderischer Zorn. Sie warf ihm noch einen letzten Blick zu, dann wandte sie sich ab. Sie sah Isaac, der sie entgeistert anstarrte, und streckte ihre Hand nach ihm aus. Er sah Blut daran.

„Lass uns gehen", meinte sie. Er ergriff ihre Hand und folgte ihr aus der Bar hinaus. Greg kam ihnen nicht hinterher.

Die gesamte Autofahrt über sprach sie kein Wort. Sie starrte aus dem Seitenfenster, hinter dem es nichts zu sehen gab, da es draußen inzwischen stockdunkel war, und ihre verletzte Hand spielte mit Dantes Kette um ihren Hals. Isaac sah, dass sie zitterte.

Bei ihm zu Hause angekommen, schien sie gar nicht zu merken, dass er das Auto inzwischen geparkt hatte. Erst als er ausstieg, zur Beifahrerseite hinüberging, die Tür für sie öffnete und sie sanft ansprach, dass sie da waren, blickte sie zu ihm auf. In ihren Augen war ein verlorener Ausdruck.

Schweigend folgte sie ihm hinauf in seine Wohnung. Er bugsierte sie in die Küche, setzte sie auf einen der Stühle. Aus dem Gefrierer nahm er eine Packung Tiefkühlerbsen, die er behutsam auf ihre aufgeplatzten, geschwollenen Knöchel legte. Aus einer Schublade fischte er eine Packung Zigaretten und ein Feuerzeug hervor, die er dort für sie aufbewahrte.

Als er die Zigarette für sie anzündete, schüttelte sie abwehrend den Kopf. „Ich sollte nicht in deiner Wohnung rauchen“, meinte sie und ihre Stimme klang ungewohnt schwach.

„Schon gut“, erwiderte er nur und reichte ihr die Zigarette. Besorgt musterte er sie, während sie die Zigarette mit bebender Hand an ihren Mund führte. Eine, dann noch eine zweite Zigarette lang schwiegen sie sich an.

„Willst du darüber reden?“, fragte er sie schließlich sanft.

Als sie zu ihm aufsah, war in ihren Augen noch immer der verlorene Ausdruck. „Kannst du… kannst du Nathan anrufen?“, brachte sie hervor, die Stimme zitternd bei jedem einzelnen Wort.

Isaac nickte. „Natürlich.“ Schon erhob er sich, um sein Handy von der Küchentheke zu nehmen. Lex nicht aus den Augen lassend, wählte er Nathans Nummer. Sie griff nach einer dritten Zigarette.

Nathan nahm schon nach dem ersten Freizeichen ab. „Isaac?“ Er klang besorgt, vermutete bereits, dass es nichts Gutes bedeuten konnte, wenn Isaac ihn anrief.

„Hi Nathan“, grüßte Isaac ihn. „Kannst du vielleicht zu mir kommen?“, kam er gleich zu Sache. „Lex und ich waren aus. Wir haben in einer Bar Greg getroffen.“ Isaac nahm an, dass Nathan wissen würde, wer das war.

Zu Recht. Nathan gab einen dunklen, wütenden Fluch von sich. „Ich bin unterwegs.“

Issac ließ Nathan herein. Dann deutete er bereits über seine Schulter. „Sie ist in der Küche.“

Nathan nickte und ging an ihm vorbei. Isaac zog sich ins Wohnzimmer zurück, um den beiden etwas Privatsphäre zu gewähren.

Lex sah zu Nathan auf, als er die Küche betrat. Auch er konnte den Ausdruck in ihren Augen mit nichts anderem als verloren beschreiben.

„Hey, C58-1“, begrüßte er sie und ließ sich seitlich von ihr auf den Stuhl am Kopfende des Tisches nieder. Kurz glitt sein Blick zu der Hand unter dem gefrorenen Gemüse. Er hob es an, inspizierte ihre Knöchel.

Sie zeigte ein wackeliges Grinsen, das mehr bewies, wie aufgewühlt sie war, als wenn sie in Tränen ausgebrochen wäre. „Ich habe ihm eine geklebt", gab sie zu.

Er nickte. „Gut so." Er wusste nicht viel von dem, was damals zwischen Greg und Lex vorgefallen war. Sie hatte sich, nachdem sie von Nathan zu Greg gezogen war, immer mehr von Nathan zurückgezogen. Aber von Anfang an hatte er Greg nicht leiden können. Und wann immer er Lex damals gesprochen hatte, war er überzeugter davon gewesen, dass Greg ihr nicht guttat. Einmal hatte sie ihn nachts angerufen. Sie war völlig aufgelöst gewesen und hatte endlos am Telefon geweint. Auf seine besorgten Nachfragen hin hatte sie ihm nur gesagt, dass sie sich mit Greg gestritten hatte. Sie wollte weder, dass Nathan zu ihr kam, noch wollte sie ihn besuchen kommen. Hatte ihn nur gebeten, ein wenig am Telefon mit ihr zu bleiben. Er war damals erleichtert gewesen, als sie bald darauf Dante kennengelernt und sich von Greg getrennt hatte.

„Ich glaub, ich habe ihm die Nase gebrochen", fügte sie kleinlaut hinzu.

„Noch besser", erwiderte Nathan. Er streckte eine Hand nach ihrer Wange aus und legte sie sacht dagegen. Sie schloss die Augen und drängte sich an die Berührung. Nach einer ganzen Weile fragte er leise: „Willst du darüber reden?"

Sie zog nur die Schultern hoch.

Er musterte sie noch ein, zwei lange Atemzüge. Dann wollte er wissen: „Hat er dich damals geschlagen?" Seine Stimme war sanft.

Sie runzelte die Stirn, sagte nichts, starrte auf ihre Hand unter dem Gemüse. Ihm war das bereits Antwort genug, zumal er sich schon damals seine eigenen Gedanken dazu gemacht hatte, was wohl zwischen Greg und Lex falsch lief. Er lehnte sich vor, legte jetzt seine Hand an ihren Hinterkopf und zog sie zu einem Kuss auf die Stirn an sich heran.

„Ich hätte ihn gleich nach dem ersten Mal verlassen sollen", brachte sie leise hervor. Er hörte Selbstvorwurf in ihrer Stimme.

Nathan knurrte dunkel. „Es war seine Schuld, nicht deine, Lex", erklärte er eindringlich.

Mit einem Seufzen lehnte sie sich auf ihrem Stuhl zurück, zog ihre Hand jetzt unter dem Gemüse hervor. Sie blickte kurz darauf, ballte die Finger vorsichtig zur Faust. Dann sah sie schließlich zu Nathan auf. Sie zog hilflos eine Schulter hoch. „Ich weiß bis heute nicht, warum ich es nicht getan habe", gab sie zu.

Nathan, der ihr ansehen konnte, dass sie bereit zu reden war, forderte sie auf: „Erzähl mir davon."

Sie seufzte schon wieder, schüttelte den Kopf. „Da gibt es nicht viel zu erzählen", meinte sie. „Als ich ihn kennenlernte, war er wirklich nett. Lustig, charmant, sehr männlich. Sehr dominant, aber ich mochte das. Er gab mir das Gefühl, mich wirklich zu wollen. Du weißt, ich war nach Julian emotional ein bisschen angeschlagen. Dass Greg mich schon so bald fragte, ob ich zu ihm ziehen wollte, hat mir irgendwie gutgetan."

Nathan nickte nur. Er hatte es Lex damals versucht auszureden zu Greg zu ziehen. Aber sie war inzwischen 19, deswegen waren ihm die Hände gebunden. Er hätte sie eh nicht gegen ihren Willen zurückgehalten. Er hatte sich nie als Vater aufgespielt und wollte damit auch nicht anfangen.

Sie zog erneut eine Schulter hoch, griff nach einer weiteren Zigarette, bot auch ihm eine an. Kopfschüttelnd lehnte er ab. „Schon kurz nachdem ich bei ihm einzog, fingen wir an zu streiten. Wegen Kleinigkeiten. Ich weiß nicht einmal mehr, worum. Zunächst wurde er nur immer lauter und ausfallender. Begann, mich im Streit zu beschimpfen. Im Nachhinein entschuldigte er sich dafür. Er konnte sehr liebevoll sein, wenn er wollte. Sehr überzeugend. Ich glaubte ihm, dass es ihm leidtat. Für eine Weile lief es besser. Gut sogar. Dann stritten wir uns einen Abend richtig. Er trat Leila – du weißt schon, mein Hund damals."

Natürlich erinnerte er sich an ihren ersten Hund. Sie war völlig vernarrt in das Tier gewesen. Es hatte ihr ihren beruflichen Weg geebnet.

„Ich schrie ihn an. Nannte ihn ein Arschloch." Sie verstummte. Eine steile Falte erschien auf ihrer Stirn und sie starrte auf den Tisch. Ihre Hände zitterten wieder. Er wusste, was jetzt kam, ehe sie es sagte. Ihre Stimme war leise, als sie fortfuhr: „Er trat mir in den Oberschenkel. Ich fiel zu Boden. Er trat mich noch zweimal." Sie nahm einen langen Zug von ihrer Zigarette.

Nathan spürte mörderische Wut in sich aufsteigen, als er vor seinem inneren Auge das Bild vor sich sah. Lex am Boden. Greg, über 1,90 groß, kräftig gebaut, der nach ihr trat.

„Ich weiß noch, wie ich zu ihm aufsah, eine Hand nach ihm ausstreckte und ihn bat, aufzuhören. Ich hatte Angst, deswegen sagte ich ihm, es täte mir leid." Sie schluckte schwer und Nathan fühlte den Drang, etwas zu zerstören. „Er lenkte sofort ein, zog mich in seine Arme. Er weinte sogar, entschuldigte sich tausend Mal. Sagte, er hätte wie neben sich gestanden, dass er mir niemals hatte weh tun wollen." Sie unterbrach sich selbst mit einem spöttischen Laut. „Lauter solche Sachen halt. Wie man das so kennt." Ihre Stimme war plötzlich verächtlich. Er hatte das ungute Gefühl, dass sich ihre Verachtung gegen sich selber richtete. Ihr folgender Satz, der voller Wut war, schien seine Vermutung zu bestätigen. „Ich glaubte ihm auch diesmal." Sie machte eine lange Pause, in der Nathan sie nicht unterbrach. Er wusste, sie hatte noch mehr zu sagen. Schließlich atmete sie hörbar durch. Sie schien damit jegliche Emotion aus ihrer Stimme zu räumen, als sie fortfuhr: „Es blieb natürlich nicht bei dem einen Mal. Seine Entschuldigungen wandelten sich irgendwann. Er begann mir zu sagen, dass ich ihn mit diesem oder jenen Verhalten einfach so wütend machen würde. Ich fing an, zu versuchen, mich anders zu verhalten. Es änderte nichts. Nur dass ich immer mehr das Gefühl hatte, es irgendwie nicht anders verdient zu haben. Dass es irgendwie meine Schuld war." Hilflos zog sie die Schultern hoch. „Schließlich begann er, mir auch im Bett weh zu tun." Jetzt wirkte sie beschämt. Verlegen wich sie Nathans Blick aus. Der stöhnte laut auf, ein so entsetzter wie wütender Laut.

„Lex", brachte er nun doch hervor, voller Mitgefühl. Sie sagte nichts mehr. Er griff über den Tisch nach ihrer unverletzten Hand. „Warum hast du nie etwas gesagt? Du hättest doch zu mir zurückziehen können."

Sie schüttelte schwach den Kopf. „Ich weiß nicht. Ich… du mochtest ihn von Anfang an nicht. Es war mir irgendwie unangenehm, dass du Recht hattest. Auch damit, dass du nicht wolltest, dass ich zu ihm ziehe. Ich wollte mir selbst beweisen, dass ich erwachsen bin und meine eigenen Entscheidungen treffen konnte. Außerdem…" Sie unterbrach sich, runzelte die Stirn, wich nur weiter seinem Blick aus.

„Außerdem?", hakte er sanft nach.

Sie verzog das Gesicht. „Es war mir peinlich, dass ich mir das alles so lange gefallen lassen hatte. Dass ich nicht gleich beim ersten Mal meine Sachen gepackt habe. Du selbst hast mir immer wieder gesagt, dass Männer Frauen mit Respekt behandeln sollten. Dass ich mich nie schlecht behandeln lassen sollte, nur weil ich schwächer bin als ein Mann. Trotzdem hatte ich es zugelassen, wieder und wieder. Ich war irgendwie selber schuld."

Nathan gab einen wütenden Laut von sich. „Ich hoffe, du weißt inzwischen, dass es ganz und gar nicht deine Schuld war. Er hat dir wehgetan, nicht andersherum."

Sie sagte nichts.

„Lex?", rief er sie an, konnte das nicht einfach übergehen.

Sie zog nichtssagend eine Schulter hoch. Er knurrte dunkel, erhob sich und zog sie zu einer Umarmung heran. Eine ganze Weile standen sie schweigend so da. Sanft streichelte er ihren Rücken.

„Kannst du dich daran erinnern, dass du mich einmal angerufen hast, nachdem ihr euch gestritten hattet?", wollte er schließlich wissen.

Sie nickte an seiner Brust.

„Was ist damals passiert?" Irgendwie musste er es wissen. Es quälte ihn, dass er damals nicht viel eindringlicher versucht hatte, herauszufinden, was mit Lex los war, als sie sich immer mehr von ihm zurückgezogen hatte. Aber er hatte sie ihren Weg gehen lassen wollen. Hatte sie ihre Entscheidungen treffen lassen wollen.

Er merkte, wie sie sich in seinen Armen verkrampfte. Sie seufzte schwer. „Nichts", gab sie matt zurück und das, was sie eigentlich sagte, war „Alles." Sie schüttelte ein wenig den Kopf. „Wir… wir waren im Bett gewesen. Ich… ich hatte aufhören wollen, weil er… grob wurde. Aber er hatte schon lange nicht mehr auf mein Stopp gehört." Sie schauderte, als sie das sagte. Aber es kam noch schlimmer. „Ich wurde plötzlich wütend. Meistens ließ ich ihn einfach nur noch machen, damit es schneller vorbei war. Aber diesmal begann ich, mich zu wehren. Irgendwie schaffte ich es, ihm eine Ohrfeige zu verpassen." Sie verstummte. Musste tief Luft holen, um das Folgende sagen zu können. „Er… drehte mich um… sodass ich mit dem Bauch auf dem Bett lag. Ich…" Jetzt machte sie sich plötzlich von Nathan los. Als er merkte, dass sie aus der Umarmung entkommen wollte, ließ er sie sofort gehen. Sie warf ihm einen entschuldigenden Blick zu, aber er lächelte sie nur mitfühlend an. Sie trat an die Spüle heran, um das Blut von ihrer Hand waschen zu können. „Er drückte mein Gesicht in die Kissen, während er… du weißt schon."

Es schmerzte Nathan irgendwie nur noch mehr, dass sie es nicht einmal aussprechen konnte. Er hatte ja keine Ahnung gehabt!

Sie wusch noch immer ihre Hand, starrte in das laufende Wasser. „Ich bekam keine Luft mehr." Ihre Stimme war jetzt gepresst. Nathan zuckte bei ihren Worten zusammen. „Ich muss ohnmächtig geworden sein. Als ich wieder zu mir kam, war er fort. Ich… ich musste dich einfach anrufen. Ich wusste nicht, was ich sonst hätte tun sollen." Als sie jetzt zu Nathan aufsah, standen Tränen in ihren Augen, rannen bereits über ihre Wangen.

„Lexi", brachte er entsetzt hervor. Wie hatte ihm all das entgehen können? Ihm, der er gedacht hatte, dass er immer für sie da gewesen war? Nun trat er doch wieder einen Schritt auf sie zu, wollte sie an sich ziehen, sie vor allem beschützen. Im letzten Augenblick hielt er sich zurück. Doch da kam sie bereits von sich aus auf ihn zu und warf sich an seine Brust. Sie weinte jetzt richtig.

Es dauerte eine ganze Weile, bis sie sich wieder beruhigte. Irgendwann sah sie zu ihm auf. Sie sah erschöpft aus.

„Kannst du mich nach Hause bringen? Ich… ich möchte nach Hause." Sie klang wieder so verloren wie sie ausgesehen hatte, als er kam.

Er nickte. „Natürlich, Lex."

Wie mit Isaac war sie stumm auf der Autofahrt, sah hinaus. Nathan ließ sie in Ruhe, wusste irgendwie, dass sie jetzt nicht die Kraft hatte, noch zu reden. Bei ihr zu Hause angekommen, begrüßte sie die Hunde, dann stand sie etwas unentschlossen im Wohnzimmer. Als Nathan sie vorsichtig ansprach, zuckte sie zusammen.

„Ich… ich glaub, ich geh mal duschen", brachte sie hervor. Ihre Stimme zitterte.

Nathan nickte wieder. „Ruf mich, wenn du was brauchst, ok?"

Sie gab einen undefinierten Laut von sich und verschwand bereits im Bad. Als er auch nach fünf Minuten noch nicht das Duschwasser hörte, konnte er seine wachsende Nervosität nicht mehr ertragen. Er ging hinüber zum Bad. Sacht klopfte er an die Tür.

„Lex?", rief er nach ihr. „Bist du okay?"

Keine Antwort.

„Lex?", wiederholte er. Als sie wieder nicht antwortete, fügte er hinzu: „Ich komme rein, in Ordnung?" Weiterhin Stille. Jetzt wirklich beunruhigt öffnete er die Tür.

Sie saß am Boden in einer Ecke, hatte die Beine eng an den Körper gezogen und die Arme darum geschlungen. Sie weinte nicht, aber ihre Augen waren voll Schmerz, als sie zu ihm aufsah. Langsam kam er zu ihr hinüber und ließ sich neben ihr zu Boden gleiten. Einige Momente sah er sie von der Seite her an, ehe er sanft nach ihrer Hand griff und seine Finger zwischen ihre schob. Lange saßen sie so nebeneinander.

Irgendwann schüttelte sie den Kopf. Es war eine traurige Geste. „Ich hätte ihn direkt nach dem ersten Mal verlassen sollen", sagte sie niedergeschlagen.

Nathan sah sie an. „Es war seine Schuld, nicht deine", wiederholte er.

Sie seufzte nur. Nach einer weiteren langen Pause erzählte sie leise: „Am Anfang hatte ich mit Dante Angst. Als er das erste Mal mit mir ins Bett wollte… Ich… Ich glaube, ich habe erst da wirklich realisiert, wie sehr mich die Sache mit Greg mitgenommen hat. Dante war sehr verständnisvoll, hat mich nie bedrängt." Sie lachte plötzlich. „Wir haben erst das erste Mal richtig miteinander geschlafen, als ich schon bei ihm wohnte."

Nathan drückte ihre Hand. „Dante war ein guter Mann", stellte er schlicht fest.

Lex nickte. Nun traten doch Tränen in ihre Augen. „Ja", entgegnete sie. „Ja, das war er." Sie seufzte tief. „Ich… ich sollte mich nicht mehr mit Isaac treffen. Es ist ihm gegenüber nicht fair." Einmal mehr fühlte sie die schmerzende Wunde, die Dante in ihrem Herzen hinterlassen hatte, und das alles verzehrende Loch, das der Verlust ihrer Kinder in ihre Seele gerissen hatte. „Dieses ständige Hin und Her. Ich weiß ja selber nicht, was ich will. Ob ich überhaupt zulassen kann, etwas zu wollen. Ich… es ist einfach zu früh."

Nathan sagte dazu nichts, löste jetzt nur seine Hand aus ihrer, um ihr stattdessen den Arm um die Schultern legen zu können. Er zog sie an sich heran.

Nachdem er sie am nächsten Morgen bei der Arbeit abgesetzt hatte, griff er nach seinem Handy. Er hatte Isaac versprochen, Bescheid zu geben, wie es Lex ging, da Isaac bereits – durchaus richtig – vermutet hatte, dass sie es nicht tun würde.

„Sie ist okay", tippte Nathan in sein Display. „Aber durcheinander." Kurz zögerte er. Dann fügte er hinzu: „Sie braucht Zeit. Bleib geduldig. Sie mag dich wirklich." Bevor er es sich anders überlegen konnte, schickte er die Nachricht ab, warf das Handy auf den Beifahrersitz und fuhr zur Baustelle.

KAPITEL 10

Die nächsten Tage waren hart. Irgendwie hatte die Begegnung mit Greg Lex nur einmal mehr vor Augen geführt, was sie verloren hatte, als Dante gestorben war. Nathan sah ihr an, dass sie darum kämpfte, nicht wieder in das Loch ihrer Trauer zu fallen, aber es gelang ihr nicht wirklich. Jeden Abend weinte sie sich in seinen Armen in den Schlaf. Jede Nacht fuhr sie immer wieder auf, schreiend, schluchzend, weinend. Nach Dante. Nach ihren Kindern. Es machte Nathan völlig fertig, sie so zu sehen. Erwischte sich ein, zwei Mal dabei, wie er sich wünschte, dass er nicht zu ihr gezogen wäre. Dass jemand anderes sich um sie kümmern würde. Einfach weil er es nicht mehr aushalten konnte, sie so am Boden zu sehen. Wusste gleichzeitig, dass er trotzdem froh war, dass er für sie da sein konnte. Dass sie nicht allein war. Es konnte nur er sein. So war es früher gewesen, ehe sie Dante gehabt hatte. Und so war es wieder, wo sie ihn nicht mehr hatte. Sie war seine Familie. Niemals würde er sie in dieser Situation alleine lassen.

Freitag und Samstag ging es ihr ein wenig besser. Sonntagmorgen entschied Nathan, Isaac zum Abendessen einzuladen. Erst nachdem er Isaac die Nachricht geschickt und dieser bereits zugesagt hatte, sagte er es Lex. Sie hatte lange geschlafen, nachdem sie in der Woche nicht viel Erholung gefunden hatte. Nathan war schon seit einer Weile wach, hatte Frühstück gemacht und war sogar schon eine kleine Runde mit den Hunden draußen gewesen. Um halb eins entschied er, dass es Zeit für Lex war, aufzustehen.

Er stellte ihr Frühstück – das Rührei war inzwischen kalt – mit einem großen Becher Kaffee auf ein Tablett und ging hoch zu ihr. Sie war bereits dabei, aufzuwachen. Sie lag auf dem Bauch, das Gesicht ihm zugewandt, das Haar wild um ihren Kopf verteilt. Sie öffnete nur ein Auge, als er hochkam.

„Hey“, murmelte sie, noch immer heiser vom Schlaf.

Er lächelte. „Ich bringe dir Frühstück, du Schlafmütze. Es ist halb eins. Das Ei ist inzwischen kalt.“

Sie machte einen dankbaren Laut. „Was habe ich nur ohne dich gemacht, Bruderherz?“, sagte sie mit einem warmen Lächeln.

Er stellte das Tablett auf ihren Nachttisch und setzte sich zu ihr auf die Bettkante. Sanft strich er über ihren Rücken, lehnte sich vor, um ihr auf den Kopf zu küssen. „Halb verhungert bist du. Hast nichts auf den Rippen“, neckte er sie und pikste sie mit einem Finger.

Sie gab ein protestierendes Knurren von sich, schob seine Hand beiseite und setzte sich auf. Sie zog eine Augenbraue hoch. „Ich meine mich daran erinnern zu können, dass du das wenige, was ich auf den Rippen habe, durchaus gutgeheißen hast“, zog sie ihn auf, während sie nach ihrem Kaffee griff.

Er wurde rot, sich wie sie daran erinnernd, wie er sie unter der Dusche angesehen hatte. Und an den Morgen, als er sich selbst in Erinnerung hatte rufen müssen, dass er für sie nur brüderliche Gefühle hegte, als seinem Körper dieser Umstand kurzfristig egal gewesen war. Er räusperte sich unwohl. Sie lachte.

„Ich zieh dich nur auf, Nathan.“

Er brummte, noch immer etwas verlegen.

„Danke fürs Essen“, sagte sie jetzt artig.

Einige Momente unterhielten sie sich über Alltäglichkeiten. Das Haus, das er derzeit renovierte, begeisterte ihn. Sie liebte den lebhaften Funken in seinen Augen, als er davon berichtete. Häuser waren seine ganze Leidenschaft. Sie hatte ihn einmal danach gefragt, warum. Etwas verlegen hatte er eingestanden, dass es ihn emotional geradezu befriedigte, Leuten ein Zuhause zu geben. Auch wenn das Heim, in dem er und Lex aufgewachsen waren, alles gewesen war, was sie jemals gekannt hatten, und sie dort keine schlechte Kindheit verbracht hatten, ein Zuhause war es dennoch nie gewesen.

Schließlich gestand Nathan, dass er Isaac für heute Abend eingeladen hatte. Lex verschluckte sich an ihrem Essen. Mühsam hustend trank sie einen großen Schluck Kaffee. Dann sah sie ihn geradezu empört an, zornig sogar.

„Warum das denn?", wollte sie wissen, hustete noch immer. „Ich habe dir doch gesagt, ich will ihn nicht mehr treffen."

Nathan schüttelte den Kopf. „Nein, du hast gemeint, du solltest ihn nicht mehr treffen. Dass es ihm gegenüber nicht fair wäre. Vielleicht solltest du diese Entscheidung ihm überlassen."

Sie starrte ihn noch einen lagen Augenblick wütend an. Er zog nur die Schultern hoch.

„Ich geh mal eine rauchen", meinte er dann und sie wussten beide, dass er ihr nur ausweichen wollte.

Er blieb lange draußen, wusste selber nicht, worauf er eigentlich wartete, während er eine Zigarette nach der anderen rauchte. Erst als Lex fast eine halbe Stunde später zu ihm rauskam, wurde ihm bewusst, dass er eben darauf gehofft hatte.

Wortlos streckte sie ihre Hand nach den Zigaretten aus. Er gab ihr die, die er sich gerade angesteckt hatte, machte sich selbst keine neue an. Er hatte eh nur in Ermangelung einer besseren Idee geraucht. Sie schwieg, während sie rauchte. Erst als sie fertig war und den Filter in den Aschenbecher gesteckt hatte, sah sie zu ihm herüber.

Sie verzog ein wenig das Gesicht. „Ist nicht so einfach mit mir im Moment, oder?", fragte sie zerknirscht. Vorsichtig griff sie nach seiner Hand, drückte sie.

Er gab einen undefinierten Laut von sich. „Du warst schon immer ein Biest, wenn du deine Tage hast", knurrte er dann, aber der Ausdruck in seinen Augen war weich, als er zu ihr herübersah, einmal mehr an die Jahre zurückdenkend, die sie bei ihm gewohnt hatte. Die sie im Heim zusammen verbracht hatten.

Sie boxte ihm in den Oberarm. „Das geht dich gar nichts an", schalt sie ihn, aber mit einem Lächeln auf den Zügen.

Er zog nur eine Schulter hoch, legte ihr dann den Arm um und zog sie an sich. Er küsste auf ihre Schläfe. „Nicht meine Schuld, wenn du nur ein Bad hast." Ihm hatte das plötzlich erhöhte Müllvolumen im Bad nicht entgehen können.

Sie seufzte nur. „Ich versuche es nochmal, okay?", bat sie und sah zu ihm auf. „Danke fürs Frühstück", wiederholte sie dann. „Und danke, dass du Isaac eingeladen hast. Ich habe ihn vermisst", gestand sie leiser.

Nathan nickte. „Schon gut." Nach einer Pause fügte er hinzu: „Wenn's dir recht ist, werde ich nach dem Abendbrot nochmal in die Stadt fahren." Seine Stimme war betont unbetont.

Sie lachte. „Schon wieder auf Entzug, oder was?"

„Wen von uns beiden meinst du jetzt?", gab er mit einem frechen Grinsen zurück.

Ihre Wangen wurden rot. Sie wich seinem Blick aus. „Du hast doch eben selber festgestellt, dass ich… verhindert bin."

Er gab ein spöttisches „pff" von sich. „Also bitte, als hätte dich das je von irgendwas abgehalten."

Das Rot ihrer Wangen wurde dunkler. „Manchmal denke ich, du hast meinen Aktivitäten, als ich bei dir gewohnt habe, ein bisschen zu viel Aufmerksamkeit geschenkt", brummte sie.

Er lachte, ehrlich belustigt. „Du glaubst gar nicht, wie oft ich mir gewünscht habe, dass du und Julian nicht ganz so laut gewesen wärt."

Ein, zwei Augenblicke lang sah sie ihn nur fassungslos an, weit jenseits von Verlegenheit. „Ich… ich glaub, ich geh mal duschen", brachte sie dann schwach hervor, da sie keine Ahnung hatte, wie sie sonst auf seinen Ausspruch reagieren sollte.

Er ließ sie nur mit einem weiteren Lachen los.

Nathan freute sich zu sehen, wie sie aufblühte bei dem Gedanken, dass Isaac am Abend vorbeikommen würde. Sie ging alleine ausreiten, während er an seinem Auto herumbastelte. Als sie danach zurückkam, war ein heller Funke in ihren Augen und den Rest des Tages über war sie deutlich lebhafter, als die letzten Tage. Sie machten erst zusammen sauber, spielten eine Weile Karten, er mähte ihren Rasen, während sie sich um die Wäsche kümmerte. Auf ihre Ankündigung um fünf, dass sie noch einmal duschen gehen würde, grinste er sie nur breit an. Sie schüttelte den Kopf, lächelte aber ebenfalls.

Als sie wieder aus dem Bad herauskam, trug sie tiefsitzende, hellblaue Jeans und ein hautenges, schwarzes Oberteil, dessen Ausschnitt mit Schnüren gebunden war. Es zauberte ihr ein wahrlich umwerfendes Dekolleté. Ihr Haar fiel ihr offen bis in die Taille und sie hatte ihre Augen mit Makeup betont.

Als Nathan von seinem Handy aufsah und ihre Aufmachung sah, lachte er. „Jaaa, genau", meinte er langgezogen. „Von wegen verhindert."

Sie grinste. „Du warst doch derjenige, der freundlich darauf hingewiesen hat, dass mich das nie abgehalten hat."

Er schüttelte gutmütig den Kopf. „Sieht so aus, als hättest du kein Problem damit, wenn ich heute Abend noch wegfahre."

Sie zog nur vieldeutig eine Augenbraue hoch. Dann allerdings wurde sie ernst. „Ich möchte dir nicht das Gefühl vermitteln, dich aus dem Haus zu schmeißen. Das hier ist jetzt auch dein Zuhause, Nathan."

„Schon gut", winkte er ab. „Auch ich habe Bedürfnisse, die gestillt werden wollen", gab er mit einem Augenzwinkern zurück.

Gemeinsam begannen sie, das Essen vorzubereiten. Die Stimmung zwischen ihnen war ausgelassen. Sie blödelten herum, neckten einander, schwelgten in Erinnerungen. Als Nathan ihr nach dem Händewaschen unvermittelt eiskalte Wassertropfen in den Nacken fallen ließ, bewarf sie ihn mit geschnittenem Gemüse. Er konnte kaum glauben, dass sie dieselbe Person war, die sich vor zwei Wochen die Pulsader genau hier aufgeschnitten hatte. Der Gedanke daran ernüchterte ihn ein wenig, als er sich unvermittelt fragte, wieviel von ihrer Ausgelassenheit eigentlich nur Fassade war. Wie ging es ihr wirklich? Manchmal bezweifelte er, dass er sie so gut durchschaute, wie er zuvor angenommen hatte. An dem Abend, als sie sich selbst verletzt hatte, war er völlig ahnungslos gewesen. Und von dem, was zwischen ihr und Greg gelaufen war, hatte er nicht den blassesten Schimmer gehabt.

„Was ist?", fragte sie ihn mit einem Stirnrunzeln auf seinen plötzlichen Stimmungsumschwung.

Er schüttelte nur den Kopf. „Nichts, Schwesterlein. Ich hatte nur… Ach nichts."

Ebenfalls ernst jetzt musterte sie ihn lange. „Danke, dass du zu mir gezogen bist", wiederholte sie schließlich. „Es tut mir gut, dich hier zu haben, Nathan."

Er lächelte nur, als es in diesem Moment an der Haustür klingelte. Die Hunde schlugen laut und aufgeregt an. Ihnen war anzumerken, dass sie bereits wussten, wer draußen stand. Lex wischte sich schnell die Hände an einem Küchentuch ab. Plötzlich nervös strich sie sich eine Haarsträhne aus dem Gesicht.

Nathan grinste. „Du siehst umwerfend aus. Pass auf, dass er dich nicht gleich an der Tür vernascht", ermutigte er sie.

Sie warf ihm einen dankbaren Blick zu, dann eilte sie zur Tür. Nathan begann, die Pfannen und Töpfe heiß werden zu lassen.

Als sie für Isaac öffnete, standen sie sich kurz schweigend gegenüber. Sie spürte, wie er sie von Kopf bis Fuß musterte, mit den Blicken verschlang war wohl der passendere Ausdruck. Normalerweise war sie selbstbewusster als das, aber jetzt machte es sie trotzdem irgendwie verlegen. Vielleicht weil sie selber inzwischen kaum noch wusste, was sie eigentlich noch fühlen sollte, bei diesem ständigen Hin und Her: den einen Moment schwelgte sie in seinen Armen, dann wieder meldete sie sich tagelang nicht bei ihm.

„Lex", brachte er schließlich als Begrüßung hervor, die Stimme heiser. Er trat den letzten Schritt auf sie zu und zog sie in einer sehr eindeutigen Geste in seine Arme. Schon fanden seine Lippen die ihren. Sein Kuss war so fordernd wie vereinnahmend. Seine Hände strichen kurz über ihren Rücken, dann wanderte eine über ihre Taille nach oben. Im nächsten Moment griff er ihr in den Ausschnitt, drückte sanft ihre Brust.

„Sag mir, dass Nathan später nochmal mit den Hunden raus geht“, stieß er an ihren Lippen hervor, seine Lust nach ihr greifbar in jedem Wort.

Sie antwortete mit einem Lachen, das in ein leises Stöhnen überging, als sein Daumen sich in ihren BH schob und liebkosend an ihrer Brustwarze rieb. Sie drängte ihr Becken gegen seines, spürte die harte Beule seines Geschlechts an ihrem Unterleib.

„Er wollte nachher nochmal in die Stadt fahren“, brachte sie ein wenig atemlos zwischen zwei Küssen hervor.

Isaac gab einen dunklen, zufriedenen Laut von sich und schob seine Zunge in ihren Mund. Einige aufgeheizte Momente küssten sie einander noch, ehe Lex sich schließlich ein wenig von ihm los machte.

„Ich habe meine Tage“, gestand sie bedauernd.

Er zog sie schon wieder näher, noch nicht gewillt, sie bereits aus seinen Armen zu entlassen. „Das macht mir nichts, wenn es dich nicht stört“, gab er zurück und küsste sie erneut. „Oder wir finden etwas, was wir trotzdem machen können“, grinste er dann. Noch einmal küsste er sie, sanfter jetzt. „Oder hast du Schmerzen?“, fragte er.

Sie schüttelte den Kopf. „Nicht mehr. Ich wusste nur nicht, wie du dazu so stehst. Wir können uns ja auch anderweitig beschäftigen. Karten spielen.“ Sie grinste anzüglich.

Er erwiderte es. „Dann hättest du dir vielleicht was anderes anziehen sollen“, meinte er und zog mit seiner Hand BH und Shirt von ihrer Brust. Er beugte sich herab und nahm ihre Brustwarze sanft zwischen seine Zähne. Sie legte ihm mit einem Keuchen die Hand an den Hinterkopf und spielte mit seinem Haar, genoss für einen Moment seine Liebkosung. Als seine andere Hand dann allerdings unter den Bund ihrer Hose glitt, machte sie sich mit einem Lachen von ihm los.

„Noch ist Nathan hier, benimm dich“, mahnte sie ihn, aber der Ausdruck in ihren Augen machte klar, dass auch sie gerne schon mehr machen würde.

Das Essen verlief so entspannt wie eh und je. Sie redeten über die Arbeit, Nathans Auto und andere Belanglosigkeiten. Während Lex und Nathan sich einmal mehr gegenseitig über irgendeine Erinnerung von früher aufzogen, schweifte Isaacs Blick ungelenkt durch Lex' Wohnung. Ihm fiel auf, dass alles wie immer aussah. Die Couch schien nicht zum Schlafen benutzt zu werden. Er wusste, dass Lex kein Gästezimmer besaß.

„Wo schläfst du eigentlich?", wandte er sich zusammenhanglos an Nathan.

Nathans Blick glitt kurz zu Lex herüber, dann auf sein Essen. „Oben", gab er betont neutral zurück. Oben gab es nur ein Bett. Bis eben hatte er keinen Gedanken daran verschwendet, dass es vielleicht unpassend erscheinen könnte, dass er sich mit Lex ein Bett teilte, während sie dabei war, irgendwie mit Isaac anzubandeln.

Isaacs Blick glitt überrascht zu Lex hinüber – obwohl es ihn irgendwie gar nicht wirklich überraschte. Die zwei waren so unkompliziert miteinander. Warum sollte Nathan sich ihr großes Doppelbett nicht mit ihr teilen, wo es keine bessere Alternative gab? Und auch wenn alles an den beiden immer wieder deutlich machte, dass sie nicht mehr als Bruder und Schwester waren, verspürte Isaac jetzt doch einen schmerzhaften Stich. Er vermisste sie schrecklich, wenn er nicht bei ihr war. Eine ganze Woche hatte er schon wieder nichts von ihr gehört. Und Nathan lag jede Nacht bei ihr im Bett. Ob er sie hielt? Die zwei tauschten viel körperliche Nähe zueinander aus.

Lex' Augen irrten kurz zu Nathan herüber. Beide Männer sahen die Hilflosigkeit in ihrem Blick. Sie räusperte sich umständlich und erhob sich. „Ich räum mal den Tisch ab", erklärte sie und ihre Stimme war irgendwie schwach. Sie hatte auch aus dem Augenwinkel den Ausdruck von Eifersucht auf Isaacs Zügen gesehen.

Auch Isaac erhob sich. „Ich helfe dir", meinte er und warf Nathan dabei einen bedeutungsschweren Blick zu.

„Ich geh rauchen", sagte dieser einmal mehr.

Sobald Nathan draußen war, wandte Lex sich Isaac zu, der mit zwei Tellern in den Händen neben sie an die Spüle trat. Er stellte das Geschirr ab und Lex griff nach seiner Hand. Bittend sah sie zu ihm auf. Sie wusste, sie machte es Isaac nicht gerade einfach. Und dass Nathan hier wohnte, schien es nicht besser zu machen.

„Da läuft nichts zwischen Nathan und mir", erklärte sie eindringlich.

Isaac seufzte tief, versuchte, seine Eifersucht zurückzudrängen. „Ja. Ich weiß", gab er zurück, auch über den kleinen Schimmer von Zweifel hinweg.

Sie musterte ihn aufmerksam, konnte ihm ansehen, dass die Erkenntnis, dass Nathan bei ihr im Bett schlief, trotzdem an ihm nagte. „Aber?", soufflierte sie sanft und griff auch noch nach seiner zweiten Hand. Sie schob ihre Finger zwischen seine.

Wieder seufzte Isaac, schien zu überlegen, ob er das Folgende wirklich sagen sollte. „Ich… ich habe dich vermisst", gestand er dann, damit die Frage nach dem, was das nun eigentlich zwischen ihnen war, zurückdrängend. Ein One-Night-Stand war es zumindest schon lange nicht mehr.

Sie lächelte. „Ja, ich dich auch." Offen sah sie zu ihm auf.

Er mache eine Hand von ihr los, um sie ihr an die Wange legen zu können. Da er sonst die Frage doch noch gestellt hätte, beugte er sich vor, um sie zu küssen. Sie ließen den Kuss andauern, traten wieder näher aneinander heran, ließen ihre Hände den Körper des anderen finden. Erst als sie mehrere Minuten später die Terassentür aufgehen hörten, machten sie sich wieder von einander los. Sie atmeten beide schwerer.

Nathan kam mit lauteren Schritten als üblich in die Küche. Er war sich wohl nicht sicher, ob sie ihn gehört hatten. Er warf ihnen einen musternden Blick zu, sah Lex' glühende Wangen und die sehr eindeutige Geste, mit der Isaac Nathan den Rücken wandte, um die Beule in seiner Hose zu verbergen.

Nathan grinste. „Ich glaub, ich fahr mal langsam los in die Stadt", erklärte er anzüglich.

Lex verdrehte die Augen. Nathans Grinsen wurde nur noch breiter. „Kann ich vielleicht bei dir pennen, wenn sich keine andere Gelegenheit ergibt?", wandte er sich dann – subtil wie immer – an Isaac. „Dann muss ich nicht in der Nacht nochmal zurückfahren. Ich muss morgen früh auf der Baustelle sein", fügte er trotzdem hinzu, auch wenn allen völlig klar war, dass er nur Lex und Isaac die Nacht miteinander überlassen wollte.

„Ja, klar", erwiderte Isaac so nonchalant wie irgend möglich, wobei seine Stimme jedoch noch immer rau war von vorher. Er wandte sich auch noch immer nicht wieder um, als er jetzt in seiner Hosentasche nach seinem Schlüssel suchte. Er reichte ihn wie beiläufig Lex, stellte dann das Spülwasser an.

Lex brachte den Schlüssel zu Nathan hinüber.

„Denkt dran, dass ihr morgen arbeiten müsst", neckte Nathan sie liebevoll.

Sie streckte ihm die Zunge raus. „Ja, Papa", maulte sie spielerisch.

Er ging mit einem Lachen.

Während Nathan zu seinem Auto ging, zog er bereits sein Handy aus der Tasche. An dem letzten Wochenende, welches Lex bei Isaac verbracht hatte, hatte er eine Frau in einer Bar kennengelernt, mit der er anschließend beide Nächte verbracht hatte. Sie waren sich einig gewesen, dass sie sich nochmal würden treffen wollen und er hatte ihr im Laufe des Tages geschrieben, dass er heute Abend frei sein würde. Jetzt schrieb er ihr, dass er unterwegs war. Sein Blick fiel auf den rot leuchtenden Akkustand. Sein Ladekabel war noch oben in Lex' Schlafzimmer. Deswegen wandte er sich noch einmal um und ging zurück ins Haus.

Erst als er schon durch den Flur durch war, rief er Lex und Isaac zu: „Ich habe mein Ladek-" Er unterbrach sich mitten im Wort, als sein Blick auf die Szene in der Küche fiel.

Die zwei hatten offensichtlich nichts anbrennen lassen. Lex hatte sich mit dem Oberkörper über die Küchentheke gelehnt. Ihre Hose war bis zu den Oberschenkeln herabgezogen und Isaac stand hinter ihr. Sein offener Gürtel klapperte bei jeder Bewegung.

Unwillkürlich stieß Nathan einen dunklen Fluch aus, so überrascht wie verlegen, und wandte augenblicklich der Szene den Rücken zu.

Lex gab einen schmerzerfüllten Laut von sich, als sie heftig zusammenfuhr. Auch von Isaac kam ein dunkles Knurren.

„Nathan!", stieß Lex entgeistert hervor.

„Ich habe mein Ladekabel vergessen", erklärte der entschuldigend.

Isaac löste sein Fleisch aus ihrem, ihr damit einen weiteren Schmerzenslaut entlockend, als sie sich gleichzeitig bereits aufrichtete. Er küsste sie sacht in den Nacken.

„Sorry", murmelte er ihr zu.

Sie lächelte ihm nur zu, während er seinen Gürtel schloss und sich abwandte, um ins Bad zu verschwinden. Sie wäre ihm gerne gefolgt, um Nathan auszuweichen.

Sie zog ihre Hose hoch, schloss sie. Mit einem Seufzen meinte sie: „Du kannst dich umdrehen."

Nathan zeigte einen so zerknirschten Ausdruck wie selten einmal. „Ich habe nicht damit gerechnet, dass ihr so schnell zur Sache kommen würdet", meinte er und es war ihm anzusehen, dass das ganze ihm mindestens so peinlich war wie ihr.

Einen Moment standen sie sich schweigend gegenüber, beide dem Blick des anderen ausweichend, nicht wissend, wie sie sich jetzt verhalten sollten. Nathan bekam den Anblick von ihr und Isaac nicht aus dem Kopf. Plötzlich jedoch wurde er ernst. Erinnerte sich daran, was sie ihm von Greg erzählt hatte. Wie er sie bäuchlings vergewaltigt hatte, während sie ohnmächtig geworden war. Lex schien die Sorge auf seinem Gesicht zu sehen.

„Alles okay?", fragte sie.

„Das wollte ich gerade dich fragen", gab er zurück und musterte sie jetzt aufmerksam.

Sie zog nur eine Augenbraue hoch.

Nathan machte eine knappe Geste hinüber zur Küchentheke, noch immer verlegen, aber nicht im Stande, das seine plötzliche Sorge vertreiben zu lassen. „Ich hatte nur…" Er räusperte sich umständlich. „Er ist doch gut zu dir, oder?", stieß er dann hastig hervor.

Sie wurde schon wieder rot, wich einmal mehr seinem Blick aus.

„Es ist nur…", stammelte er. Auch seine Verlegenheit nahm wieder zu. „Also… naja, das mit Greg hat mich irgendwie geschockt", gab er leise zu.

Verständnis trat jetzt auf ihre Züge. Sie kam zu ihm hinüber, lächelte ihn offen an. Kurz griff sie seine Hand. „Das ist lieb von dir, dass du dir Sorgen machst", meinte sie sanft. „Aber das musst du nicht. Isaac ist so nicht."

Er musterte sie noch einen langen Augenblick, skeptisch. Dann allerdings nickte er. „Doof gelaufen. Sorry", meinte er schließlich.

Mit einem Lachen machte sie sich von ihm los. „Geh dein Ladekabel holen."

Isaac stand am Fenster und sah hinaus, als sie zu ihm ins Bad kam. Er verzog ein wenig das Gesicht, als er sich zu ihr umwandte.

„Habe ich dir sehr wehgetan?", wollte er wissen und trat an sie heran.

„Was?", gab sie überrascht zurück. Hatte bereits vergessen, dass sie sich um ihn verkrampft hatte, als sie Nathan bemerkt hatte. Dann schüttelte sie den Kopf. „Ach so, das." Sie winkte ab. „Nein, alles gut. Mach dir keine Gedanken."

Sie streckte sich ihm entgegen, als er sich zu ihr beugte, um sie küssen zu können. Er war sanft.

„Sicher?", hakte er besorgt nach.

Sie lächelte und zog ihn dichter an sich. „Ja, sicher", murmelte sie an seinen Lippen, die Stimme bereits wieder dunkler werdend.

Er reagierte nicht wie erhofft. Machte sich sogar wieder ein wenig von ihr los. „Hat er was gesagt?", fragte er weiter.

Sie seufzte, einsehend, dass er noch nicht wieder so weit war. „Nathan?", gab sie zurück. „Was soll er gesagt haben?" Trotzdem dirigierte sie seine Hand jetzt an ihren Hintern und ließ ihre auf seine Hüften gleiten. Nochmal küsste sie ihn.

„Ich weiß nicht", gab er mit einem Schulterzucken zurück. „Dass er mir mit einem Baseballschläger den Kopf einschlagen will?", fügte er mit einem etwas misslungenen Lächeln hinzu.

Sie lachte. „Quatsch. Er hat sich entschuldigt, das ist alles.“

Isaacs rechte Augenbraue wanderte nach oben. „So hat er mich aber nicht angesehen, als er uns entdeckt hat.“ Nathan hatte ausgesehen, als hätte er sich am liebsten auf Isaac gestürzt. Der konnte es ihm nicht verübeln. Selbst wenn Nathan nur brüderliche Gefühle für Lex hegen sollte: welcher Bruder wollte schon sehen, wie ein Typ seine kleine Schwester flachlegte? Im wahrsten Sinne des Wortes. Die Stellung, in der Nathan sie überrascht hatte, sprach von purer männlicher Dominanz, der Befriedigung des männlichen Triebs.

Lex schien einiges von seinen Gedanken zu erraten. Sie lächelte ihn mit einem aufreizenden Augenaufschlag an. „Ich habe es genau so gewollt, Isaac. Ich habe auch Nathan zu verstehen gegeben, dass du nichts gemacht hast, was ich nicht wollte.“

Er brummte, tat ihr aber den Gefallen, sie dichter an sich zu ziehen und drängte seinen Oberschenkel zwischen ihre Beine. Sie gab ein leises Keuchen von sich.

„Er war nur überrascht, das ist alles“, murmelte sie an seinen Lippen und küsste ihn wieder. Mit Zunge diesmal. „Und jetzt hör auf, an Nathan zu denken“, fügte sie mit einem eindeutigen Unterton hinzu und griff ihm zwischen die Beine. Er erwiderte ihren Kuss daraufhin mit mehr Enthusiasmus.

Ihre Hände glitten auf seinen Gürtel, während er auch die Knöpfe ihrer Hose öffnete. Diesmal nahm sie sich die Zeit, die Hose ganz auszuziehen. Sie warf ihm einen eindeutigen Blick zu, als sie sich umdrehte, ihm den Rücken zuwendend. Sie stützte sich am Waschbecken ab, trat einen Schritt davon zurück, um ihm ihr Becken entgegenstrecken zu können, offensichtlich an der gleichen Stellung wie zuvor anknüpfen wollend. Sie hielt seinen Blick im Spiegel. Mit einem sehr männlichen Lächeln trat er hinter sie, griff mit beiden Händen ihr Becken. Fordernd strich er über ihren Po, von da über ihren Rücken, seine Hände unter ihr Shirt gleiten lassend.

„Kannst du das noch ausziehen?“, fragte er, die Stimme nun dunkel vor Lust.

Sie richtete sich noch mal auf, hob die Arme und ließ ihn ihr das Shirt ausziehen. Kurz griff er von hinten ihre Brüste, drückte sie sanft, aber nachdrücklich und öffnete den Verschluss des BHs. Er ließ die Träger über ihre Schultern gleiten, umfasste noch einmal ihre jetzt nackten Brüste. Sie gab einen zufriedenen Laut von sich und er küsste ihren Nacken.

„Wie kommt es eigentlich, dass du noch immer alles anhast?", wollte sie schließlich mit einem süßen Schmollmund wissen, während sie sich bereits zu ihm umwandte und ihre Hände unter sein Shirt gleiten ließ. Nur zu willig hob er die Arme, um es sich von ihr ausziehen zu lassen. Sie ließ danach ihre Hände mit einem offensichtlich zufriedenen Laut über seinen entblößten Oberkörper wandern, fuhr die Linien seiner definierten Muskeln nach.

„Du hast deine Bestimmung verfehlt", erklärte sie mit einem bewundernden Ausdruck in den Augen. Sanft küsste sie seine Brust. „Du hättest Model werden sollen." Lächelnd blickte sie zu ihm auf.

„Schmeichlerin", gab er sanft zurück, aber sie konnte ihm ansehen, dass er sich über ihre Worte freute.

Mehrere Augenblicke küssten sie einander, ehe sie ihre Hände auch auf seinen Hosenbund gleiten ließ. Während sie ihm aus seinen letzten Kleidern half, meinte sie: „Lass uns gemeinsam duschen."

KAPITEL 11

Die nächsten Wochen liefen entspannt. Lex stellte fest, dass es wohl so ziemlich das Beste gewesen war, was ihr derzeit hatte passieren können, dass Nathan zu ihr gezogen war – ihre Schwiegereltern teilten diese Meinung im Übrigen. Wie schon damals gestaltete sich das Zusammenleben mit ihm auch über einen längeren Zeitraum hinweg als völlig unkompliziert. Problemlos konnten sie einander die nötigen Freiräume gewähren und genossen daneben die Zeit, die sie miteinander verbrachten, in vollen Zügen. Hin und wieder stritten sie sich über Kleinigkeiten – wer schon wieder die letzte Zigarette aufgeraucht hatte, ohne an Ersatz zu denken, wer wieviel warmes Duschwasser verbrauchte und warum zum Teufel nie, aber auch wirklich niemals genug Eier für das morgendliche Rührei da waren – konnten aber alles mit einem Lachen und ein paar groben, wenn auch wohlwollenden Worten ausräumen.

Lex war unendlich froh, dass sie nicht mehr allabendlich in ihr leeres, einsames Haus zurückkehren musste, sondern dass da jemand war, mit dem sie reden, scherzen und auch weinen konnte. Jemand, der sie hielt, wenn sie nachts ihren Alpträumen nicht alleine Herr werden konnte.

Auch Nathan tat es gut, nicht mehr allein zu sein. Er war nie unglücklich mit seinem Leben gewesen, aber manchmal war es ihm doch etwas leer vorgekommen. Er arbeitete, hatte seine Kumpel, mit denen er hin und wieder ein Sportspiel ansah oder ein Bierchen trank, und traf regelmäßig diverse Frauen. Aber seitdem Lex aus Charlotte weggezogen war, hatte auch sein Leben sich sehr geändert. Zuvor hatten sie sich stets viel gesehen, auch noch, als Lex mit Dante zusammen gewesen war und Kinder bekommen hatte. Er war wie ein Onkel für die Kinder gewesen und er hatte viele gemeinsame Stunden und Abende zusammen mit Lex und ihrer Familie verbracht. Nach einer eigenen hatte er sich nie gesehnt, aber Teil von Lex' Familie zu sein, hatte ihn glücklich gemacht. Jetzt wieder bei ihr zu sein, gab ihm etwas von dieser Zufriedenheit zurück.

Was ihre Situation mit Isaac anbelangte, so blieb sie ambivalent. Sie traf ihn relativ regelmäßig – auch nicht nur für das eine – und er verbrachte auch immer wieder Zeit mit ihr und Nathan. Die Männer verstanden sich ausgesprochen gut und es waren entspannte, glückliche Momente, die sie alle zusammen teilten. Trotzdem konnte Lex ihre Vorbehalte gegenüber einer Beziehung mit einem Polizisten nicht vergessen und auch den Umstand nicht, dass es möglicherweise für eine Beziehung überhaupt noch zu früh war.

Sehr offen und viel sprach sie mit Nathan über ihre Gefühle für Isaac und er versuchte sie immer und immer wieder darin zu ermutigen, den eingeschlagenen Weg weiterzugehen. Er sah ihr an, wie gut Isaac ihr tat, auch wenn er ihre Bedenken nachvollziehen konnte.

Lex blieb unsicher genug, um jedweder Unterhaltung mit Isaac darüber, was das zwischen ihnen jetzt eigentlich war, auszuweichen. Und er drängte sie nicht, sah ein, dass es ihn nicht weiterbringen würde, auf dem Thema zu beharren. Sah ihr an, dass sie Angst vor den eigenen Gefühlen hatte. Auch wenn es für ihn selbst immer schwerer wurde, seine Gefühle für sie noch für sich zu behalten. Einige Male bereits konnte er sich nur im letzten Moment davon abhalten, ihr zu gestehen, wie tief er inzwischen – oder von Anfang an eigentlich – für sie empfand. Er war sich sicher, er hätte sie damit nur verschreckt. Und so genoss er einfach jeden Augenblick, den sie ihm gestattete, mit ihr zu verbringen.

Fast zwei Monate später jedoch geschah etwas, von dem Isaac

wusste, noch ehe er Lex danach sah, dass es alles zwischen ihnen ändern würde.

Seit drei Wochen durfte Lex wieder im aktiven Dienst teilnehmen. Die Hundestaffel war an einem Freitag für einen Großeinsatz der Polizei mit eingeplant worden: es sollte in den Straßen Bostons zu einer Demonstration kommen. Die Hundestaffel würde mit Spür- und Schutzhunden die Reihen der Polizisten unterstützen.

Lex selbst würde, auch wenn sie die Leitung der Hundestaffel innehatte und damit den Einsatz zusammen mit der Leitung der Hundelosen Polizisten koordinieren würde, trotzdem mit Bravo, ihrem Sprengstoffexperten, die Straßen durchkämmen. Sie freute sich auf die Herausforderung des Großeinsatzes, während sie gleichzeitig hoffte, dass es zu keinerlei Zwischenfällen kommen würde.

So viel Glück hatten sie leider nicht. Lex selber war mehrere Straßenzüge von der Einsatzgruppe entfernt, bei der die Situation eskalierte. Einige der Demonstranten waren offenbar mit deutlich weniger als friedvollen Absichten dort. Einer der Hunde zeigte bei einem Mann an und dieser zog sofort eine Waffe. Er verletzte vier Polizisten, einen davon schwer, und einen Hund, der noch am Unglücksort verstarb.

Isaac, der den Tag in der Polizeistation verbracht hatte, hatte, sobald er von dem Vorfall erfahren hatte, sofort versucht, Lex zu erreichen. Aber sie nahm seine Anrufe nicht an und auf seine Nachrichten schrieb sie ihm nur, dass sie nicht involviert gewesen sei, aber als Staffelleiterin mit der Nachbereitung des Einsatzes beschäftigt wäre. Danach nichts mehr. Isaac ahnte Schlimmes.

Nathan erwartete Lex zu Hause. Er hatte ihr angeboten, dass er sie abholen kommen könnte, aber sie hatte das abgelehnt. Es war nach zwei in der Nacht, als sie endlich die Haustür aufschloss. Er kam ihr in den Flur entgegen, aber der Ausdruck in ihren Augen ließ ihn davon Abstand nehmen, sie anzusprechen oder gar in den Arm zu nehmen.

Sie folgte den Hunden ins Wohnzimmer, die sich sofort auf ihre Couch verzogen, und stand dann wie bestellt und nicht abgeholt in dem großen Raum. Sie wirkte verloren.

„Es ist noch Kaffee heiß. Lass uns eine Tasse trinken", sprach er sie sanft an und ging bereits in die Küche, um zwei Becher aufzufüllen. Sie kam ihm nur langsam hinterher und ließ sich auf einen der Hocker vor der Theke nieder. Ihre Augen blickten ins Leere. Er reichte ihr den Kaffee und sie protestierte nicht einmal, als er sich und ihr eine Zigarette ansteckte. Normalerweise rauchten sie nicht im Haus. Lex war, was das anbelangte, sehr strikt. Jetzt jedoch nahm sie die Zigarette nur wortlos entgegen.

Weder trank sie ihren Kaffee, noch rauchte sie. Sie saß einfach nur da und starrte vor sich hin. Nathan betrachtete sie immer wieder von der Seite und wusste nicht, was er tun sollte. Als ihre Zigarette komplett heruntergebrannt war, seufzte er schließlich.

„Kann ich irgendwas machen?", wollte er leise wissen.

Mit einiger Verzögerung schüttelte sie stumm den Kopf.

Irgendwann forderte er sie dazu auf, mit nach oben ins Bett zu kommen. Sie schüttelte wieder den Kopf.

„Ich bin nicht müde", sagte sie und ihre Stimme klang fremd. Leer. Hohl.

„Dann bleibe ich mit dir wach", entschied er, der sich sicher war, dass es eine schlechte Idee wäre, sie jetzt allein zu lassen.

Das erste Mal blickte sie zu ihm auf. Er konnte den Ausdruck in ihren Augen nicht deuten. Wollte es vielmehr nicht. Es war ein Horror, den er nicht einmal im Ansatz begreifen konnte.

„Geh ins Bett, Nathan", sagte sie mit einem Seufzen. Er sah sie nur lange an, hielt all die Worte zurück, die ihm auf der Zunge lagen und die deutlich machen würden, dass er sie jetzt ganz und gar nicht allein hier sitzen lassen wollte. Doch dann nickte er schließlich nur, erhob sich und ging. Sah ein, dass sie allein sein musste. Dass die Situation jetzt, hier, heute etwas war, mit dem sie allein zurechtkommen musste – oder entscheiden musste, aufzugeben. Nichts und niemand würde sie heute davon abbringen können, wenn sie sich für letzteres entschied. Und der Ausdruck in ihren Augen machte ihm klar, dass auch niemand das Recht dazu hätte, sie davon abzubringen.

Sie nahm sich nicht das Leben. Als Nathan am nächsten morgen früh aufwachte und nach unten ging, saß sie noch immer auf dem Hocker vor dem Tresen, als wäre sie nie aufgestanden. Vielleicht war sie es auch nicht. Der Becher mit kaltem Kaffee stand weiterhin unberührt vor ihr. Sie reagierte erst auf ihn, als er direkt neben ihr stand und sie zum wiederholten Male ansprach.

„Ich dachte, du wolltest schlafen", meinte sie mit erschöpfter Stimme.

Er nickte sacht, musterte sie besorgt. „Ja, das habe ich auch. Es ist schon wieder morgens."

Sie zog nur eine Augenbraue hoch. Dann erhob sie sich von ihrem Hocker. „Ich geh mich für die Arbeit fertig machen", erklärte sie und es klang irgendwie mechanisch.

„Heute ist Samstag, Lex", gab er vorsichtig zurück

Mit einem „hm" verharrte sie. Blieb wie angewurzelt stehen. Erst mit etwas Verzögerung fügte sie hinzu: „Dann… dann geh ich…" Sie ließ den Satz ins Leere verklingen, hatte offensichtlich keine Ahnung, was sie jetzt tun sollte.

„Wollen wir nicht etwas frühstücken?", fragte er und trat langsam an sie heran.

Sie wich vor ihm zurück. Er blieb stehen, als er das sah, hilflos. „Ich… ich habe keinen Hunger", brachte sie gepresst hervor.

„Kaffee vielleicht?", versuchte er stattdessen. „Oder eine Zigarette?"

Ein, zwei lange Augenblicke sagte sie nichts. Stand nur da. Dann nickte sie ruckartig. „Ja, ich geh rauchen." So wie sie es sagte, war klar, dass sie keine Gesellschaft haben wollte.

Nathan ließ sie allein hinausgehen. Sie setzte sich in einen der Gartenstühle auf ihrer Terrasse und sah hinunter zum Fluss. Sie zündete sich keine Zigarette an. Mit einem bedrückten Laut wandte er sich ab und begann, Frühstück vorzubereiten. Auch für sie, selbst wenn sie gesagt hatte, sie wolle nichts essen.

Lex kam nicht wieder herein. Immer wieder warf er ihr durch das große Panoramafenster einen Blick zu, doch sie saß einfach nur da. Er frühstückte allein, trank Tasse um Tasse von seinem Kaffee. Sie saß noch immer da. Auch zwei Stunden später noch.

Die Hunde wurden allmählich unruhig. Nathan nahm das zum Anlass, doch zu ihr hinaus auf die Terrasse zu gehen.

„Ich glaub, deine Bellos müssen mal vor die Tür“, sprach er sie sanft an. Sie zeigte keine Reaktion. Er trat näher an sie heran. „Lex?“ Erst nach dem dritten Mal sah sie endlich zu ihm auf.

„Hm?“, machte sie fragend.

„Deine Hunde laufen Furchen in den Teppich“, erklärte er.

Sie schien nicht zu wissen, was er ihr damit sagen wollte, sah ihn nur schweigend mit großen Augen an, unter denen dunkle Schatten lagen. Sie war zu blass und ihre Augen zu stumpf.

Mit einem schweren Seufzen ließ er sich vor ihr in die Hocke nieder. Besorgt erwiderte er ihren Blick.

„Sag mir, was du jetzt brauchst, Lex“, bat er sie sacht.

Sie zwinkerte ein, zwei, drei Mal. „Ich… ich brauche nichts“, meinte sie schließlich.

„Du stehst total neben dir, Lex“, widersprach er.

Wortlos sah sie ihn an – vielmehr durch ihn hindurch. Behutsam streckte er seine Hand nach ihrer aus. Sie schien die Berührung nicht einmal wahrzunehmen. „Wo hast du die Nummer von deinem Therapeuten?“, wollte Nathan wissen.

Wieder zwinkerte sie, hektischer jetzt. „Wieso?“, fragte sie mit zu viel Verzögerung.

„Weil entweder er dich heute sieht oder ich dich in die Klinik bringe“, gab er betont sachlich zurück.

Schweigen.

„Du stehst unter Schock, Lex. Oder irgend sowas. Auf alle Fälle stimmt irgendwas ganz und gar nicht mit dir.“ Jetzt klang Nathan beinahe flehentlich. Er fühlte sich völlig hilflos. Hatte keine Ahnung, was er tun sollte.

Sie erhob sich abrupt. „Ich geh mit den Hunden raus“, erklärte sie unvermittelt.

Auch Nathan stand auf. „Lass uns erst deinen Therapeuten anrufen“, bat er.

Sie warf ihm einen Blick aus zusammengekniffenen Augen zu. Irgendwie schien er sie verärgert zu haben. „Ich dachte, die

Hunde müssen raus.“

„Merkst du nicht, dass du total komisch bist?“, gab er zurück. Erwiderte ihren Blick bittend.

Ungehalten stieß sie die Luft zwischen den Zähnen hervor. „Was willst du von mir, Nathan?“, fuhr sie ihn, jetzt wirklich wütend, an.

Beschwichtigend hob er die Hände. „Ich mache mir Sorgen um dich, Lex, das ist alles.“

Sie schien ihn nicht zu hören. „Eben hast du gemeint, die Hunde müssten raus. Also gehe ich mit ihnen raus.“ Sie wollte an ihm vorbei zurück nach drinnen gehen.

„Lex.“ Er streckte die Hand nach ihrem Arm aus, um sie aufzuhalten.

Heftig machte sie sich wieder von ihm los. „Was?“, fuhr sie ihn scharf an.

Flehend sah er sie an, zog aber seine Hand von ihr zurück. Er wusste nichts zu sagen. Nichts zu tun. Sie ging.

Eine Stunde später kam sie zurück. Ihre Augen waren noch genauso erschreckend wie zuvor.

„Ich habe mit deinem Therapeuten telefoniert. Wir können jetzt direkt zu ihm fahren“, begrüßte Nathan sie. Lex hatte ihr Handy nicht mitgenommen. Da er ihren Code kannte, hatte er in ihrer Abwesenheit nach der Nummer gesucht und ihrem Arzt die Lage geschildert.

Für einen Moment sah sie ihn an, als überlege sie, seine Worte einfach zu übergehen.

„Das oder Klinik. Notfalls auch mit dem Krankenwagen, Lex“, erklärte er und sein Tonfall machte klar, dass es ihm ernst war.

Mit einem so entnervten wie verärgerten Laut ging sie ihm voraus zum Auto.

Nathan wartete in einem Café, das nicht weit entfernt von der Praxis war. Zwei Stunden verstrichen, dann drei, fast vier, ehe sein Handy klingelte und Lex ihm sagte, dass sie fertig war.

Sie erwartete ihn draußen vor der Tür.

„Und?“, fragte er sie, als sie gar nichts sagte.

Sie zog die Schultern hoch. „Jetzt würde ich gerne nach Hause fahren, wenn's dir nichts ausmacht“, gab sie zurück, der Tonfall unmöglich zu deuten.

Er musterte sie. „Kann ich mit deinem Arzt reden?“

Lange, sehr lange sah sie ihn einfach nur an. Er hatte nicht die geringste Ahnung, was währenddessen in ihrem Kopf vorging. „Schön“, meinte sie irgendwann, wandte sich um und ging wieder hinein.

Lex' Arzt, ein Mann mit ergrauendem Haar in fortgeschrittenem Alter, war dabei, seine Sachen zusammen zu packen. Nathan sprach fast eine halbe Stunde mit ihm, während Lex im Wartezimmer saß. Danach kehrte Nathan ernüchtert zu ihr zurück, auch wenn Dr. Fuhr ihm eigentlich nichts erzählt hatte, was er nicht selbst schon gewusst hatte. Einen Verlust, wie Lex ihn erlitten hatte, ließ niemand in nur ein paar wenigen Jahren hinter sich – wenn überhaupt jemals. Zwangseinweisung, ja, im Moment würde man das wohl durchbekommen. Aber wie lange sollten sie Lex einsperren? Und wozu? Sollte sie sich wirklich das Leben nehmen wollen, würde sie das tun, sobald sie aus der Klinik heraus war. Sollte sie wirklich diesen Entschluss gefasst haben, würde niemand sie davon abhalten. Eine Notfalleinweisung diente nur dazu, Spitzen abzufangen, Kurzschlussreaktionen zu verhindern. Aber Lex' Krise ging tiefer als das. Und sie von ihrem Leben fernzuhalten, indem man sie wegsperrte, würde ihr nur die wenigen Anreize auch noch nehmen, die sie derzeit noch zum Leben hatte. Was ihn fast am meisten schockierte war, dass der Arzt meinte, dass es Lex, seit Nathan bei ihr eingezogen war, deutlich besser ging. Besser? Sie hatte sich die Pulsader aufgeschnitten, war nur bedingt arbeitsfähig gewesen, stopfte sich ständig mit einer Unmenge an Tabletten voll, was nicht verhindern konnte, dass sie trotzdem regelmäßig spätestens nachts psychisch völlig zusammenbrach. Und gerade hatten sie sich darüber unterhalten, dass eine Zwangseinweisung derzeit wohl durchsetzbar wäre. Wie war es ihr denn gegangen, ehe Nathan zu ihr gezogen war? War alles, was er von ihr mitbekommen hatte, nichts als Fassade gewesen?

Im Auto war diesmal auch Nathan schweigsam. Er war am Ende mit seinem Latein. Als sie bei ihr zu Hause ankamen, stellte er den Motor ab. Keiner von ihnen regte sich. Fast zehn Minuten saßen sie einfach nur da. Dann jedoch griff sie plötzlich nach seiner Hand.

„Es tut mir leid, Nathan", meinte sie und sah zu ihm hinüber. „Ich weiß, es ist schwer mit mir. Es tut mir gut, dich da zu haben. Du musst gar nichts weiter machen."

Dankbar drückte er ihre Hand. „Lass uns was essen", zwang er sich dann zu Pragmatismus. „Du hast den ganzen Tag noch keinen Happen zu dir genommen."

Lex war die folgende Woche krankgeschrieben. Nathan hasste es, sie während seiner Arbeitszeit allein lassen zu müssen, aber sie versuchte ihn zu beruhigen. Versprach ihm, nichts anzustellen – und wenn doch, ihm vorher eine Nachricht zu schicken. Sie sagte dies mit einem Lächeln, das zwar etwas misslungen wirkte, aber der Versuch zählte. Nur deswegen gab er schließlich nach.

Wenn er zurückkam, arbeitete sie zumeist mit einem der Pferde. Der Kontakt zu den Tieren schien sie ein wenig Ruhe finden zu lassen, vermutlich war es das Einzige, was sie nicht komplett durchdrehen ließ. Die Nächte waren der Horror, obgleich sie die Dosis ihrer Beruhigungsmittel erhöht hatte. Trotzdem fuhr sie jede Nacht nach nur ein, zwei Stunden Schlaf hoch, schreiend, weinend und völlig außer sich. Es dauerte stets mehrere Stunden, ehe sie sich soweit beruhigte, dass sie nach unten gehen konnte, ihn anweisend, sich wieder schlafen zu legen. Morgens fand er sie stets blass und ausgelaugt über einer von vielen ungezählten Tassen Kaffee.

Das Wochenende verbrachten sie ruhig und zurückgezogen. Freitag ging er gleich nach der Arbeit einkaufen, sodass sie am Wochenende nicht mehr losfahren würden müssen. Sie gingen stundenlang spazieren, spielten Karten, lagen zusammen im Bett zum Filmgucken. Sie redeten nicht viel. Lex war noch immer nicht wieder ganz sie selbst, aber der Körperkontakt zu

Nathan tat ihr offensichtlich gut. Während der Spaziergänge hielt er ihre Hand, im Bett hielt er sie im Arm. Beim Essen, beim Rauchen, immer wieder suchte sie von sich aus nach seiner Hand oder seiner Umarmung, als wäre der Kontakt zu ihm noch das Einzige, was sie irgendwie erden konnte. Der verlorene Ausdruck in ihren Augen blieb.

Montag brachte er sie zur Arbeit. Er wollte nicht, dass sie Auto fuhr. Normalerweise verließ er das Haus eher als sie, weil sie auf der Baustelle früh anfingen, aber er hatte schon Freitag diesbezüglich bei seinem Chef angefragt.

„Ich hol dich nachher ab. Schreib mir, wenn du fertig bist", rief Nathan Lex nach, als sie bereits ausgestiegen war. Sie winkte ihm nur zu.

Nachmittags schrieb sie ihm, dass sie mit Isaac nach Feierabend essen gehen würde. Dass sie mit dem Taxi nach Hause kommen würde. In der Woche hatte er ein paar Mal mit Isaac geschrieben, da Lex sich natürlich mal wieder nicht bei ihm meldete und Isaac beunruhigt war. Nathan hatte ihn nicht wesentlich beruhigen können. Seine ausweichenden Antworten hatten Isaac nur davon überzeugt, was er sowieso bereits wusste.

Als er ihr jetzt im Restaurant gegenübersaß, genügte ein Blick in ihr verhärmtes, blasses Gesicht, ein Blick in die stumpfen, trostlosen Augen, um zu wissen, dass es vorbei war. Genaugenommen hatte er es gewusst, als er von dem Vorfall bei der Demonstration erfahren hatte. Wenn sie je eine Erinnerung daran gebraucht hatte, dass es sich als Polizist gefährlich lebte und dass sie aus gutem Grunde Vorbehalte gegen eine neuerliche Beziehung zu einem Polizisten gehabt hatte, war er ihr damit geliefert worden.

Schweigend warteten sie auf ihr Essen. Genauso schweigend pickten sie darin herum, brachten kaum einen Bissen herunter. Schließlich schob sie ihren Teller mit einem Seufzen von sich weg. Sie sah zu ihm auf. „Es tut mir leid, Isaac", sagte sie leise. Er zuckte zusammen, obwohl er gewusst hatte, was ihn erwartete. Dann erwiderte er ihren Blick. „Ich habe dir von Anfang an gesagt, dass es nicht funktionieren kann", fügte sie hinzu und ihre Stimme war so rau, dass er sie kaum verstehen konnte. Es war offensichtlich, dass das hier auch für sie nicht gerade einfach war. Er konnte nicht anders, als seine Hand nach ihrer auszustrecken. Sachte drückte er sie. Ihre Schultern sackten nach unten und als sie jetzt den Blick rasch senkte, war es nicht schnell genug, um ihn nicht sehen zu lassen, dass Tränen in ihre Augen stiegen. Lange saßen sie einfach nur so da. Schließlich jedoch machte sie sich von ihm los. Sie erhob sich.

„Ich sollte nach Hause fahren", erklärte sie und es schmerzte ihn, wieviel Einsamkeit in den wenigen Worten liegen konnte.

Auch er erhob sich. „Kann ich dich zum Auto bringen?", bat er leise. Er hoffte, dass sie ihm noch eine letzte Umarmung gestatten würde. Mehr nicht. Er würde nicht versuchen, sie umzustimmen. Er wusste, es wäre sinnlos.

„Ich habe gar keins hier", gab sie matt zurück. „Nathan hat mich heute Morgen gebracht. Ich werde mir ein Taxi nehmen."

Kurz zögerte er, doch dann meinte er: „Ich könnte dich nach Hause bringen." Seine Worte waren leise, fast, als wolle er ihr die Möglichkeit geben, so zu tun, als habe sie sie nicht gehört.

Auch sie zögerte. Schließlich jedoch nickte sie.

Auch die Autofahrt verbrachten sie schweigend. Waren beide zu sehr gefangen in ihrem eigenen Leid. Vor ihrer Haustür saßen sie noch ein paar Minuten im Auto, ehe er die Kraft fand, auszusteigen. Er ging zu ihrer Wagenseite hinüber und öffnete die Tür für sie. Sie wich seinem Blick aus, als sie ausstieg. Er konnte ihr ansehen, dass sie abermals mit den Tränen kämpfte. Mit einem Seufzen zog er sie in seine Arme. Schluchzend sank sie ihm an die Brust.

Er wusste nicht, wie lange sie so dastanden. Irgendwann wurde die Haustür geöffnet und Nathan erschien darunter. Er sagte nichts, wartete nur. Irgendwie gelang es Isaac, Lex loszulassen. Ihr Gesicht war tränennass, als sie zu ihm aufsah.

„Es tut mir leid, Isaac", wiederholte sie.

Er atmete tief durch. „Ja, mir auch, Lex."

Das war alles. Mehr gab es nicht zu sagen. Einen letzten langen Moment sahen sie einander in die Augen, dann wandte sie sich ab. Isaac wartete so lange, bis sich die Tür hinter Nathan und Lex schloss. Erst dann brachte er es fertig, zurück in sein Auto zu steigen und nach Hause zu fahren.

Es dauerte mehrere Monate, bis Lex sich endlich wieder fing. Nathan war sich nicht sicher, ob es nur der Vorfall bei der Arbeit oder die Trennung von Isaac gewesen war, vermutlich beides, aber Tag um Tag, Woche um Woche schien sie wie betäubt. Er blieb geduldig mit ihr. War einfach für sie da. Nach und nach überredete er sie dazu, zumindest wieder so zu tun, als würde sie am Leben teilhaben. Mal ging er mit ihr essen, mal ins Kino. Er nahm sie mit in eine neue Kunstausstellung, dann in ein Konzert. Ganz allmählich fand sie zurück aus ihrem Loch, auch wenn die Wunden, die sie mit sich trug, noch immer roh und offen waren. Aber irgendwie ging das Leben weiter.

KAPITEL 12

Lex erwachte mit dröhnenden Kopfschmerzen. Mehrere Augenblicke erlaubte sie sich, mit geschlossenen Augen noch dort zu liegen, während sich ihre Erinnerungen an gestern langsam wieder zusammensetzten.

Nathan und sie waren zuerst zusammen zum Essen ausgegangen und waren danach in einen Club weitergezogen. Sie hatten Cocktails getrunken, ehe der DJ eines ihrer Lieblingslieder von früher auflegte. Als sie bei Nathan gewohnt hatte, waren sie öfter zusammen tanzen gewesen. Das Lied erinnerte sie gleich daran. Mit einem charmanten Lächeln hatte Nathan sich erhoben und ihr auffordernd eine Hand hingehalten. Sie hatte nicht gezögert, mit ihm auf die Tanzfläche zu gehen.

Mehrere Lieder lang hatten sie zusammen getanzt. Da ein anderer Typ auf der Tanzfläche Lex mit etwas zu offensichtlichem Interesse musterte, hatte sie den Körperkontakt zu Nathan enger werden lassen. Nathan hatte direkt verstanden und sie dicht an sich gezogen. Auch als der Mann daraufhin Leine gezogen hatte, hatten sie sich nicht wieder voneinander gelöst. Als sich ihre Blicke irgendwann trafen, spürten sie es beide.

Mit einem verlegenen Lachen machten sie sich doch voneinander los, verließen die Tanzfläche in Richtung der Bar. Zwei weitere Cocktails lang tranken sie schweigend, dann noch einen dritten. Inzwischen waren sie beide mehr als nur etwas angetrunken. Irgendwie landeten sie wieder auf der Tanzfläche. So, wie sie sich jetzt miteinander bewegten, wäre niemand auf die Idee gekommen, einen von ihnen beiden anzusprechen. Sie lösten auch kaum noch je den Blickkontakt zueinander.

Mehrere Lieder tanzten sie miteinander und Lex konnte die wachsende Beule in seiner Hose spüren, wann immer sie ihr Becken im Takt an seinem rieb. Als sie irgendwann nach einer Drehung mit dem Rücken zu ihm stand, beugte er sich zu ihr, um wie durch Zufall seinen Mund an ihrem Hals entlangwandern zu lassen. Sie spürte, dass es eine fragende Geste war. Und sie legte ihm die Hand an den Hinterkopf und zog ihn näher an sich. Er küsste sie, sanft und noch immer zurückhaltend, zog aber ihr Becken in einer sehr eindeutigen Geste noch näher an sich. Lex ließ es zu, legte ihre über seine Hand, die tief an ihrem Bauch verweilte. Als sie sich wieder umdrehte, trafen ihre Blicke sich ein weiteres Mal. Gleichzeitig hörten sie auf zu tanzen, standen sich mehrere Momente lang still gegenüber, hielten den Blick des anderen. Als Nathan sich dann zu ihr beugte, streckte sie sich ihm entgegen.

Der Kuss war wild und leidenschaftlich. Nur kurz darauf saßen sie in einem Taxi. Keiner von ihnen hätte sich noch zugetraut zu fahren. Bei Lex zu Hause angekommen schafften sie es kaum die Treppe nach oben, so betrunken waren sie. Das hielt sie allerdings nicht davon ab, sich gegenseitig die Kleider vom Leib zu zerren. Und auch nicht davon, noch über drei Stunden in der Umarmung des anderen zu schwelgen.

Lex spürte, dass auch Nathan wach wurde. Wie gewöhnlich lag sie auch nach gestern Nacht in seinen Armen, ihr Rücken gegen ihn geschmiegt. Dass sie beide dabei nackt waren, das war neu.

Nathan gab ein gequältes Stöhnen von sich. „Mein Kopf", brummte er heiser.

Dem gab es nichts hinzuzufügen. Auch Lex' Schädel schien Bekanntschaft mit einer Wand geschlossen zu haben.

„Ich glaube, wir haben gestern etwas zu viel getrunken", stellte Nathan erst eine ganze Weile später fest. Keiner von ihnen hatte gewagt, sich auch nur einen Zentimeter zu bewegen.

Als hätten sie beide die Hoffnung, dem Unausweichlichen so entkommen zu können. Was natürlich utopisch war. Sie würden sich dem stellen müssen, dass sie sich gestern Nacht ganz und gar nicht als Bruder und Schwester verhalten hatten.

Er entlockte Lex mit seiner haarsträubenden Untertreibung ein Lachen, das direkt in ein schmerzerfülltes Keuchen überging, als in ihrem Kopf eine Abrissbirne von links nach rechts schwenkte.

„Bier, Rührei, Kaffee?", schlug sie vor. Das Patentrezept gegen jeden Kater hatte sie von ihm.

„Gute Idee", gab er mit einem dunklen Brummen zurück.

Keiner von ihnen rührte sich.

„Dafür müssen wir aufstehen, oder?", fragte er ein paar Minuten später.

Sie seufzte. „Ich befürchte schon", gab sie zurück und fürchtete sich schon jetzt vor dem Schmerz in ihrem Kopf, den sie damit triggern würde.

Er stöhnte. Keiner von ihnen rührte sich.

„Es wird nicht besser werden, wenn wir einfach liegen bleiben", gab sie irgendwann zu bedenken.

Er brummte nur. Keiner von ihnen rührte sich.

„Wir sollten aufstehen", sagte sie nach mehreren langen Minuten.

Er holte tief Luft. „Na gut. Gemeinsam packen wir das", sagte er und sie hörte geradezu das schiefe Lächeln auf seinen Zügen.

Sie machte den Anfang. Richtete sich ganz langsam auf. Er stützte sie sanft mit einer Hand. Dann streckte sie ihm ihre hin, um ihn hochzuziehen. Mehrere Minuten saßen sie beide an der Bettkante, warteten darauf, dass sich das Zimmer um sie herum nicht mehr drehte.

„Lass uns nicht vorm dritten Kaffee reden, okay?", schlug sie schließlich leise vor. Sie beide vermieden den Blick zum anderen hinüber, während sie sich das Nötigste überzogen.

Er nickte, bereute die Geste allerdings sofort, als es wie mit einem Messer in seinen Schädel stach. „Gute Idee", gab er zurück.

Irgendwie schafften sie es hinunter in die Küche. Lex nahm Bier und Eier aus dem Kühlschrank, während Nathan bereits den Kaffee aufsetzte.

„Mach zwei extra Löffel Kaffee rein, okay?", bat sie ihn.

Schweigend häufte er zwei weitere Löffel und kippte sie in den Kaffeefilter. Lex reichte ihm ein Bier, hatte bereits ihres zur Hälfte geleert. Sie begann, Eier aufzuschlagen. Während sie das Rührei briet, ließ er sich auf einen der Küchenstühle sinken und vergrub seinen dröhnenden Kopf in seinen Händen. Erst als sie seinen Teller vor ihm abstellte, sah er wieder auf.

Sie aßen schweigend, tranken Kaffee dabei. Auch nach der vierten Tasse Kaffee sagte keiner ein Wort. Irgendwann jedoch konnten sie dem Blick des anderen nicht mehr ausweichen.

„Zigarette?", schlug Nathan lahm vor.

Lex nickte und erhob sich. Er folgte ihr nach draußen. Wie üblich steckte er ihr und sich eine an, reichte ihr ihre herüber. Ihre Finger berührten sich, als sie ihm ihre abnahm. Ihre Blicke trafen sich. Er lächelte schief, verlegen irgendwie.

„Ich glaube, jetzt kommen wir um das Gespräch nicht mehr herum, oder?" fragte er geradezu kleinlaut. Schwach schüttelte sie den Kopf.

Keiner von ihnen sagte ein Wort. Stumm standen sie nebeneinander, rauchten erst eine, dann eine zweite Zigarette. Es war offensichtlich, dass sie sich beide vor diesem Gespräch fürchteten. Keiner konnte auch nur im Ansatz einschätzen, was jetzt in dem anderen vorgehen mochte. Hatten sie doch über die letzten Monate, die sie zusammengewohnt hatten, sich ein Bett geteilt hatten, andere Gefühle füreinander entwickelt, sodass gestern nur das unausweichliche Resultat daraus gewesen war? Oder hatte der Alkohol sie zu einer Dummheit verführt?

Mit einem tiefen Seufzen schließlich legte Nathan ihr die Arme um die Schultern und zog sie an sich heran. Sie drängte sich gegen seine Brust und mehrere lange Momente genossen sie die Nähe des anderen – wie eh und je. Dann küsste er ihr aufs Haar, auch das eine Geste, die sie schon tausende Male ausgetauscht hatten.

„Wer sagt zuerst was?", wollte er leise wissen. Er hoffte, sie würde anfangen. Bevor er irgendetwas von dem Preis gab, was in ihm vor sich ging, wollte er hören, was sie zu sagen hatte. Sie war emotional völlig instabil, da wollte er nichts sagen, was dies nur noch schlimmer hätte machen können. Und wenn er ehrlich war: egal, was sie sagen würde, ihm wäre beides recht. Sein Leben lang hatte er sie als seine Schwester geliebt. Ohne Bedauern würde er auch nach gestern Nacht zu diesem Status ihrer Beziehung zurückkehren können. Wenn sie jedoch mehr von ihm wollen würde: auch dafür wäre er offen. Spätestens seitdem er sie nackt unter der Dusche gesehen hatte, hatte er sich eingestehen müssen, dass er sie nicht mehr nur noch mit den Augen eines Bruders betrachtete. Und gestern Nacht hatte bewiesen, dass mehr zwischen ihnen möglich sein könnte.

Einige Augenblicke schwieg sie noch, dann gab sie ein leises Schnauben von sich. „Ich bin eine wandelnde Katastrophe", brachte sie hervor und er konnte ihr anhören, dass sie selbst nicht wusste, was sie denken sollte.

Er zog sie noch enger an sich. „Zu dem von gestern Abend gehören immer zwei, Lex. Ich habe das genauso zu verantworten wie du."

Lange standen sie noch so da. Ihr schien die Nähe gut zu tun, also hielt er sie weiterhin eng in seinen Armen.

„Kannst du zuerst was sagen?", bat sie schließlich.

Er zögerte. Das hatte er befürchtet. „Schisser", gab er dann jedoch leichthin zurück, hoffte, die Situation so zumindest etwas entspannen zu können.

„Das sagst du nur, weil du auch nicht zuerst was sagen willst", erwiderte sie und er war erleichtert, ein Lächeln in ihrer Stimme zu hören.

„Ja, vielleicht", gestand er kleinlaut. Mit einem Seufzen gab er nach. „Wir hatten gestern ganz schön viel intus", eröffnete er.

Sie schnaubte. „Allerdings", gab sie zu. Leiser fügte sie hinzu: „Ich glaube nicht, dass es nur deswegen war."

Deutlich hörbar atmete er tief durch. „Nein, vermutlich nicht."

Wieder Stille. Schließlich fragte sie: „Was machen wir jetzt?"

Sie klang so hilflos, wie er sich fühlte.

Er gab ein etwas missglücktes Lachen von sich. „Ich hatte gehofft, du hättest darauf eine Antwort."

Nun machte sie sich doch etwas von ihm los, um zu ihm aufsehen zu können. Mit einer Hand griff sie nach seiner, um ihre Finger zwischen seine schieben zu können.

„Ich denke, es könnte zwischen uns funktionieren. Ich meine, wir haben schon ewig miteinander zusammengelebt. Das war immer einfach", erklärte sie und klang vorsichtig.

Er nickte, genauso vorsichtig wie sie. Als sie nicht weitersprach, nahm er es auf sich, das Unvermeidliche auszusprechen: „Die Frage ist nur, ob wir auch wollen, dass es funktioniert."

Jetzt wich sie seinem Blick aus, nickte knapp. „Ja, das ist wohl die Frage."

Als er einsah, dass sie erneut nichts weiter sagen würde, griff er sacht nach ihrem Kinn, damit sie ihn wieder ansah. „Was möchtest du, Lex?", fragte er sie jetzt gerade heraus.

Sie konnte seinen Blick nicht lange erwidern. Schon machte sich wieder von ihm los, trat sogar ein, zwei Schritte von ihm zurück. Angestrengt starrte sie hinaus in den Garten. Er sah ihr an, dass es in ihrem Inneren tobte.

Als sie sich wieder zu ihm umwandte, waren Tränen in ihren Augen. „Ich möchte dich nicht verlieren, Nathan", brachte sie mit belegter Stimme hervor.

Geradezu entsetzt zog er sie nun doch wieder in seine Arme. Sie schluchzte, als sie sich gegen ihn drängte. „Du wirst mich nicht verlieren, Lex. Egal, was du jetzt zu mir sagst, so leicht wirst du mich nicht los", versprach er ihr.

Noch ein, zwei lange Minuten standen sie so da. Dann kratzte sie ihren ganzen Mut zusammen. „Gestern Nacht", setzte sie an. Sie machte eine lange Pause, ehe sie fortfuhr: „Gestern Nacht, das… das war schön mit dir." Ihre Stimme war leise.

Er zog sie dichter an sich. Er nickte. „Ja", entgegnete er schlicht, auch wenn er das „Aber" in ihren Worten mitschwingen hörte. Als sie nicht weitersprach, soufflierte er es ihr an. „Aber?", fragte er.

Sie zog hilflos eine Schulter hoch. „Ich… ich habe das Gefühl… das sind nicht wir", versuchte sie in Worte zu fassen, was sie selbst in ihren Gedanken nicht wirklich formulieren konnte.

Auch wenn er noch vor wenigen Momenten geglaubt hatte, dass es ihm egal wäre, welche der beiden Optionen sie wählen würde: jetzt auf einmal fühlte er sich beinahe erleichtert.

Er drückte sie, um ihr zu vermitteln, dass sie ihn mit ihren Worten nicht verletzt hatte. „Ja. Ich glaube, du hast Recht", gab er sanft zurück.

Damit war das Thema durch. Wie damals schon, als sie einmal ausprobiert hatten, ob mehr zwischen ihnen sein könnte, hatte es sie nicht nachhaltig beschäftigt, dass der Versuch gescheitert war. Diesmal waren sie deutlich weiter gekommen. Und ja, es war schön gewesen. Aber was auch immer sie in der Nacht geritten hatte, ob es wirklich nur der Alkohol gewesen war oder was auch immer, es hatte nicht bedeutet, dass sie plötzlich mehr füreinander empfanden. Und so, wie es schon immer unkompliziert zwischen ihnen gewesen war, war es jetzt auch hiermit. Sie legten die ganze Angelegenheit ad acta. Etwas, womit sie sich vielleicht hin und wieder aufziehen würden, aber nichts, was irgendetwas zwischen ihnen geändert hatte. Und sie waren beide froh darüber.

Als Isaac die Karaokebar betrat, wünschte er sich, er hätte sich von seinem Bruder nicht dazu überreden lassen. Eigentlich wäre er heute nach einem langen, anstrengenden Arbeitstag lieber zu Hause, könnte die Füße hochlegen und irgendeinen unsinnigen Film ansehen. Aber Thomas und sein Lebensgefährte Cole waren seit Mittwoch zu Besuch und hatten nur darauf gewartet, dass es endlich Wochenende wurde, damit sie mit Isaac in die Stadt ziehen konnten. Thomas und Cole waren sich beide einig, dass es Zeit für Isaac wurde, aufzuhören, Lex hinterher zu trauern und sich wieder unter Leute, speziell unter Frauen zu mischen.

Die Karaokebar war Thomas' Idee gewesen. Isaac war ein passabler Sänger und Thomas war der Meinung, dass man mit nichts leichter die Aufmerksamkeit einer Frau auf sich ziehen könne, als durch Musik. Oder auch eines Mannes, wie er augenzwinkernd hinzufügte und seinem Partner einen langen Blick zuwarf. Die zwei hatten sich durch ein Konzert kennengelernt. Thomas spielte Cello in einem großen New Yorker Orchester. In dem ersten Konzert, welches er mit dem Orchester gehabt hatte, war er Cole ins Auge gefallen. Inzwischen waren sie seit über fünf Jahren zusammen.

Nur weil er wusste, dass sein Bruder wirklich hartnäckig sein konnte, hatte Isaac schließlich nachgegeben. So hatten sie sich alle drei ein wenig in Schale geschmissen und hatten sich nach einem knappen Abendessen auf den Weg in die Stadt gemacht. In der Karaokebar begann gerade ein neuer Song, als sie durch die Tür traten. Isaac hatte das Lied schon ein paar Mal im Radio gehört und zog ein wenig die Augenbraue hoch, als er es erkannte. Das Lied erforderte einiges an Stimmvolumen, um es nicht zu einer reinen Peinlichkeit verkommen zu lassen. Eine ungewöhnliche Wahl für eine Karaokebar und erst recht um diese Uhrzeit, wo der Alkoholpegel der Kunden noch nicht so hoch sein sollte, um als Mutpuffer dienen zu können.

Allerdings machten schon die ersten paar gesungenen Worte klar, dass die Sängerin der Herausforderung mehr als gewachsen war. Die Stimme war beeindruckend, was nicht nur Isaac auffiel. Innerhalb von Sekunden wurde es ruhig in der Bar, als die Anwesenden der Sängerin ihre Aufmerksamkeit schenkten. Isaac lief ein Schauer über den Rücken. In den dunklen Tönen erinnerte ihn die Stimme sofort an Lex. Wie sie geklungen hatte, wenn die Erregung ihre Stimme hatte tiefer werden lassen.

Als Isaac mit Thomas und Cole nun so weit in die Bar hineinkam, dass sie die Bühne sehen konnten, verharrte er wie angewurzelt, sein Blick wie hypnotisiert von der Sängerin angezogen, die mit jeder Zeile, die sie sang, ihre Stimme sich mehr entfalten ließ.

„Da drüben ist ein Tisch frei", meinte Thomas leise und wies hinüber nach rechts von der Bühne. Isaac reagierte nicht, starrte nur die Sängerin an.

Thomas warf ihm einen fragenden Blick zu und grinste, als er sah, was seinen Bruder so ablenkte. Er stieß Cole mit dem Ellenbogen an. „Sag ich doch: Musik ist wie Magie", sagte er zu seinem Partner.

Sie standen so lange einfach nur da, wie das Lied andauerte. Isaac war währenddessen nicht ansprechbar. Erst als das Lokal in begeisterten Applaus ausbrach, schien er wieder ein wenig in die Realität zurück zu finden.

Nun stieß Thomas ihn an. „Dein Gesicht sagt eigentlich mehr als tausend Worte, aber ein ‚Danke, dass du mich mit hierher geschleift hast, Thomas' wäre trotzdem nett", zog er seinen Bruder auf.

Um sie herum riefen die Gäste nach einer Zugabe. Ein Mann, der direkt in erster Reihe vor der Bühne saß, pfiff laut durch die Finger. Auch er forderte eine Zugabe. Er hatte schokobraunes Haar und breite Schultern. Die Sängerin verdrehte die Augen, lächelte aber dabei. Sie trat an die Karaokemaschine heran, um einen neuen Song auszuwählen, strich sich dabei eine lange, blonde Strähne aus dem Gesicht.

Als Isaac immer noch nichts sagte, lachte Thomas. „Erde an Bruder", spottete er gutmütig. „Bist du noch bei uns?"

Jetzt sah Isaac ihn endlich an. Sein Gesicht war blass.

Irritiert runzelte Thomas die Stirn. „Alles okay?", wollte er wissen.

Isaac winkte ab. Wieder sah er hinüber zu der Sängerin, die sich offensichtlich für ein Lied entschieden hatte. Die Musik setzte ein. Er kannte auch dieses. Nach der vorherigen Darbietung war klar, dass auch der zweite Song wie für die Stimme der Sängerin auf der Bühne gemacht war.

„Isaac?", sprach Thomas ihn noch einmal an.

Ohne seinen Blick von der Sängerin abzuwenden, erklärte Isaac schließlich: „Es ist Lex."

Als hätte sie ihn ihren Namen sagen hören – was nicht möglich war, dazu war sie zu weit weg und er zu leise – begegnete sie jetzt seinem Blick. Ihre Augenbrauen sprangen überrascht nach oben, aber sie hielt jede Note. Nathan, der am

Tisch vor der Bühne saß, sagte ihr Gesichtsausdruck offensichtlich genug, dass er sich mit suchendem Blick umwandte. Auch er entdeckte Isaac. Mit einem Seufzen ergab Isaac sich in sein Schicksal.

Sie warteten, bis Lex das Lied beendet hatte, dann ging Isaac hinüber zu ihrem Tisch. Thomas und auch Cole hatten kein Wort mehr gesagt, nachdem Isaac ihnen eröffnet hatte, wer dort oben auf der Bühne stand. Mit ein paar Schritten Abstand folgten sie Isaac.

Für einen Moment schien es nichts mehr um sie herum zu geben, als Isaac Lex schließlich gegenüberstand. Es war ein gutes halbes Jahr her, dass er sie zurück zu ihr nach Hause gefahren hatte. Seitdem hatte er sie hin und wieder in der Ferne auf dem Hundeplatz gesehen, aber sonst nichts. Doch jetzt war es, als habe diese Zeit gar nicht existiert. All die Anziehung, die sie stets auf ihn gehabt hatte, war auf einen Schlag wieder da. Er hätte sich in ihren Augen verlieren können, als sie zu ihm aufsah, während sie einander gegenüberstanden, so nahe, dass er nur die Hand ausstrecken musste, um sie wieder berühren zu können.

„Lex", brachte er schließlich hervor und seine Stimme war heiser, belegt von all den Gefühlen, die wie auf Knopfdruck wieder da waren. Er hatte sich in der letzten Zeit einzureden versucht, dass er allmählich über sie hinweg war. Jetzt, hier, musste er sich eingestehen, dass das niemals der Fall sein würde.

Sie war es, die zuerst ihre Hand nach ihm ausstreckte. Sanft berührte sie die seine. Mehr brauchte er nicht, um den letzten trennenden Schritt an sie heranzutreten. Als er sie in seine Arme zog, hob sie bereits den Kopf, um ihn küssen zu können.

Es war ein sanfter Kuss voller Sehnsucht und Schmerz, einer, der an Vergangenes anknüpfte, ohne irgendetwas für die Zukunft zu versprechen. Lex war es schließlich, die sich wieder von ihm trennte. Er sah Tränen in ihren Augen, als sie mit einem verlegenen Räuspern ein, zwei Schritte zurücktrat. Näher an Nathan heran, als suche sie seine emotionale Unterstützung.

Issac riss sich zusammen. Nichts hatte sich geändert, gemahnte er sich selbst. Er war noch immer Polizist. Und sie war noch immer... sie.

„Hey, Isaac", meinte Nathan betont leichthin, während er Lex eine Hand auf die Schulter legte.

Isaac nickte ihm zu. „Nathan", gab er zurück. Erst mit einiger Verzögerung wurde er sich wieder seines Bruders und Coles bewusst. Nur um überhaupt etwas zu sagen, wandte er sich leicht zu den beiden um. „Thomas, mein Bruder", stellte er ihn vor. „Und Cole, sein Lebensgefährte." Er atmete tief durch und beendete dann: „Thomas, Cole, Lex und Nathan."

Es machte etwas mit Lex, dass er keine Erklärung hinzufügte, wer sie und Nathan waren. Offensichtlich war das nicht nötig. Er musste mit Thomas und Cole über sie gesprochen haben.

Noch einmal lud sich der Moment zwischen ihnen auf, während sie den Blick des anderen erwiderten. Diesmal war es Isaac, der ihn mit einem Räuspern unterbrach.

„Ich… ich wusste nicht, dass du so singen kannst", meinte er. Es kam ihm bescheuert vor, von einer solchen Banalität zu sprechen, wenn er eigentlich auf sie zu treten, sie in seine Arme ziehen und sie nie wieder loslassen wollte. Sie bitten wollte, dass es doch irgendwie einen Weg für sie gemeinsam geben musste. Denn so wie sie ihn ansah, war klar, dass nicht nur er noch nicht über das, was sie zusammen gehabt hatten, hinweg war.

Sie zog nur eine Schulter hoch. Ihr Blick wurde sehnsuchtsvoll, als sie antwortete: „Vielleicht habe ich meine Berufung verfehlt." Sie dachte offensichtlich daran zurück, dass sie ihm das auch einmal gesagt hatte, als sie sein Äußeres bewundert hatte. Hatte ihm gesagt, dass er vielleicht Model hätte werden sollen. Auch Isaac erinnerte sich bei ihren Worten daran. So intensiv, dass er beinahe meinte, ihre Hände und Lippen wieder auf seinem Körper spüren zu können.

Nathan kam ihnen zu Hilfe. Er deutete auf den Tisch, an dem er bis gerade gesessen hatte. „Wollt ihr euch zu uns gesellen?", schlug er vor.

Da weder Isaac noch Lex irgendeine Reaktion auf seine Worte zeigten, sich nur weiter ansahen, als wünschten sie, sie könnten die Zeit zurückdrehen, fiel es Thomas zu, zu nicken.

Nathan griff sanft Lex' Hand und führte sie zu ihrem Stuhl

zurück. Er setzte sich neben sie, ließ ihre Hand nicht los. Isaac beneidete ihn darum, während er sich Lex gegenüber auf einen Stuhl sinken ließ. Noch immer sahen sie sich unentwegt an.

„Was trinkt ihr?" Diesmal war es Cole, der das aufgeladene Schweigen durchbrach.

Mit der freien Hand deutete Nathan auf die zwei halbgeleerten Gläser vor sich. „Die Cocktails sind passabel hier", erklärte er.

Cole nickte. „Ich gebe euch gerne eine Runde aus. Was darfs sein?"

„Zwei Planter's Punch", gab Nathan zurück, da es offensichtlich war, dass von Lex keine Antwort kommen würde.

Cole nickte. „Thomas? Tequila Sunrise? Und du, Isaac?"

Während Thomas nickte, riss Isaac sich endlich von Lex' Blick los. Mit einem etwas verlorenen Ausdruck in den Augen sah er zu Cole herüber. Erst mit einiger Verzögerung antwortete er: „Red Russian. Einen Doppelten." Er konnte etwas Stärkeres vertragen.

Das Gespräch kam nur schleppend in Gang. Isaac kam nicht umhin zu bemerken, dass Nathan den Körperkontakt zu Lex praktisch die gesamte Zeit aufrechterhielt. Er ließ zwar ihre Hand los, aber nur, um ihr einen Arm locker um die Schultern zu legen. Die Selbstverständlichkeit dieser Geste schmerzte Isaac irgendwie. Er musste daran denken, dass Nathan all die Monate, die er selbst sich nach ihr gesehnt hatte, mit ihr zusammengewohnt hatte, in ihrem Bett geschlafen hatte, vermutlich den Großteil ihrer Freizeit mit ihr verbracht hatte.

Lex und Isaac sagten so gut wie nichts, sie wich aber inzwischen seinem Blick aus. Schließlich erhob Nathan sich. „Kommst du eine mit mir rauchen, Schwesterlein?", fragte er Lex und Isaac hatte das Gefühl, dass er das ‚Schwesterlein' nur Isaac wegen hinzufügte. Als wolle er ihn daran erinnern, dass nicht mehr zwischen ihm und Lex war. Erst da fiel Isaac auf, dass er Nathan die ganze Zeit angestarrt hatte, als Lex ihn nicht mehr angesehen hatte.

Sie erhob sich, als habe sie darauf nur gewartet. Isaac sah ihnen hinterher, wie sie die Bar Hand in Hand verließen.

Neben ihm stieß Thomas deutlich hörbar die Luft zwischen den Zähnen aus. „Wow, das war unangenehm", erklärte er seinen Worten zum Trotz absurd leichthin.

Isaac griff nach seinem Glas, das er bisher noch nicht einmal angerührt hatte. In einem Zug stürzte er den Drink hinunter. „Super Idee mit der Karaokebar", knurrte er wütend, als hätte sein Bruder auch nur irgendetwas hiervon vorhersehen können.

Thomas sah trotzdem mit einem zerknirschten Gesichtsausdruck zu ihm hinüber. Das schien Isaac nur noch wütender zu machen. Ehe er mehr sagen konnte, kam Cole ihm jedoch zuvor.

„Soll ich dir noch einen Drink holen?", fragte er ihn betont neutral.

Ein, zwei lange Augenblicke sagte Isaac nichts. Dann seufzte er, lehnte sich auf seinem Stuhl zurück und sah ein, dass es unfair wäre, seinen ganzen Frust auf seinem Bruder abzuladen. „Ja, danke", erwiderte er schwach.

„Wieder einen Doppelten?"

Isaac nickte nur.

Draußen reichte Nathan Lex bereits die zweite Zigarette. Bisher hatte keiner von ihnen auch nur ein Wort gesagt.

„Wir könnten einfach gehen", schlug er jetzt leise vor.

Sie erwiderte nichts

„Oder du könntest mit zu ihm", fügte er genauso leichthin hinzu.

Sie stöhnte. „Du sollst mir keinen Floh ins Ohr setzen, sondern mich unterstützen, Nathan", mahnte sie ihn, doch ihre Worte klangen schwach. Sie nahm einen weiteren tiefen Zug von ihrer Zigarette, inhalierte ihn in ihre Lungen. Dann stieß sie zwischen zusammengebissenen Zähnen einen dunklen Fluch aus.

Nathan legte ihr einen Arm um die Schultern und zog sie an sich. So standen sie noch da, als seitlich von ihnen die Tür der Bar sich öffnete und Isaac herauskam. Sein und Nathans Blicke trafen sich für einen Moment und der Schmerz in Isaacs Augen war unübersehbar. Sacht machte Nathan sich von Lex los.

„Ich geh zurück nach drinnen", erklärte er.

Beinahe hätte sie ihn gebeten, sie nicht allein zu lassen, doch dann fügte sie sich dem Unausweichlichen. Während er ging, kam Isaac die wenigen Schritte zu ihr hinüber. Sie war froh, dass ihre Zigarette noch nicht aufgeraucht war, so hatte sie noch ein paar Sekunden eine Ausrede, nichts zu sagen.

Er ließ ihr so lange jedoch nicht. Sie aufmerksam musternd fragte er: „Wie geht es dir, Lex?" Seine Stimme war noch immer rau – oder schon wieder.

Sie hatte das vermeiden wollen, aber nun sah sie doch zu ihm auf. Ihre Blicke begegneten einander. Sie zwang sich als erstes, wieder wegzusehen. Ihre Hand zitterte ein wenig, als sie ihre Zigarette an den Mund führte. Sie nickte. „Und dir?", gab sie zurück.

Kurz gab er sich der Illusion hin, die folgenden Worte zurückhalten zu können. Dann gab er auf. „Ich vermisse dich", gestand er.

Sie zuckte sichtlich zusammen, erwiderte aber nichts. Von ihrer Zigarette war nur noch der Filter über. Sie drückte ihn in den Aschenbecher hinter sich. Nutzte das, um gleich zwei Schritte Abstand zwischen sich und Isaac zu bringen. Sie seufzte tief.

„Isaac", brachte sie dann bittend hervor. „Es hat sich nichts geändert. Ich… ich kann das einfach nicht." Mit gebeugten Schultern stand sie vor ihm. Er konnte ihr ansehen, dass auch sie die Situation schmerzte.

Einen Moment wusste er nicht, was er sagen sollte. Die Endgültigkeit ihrer Worte stach noch einmal genauso sehr wie das letzte Mal. Erst als er schon ihre Hand berührte, wurde ihm bewusst, dass er seine nach ihrer ausgestreckt hatte und wieder näher an sie herangetreten war. Genauso wenig war ihm klar, dass er die Worte formuliert hatte, als er sich selbst wie jemand anderen sagen hörte: „Ich liebe dich, Lex." All die etlichen Male, die er eben diesen Satz zurückgehalten hatte. Und nun gestand er ihn ihr doch, zum denkbar schlechtesten Zeitpunkt.

Sie zuckte wieder zusammen, heftiger noch, und zog ihre Hand von ihm zurück. Angestrengt starrte sie auf einen Punkt am Boden, als wäre dort plötzlich irgendetwas Außergewöhnliches zu sehen.

Er wusste, er war zu weit gegangen. „Lex, ich - ", setzte er entschuldigend an, ohne allerdings die geringste Ahnung zu haben, was er sagen sollte. Er würde, er konnte seine Aussage nicht zurückziehen. Sie war wahr. Schon seit er sie das allererste Mal gesehen hatte.

„Ich habe mit Nathan geschlafen", stieß sie hervor. Ein panischer Unterton schwang in ihrer Stimme mit, den er dort schon öfter gehört hatte. Immer dann, wenn sie sich durch die Gefühle, die sie für Isaac hatte, irgendwie vor die Wand gedrängt fühlte.

Hätte sie ihm plötzlich ins Gesicht geschlagen, sie hätte ihn damit nicht heftiger treffen können. Einmal mehr sah er die zwei vor sich, eben in der Bar. Wie Nathan sie ununterbrochen berührt hatte. Wie Lex nach eben dieser Berührung gesucht hatte. Wie sie Hand in Hand hinaus gegangen waren. Wie er sie hier draußen umarmt hatte. Wie Bruder und Schwester hatten die beiden ein ums andere Mal betont. Nun, Dinge änderten sich.

Alle Farbe war aus seinem Gesicht gewichen, als Isaac sie jetzt nur wortlos ansah. Er hatte keine Ahnung, was er sagen sollte. Vermutlich gab es auch nichts mehr zu sagen. Er hatte sie selbst mit Nathan erlebt. Wie ruhig sie an seiner Seite wirkte. Wie selbstverständlich alles zwischen den beiden schien. Nathan und sie kannten sich ein Leben lang. Wie sollte Isaac damit konkurrieren? Noch dazu als Polizist?

Sie wirkte völlig hilflos, während sie seinen Blick erwiderte. Irgendwie schien sie ihre Worte zu bereuen. Sie wollte etwas sagen, doch Isaac winkte ab. „Schon gut", brachte er hastig hervor. „Das war… vorhersehbar. Ich… es tut mir leid, dass ich etwas gesagt habe." Seine Stimme war gepresst.

Nun war sie es, die einen Schritt auf ihn zu machte. Er wich zurück, während die Eifersucht, der Schmerz, sie wirklich verloren zu haben, sich wie ein hungriges Raubtier in ihn hineinfraß.

„Isaac", flehte sie und wusste selber nicht, worum sie ihn

eigentlich bat.

Er schüttelte abwehrend den Kopf. „Ich… ich gehe wieder hinein", meinte er, da es das Einzige war, was ihn aus dieser Situation noch retten würde. Er kam sich vor wie ein kompletter Idiot. Sie war von Anfang an sehr klar gewesen, dass es zwischen ihnen nicht klappen konnte. Selbst in der Nacht ihres Geburtstages, als sie das erste Mal miteinander geschlafen hatten, hatte sie das noch einmal betont. Und auch wenn sie sich danach immer wieder mit ihm getroffen hatte, hatte sie nie auch nur mit einer Silbe zu verstehen gegeben, dass sie von dieser Meinung abgerückt war. Nun hatten sie sich seit sechs Monaten nicht mehr gesehen und er stellte sich hin und deklarierte seine Liebe zu ihr? War er völlig übergeschnappt?

„Isaac", rief sie ihn noch einmal an.

Er tat, als habe er es nicht gehört. „Kommst du auch?", fragte er so nonchalant, wie er es irgendwie bewerkstelligen konnte.

Sie schwieg, schien darauf zu warten, dass er doch noch auf ihr Flehen eingehen würde. Vergeblich. Sie seufzte. „Ich glaube, ich werde nach Hause fahren", meinte sie leise.

Er nickte nur ruckartig. „Ich sage Nathan Bescheid." Mit diesen Worten verschwand er. Sie hinterließen einen bitteren Beigeschmack in seinem Mund.

„Wo ist Lex?", wollte Nathan wissen, als Isaac alleine wieder auftauchte.

Der sah ihn einen langen Augenblick nur stumm an. Sein Blick war nicht zu deuten. „Deine Schwester möchte nach Hause", stieß er dann hervor und so, wie er es betonte, war offensichtlich, dass er etwas ganz anderes als Schwester meinte.

Nathan runzelte die Stirn, sagte aber nichts. Er erhob sich. „Schön, euch kennen gelernt zu haben", wandte er sich an Thomas und Cole. Dann nickte er Isaac zu. „Isaac", verabschiedete er sich. Der starrte ihn lediglich an.

Lex rauchte schon wieder, als er zu ihr nach draußen kam. Als sie ihn herauskommen sah, warf sie die Zigarette wortlos fort und setzte sich in Richtung Auto in Bewegung.

Nathan warf ihr einen Blick zu. „Was hast du zu ihm gesagt?“, fragte er vorsichtig. Isaac hatte ihn angesehen, als würde er sich jeden Moment auf ihn stürzen.

Sie zog eine Schulter hoch. Als er sie unentwegt weiter ansah, seufzte sie. „Er hat mir gesagt, dass er mich liebt“, gestand sei leise. In ihrer Stimme schwang überdeutlich Kummer.

Nathan gab einen überraschten Laut von sich. Einen Augenblick schwiegen sie. „Und du?“, wollte er schließlich wissen. „Was hast du ihm gesagt?“

Mit einem Blick, der eigentlich keiner weiteren Worte bedurfte, sah sie zu ihm hinüber. „Ich habe ihm gesagt, dass wir miteinander geschlafen haben.“

Entgeistert starrte Nathan sie an, hielt mitten im Schritt an. Dann lachte er. Es war ein gequälter Laut. „Deine people skills sind eine wahre Katastrophe, Lex“, brachte er fassungslos hervor. Als sie darauf nichts sagte, sondern nur zu Boden starrte, schüttelte er, noch immer völlig entsetzt, den Kopf. „Kein Wunder, dass er so ausgesehen hat, als wolle er mir die Zähne einschlagen. Warum zum Teufel hast du das gemacht, Lex?“

Wieder zog sie die Schultern hoch. Eine hilflose Geste.

„Er gesteht dir, dass er dich liebt, und du knallst ihm sowas an den Kopf?“, wiederholte Nathan. Er konnte es noch immer nicht glauben.

„Ich… ich wusste nicht, was ich zu ihm sagen sollte“, gab sie weiterhin so ratlos wie zuvor zurück.

Nathan lachte wieder. Noch mehr Entsetzen in der Stimme. „Vielleicht hättest du dann lieber gar nichts sagen sollen, Lex“, wandte er ein.

„Ich kann nicht mit ihm zusammen sein, Nathan“, entgegnete sie nur schlicht.

Jetzt brachte er sich mit ein paar schnellen Schritten vor sie. Er hielt an, sie damit ebenfalls zum Stehenbleiben zwingend. „Es lief doch eigentlich ganz gut“, erinnerte er sie sanft an die Wochen, in denen sie sich vorsichtig gestattet hatte, etwas Glück mit Isaac zu erleben.

Ein, zwei Atemzüge lang sah sie ihn an. Dann senkte sie

rasch ihre Augen. Nicht schnell genug, um die aufsteigenden Tränen zu verbergen. Sie schüttelte den Kopf. „Ich kann es nicht", wiederholte sie traurig.

Er streckte seine Hand nach ihrer aus. Behutsam schob er seine Finger zwischen ihre. „Du kannst nicht dein ganzes Leben immer nur in Angst und Trauer leben, Lex", sagte er sanft.

Mit einem Ruck machte sie sich von ihm los. „Vielleicht nicht", gab sie zurück und klang wütend. Er wusste, sie versuchte damit nur ihr Leid zurückzudrängen. „Aber ein paar Jahre werde ich mir wohl gestatten dürfen."

Nathan schüttelte mitfühlend den Kopf. Er konnte sie ja verstehen. Aber gleichzeitig schmerzte es ihn auch, dass sie sich den Weg in eine glücklichere Zukunft selbst verstellte. Sie hatte genug gelitten. Sie verdiente es, nach vorn zu schauen. „Wozu soll das gut sein?", erwiderte er auf ihre Worte. „Egal, wie sehr du an ihnen festklammerst, Lex, sie werden nicht zurückkommen. Und ja, ich verstehe, dass es schwer ist, sich auf einen Polizisten einzulassen. Aber Gefühle lassen sich nicht kontrollieren. Und du und Isaac… Er liebt dich, Lex. Das hat er dir selber gesagt. Und wenn du mutig genug dazu wärest, dich dem zu stellen, müsstest du eingestehen, dass auch du ihn liebst."

KAPITEL 13

Sie sagte nichts mehr auf seine Worte. Die Fahrt zurück verbrachten sie schweigend. Einmal mehr schlief sie unruhig, schreckte immer wieder auf, fand aber in Nathans Armen wieder zurück in den Schlaf. Am nächsten Morgen wachte sie früh auf und wusste, es wäre sinnlos zu versuchen, noch einmal einzuschlafen. Nathan hingegen kriegte nicht mit, dass sie bereits aufstand. Lange saß sie am Küchentisch, trank Tasse um Tasse von ihrem Kaffee. Pickte lustlos in einem kargen Frühstück und ging dann auf die Terrasse, um zu rauchen. Danach trank sie noch mehr Kaffee, wartete darauf, dass Nathan endlich wach werden würde. Doch der, ausgelaugt von ihrer häufigen Unruhe im Bett, schlief noch immer.

Vor allem um sich davon abzuhalten, ihn aus reiner Hilflosigkeit zu wecken, entschied sie, mit den Hunden hinauszugehen. Sie würde es still in der Wohnung nicht aushalten. Die Begegnung mit Isaac gestern hatte sie aufgewühlt. Gegen ihren Willen musste sie an die Wochen zurückdenken, die sie mit ihm verbracht hatte, ehe der Zwischenfall auf der Demonstration sie in Panik verfallen lassen hatte. Es waren schöne Wochen gewesen. Es hatte sie nichts von ihrem Verlust vergessen lassen, aber es hatte es irgendwie ein wenig leichter gemacht, noch immer am Leben zu sein. Und Isaac war besser zu ihr gewesen, als sie mit ihrem Verhalten ihm gegenüber je verdient hätte. Er war da gewesen, wenn sie ihn hatte treffen wollen, und hatte sie umstandslos in Ruhe gelassen, wenn sie sich zurückgezogen hatte. Er hatte die tiefe Einsamkeit, die seit dem Verlust ihrer Familie ihr ewiger Begleiter gewesen war, etwas zurückgedrängt.

Aber das alles war jetzt eh bedeutungslos. Wenn sie vielleicht trotz ihrer Trennung von ihm noch eine Chance bei Isaac gehabt hatte, hatte sie diese mit ihrem Geständnis, mehr mit Nathan gemacht zu haben, mit Sicherheit zerstört. Sie hatte ihm angesehen, wie tief sie ihn damit getroffen hatte. Und eigentlich wollte sie auch gar keine Chance bei Isaac haben. Er war und blieb Polizist. Außerdem war sie sich ganz und gar nicht sicher, ob sie jemals wieder einen Mann an ihrer Seite haben wollte. Sie liebte Dante noch immer. Und es waren noch nicht einmal vier Jahre vergangen, seit sie ihn verloren hatte – ihn und ihre Kinder. Es kam ihr einfach falsch vor, sich ein neues Glück zu suchen, egal was sie und Dante damals besprochen hatten.

Sie pfiff nach den Hunden, zog sich Jacke und Schuhe über und öffnete die Haustür. Als hätte jemand damit die Pause-Taste in ihrem Leben gedrückt, verharrte sie vollkommen regungslos. Ihr gegenüber stand Isaac, die Hand in Richtung des Klingelknopfes ausgestreckt, ohne diesen indes bereits zu berühren. Überrascht sah er sie an, genauso erstarrt wie sie für einen Moment.

Er war es, der sich aus dem Stillstand als erstes löste. „Lex“, brachte er hervor und seine Stimme klang belegt.

Sie sah ihn noch einen Augenblick so an, als könne sie nicht glauben, dass er vor ihr stand. Dann fiel sie ihm mit einem lauten Aufschluchzen in die Arme. Vollkommen verblüfft erstarrte er schon wieder, ehe er in einer Geste, die reine Erleichterung ausdrückte, seine Arme um sie legte und sie an sich zog. Für einen wundervollen Moment, in dem nichts zählte, als das Glück, sie jetzt halten zu können, drückte er sein Gesicht in ihr Haar und erlaubte sich, nicht darüber nachzudenken, was dies nun bedeutete.

Sie drängte sich noch dichter an ihn. „Isaac“, stieß sie hervor und ihre Stimme war kaum zu verstehen, so sehr weinte sie. „Es tut mir leid, Isaac. Ich… ich habe Angst bekommen. Es tut mir leid“, schluchzte sie an seiner Brust.

Lange standen sie nur da. Beruhigend streichelte er ihren Rücken, während ihre Tränen nur allmählich versiegten. Dass sie so aufgelöst war, ihre Worte, schien bestätigten zu wollen, wovon ihn Cole und Thomas die letzten Stunden versucht hatten zu überzeugen.

Nachdem Lex und Nathan gegangen waren, waren auch Isaac, Thomas und Cole nicht mehr lange geblieben. Für Isaac war der Abend gelaufen und auch seine Begleiter sahen ein, dass er nicht mehr zu retten war. Denn auf Thomas Nachfrage, was draußen zwischen Lex und Isaac vorgefallen war, wiederholte Isaac nur dunkel Lex' Worte, mit Nathan geschlafen zu haben.

Schweigend fuhren sie zurück zu Isaacs Wohnung. Als sie sich dann bei einem Drink im Wohnzimmer gegenübersaßen, runzelte Thomas allerdings schließlich die Stirn. „Was genau hat Lex eigentlich gesagt?", wollte er wissen. Er konnte sich einfach nicht vorstellen, dass Nathan und Lex ein Paar waren. Ja, auch ihm war aufgefallen, wie liebevoll Nathan mit ihr umgegangen war, dass er sie praktisch die ganze Zeit berührt und sie sich damit offensichtlich wohl gefühlt hatte. Doch als Lex und Isaac sich zur Begrüßung gegenübergestanden hatten, hatten sie einander geküsst. Nathan hatte dazu keine Miene verzogen. Und es war überdeutlich gewesen, dass nicht nur Isaac Lex in den letzten Monaten vermisst hatte, denn in ihren Augen stand derselbe sehnsuchtsvolle Ausdruck wie in denen von Isaac. Auch das hatte Nathan nicht einmal versucht zu unterbrechen.

Isaac sah zu seinem Bruder hinüber. Seine Miene war dunkel. „Dass sie mit Nathan geschlafen hat", wiederholte er erneut.

Cole, der wusste, worauf Thomas abzielen musste, denn ihm waren bereits ähnliche Gedanken durch den Kopf gegangen, klinkte sich ins Gespräch mit ein. „Was soll das für eine Aussage sein? Was wollte sie damit sagen?", fragte er.

Isaac sah ihn an, als habe er nicht alle Tassen im Schrank. „Wohl nicht, dass sie sich eine Zukunft mit mir wünscht, Cole." Seine Stimme war scharf. Der Schmerz in seiner Brust war zu roh, um noch rational zu bleiben.

Cole und Thomas verwendeten die gesamte Nacht darauf, Isaac zu erklären, was ihnen aufgefallen war. Und Lex' Aussage schien ihre Annahmen sogar eher noch zu bestätigen. Hätte sie Isaac mitteilen wollen, dass sie mit Nathan zusammen war, hätte sie das doch genau so sagen können. Stattdessen hatte sie Isaac gestanden, mehr mit Nathan gehabt zu haben. Vielleicht war es eben genau das: ein Geständnis. Weil sie es nicht vor Isaac geheim halten wollte, wenn sie doch noch einmal dort anknüpfen sollten, wo sie aufgehört hatten. Sie wollte mit offenen Karten spielen.

Irgendwann hatten sie Isaac so weit, dass er zumindest ein letztes Mal versuchen wollte, für eine Chance zu kämpfen. Deswegen war er schließlich zu ihr hinausgefahren. Und nun stand sie dicht an ihn gedrängt hier und entschuldigte sich. Der vorsichtige Funke von Hoffnung, den Cole und Thomas mit ihren Ausführungen in ihm hatten entstehen lassen, schien dadurch noch geschürt zu werden.

Erst nach fast zehn Minuten löste sie sich von ihm. Mit tränennassem Gesicht sah sie zu ihm auf. „Warum bist du hier, Isaac?", wollte sie wissen.

Etwas unbeholfen zog er eine Schulter hoch. „Du hast nicht gesagt, dass du mit Nathan zusammen bist", brachte er mit einem beinahe entschuldigenden Lächeln hervor. Denn eines hatte ihn trotz allem natürlich nicht loslassen können: selbst wenn sie nicht mit Nathan zusammen war, das änderte nichts daran, dass sie sich nicht noch einmal auf einen Polizisten hatte einlassen wollen.

Auf seine Worte warf sie ihm einen langen Blick zu. Er konnte ihr ansehen, wie sie mit sich kämpfte. Mit ihren Ängsten, mit den Gefühlen, die sie trotzdem für ihn hegte. Er wusste nicht, welche Seite die Oberhand gewann, als sie von drinnen Nathan nach ihr rufen hörten. Isaac zuckte zusammen unter einem scharfen Stich aus Eifersucht. Auf ihre Miene trat daraufhin ein schuldbewusster Ausdruck.

„Kommst du mit mir mit den Hunden raus?", fragte sie Isaac, da sie es für keine gute Idee hielt, Isaac ins Haus einzuladen. Nicht, nachdem sie ihm gestern erst gesagt hatte, dass Nathan und sie… Es war nur allzu offensichtlich, dass sie ihn damit getroffen hatte.

Isaac nickte, froh, dass sie scheinbar bereit war, zumindest zu reden.

„Dann sag ich schnell Nathan Bescheid. Ich bin gleich zurück", erklärte sie und verschwand bereits nach drinnen, bewusst vermeidend, Isaac einen letzten Blick zuzuwerfen, um nicht sehen zu müssen, dass der schmerzliche Ausdruck auf seinen Zügen sich nur noch vertiefte.

Als sie ein paar wenige Minuten später wieder herauskam, wirkte sie fast noch aufgewühlter als zuvor. Schweigend trat sie an ihm vorbei, während die Hunde bereits mit freudigem Gebell vorausliefen. Er folgte ihr, als sie den Hunden hinterher die gewohnte Route einschlug. Auch er schwieg. Kämpfte darum, die Eifersucht zurückzutreiben. Ihr jetzt Vorwürfe zu machen, würde ihn sicherlich nicht weiterbringen. Zumal ihm auch jegliche Grundlage für solche fehlte. Sie war nicht mit ihm zusammen. Sie konnte tun und lassen, was auch immer sie wollte – und mit wem auch immer sie wollte.

Fast eine Viertelstunde gingen sie wortlos hinter den Hunden her, ehe Lex schließlich mit einem tiefen Seufzen stehen blieb und sich Isaac zuwandte. Sie starrte für einen Moment auf ihre Hände, ehe sie den Mut fand, zu ihm aufzusehen. „Ich bin nicht gerade das, was man sich unter einem idealen Partner vorstellt, Isaac", begann sie und klang ernst. „Was mir zugestoßen ist…" Sie stockte kurz, als ihre Stimme zu sehr zitterte, um fortfahren zu können. Sie räusperte sich. „Es hat mich zerstört, Isaac. Ich fühle mich selbst wie ein riesiger Scherbenhaufen und ich bezweifle, dass man diesen je wieder wird zusammensetzen können. Ich weiß nicht einmal, wie ich es schaffe, weiter zu machen. Und wieso. Ich habe schon dreimal versucht, mir das Leben zu nehmen. Und es vergeht kein Tag, an dem ich nicht mit dem Gedanken spiele, es erneut zu versuchen." Wieder machte sie eine Pause, länger diesmal. Sie seufzte erneut schwer.

Isaac wollte etwas sagen, was genau, darüber war er sich noch nicht klar, aber Lex schüttelte sacht den Kopf. „Du bist jung, Isaac", fuhr sie fort. „Dir liegt das ganze Leben noch zu Füßen. Alle Optionen sind offen. Du hast selber gesagt, dass du dir vorstellen könntest, irgendwann eine Familie zu gründen. Ich kann dir nicht einmal versprechen, dass ich es schaffen würde, wirklich eine richtige Beziehung zu führen. Ich möchte dich in diesen Sumpf nicht mit hineinziehen. Es wäre nicht fair." Jetzt warf sie ihm ein sachtes Lächeln zu. Es wirkte trauriger, als Tränen es gekonnt hätten. Noch einmal schüttelte sie den Kopf, sah wieder auf ihre Hände herab. „Ich weiß nicht, was ich von diesem Leben noch möchte, Isaac. In mir ist nur dieser Schmerz, der zu groß und zu tief ist, um ihn in Worte zu fassen. Manchmal, für ein paar kurze Augenblicke, denke ich, ich kann damit leben. Kann mir gestatten, nach vorne zu blicken. Die Wochen, die wir zusammen hatten…" Einmal mehr unterbrach sie sich, schluckte schwer. Dann blickte sie wieder zu ihm auf. Tränen standen jetzt doch in ihren Augen. „Es war schön mit dir. Das Atmen fiel mir etwas leichter. Aber… ich weiß nicht, ob ich das kann, Isaac. Ich… ich weiß es einfach nicht."

Mehrere lange Augenblicke suchte Isaac nach den richtigen Worten. Fühlte die Angst in sich, sie ganz zu verlieren. Die Endgültigkeit, die es bedeuten würde, jetzt aufzugeben. Dann begriff er, dass es gar nicht viel zu sagen gab. Sanft streckte er eine Hand nach ihrer Wange aus und nickte. „Okay", sagte er schlicht.

Überrascht zog sie die Augenbrauen hoch. „Okay?", wiederholte sie und es klang so belustigt wie hilflos. „Was soll das heißen?", fragte sie verwirrt.

Er lächelte. „Nun bin ich vorgewarnt. Du hast die Karten offen auf den Tisch gelegt." Dann beugte er sich zu ihr und küsste sie sehr zärtlich. Sie erwiderte den Kuss, auch wenn er ihr ihre Verwirrung noch immer anmerkte. „Ich würde es mehr bereuen, es nicht zu versuchen, als im Nachhinein festzustellen, dass es nicht geklappt hat, Lex. Ich weiß, es war ein unpassender Zeitpunkt, dir das zu sagen. Aber das macht es nicht weniger wahr. Ich liebe dich. Ich weiß, dass es nicht einfach sein wird. Ich weiß, dass es scheitern kann. Aber ich will uns eine Chance geben. Zumindest das, Lex." Wieder küsste er sie, mit mehr Nachdruck. Und als er merkte, dass sie sich dagegen nicht wehrte, zog er sie in seine Arme. „Ich liebe dich", wiederholte er und es war alles, was er noch tun konnte. Mehr als das hatte er nicht zu bieten. Nun lag die Entscheidung bei ihr.

Irgendwann löste sie sich aus seiner Umarmung. Sie wich seinem Blick aus, griff aber nach seiner Hand. Wortlos ging sie weiter. Er konnte ihr ansehen, wie es in ihr arbeitete. Einmal mehr übte er sich in Geduld. Gestattete ihr, ihre Gedanken und Gefühle zu sortieren, ohne sie drängen oder beeinflussen zu wollen. Und schon jetzt war klar, dass, sollte sie sich für ihn entscheiden, sie immer und immer wieder an solchen Scheidepunkten ankommen würden. Immer wieder würden sie in Situationen geraten, in denen Lex an ihrer Entscheidung zweifeln würde. In denen sie Angst bekommen würde. Er war bereit, das zu akzeptieren und mit der Hoffnung zu leben, dass sie stets zu ihm und zu ihnen würde zurückfinden können.

Erst als sie schon fast zurück beim Haus waren, blieb sie wieder stehen. Einen langen Moment sah sie hinunter zum Fluss, an dessen Ufer sie spazieren gingen. Dann erst wandte sie sich ihm zu. Sie wirkte scheu, unsicher. Trotzdem nickte sie. „Okay", gab sie leise zurück.

Sie zauberte damit ein strahlendes, erleichtertes Lächeln auf seine Züge. „Ja?", gab er zurück und konnte es kaum glauben.

Jetzt lächelte auch sie, als habe er sie damit angesteckt. „Ja, Isaac. Ich möchte es zumindest versuchen", erklärte sie.

Ein, zwei Augenblicke musterte er sie, als befürchte er, sich ihre Worte nur eingebildet zu haben. Dann zog er sie einmal mehr in seine Arme, küsste sie zurückhaltend und doch voller Gefühl. Sie schlang ihre Arme um seinen Nacken und erwiderte den Kuss. Sie ließen die Geste andauern, hatten keine Eile, genossen die Nähe des anderen und den unerwarteten Moment von Glück.

„Ich habe dich vermisst", murmelte sie irgendwann an seinen Lippen. Sie hätte ihm gerne mehr als das gesagt. Aber sie wusste, sie würde ein ‚Ich liebe dich' nicht aussprechen können. Vielleicht hatte Nathan Recht und die Worte waren wahr. In diesem Moment fühlte es sich an, als wären sie wahr. Aber sie war nicht mutig genug dazu – und auch nicht bereit dazu.

Er zog sie noch näher an sich. „Ja, ich dich auch, Lex", gab er zurück und seine Stimme war belegt. Sie lächelte, küsste ihn noch einmal und machte sich dann von ihm los, seine Hand dabei greifend.

„Lass uns zurück gehen. Ich habe noch nicht wirklich was gegessen heute", meinte sie und stellte plötzlich fest, wie hungrig sie war.

Sie merkte, wie Isaac zögerte. Mit fragender Miene wandte sie sich daher zu ihm um. Er wurde verlegen, sah zu Boden und kickte ein kleines Steinchen beiseite.

„Isaac?", forderte sie ihn dazu auf, zu sagen, was ihn plötzlich beschäftigte.

Seufzend blickte er doch zu ihr auf. Kurz bemühte er sich noch darum, die Worte zurückzuhalten, doch dann musste er sie einfach aussprechen: „Hast du wirklich mit Nathan geschlafen?" Noch erlaubte er sich die schwache Hoffnung, dass sie das nur aus Hilflosigkeit heraus gesagt hatte, überfordert von seinem so unpassenden wie überraschenden Liebesgeständnis.

Als sie bei seiner Frage zusammenzuckte, zerschlug sich diese Hoffnung. Ruckartig senkte er seinen Blick wieder zu Boden. Bewusst erinnerte er sich selbst daran, dass Lex zu dem Zeitpunkt nicht mit ihm zusammen gewesen war.

Lex seufzte, als sie seine Reaktion sah. Kurz wusste sie nicht, was sie tun sollte, doch dann streckte sie eine Hand nach seiner Wange aus. Er küsste ihre Handinnenfläche, aber es war eine knappe Geste. Einen Moment noch musterte sie ihn, dann gab sie sich selbst einen Ruck. Sie würde es Isaac irgendwie erklären müssen, selbst wenn auch ihr bewusst war, dass sie sich nicht dafür rechtfertigen musste, was sie mit Nathan getan hatte, nachdem sie sich ganz klar von Isaac distanziert hatte.

Sie machte sich von Isaac los und ging ein paar wenige Schritte weiter zum Ufer hinunter zu einem großen Stein. Sie ließ sich darauf nieder und warf Isaac einen auffordernden Blick zu, es ihr gleichzutun. Erst zögerte er, doch dann gab er nach. Schweigend ließ er sich neben ihr sinken.

Mehrere Minuten blickten sie einfach nur auf das träge vorbeiziehende Wasser, in das die Hunde hineinsprangen. Bravo und Lesto jagten einander, schwammen durch den Fluss und tobten auf der Wiese auf der anderen Seite. Auch Titan folgte ihnen nach kurzer Überlegung. Nur Iron als der Ranghöchste war sich zu gut für solch einen Unsinn. Er setzte sich einer Sphinx gleich neben Lex und hielt Wache. Sie tätschelte seinen Kopf.

Dann holte sie tief Luft. „Ich habe dir gesagt, ich bin in der Babyklappe gefunden worden", setzte sie an. Sie würde ausholen müssen, um Isaac erklären zu können, was das zwischen ihr und Nathan war. Isaac sah jetzt aufmerksam zu ihr hinüber. „Ich muss erst wenige Tage alt gewesen sein. Ich hatte sogar noch den Rest meiner Nabelschnur. Bevor man mich ins Waisenheim brachte, blieb ich gut vier Monate im Krankenhaus. Nicht nur, weil ich noch so klein war. Ich hatte etliche Knochenbrüche, als man mich fand." Isaac zuckte zusammen. Das hatte er nicht gewusst, aber es erklärte die vielen Narben, die sie vorrangig auf ihrer linken Körperseite trug. Er griff ihre Hand und sie warf ihm ein Lächeln zu. „Ich bin insgesamt sieben Mal operiert worden. Erst als alles ausgeheilt war, brachte man mich ins Heim." Sie machte eine kurze Pause, schien ihre Gedanken zu sammeln. „Ich war wohl ein unruhiges Baby. Ich weinte, wann immer man mich nicht im Arm hielt und konnte eigentlich auch nur dann schlafen." Eine weitere Pause. „Nathan war sechseinhalb, als ich im Heim ankam. Er kam dort mit dreieinhalb Jahren an. Seine Eltern waren an einer Überdosis gestorben. Auch Nathan war erst im Krankenhaus, ehe er ins Heim gebracht wurde. Er kann sich an nichts erinnern von damals, aber seinen Akten nach könnte man vermuten, dass seine Eltern ihn vielleicht für Drogen… naja… verkauft haben." Lex vermied es bewusst, zu sehr ins Detail zu gehen. Sie wusste, Nathan würde das nicht recht sein.

Isaac schwieg, geschockt von dem, was er da hörte. Von dem, was Lex und Nathan bisher berichtet hatten, hatten die zwei keine schlechte Kindheit gehabt. Er hatte keine Ahnung gehabt, dass ihrer beider Start ins Leben so viel dramatischer und schrecklicher gewesen war. Hatte sich, ehrlich gesagt, auch gar nicht viele Gedanken darum gemacht, da Nathan und Lex irgendwie so im Reinen schienen mit ihrer Kindheit.

Lex zog die Schultern hoch. „Jedenfalls war Nathan ein schwieriges Kind. Er vertraute niemandem, ließ sich nicht anfassen, redete kaum und machte eigentlich immer nur Blödsinn. Als ich im Heim ankam, hatte er Mülldienst auch für das Babyzimmer. Ich weinte wohl mal wieder, als er hereinkam. Er fragte, ob er ich mich anfassen dürfte und wenn es je Geschwisterliebe auf den ersten Blick gegeben hat, dann war es wohl das, was zwischen uns war. Ich hörte auf zu weinen und von da an kam er mich jeden Tag im Babyzimmer besuchen. Ich schlief wie ein Stein in seinen Armen und er… nun, er hatte keine Zeit mehr, Blödsinn anzustellen. Er hatte plötzlich Spaß an seinen Schulaufgaben, redete mit mir wie ein Wasserfall und meine Berührung war für viele Jahre die einzige, die er ohne Angst gestatten konnte. Auch als ich kein Baby mehr war, schlief ich nie gut. Oft holte ich Schlaf tagsüber nach, wenn ich bei ihm sein konnte. Nur wenn er mich hielt, konnte ich wirklich schlafen. Manchmal schlich er sich in mein Bett oder ich mich in seins, damit ich besser schlafen konnte. Als Nathan älter wurde, machten seine Ängste ihn zu einem aggressiven Jungen. Er prügelte sich oft, rastete schnell aus. Ich war die Einzige, die ihn irgendwie kontrollieren konnte. Wann immer ich merkte, dass er wütend wurde, reichte es meist, dass ich seine Hand nahm, damit er zumindest so weit runterkommen konnte, um die Situation zu verlassen.“

Lex machte eine lange Pause, sah dabei weiter zu den Hunden hinüber, die noch immer tobten. Sie schien tief in Gedanken. Irgendwann fuhr sie fort: „Wir verbrachten jede Minute zusammen, die wir konnten. Ich war wie sein Schatten. Als er anfing, sich für Mädchen zu interessieren, war das hart für ihn. Sein ganzes Leben hatte er bewusst vermieden, sich von anderen Menschen anfassen zu lassen – bis auf mich natürlich und die Prügeleien, in denen er jedoch immer die Oberhand behielt. Er war fast 18, als er das erste Mal Sex hatte.“ Sie runzelte die Stirn. „Am Tag drauf ist er so ausgerastet, dass er einen anderen Jungen bewusstlos geprügelt hat. Er ist daraufhin aus dem Heim geflogen, hätte aber mit 18 eh gehen müssen.“ Jetzt seufzte sie. „Dass wir plötzlich getrennt voneinander waren, hat uns beide sehr getroffen. Nathan kam mich zwar oft besuchen, aber es war natürlich anders als vorher. Er war weiterhin oft in Schlägereien verwickelt, war zwischendurch sogar im Gefängnis deswegen. Nicht lange, nur drei Monate, aber trotzdem. Danach beruhigte er sich ein wenig. Ein Kumpel aus dem Knast verschaffte ihm eine Stelle auf dem Bau und die körperliche Arbeit, sowie das Workout im Fitnessstudio, mit dem er im Gefängnis angefangen hatte und was er auch danach weiter beibehielt, ließen ihn seine Aggressionen besser kontrollieren. Trotzdem war es für uns beide eine absolute Erleichterung, als ich mit 15 zu ihm ziehen durfte."

Hier machte Lex wieder eine Pause. Als sie dann zu Isaac herübersah, wusste er, dass nun der heikle Part dieser Unterhaltung kommen würde. Er griff ihre Hand fester, wie um sich selber Mut zu machen. Sie schob ihre Finger zwischen seine. „Kurz nachdem ich bei ihm einzog", fuhr sie dann fort, „haben wir ausprobiert, ob mehr zwischen uns sein könnte." Ein wenig hilflos hob sie die Schultern. „Körperliche Nähe gehörte für uns schon immer dazu, war immer eine Selbstverständlichkeit zwischen ihm und mir. Wir brauchten sie voneinander, um uns sicher und geborgen zu fühlen. Und wir waren neugierig, ob… mehr uns vielleicht noch mehr von dieser Sicherheit vermitteln würde." Jetzt lachte sie tatsächlich. „Es war nicht so. Wir kamen uns beide ziemlich bescheuert dabei vor und haben nach ein wenig Petting einen Rückzieher gemacht." Nun wurde sie wieder ernst, warf Isaac einen entschuldigenden Blick zu. „Warum wir vor ein paar Wochen weiter als das gekommen sind, wissen wir beide nicht", erklärte sie leise. Isaac unterdrückte ein neuerliches Zusammenzucken. Nun war sie es, die seine Hand drückte. „Es hatte nichts zu bedeuten, weder für ihn noch für mich. Wir waren beide betrunken und… ach, ich weiß auch nicht." Hilflos brach sie ab. „Es war ein Ausrutscher, der uns beiden danach unangenehm war", beendete sie ihre Rede. Bittend sah sie Isaac an. Sie wollte nicht, dass Nathan zwischen ihnen stehen würde.

Isaac atmete tief durch. Mit einem Nicken sah er hinüber zu den Hunden. Bravo ging gerade ins Wasser, um zu ihnen zurückzukommen. Isaac sagte nichts.

„Es hatte nichts zu bedeuten, Isaac", wiederholte Lex leise.

Ein, zwei Momente verstrichen, dann seufzte Isaac. Er legte Lex eine Hand an den Hinterkopf und zog sie näher an sich, um sie auf die Stirn küssen zu können. „Danke, dass du mir das alles erzählt hast", sagte er dann, sich selbst einmal mehr daran erinnernd, dass Lex nichts falsch gemacht hatte. Sie war zu diesem Zeitpunkt nicht mit ihm zusammen gewesen.

Bravo unterbrach die Situation zwischen ihnen und Isaac war froh darüber. Es gab nicht mehr wirklich etwas zu sagen. Er würde seine Eifersucht unter Kontrolle bekommen müssen. Als der Hund durch den Fluss geschwommen war, kletterte er ans Ufer, schüttelte sich einmal und stürmte dann auf sie zu. Lex erhob sich mit einem Lachen. „Untersteh dich, du Untier", rief sie Bravo zu, der sich an ihrer Hose reiben wollte. „Geh ab!", befahl sie ihm, aber offensichtlich nicht mit genug Nachdruck. Schon hatte er sich gegen ihr Bein gedrückt, ihre Hose damit in Flusswasser tränkend. „Du bist ein Biest!", protestierte sie, lachte aber. „Böser Hund", schalt sie ihn und drückte ihn von sich weg. Sie gab ein entnervtes Geräusch von sich, als sie über ihr nasses Hosenbein strich. „Das ist eiskalt", klagte sie.

Auch Isaac lachte, auch wenn es noch etwas bemüht klang. „Dann sollten wir jetzt wirklich zurückgehen."

Sie hielt ihn noch einmal zurück. „Bist du... okay?", fragte sie leise. Er gab sich einen Ruck, sich selbst daran erinnernd, was jetzt in diesem Moment eigentlich zählte: dass sie ihm gesagt hatte, dass sie es mit ihm versuchen wollte. Er lächelte. Küsste sie auf den Mund.

„Ja", erklärte er und meinte es auch so.

Nathan bastelte an seinem Auto, als sie zurückkamen. Als die Hunde mit einer Begeisterung auf ihn zusprangen, als hätten sie ihn seit einer halben Ewigkeit nicht gesehen, richtete er sich auf. Sein Blick glitt kurz zwischen Lex und Isaac hin und her, registrierte, dass sie sich einander an der Hand hielten. Er lächelte, als er das sah, auch wenn das den verlegenen Ausdruck auf seinen Zügen nicht ganz überdecken konnte, als er kurz

Isaacs Blick erwiderte. Er wusste selber nicht, warum es ihm peinlich sein sollte, etwas mit Lex gehabt zu haben, aber vor Isaac war es so. Vielleicht weil er ihn mochte und er überzeugt davon war, dass er Lex guttat.

„Isaac", nickte er ihm grüßend zu und als dieser zurückgrüßte, fiel Isaac das erste Mal auf, dass Nathan ihm noch nie die Hand gegeben hatte. Er kam einer solchen Geste stets mit einem Kopfnicken zuvor. Kurz musste er daran denken, was Lex ihm über Nathan erzählt hatte. Es wollte nicht recht mit dem Bild übereinpassen, welches er bisher von Nathan gehabt hatte. Er wirkte so beherrscht, irgendwie geerdet. Hatte eine ruhige, lockere Art, stets ein Grinsen auf den Zügen, welches nicht selten anzüglich war. Dass er bis heute Berührungen vermied, die nicht notwendig waren – außer von Lex natürlich – stand dazu im eklatanten Kontrast.

„Hey Lex", wandte Nathan sich dann bereits an sie. „Ich wollte gerade Essen bestellen, wusste nur nicht so recht was." Aufmerksam musterte er sie einen Moment, ihren entspannten Gesichtsausdruck. Er musste gar nicht mehr mit ihr sprechen, um zu wissen, dass sie es noch einmal mit Isaac probieren würde. Er freute sich darüber.

„Ich benutze mal kurz dein Bad, okay?", klinkte Isaac sich aus. Er gab Lex einen zurückhaltenden Kuss auf die Wange und sie ließ seine Hand erst im allerletzten Moment los. Sie folgte ihm mit dem Blick, als er nach drinnen ging.

Nathan lachte, sobald Isaac außer Hörweite war. „Jetzt geht das wieder los", stichelte er und Lex wurde rot. „Vielleicht hätte ich dir Isaac doch ausreden sollen." Sie kam die letzten Schritte zu ihm herüber und er zog sie kurz an sich, küsste ihr auf die Schläfe. „Das ist genau die richtige Entscheidung, Schwesterlein", meinte er jetzt ernsthaft.

Sie gab ein Brummen von sich. „Ja, ich hoffe es." Nur, um das Thema nicht weiter zu vertiefen, deutete sie auf die geöffnete Motorhaube von Nathans Wagen. „Kann man ein Auto eigentlich auch overtunen?"

Er schnaubte. „Quatsch", gab er mit einem breiten Grinsen zurück und tätschelte den Motorraum. „Das Baby ist gerade erst dabei, zu Höchstform aufzulaufen."

Sie schüttelte den Kopf, gutmütig jedoch, und wandte sich schon wieder halb zum Haus um. Ein sehnsuchtsvoller Ausdruck lag in ihren Augen. Nathan lachte erneut. „Vielleicht fahre ich das Essen holen, anstatt es bringen zu lassen." Er ließ den Satz als Frage ausklingen.

Sie knuffte ihm gegen die Schulter.

„Was denn?", protestierte er scherzhaft. „Ich will doch nur helfen."

Als sie ihn jetzt ansah, wurde er wieder ernst. Ein erster Funke von Panik stand in ihrem Blick. Er zog eine Augenbraue hoch. „Jetzt schon kalte Füße, was?", fragte er mitfühlend.

Lex wurde einer Antwort enthoben, als Isaac in diesem Moment wieder aus dem Haus kam. Kurz musste sie den Impuls unterdrücken, schuldbewusst ein, zwei Schritte Abstand zwischen sich und Nathan zu bringen. Dann schalt sie sich in Gedanken selbst dafür. Sie hatte sich nichts vorzuwerfen. Er ließ trotzdem ihre Hand los, die er einmal mehr wie selbstverständlich gehalten hatte.

Wie um sich und ihnen allen zu beweisen, dass ihr Ausrutscher mit Nathan nicht alles noch komplizierter gemacht hatte, als es sowieso schon war, fragte sie Isaac: „Bleibst du noch zum Essen?"

Er zwang sich, den Blick hinüber zu Nathan zu vermeiden, als er unentschlossen die Schultern hochzog. „Mein Bruder und Cole sind noch bei mir", erklärte er.

Nathan musste nicht einmal zu Lex herübersehen, um zu wissen, dass ihr diese ausweichende Antwort einen Dämpfer versetzte. „Sie könnten doch auch herauskommen, dann essen wir alle zusammen", schlug er daher vor. Er sah Isaac jetzt so durchdringend an, dass dieser nicht umhinkam, seinen Blick zu erwidern. Die Botschaft in Nathans Blick war eindeutig. Sag ja.

Isaac seufzte innerlich. Er würde um Nathan nicht herumkommen. Schließlich wohnte er noch immer bei Lex. Je eher sie alle diesen Stein, der ihnen im Wege lag, hinter sich ließen, desto schneller konnte sich die Situation wieder entspannen. Hoffentlich. Im Moment glaubte Isaac noch nicht ganz dran. Noch hätte er Nathan am liebsten mindestens ein blaues Auge verpasst.

„Ich ruf sie mal an und frage", gab Isaac nach. Lex strahlte. Allein dafür lohnte es sich, musste Isaac sich eingestehen. Er zog sein Handy hervor und entfernte sich ein paar Schritte von Lex und Nathan. Er musste nicht lange klingeln lassen. Schon nach dem dritten Mal hob Thomas ab.

„Wie ist es gelaufen?", wollte sein Bruder sofort wissen.

Isaac warf einen Blick zu Lex hinüber, die noch immer dicht neben Nathan stand und mit ihm zusammen in den Motorraum sah. Trotzdem lächelte er jetzt. „Gut", gab er zurück und die Erleichterung war ihm deutlich anzuhören.

Thomas stieß einen triumphierenden Laut aus. „Ha! Ich wusste es doch!" Er grinste Cole breit an.

„Lex hat vorgeschlagen, dass wir alle zusammen essen. Sie wollten was bestellen", erklärte Isaac den Grund für seinen Anruf. Er hörte, wie sein Bruder die Frage an Cole weitergab.

„Ja, gerne", bestätigte Thomas dann. „Sollen wir das Essen sonst mit rausbringen? Was solls denn sein?"

Rasch klärten sie miteinander, was sie essen wollten. Als Isaac dann auflegte, standen die drei sich erneut verlegen gegenüber. Nathan gab sich einen sichtlichen Ruck.

„Deine Bellos brauchen noch Futter, Lex", erinnerte er sie und warf ihr einen bedeutungsvollen Blick zu. Kurz wanderten ihre Augen unschlüssig zwischen Isaac und Nathan hin und her. War sich nicht sicher, ob sie auf Nathans unausgesprochene Aufforderung, ihn mit Isaac einen Moment allein zu lassen, eingehen sollte. Nathan zog eine Augenbraue hoch.

Sie seufzte und wandte sich wortlos mit einem Pfiff nach den Hunden ab. Isaac und Nathan sahen ihr beide hinterher, bis sie im Haus verschwand — nur damit sie sich nicht gegenseitig ansehen mussten. Erst als sie fort war, wandte Nathan sich schließlich Isaac zu.

„Ich würde dir eine Zigarette anbieten, wenn du rauchen würdest", erklärte er und wirkte etwas hilflos.

Isaac brummte nur. Er war sich ganz und gar nicht sicher, ob er sich allein mit Nathan unterhalten wollte.

Der atmete einmal tief durch. „Lex war sehr deutlich darin, dass sie sich mit dir nicht mehr treffen wollte", eröffnete er dann.

„Es geht mich nichts an, was Lex mit wem gemacht hat, nachdem sie mir den Laufpass erteilt hatte", gab Isaac zurück und hielt seine Stimme so ruhig wie nur irgend möglich. Er wünschte sich, dass es ihm nicht so schwerfallen würde, sich das selbst immer wieder vor Augen zu führen.

Nathan nickte. Trotzdem sah er Isaac jetzt gerade heraus an. „Es hatte nichts zu bedeuten", erklärte er wie Lex zuvor. Dann streckte er Isaac in einer versöhnlichen Geste die Hand hin. Gerade da Isaac nach der Unterhaltung mit Lex wusste, wieviel mehr diese Geste von Nathan bedeutete, konnte er gar nicht anders, als die Hand des anderen Mannes zu ergreifen.

KAPITEL 14

Die Zeit, bis Cole und Thomas mit dem Essen dazustießen, verlief trotzdem schleppend. Von der ungezwungenen Leichtigkeit, die sie sonst miteinander verbunden hatte, war nichts zu spüren. Sie saßen gemeinsam im Wohnzimmer und suchten angestrengt nach Gesprächsthemen. Immer wieder entstanden lange, lastende Schweigepausen und sie waren alle drei erleichtert, als es schließlich an der Tür klingelte.

„Lieferservice", grinste Thomas, als Nathan ihm und Cole die Tür öffnete. Als Cole die Hunde hinter der Glastür des Flures sah, riss er die Augen auf.

„Um Gottes Willen. Kann mir bitte jemand sagen, dass wir uns im Haus geirrt haben?", brachte er mit nur halb gespieltem Entsetzen hervor.

Nathan hob nur entschuldigend die Schultern und ließ die beiden eintreten. Lex kam in diesem Moment ebenfalls zum Flur, um die Neuankömmlinge in ihrem Haus willkommen zu heißen.

„Schick mal deine Monster weg", empfahl Nathan ihr, während er sie an der Schulter berührte, und nahm Thomas die Tüten ab, um sie in die Küche zu bringen.

„Schön, euch wieder zu sehen. Thomas, Cole." Lex gab beiden Männern kurz die Hand. Coles Blick verharrte wie gebannt auf den Dobermännern. „Die vier haben schon gegessen", fügte sie mit einem aufmunternden Lächeln hinzu.

Thomas lachte. „Cole ist mal als Kind von einem kleinen

Biest von Terrier um den Block gejagt worden", erklärte er Coles offensichtliches Unwohlsein.

„Ich kann sie rausschicken, wenn dir das lieber ist", bot Lex an. „Aber sie sind friedlich. Ab auf die Couch, Jungs", wies sie die Hunde mit genug Autorität in der Stimme an, dass die Hunde keinen Moment zu zögern wagten. Sie drehten ab und ließen sich auf ihrer angestammten Couch nieder. Iron musterte die Neuankömmlinge mit schief gelegtem Kopf aufmerksam. Der Rest des Rudels hingegen hatte mehr Interesse an dem, was in der Küche vor sich ging. Nathan packte gerade das Essen aus.

Cole schien ein wenig dadurch beruhigt zu sein, wie prompt die Hunde gehorchten. „Schon gut", lehnte er Lex' Angebot ab. „Ansonsten müsst ihr auf meinen Grabstein schreiben ‚Und sie hatten doch Hunger'", versuchte er sich an etwas Humor.

Thomas grinste. „Mach ich glatt. Und jetzt komm, du Schisser." Damit griff er nach Coles Hand und zog ihn mit ins Wohnzimmer. Nach wenigen Schritten verharrte er jedoch bereits wieder. Bewundernd sah er sich um. „Das ist ja der Hammer", brachte er beeindruckt hervor. Er sah zu Isaac hinüber, der noch immer auf der Couch den Hunden gegenübersaß. „Du bist Lex' Wohnung in deinen Erzählungen nicht einmal im Ansatz gerecht geworden."

„Ich helfe Nathan in der Küche", erklärte Lex und ließ Isaac, Thomas und Cole in der Bewunderung ihrer Wohnung zurück.

„Na, das läuft doch super", begrüßte Nathan sie leise mit einem etwas gequälten Lächeln.

Lex erwiderte es genauso angespannt. „Ich hätte Isaac nicht von uns erzählen sollen", brachte sie bedrückt hervor.

Nathan zog die Augenbrauen hoch. „Schade, dass dir das erst jetzt aufgeht. Naja, kann nicht jeder sozial so begabt sein wie ich." Seine Miene blieb bei diesen Worten völlig ernst.

Er entlockte Lex damit ein Lachen. „Ja, vielleicht hätte ich ihm eher eins aufs Auge geben sollen, als er mir vor der Bar gesagt hat, dass er mich liebt", zog sie Nathan auf.

Der grinste, entspannter jetzt. „Wäre sicher die bessere Wahl gewesen."

Sie schnaubte nur. Schweigend deckten sie den Tisch.

Schließlich rief Lex den anderen zu, dass sie essen konnten. Erleichtert stellte sie fest, dass es der Situation zwischen Isaac und Nathan einiges an Anspannung zu nehmen schien, Thomas und Cole als zusätzlichen Puffer dabei zu haben. Mit ihnen am Tisch kam ein Gespräch schon bald in Gang und nach und nach konnten Isaac und Nathan sich wieder ansehen, ohne dass sofort lastende Stille entstand. Als Lex nach dem Essen verkündete, dass sie eine Zigarette gebrauchen konnte, erhob sich Isaac augenblicklich, um sie nach draußen zu begleiten. Nathan, der eigentlich auch gerne geraucht hätte, verkniff sich seine Sucht, um den beiden ein paar Minuten allein zu geben.

Draußen griff Isaac ihre Hand, nachdem sie sich ihre Zigarette angezündet hatte. Sanft küsste er sie darauf. Sie lächelte ihm zu, wirkte aber irgendwie nervös. Die Blicke, die er ihr zwischendurch am Tisch zugeworfen hatte, waren sehr eindeutig gewesen, und plötzlich ging ihr alles zu schnell. Sie fühlte sich überfahren. Heute Morgen noch hatte sie sich einzureden versucht, dass sie eh nicht mit Isaac zusammen sein wollte und nun… Sie seufzte.

„Bis wann bleiben Thomas und Cole noch hier?", fragte Lex, nur um überhaupt etwas zu sagen. Isaacs Blick lud sich schon wieder hitzig auf.

„Morgen Abend geht ihr Flieger zurück nach New York", gab Isaac zurück, wirkte aber offensichtlich uninteressiert an dem Thema. „Was machst du heute noch?", wollte er stattdessen wissen und strich ihr mit der freien Hand eine Haarsträhne aus dem Gesicht.

Lex musste ein Zusammenzucken unterdrücken und machte sich von ihm los, tarnte dies indes damit, dass sie die Asche ihrer Zigarette in den Aschenbecher schnippte. Sie zog eine Schulter hoch. Es war nicht ihr gewohntes Leichthin. Auch Isaac konnte jetzt nicht mehr ignorieren, dass sie angespannt war. „Vielleicht können wir alle noch mal spazieren gehen, wenn ihr wollt", schlug Lex vor und betonte dabei das ‚wir alle'. „Oder hattet ihr noch etwas für heute geplant?"

Er schüttelte den Kopf und sah sie dann so direkt an, dass sie nicht umhinkam, seinen Blick zu erwidern. „Bist du okay?", fragte er sanft.

Sie warf ihm ein leicht verunglücktes Lächeln zu und griff nun von sich aus nach seiner Hand. „Ein wenig überwältigt, glaube ich", gestand sie leise.

Ihr Lächeln erwidernd, verständnisvoll, legte er ihr eine Hand an die Wange. Sie war es, die sich streckte, um ihn küssen zu können. Er hielt sich zurück, um den Kuss nicht fordernd werden zu lassen. Am liebsten hätte er die anderen aus dem Haus geschmissen, um Lex für sich allein zu haben. Aber dem Ausdruck in ihren Augen nach zu urteilen wäre das keine gute Idee. „Was brauchst du jetzt?", wollte er wissen.

Schon wieder zog sie die Schultern hoch. „Ein Spaziergang wäre schön", gab sie etwas unsicher zurück.

Isaac nickte. „Thomas wird die Umgebung hier mögen. Er wohnt nur der Arbeit wegen in New York. Eigentlich ist er ein Naturliebhaber", erklärte er bewusst munter, um Lex zu verstehen zu geben, dass er Verständnis für ihre aufgewühlten Gefühle hatte. Dann wandte er sich bereits ab, um wieder hineinzugehen.

Lex folgte ihm nicht. „Ich rauche noch eine. Ich komme gleich." Es war offensichtlich, dass sie ihn nicht dazu aufforderte, noch mit ihr draußen zu bleiben. Isaac ging.

Nathan schien darauf nur gewartet zu haben. Schon als Lex nach draußen gegangen war, hatte der Ausdruck in ihren Augen ihm sehr deutlich gemacht, wie aufgewühlt sie war. Während sie mit Isaac draußen war, hatte er nicht verhindern können, immer wieder durch die große Panoramascheibe einen Blick zu ihr zu werfen. Alles an ihr drückte ihre Nervosität aus. So hatte er sich von Thomas und Cole entschuldigt und hatte aus dem Bad eines von Lex' Beruhigungsmitteln geholt. Als Isaac jetzt hineinkam, trat er an ihm vorbei nach draußen. Isaac sagte nichts dazu, ging nur schweigend zu den beiden anderen in die Küche zurück.

Als Nathan nach draußen kam, wandte Lex sich ihm zu. Kurz dachte sie, es wäre Isaac, der es sich doch anders überlegt hatte und bei ihr draußen bleiben wollte. Sie war erleichtert, dass es Nathan war. Da sie wusste, dass Isaac sie sehen konnte, wollte sie es zunächst unterlassen, doch als Nathan dann neben sie trat, griff sie doch wie selbstverständlich nach seiner Hand. Sie brauchte ihn gerade. Und sie hatte Isaac versucht zu erklären, wie es zwischen ihr und Nathan war. Sie würde sich das für ihn nicht versagen. Das hatte sie nie für irgendjemanden – nur für Greg. Und wenn sie eins gelernt hatte, dann, dass das die falsche Entscheidung gewesen war. Sie würde jetzt nicht wieder damit anfangen.

„Ich bringe dir deine Drogen, C58-1", lächelte Nathan ihr aufmunternd zu und schüttelte das Pillendöschen.

Sie verzog ein wenig das Gesicht. „War es so offensichtlich?"

Er zog die Schultern hoch. „Tu mir einen Gefallen und überfordere dich nicht, okay?", bat er sie sanft, während er ihr zwei Tabletten gab.

Sie seufzte. „Deine Ratschläge sind wie immer unschlagbar."

Während sie die Tabletten nahm, zündete er sich und ihr eine weitere Zigarette an. Ihre Hand zitterte etwas, als sie nach ihrer griff. Als er das sah, zog er sie zu einer Umarmung an sich heran. Sie standen auch noch eine ganze Weile so da, nachdem ihre Zigaretten bereits aufgeraucht waren.

Irgendwann machte sie sich wieder von ihm los, hielt aber noch seine Hand. „Ich habe Isaac gefragt, ob wir noch alle spazieren gehen", erklärte sie. „Du kommst doch mit, oder?" Nun stand plötzlich etwas wie Panik in ihrer Stimme.

Er lächelte sie beruhigend an. „Klar, Schwesterherz. Alles, was du möchtest." Er konnte ihr ansehen, wie instabil sie einmal mehr war.

Sie runzelte jedoch die Stirn, als würde ihr gerade etwas einfallen. „Wolltest du nicht eigentlich ins Fitnessstudio heute?"

„Dann geh ich später. Oder morgen. Oder nach der Arbeit am Montag. Mach dir darum keine Gedanken."

„Bist du sicher?"

Er drückte ihre Hand. „Ja, bin ich."

Der Spaziergang wurde entspannt. Die Wirkung von Lex' Tabletten setzte schon bald ein und das wilde, rumorende Gefühl in ihrer Brust ließ etwas nach. Das Wetter war herrlich und als Nathan irgendwann anfing, mit den Hunden herum zu blödeln, ließen sich Lex und Isaac ein wenig von den anderen zurückfallen. Hand in Hand gingen sie schweigend nebeneinander her, sich nur der Nähe des anderen bewusst und diese genießend.

Nach einer Weile blieb Lex stehen. Als Isaac sich ihr zuwandte, schlang sie lächelnd ihre Arme um seinen Nacken und küsste ihn. Sie wirkte deutlich entspannter als zuvor und Isaac zog sie nah an sich heran. Erst einige lange Augenblicke später trennten sie sich wieder voneinander, als Iron angetobt kam, um zu sehen, wo sein Rudelführer abgeblieben war. Er bellte sie so lange an, bis Lex sich mit einem Lachen aus Isaacs Umarmung löste.

„Geh ab, du Quälgeist", schickte sie ihn weg. Er trottete nur ein paar Schritte voraus, blieb wieder stehen und sah sich nach ihnen um.

Kopfschüttelnd nahm Lex Isaacs Hand und gemeinsam folgten sie Iron zurück zu den anderen.

„Morgen hast du deinen Bruder den letzten Tag bei dir. Vielleicht treffen wir uns Montag nach der Arbeit?", schlug Lex vor und als sie dabei zu Isaac aufsah, stand ein altbekannter Funke in ihren Augen.

Er blieb noch einmal stehen, um sie auf die Wange küssen zu können. „Ja, gerne."

„Ich könnte mit zu dir kommen…" Sie ließ den Satz wie eine Frage klingen.

Isaac lächelte. „Ja, gerne", wiederholte er mit noch mehr Nachdruck.

Sie gingen bis zum frühen Abend spazieren. Danach aßen sie die Reste vom Mittag und setzten sich dann gemeinsam zum Kartenspielen hin. Erst als Isaac sich mit Thomas und Cole um kurz nach zehn von Lex und Nathan verabschiedete, spürte er einmal mehr einen scharfen Stich aus Eifersucht. Er zwang sich, das zu übergehen und stattdessen an Montag zu denken.

Sein Arbeitstag kam ihm endlos lang vor. Doch als er Lex dann endlich nach ihrer letzten Besprechung abholen konnte, entschädigte ihn ihr strahlendes Lächeln für das lange Warten.

Und der Kuss, den sie ihm zur Begrüßung gab, noch mehr. Als sie das erste Mal zusammen gewesen waren – oder nicht zusammen, was auch immer das zwischen ihnen gewesen war – hatte sie es stets vermieden, auf der Arbeit zu zeigen, dass da mehr zwischen ihnen war. Dass sie es jetzt damit offensichtlich anders halten wollte, ließ ihn optimistisch in die Zukunft blicken.

„Wie war noch deine Zeit mit Thomas und Cole?", wollte sie von ihm wissen, während sie Hand in Hand das Polizeigebäude in Richtung der nächsten U-Bahn Station verließen. Ihre Hunde würde sie für die Nacht im Zwinger lassen.

Isaac gab nur ein undefiniertes „hmhm" von sich. Er war mit seinen Gedanken schon wo ganz anders.

Sie lachte. „Doch so schön, ja?", neckte sie ihn.

Inzwischen waren sie draußen. Isaac blieb mitten im Schritt stehen und zog Lex in seine Arme. Er küsste sie, fordernder als vorhin zur Begrüßung. „Ich bin überzeugt davon, dass die Zeit mir dir viel schöner werden wird", sagte er mit einem Augenzwinkern.

Sie grinste nur, schob ihn dann aber von sich weg. „Ich habe seit heute Morgen nichts gegessen. Ich brauch erst mal was in den Magen", erklärte sie, aber ihm entging nicht der erste Anflug von Unsicherheit in ihrer Stimme. Issac zwang sich, sich zusammen zu reißen.

„Chinese Take Out?", schlug er vor und griff wieder ihre Hand.

Auf der Fahrt unterhielten sie sich über die Arbeit. Es war unübersehbar, dass Lex zunehmend nervöser wurde, je weiter sie sich Isaacs Wohnung näherten. Als sie aus der U-Bahn-Station nach draußen traten, sah er zu ihr hinüber. Er lächelte sie an.

„Wir können einfach nur essen und einen Film gucken oder so", versuchte er sie zu beruhigen. Er kannte sie so gar nicht. Die Körperlichkeit zwischen ihnen war stets der unkomplizierteste Part gewesen von dem, was sie miteinander hatten.

Sie erwiderte sein Lächeln, aber es wirkte nicht wirklich überzeugend. „Ich kann meine Tabletten nicht mehr auf nüchternen Magen nehmen", erklärte sie entschuldigend. „Ich hatte in der letzten Zeit schon dreimal ein Magengeschwür. Lass mich erst was essen, meine Drogen nehmen und dann sehen wir weiter, okay?"

Mit einem Nicken nahm er einmal mehr ihre Hand. Sie redeten nicht viel, während sie die letzten Meter zu seiner Wohnung zurücklegten. Auch danach nicht, während er den Tisch deckte und sie sich einen Kaffee aufsetzte. Sie schien richtiggehend erleichtert, als sie sich setzten und sie nach ein paar hastigen Bissen mit einem großen Schluck Wasser mehrere Tabletten hinunterspülte.

Gegen Ende des Essens wurde sie langsam ruhiger, auch wenn ihr Lächeln noch immer oft aufgesetzt wirkte. Über den Tisch hinweg griff Isaac irgendwann ihre Hand. Sie verstummte mitten im Satz und sah ihn mit einem herzerweichend hilflosen Ausdruck an.

„Ich kann dich auch nach Hause fahren, wenn du dich damit wohler fühlst, Lex", bot er ihr an. „Keiner drängt uns zu irgendwas."

Sie schien das verlegen zu machen. Unwohl wich sie seinem Blick aus und ihre Wangen wurden rot. „Ich… ich weiß auch nicht, was mit mir los ist. Entschuldige."

Verständnisvoll schüttelte er den Kopf. „Entschuldige dich bitte nicht. Du bist zu absolut gar nichts verpflichtet."

Nun sah sie doch auf. So etwas wie Dankbarkeit stand in ihrem Blick. „Vielleicht gucken wir wirklich einen Film?", schlug sie schüchtern vor.

Nur kurz darauf saßen sie zusammen auf der Couch. Sie hatte sich immerhin an ihn gelehnt, sodass er ihr einen Arm umlegen konnte. Es fiel ihm schwer, sich auf den Film zu konzentrieren. Liebend gerne hätte er viel mehr als das hier gemacht. Aber er hatte sich fest vorgenommen, sie den ersten Schritt machen zu lassen – so sie denn wollte. Das schien nicht der Fall. Zuvor in der Küche war sie geradezu zappelig gewesen, inzwischen schienen die Tabletten ihre schlimmste Nervosität abzumildern. Nichtsdestotrotz machte sie nicht den Eindruck, in der Stimmung für mehr zu sein.

Irgendwann gab sie ein etwas entnervtes Schnauben von sich. „Ich komm mir total bescheuert vor", gestand sie.

Sanft küsste er ihre Schläfe. Nur diese simple Geste trieb ihm bereits einmal mehr das Blut zwischen die Beine. Mit seiner Selbstbeherrschung war es an diesem Abend nicht sonderlich weit her. „Warum?", fragte er dennoch so ruhig wie irgend möglich.

Sie atmete tief durch, machte sich etwas von ihm los, um ihn ansehen zu können. Sie zog ein wenig die Schultern hoch. „Ich habe das Gefühl, ich sollte…" Sie beendete den Satz nicht, ließ ihn hilflos ins Leere verklingen.

Er beugte sich vor, um sie auf den Mund küssen zu können, zurückhaltend. „Ganz falscher Ansatz, Lex", murmelte er an ihren Lippen. „Du sollst gar nichts."

Sie erwiderte seinen Kuss, vorsichtig noch und ungewohnt unsicher. Sie ließen den Kuss andauern. Sie war es, die mit ihrer Zunge zuerst gegen seine Lippen spielte. Als sie sich schließlich wieder von ihm löste, atmeten sie beide schwerer. Einen Moment sah sie ihm in die Augen und er konnte ihr ansehen, wie sie mit sich selber rang. Dann gab sie sich einen Ruck und setzte sich auf seinen Schoß, die Beine dabei öffnend, sodass ihr empfindlichstes Fleisch sanft gegen seines rieb. Sie zuckte bei der ersten Berührung zusammen, zog sich aber nicht zurück, sondern legte ihm beide Hände in den Nacken und küsste ihn erneut.

„Wir können auch noch einen zweiten Film ansehen", brachte er hervor, auch wenn seine Stimme bereits rauer wurde. Er wollte definitiv keinen zweiten Film gucken.

„Weil du dem ersten ja schon so viel Aufmerksamkeit geschenkt hast", grinste sie ihn an.

Nun war die Reihe an ihm, die Schultern hochzuziehen. „Ich will nicht, dass du dich zu irgendwas verpflichtet fühlst", gab er ernst zurück.

Sie schüttelte den Kopf. Ihre eine Hand glitt unter sein Shirt. Er gab einen genüsslichen Laut von sich und hob bereits die

Arme, damit sie ihm das Shirt auszog. Mit einem Lächeln gab sie nach, ließ danach beide Hände über seine definierten Muskeln wandern. Sie atmete tief durch.

„Ich habe dich vermisst", sagte sie ihm einmal mehr, während sie ihm in die Augen sah.

„Ja, ich dich auch." Wieder küsste er sie. Innig jetzt, legte beide Hände an ihre Wangen. Ihre hingegen sanken auf seinen Gürtel hinab. Er folgte der Geste mit einer Hand, hielt sie auf, den Gürtel zu öffnen. Fragend sah er sie an. „Bist du sicher, dass du das willst?"

„Lass uns einfach gucken, wie weit wir kommen, okay?", gab sie zurück und sie klang nicht so sicher, wie sie sich gab. Trotzdem öffnete sie jetzt seinen Gürtel, direkt danach die Knöpfe seiner Hose und schob dann ihre Hand unter den Bund. Sie fand sein steifes Fleisch, umfasste es. Isaac keuchte auf. Sie lächelte zufrieden und verwendete ein paar Momente darauf, ihn zu massieren. Auch er ließ eine Hand zwischen ihre Beine gleiten, rieb durch die Hose an ihr.

Er schaffte es nicht, lange geduldig zu sein. Mit fahrigen Fingern zog er den Knopf ihrer Hose, dann den Reißverschluss auf. Sie trug einen dunkelroten Slip darunter. Schon wollte er seine Hand darunter schieben. Lex hielt ihn auf. In einer plötzlichen Geste griff sie nach seinem Handgelenk. Er sah Unentschlossenheit in ihren Augen, als er fragend ihrem Blick begegnete. Er wartete. Erst mit einiger Verzögerung ließ sie seine Hand wieder los.

Sanft küsste er sie. „Ja?", vergewisserte er sich.

Langsam nickte sie, atmete hörbar ein, als seine Finger dann ihre nackte Haut berührten, sich langsam unter den Stoff ihres Slips schoben. „Du kannst dich jederzeit umentscheiden", versicherte er ihr, während er einen Finger in sie hineingleiten ließ. Mit einem leisen Stöhnen schloss sie die Augen und drängte sich seiner Berührung entgegen, nahm seinen Finger tiefer in sich auf. Sie küsste ihn, mit mehr Nachdruck jetzt, fordernder.

Mehrere Minuten liebkosten sie einander, heizten die Stimmung zwischen sich an. Lex war es schließlich, die sich von ihm löste, aber nur, um zuerst ihm die Hose herunterzuziehen und sich dann hastig auch aus ihren Klamotten zu befreien. Schon war sie wieder über ihm, dirigierte seine Hand zurück zwischen ihre Beine. Isaac hätte lieber schon sein steifes Fleisch in ihr versenkt, aber mit einem Lächeln ließ er wieder einen Finger in sie gleiten. Seine andere Hand wanderte über ihren Körper. Er wollte ihr die Zeit lassen, die sie zu brauchen schien.

Irgendwann zog sie seine Hand beiseite, brachte sich in Stellung und sank langsam auf sein aufragendes Fleisch herunter. Sie biss sich auf die Lippe. Er konnte ihr ansehen, dass es nicht sonderlich angenehm für sie war, ihn in sich aufzunehmen. Sie verharrte, küsste ihn stattdessen. Sanft legte er ihr eine Hand in den Nacken.

„Alles okay?", fragte er sie fürsorglich.

„Ich glaube, ich brauche einen Moment."

Wieder küsste er sie. „Nimm dir, so lange du willst."

Einige Momente verwendeten sie darauf, sich nur zu küssen, zärtlicher als zuvor, aber trotzdem mit Zunge. Schließlich versuchte sie, ihn weiter in sich aufzunehmen, verharrte aber direkt wieder. Sie gab einen nur schlecht unterdrückten Schmerzenslaut von sich.

„Kann ich etwas machen?", wollte er wissen.

Sie schüttelte den Kopf, bewegte sich vorsichtig in dem Versuch sich zu entspannen. Nur ein, zwei Atemzüge später hielt sie wieder inne. Durch zusammengebissene Zähne atmete sie gepresst aus. „Okay, das ist schmerzhaft", brachte sie hervor und es klang halb entschuldigend, halb verlegen.

„Ja, du bist ziemlich verkrampft", erwiderte Isaac und ließ eine Hand auf ihren unteren Rücken wandern. Behutsam begann er, sie zu massieren. „Willst du aufhören?"

Sie schnaubte leise, küsste ihn noch einmal. „Nicht wirklich", murmelte sie an seinen Lippen, während ihre Hände über seinen Körper glitten.

Er lächelte. Es war die Antwort, auf die er gehofft hatte. „Was, wenn du dich auf den Bauch legst?", schlug er vor.

Sie nickte, allerdings nicht sehr überzeugt. „Können wir versuchen."

„Wir hören auf, wenn es unangenehm ist", versprach er,

während er sie bereits sacht von seinem Schoß herunterschob.

Sie legte sich hin, stützte sich ein wenig auf die Unterarme, um ihn ansehen zu können. Er warf ihr ein weiteres Lächeln zu, während er sich über ihr platzierte. Ein paar Augenblicke streichelte er ihren Rücken, küsste ihren Nacken und ihre Schultern. Dann ließ er seine Hand tiefer wandern, zwischen ihre Beine, liebkoste sie dort.

„Warum bist du so angespannt?", fragte er sanft. Als er zwei Finger in sie schob, spürte er, dass es selbst so unangenehm für sie war.

Sie schüttelte den Kopf. „Keine Ahnung. Ich… Keine Ahnung."

„Wir müssen nicht mehr machen."

„Ich weiß. Lass es uns zumindest versuchen, okay?"

Er zog seine Finger aus ihr, griff stattdessen nach seinem Fleisch. Behutsam glitt er in sie. Sie zuckte trotzdem zusammen. Er verharrte. Sie schien es unterdrücken zu wollen, dann keuchte sie dennoch. Ein Laut von Schmerz. Er löste sich direkt wieder aus ihr, setzte sich neben sie in die Polster. Er wollte sie sacht an der Schulter berühren, aber sie zuckte zusammen. Überrascht zog er die Hand zurück. Auch sie setzte sich jetzt auf. Sie vermied es, ihn anzusehen, als sie nach einer Decke griff und sie vor ihren Körper zog. Mit einer Hand fuhr sie sich durchs Gesicht, strich sich eine Haarsträhne hinters Ohr. Dann seufzte sie.

„Ich muss irgendwie an Dante denken", gestand sie leise und weiterhin, ohne ihn anzusehen.

Kurz wusste er nicht, was er tun sollte, dann griff er einfach nur ihre Hand. Die ersten Tränen traten in ihre Augen.

„Entschuldige", brachte sie hervor.

Er schüttelte nur den Kopf. Es schmerzte ihn, die plötzliche tiefe Trauer in ihren Augen zu sehen. „Habe ich etwas gemacht?", fragte er bedrückt.

Sie schwieg, starrte auf die Polster zwischen ihnen.

„Lex?", hakte er nach.

Sie löste ihre Hand aus seiner, strich sich mit beiden die Tränen aus dem Gesicht. Dann seufzte sie. „Seit ihm hat mir kein Mann gesagt, dass er mich liebt." Ihre Worte waren so leise, dass er sie kaum verstehen konnte. „Ich…" Sie klang verloren, einsam. „Es tut mir leid", fügte sie genauso leise hinzu.

Als Lex auf den Parkplatz des Fitnessstudios fuhr, hielt sie nach Nathans Wagen Ausschau. Etwas an der Seite im Schatten fand sie ihn. Sie stellte ihr Auto daneben und ließ die Hunde, anstatt in ihrem Kofferraum warten zu müssen, in Nathans offenes Heck springen. Sie waren gut genug erzogen, dass sie auch die anderthalb, zwei Stunden unangeleint dort warten würden. Sie holte ihre Sporttasche aus ihrem Jeep und wandte sich zum Gehen. Erst dann sah sie, dass Nathan etwas abseits der Eingangstür stand. Er war nicht allein. Zwei andere Männer, nicht ganz so groß und breitschultrig gebaut wie Nathan, standen ihm gegenüber. Ein Blick auf Nathan genügte, um ihr zu zeigen, dass die drei nicht nur zu einer gemeinsamen Zigarette dort standen. Nathan hatte sich zu seiner beachtlichen Größe von 1,98m hoch aufgerichtet und selbst über die Entfernung sah sie die Anspannung in seinen Schultern.

Besorgt runzelte sie die Stirn, überlegte kurz, was sie jetzt tun sollte. Dann rief sie Titan – der auch in brenzligen Situationen immer den kühlsten Kopf von ihren vier Hunden behielt – aus dem Heck und wies ihn an, im Fuß zu laufen. Wachsam ging er neben ihr her, spürte ihre Anspannung.

Als Lex nur noch wenige Meter von den drei Männern entfernt war, machte einer der beiden anderen einen offensichtlich bedrohlichen Schritt auf Nathan zu. Der spannte sich noch weiter an, ebenso offensichtlich nicht gewillt, zurück zu weichen.

„Hey!", machte Lex auf sich aufmerksam. Die beiden fremden Männer blickten zu ihr auf, registrierten den Hund an ihrer Seite. Nathan hingegen wandte sich ihr nicht zu. Sie sah ihm an, dass er im vollen Kampfmodus war. Mit ein paar energischen Schritten brachte Lex die letzte Distanz hinter sich, trat an Nathan heran, dabei die Männer ebenfalls nicht aus dem Auge lassend. „Hi Nathan", fügte sie etwas ruhiger hinzu.

Der Blick des Mannes, der Nathan bedroht hatte, glitt

zwischen ihr, Titan und Nathan hin und her, verharrte schließlich auf ihr. Er musterte sie von Kopf bis Fuß, setzte ein anzügliches Grinsen auf. „Hey, Puppe", brachte er wenig einfallsreich hervor. Unbeeindruckt begegnete Lex für einen Moment seinem Blick. Er mochte Anfang, Mitte dreißig sein, war scheinbar öfter im Fitnessstudio und übersät mit Tattoos. Ex-Knasti, wenn Lex nicht alles täuschte. Der zweite Mann war etwas jünger und schien sich in der Situation, in die er geraten war, unwohl zu fühlen. Sein Blick verharrte unablässig auf Titan, der dicht neben Lex' Bein stillstand, die Ohren aufmerksam aufgerichtet. Das Fell in seinem Nacken sträubte sich unter der Anspannung der Situation.

Lex entschied sich, beide Männer zunächst zu ignorieren. Sacht berührte sie Nathans Hand. „Lass uns gehen", bat sie ihn.

Der Tätowierte grinste noch breiter. „Ja, hör auf deine Bitch. Zieh Leine, Alter."

„Sie ist meine Schwester", brachte Nathan aggressiv hervor und sein Tonfall machte Lex klar, dass er die Situation gar nicht verlassen wollte. Jetzt griff sie nach seiner Hand. Er erwiderte die Geste nicht, fixierte noch immer die Männer vor sich.

„So `ne Schwester hätte ich auch gerne", lachte der Mann dreckig und musterte Lex noch einmal. „Geile Titten", fügte er hinzu.

Sie spürte Nathans Bewegungsimpuls nach vorne, ehe er ihn umsetzte. Mit einem raschen Schritt brachte sie sich zwischen ihn und die Männer, diesen dabei den Rücken kehrend und Nathan eine Hand vor die Brust legend.

„Lass uns gehen, Nathan", wiederholte sie mit mehr Nachdruck und sah ihm direkt in die Augen. Sie sah darin, was geschehen würde, noch ehe es soweit war.

Der Typ mit den Tattoos war genau wie Nathan auf eine Auseinandersetzung aus. Als Lex sich zwischen ihm und Nathan aufbaute, nutzte er das, um Lex an den Hintern zu greifen.

„Der Arsch ist auch nicht schlecht", brachte er noch hervor, als Lex ihm schon den Ellenbogen vor die Brust rammte. Hart genug, um ihn nach Luft schnappen zu lassen. Nathan schob sie mit einer Hand beiseite und wollte sich auf den Typen stürzen.

Der holte aus, um seinerseits anzugreifen, und erwischte Lex dabei im Gesicht. Vielleicht hatte er sogar sie treffen wollen, Lex wusste es nicht, als sie zu Boden geworfen wurde. Mit einem bedrohlichen Zähnefletschen sprang Titan zwischen die Männer. Der Tätowierte trat nach ihm, während Nathan endgültig ausrastete. Innerhalb eines Sekundenbruchteils waren die beiden in eine wüste Schlägerei verwickelt. Lex sah dem zweiten Mann an, dass er zögerte, ob er sich einmischen sollte. Sie hatte Titan zu sich abgerufen und er stand mit noch immer gefletschten Zähnen vor ihr, bellend, augenscheinlich kurz davor, sich in das Getümmel hinein zu katapultieren. Lex rappelte sich auf, gerade als der zweite Mann sich von hinten auf Nathan werfen wollte.

„Das würde ich nicht tun", warnte sie ihn und pfiff gellend nach ihren anderen Hunden. Diese hörten ihren Ruf auch über die Distanz des Parkplatzes hinweg. Als wären sie ein Tier sprangen sie in einer absolut synchronen und bewundernswert eleganten Bewegung aus dem offenen Heck und rannten zu ihnen herüber. Der zweite Mann hatte sich bei ihrem Pfiff abgewandt, um zu sehen, was dieser zu bedeuten hatte. Panik erschien auf seinen Zügen, als er die drei weiteren Dobermänner kommen sah.

„Eric, Scheiße man, lass uns von hier verschwinden", rief er seinem Kumpan zu und nahm bereits selber die Beine in die Hand. Lex ließ Titan ein paar Schritte hinter ihm her hetzen, ehe sie ihn wieder zu sich rief.

Eric hingegen war zu beschäftigt mit Nathan. Er verpasste diesem gerade einen wuchtigen Kinnhaken – wollte es vielmehr, denn Nathan wich dem Schlag gekonnt aus.

„Nathan, genug!", rief Lex ihm zu, als er erneut ausholte, um auch Eric eine zu verpassen. Er führte seinen Schlag trotzdem aus und Eric taumelte mehrere Schritte zurück. Lex nutzte das, um wieder an Nathan heranzutreten, sich wie zuvor vor ihm aufzubauend. Um Eric machte sie sich in diesem Moment keine Gedanken, da ihre Hunde sie erreichten und sich als lebender Schutzwall zwischen ihr und dem fremden Mann aufbauten. Sie bellten und fletschten die Zähne. Titan allein hatte ihn scheinbar nicht eingeschüchtert, doch zu viert trieben sie ihm die Panik auf die Züge.

Wieder legte sie Nathan die Hände vor die Brust. „Lass uns gehen, Nathan, jetzt!", wiederholte sie. Sie machte einen Schritt nach vorn, in ihn hinein, um ihn zurück zu drängen. Er schäumte noch immer vor Zorn. Er rührte sich nicht und sie wusste, er war nur Sekunden davon entfernt, sich doch wieder auf seinen Widersacher zu stürzen. „Jetzt, Nathan!" Auch in ihrer Stimme schwang jetzt Wut. Sie griff seine Hand, zog daran und pfiff nach den Hunden. Die ließen nur widerwillig von dem Mann ab. Lex musste noch einmal nach ihnen rufen, ehe sie sich schüttelten und abwandten. Nathan folgte ihr inzwischen zum Auto.

„Deine Schlüssel", forderte sie und hielt ihre freie Hand aus. Der andere Typ hatte gesehen, aus welchem Wagen die Hunde hinausgesprungen waren. Sollten sie Nathans Auto hier stehen lassen, würde es mit Sicherheit zu Schrott verarbeitet werden. Ihren Jeep konnten sie später holen.

Wortlos reichte Nathan ihr den Schlüssel. Sie erreichten sein Auto und sie zog die Beifahrertür auf. „Steig ein", wies sie ihn an. Er zögerte. Sie konnte ihm ansehen, dass er zurückwollte. „Steig in das beschissene Auto, Nathan!", fuhr sie ihn scharf an.

Er gab nach. Sie ließ die Hunde ins Heck springen und ging zur Fahrerseite. Sie startete das Auto und war froh, als sie den Parkplatz verließen. Sie fuhren schweigend mehrere Minuten. Als Lex merkte, dass ihr Adrenalinspiegel abfiel, hielt sie nach einem anderen Parkplatz Ausschau. Sie sah ein Lebensmittelgeschäft, steuerte auf den Parkplatz und parkte an dem Ende, an dem die wenigsten Autos standen. Sie warf Nathan einen wütenden Blick zu – er starrte nur nach vorne aus der Windschutzscheibe – dann stieg sie aus. Mit einem lauten Krachen warf sie die Tür hinter sich zu.

Mehrere Minuten blickte sie bewegungslos auf den einsamen Baum, der am Rande des Parkplatzes wuchs. Ihre Hände zitterten. Und ihr verdammter Rucksack mit ihren Tabletten war im Jeep. Dann hörte sie Nathan aussteigen. Er kam zu ihr herüber. Auf seiner Miene sah sie jetzt einen so zerknirschten wie besorgten Ausdruck. Er wollte eine Hand nach ihrem Kinn ausstrecken, um sich ihr Gesicht so zuzuwenden, dass er besser sehen konnte, was der Schlag von dem tätowierten Mann angerichtet hatte. Aber Lex stieß seine Hand wütend beiseite.

„Fass mich ja nicht an!", fauchte sie ihn an. Es war nicht das erste Mal, dass sie in eine von Nathans Schlägereien verwickelt worden war. Das letzte Mal jedoch war lange her. Sie war mit Mia schwanger gewesen. Dante war förmlich ausgerastet. Für Wochen hatte er Nathan des Hauses verwiesen und hatte geschworen, dass er Nathan die Kniescheiben zerschießen würde, sollte er Lex jemals wieder in eine Prügelei mit hineinziehen. Es war der schlimmste Streit, den sie je miteinander gehabt hatten.

„Du hättest dich nicht einmischen sollen", brachte Nathan hervor. Er klang hilflos.

Noch ehe sie wirklich wusste, was sie da tat, verpasste sie ihm eine Ohrfeige. Für ein, zwei lange Augenblicke sahen sie einander einfach nur an, beide gleichermaßen überrascht. Dann wandte sie sich mit einem Ruck ab, um zur Beifahrerseite hinüber zu gehen. Sie zitterte inzwischen wie Espenlaub. Sie stieg ins Auto und starrte nun so verbissen wie Nathan zuvor durch die Frontscheibe.

Nathan setzte sich ebenfalls. Er wollte etwas sagen, doch sie fiel ihm ihn Wort, ehe er überhaupt beginnen konnte. „Ich will zu Isaac." Es war das Einzige, was ihr einfiel. Sie wollte jetzt nicht bei Nathan bleiben. Sie würde einen Wutanfall kriegen, wenn sie sich mit ihm auseinandersetzen musste. Oder einen hysterischen Zusammenbruch. Vermutlich sogar beides. Sie hörte Dantes Stimme in ihrem Ohr, wie er Nathan anbrüllte. Fühlte das Ungeborene in ihrem Leib auf den Aufruhr reagieren. Dachte an ihre Tabletten im Jeep.

„Ich", versuchte Nathan trotzdem.

„Ich will zu Isaac!" Jetzt schrie sie.

Nathan fuhr zusammen. Er startete den Motor. „Es tut mir leid, Lex", brachte er leise und bittend hervor, während er den Wagen zurück auf die Straße steuerte.

„Lass mich in Ruhe", knurrte sie dunkel.

Scheinbar sah er ein, dass es besser war, ihre Worte ernst zu nehmen. Er schwieg während der gesamten halben Stunde, die die Fahrt dauerte. Als sie endlich bei Isaac ankamen, stand der Wagen kaum, als Lex die Tür aufstieß. Schon sprang sie hinaus. Ihre Beine waren so wacklig, dass sie strauchelte. Beinahe wäre sie gestürzt.

Obwohl das Auto im Parkverbot stand, stieg auch Nathan aus. Sie warf ihm nicht einmal einen Blick zu.

„Fahr nach Hause, Nathan", wies sie ihn an.

„Lex, bitte", versuchte er es einmal mehr.

Jetzt fuhr sie doch zu ihm herum. Tränen rannen über ihre Wangen, von der die rechte über dem Jochbein aufgeplatzt und bereits dabei war, sich in spannenden Blau- und Lilatönen zu verfärben. „Ich kann das jetzt nicht, Nathan. Fahr nach Hause", brachte sie hervor und ihre Stimme zitterte so sehr, dass er ihre Worte kaum verstehen konnte.

Als er an sie herantrat, wich sie vor ihm und seiner ausgestreckten Hand zurück. In diesem Moment kam jemand aus dem Wohnhaus heraus. Lex nutzte die Gelegenheit, um an der Frau vorbei ins Hausinnere zu schlüpfen. Sie drehte sich nicht noch einmal zu Nathan um.

Sie wusste, sie würde es die Treppen nicht hinaufschaffen. Ihre Beine waren viel zu zittrig. Während sie auf den Fahrstuhl wartete, konnte sie an nichts anderes denken, als dass ihre Tabletten im Jeep waren. Erleichtert trat sie in die Kabine und fuhr die drei Stockwerke nach oben. An Isaacs Tür hielt sie den Klingelknopf gedrückt. Sie war sich nicht sicher, ob sie nicht zusammenbrechen würde, wenn sie nur vor der Tür stand und nichts tat. Sie musste zumindest klingeln.

Sie hörte Isaac hinter der geschlossenen Wohnungstür ein entnervtes „Ja, ich komme doch" rufen. Der Türspion verdunkelte sich kurz und dann öffnete Isaac mit einem überraschten Gesichtsausdruck die Tür.

„Lex", begrüßte er sie erstaunt. Erst dann sah er ihr Gesicht. „Lex! Was ist passiert?"

Sie fiel ihm in die Arme, küsste ihn wild und leidenschaftlich. Schon fuhren ihre Hände unter sein Shirt.

„Jetzt warte doch mal“, brachte er erstaunt hervor, so besorgt wie überrumpelt – erst recht wo sie gestern noch so zurückhaltend gewesen war. Sie zog nur seinen Gürtel auf, drängte ihn in die Wohnung hinein. Mit dem Fuß gab sie der Tür einen Stoß, um sie ins Schloss zu werfen. „Lex?“

Sie schüttelte den Kopf, griff in seine Hose nach seinem steifen Fleisch. Sein Körper reagierte auf ihren Ansturm, auch wenn Isaac sich noch immer fragte, was zum Teufel vorgefallen war.

Erst Stunden später ließen sie wieder voneinander ab. Sie waren inzwischen in Isaacs Bett und schließlich machte Lex sich von ihm los. Ohne ein Wort der Erklärung rollte sie sich eng unter seiner Decke ein und begann zu weinen. Mehrfach sprach er sie an, aber sie reagierte nicht auf ihn. So streichelte er einfach ihren Rücken, bis sie sich zumindest etwas beruhigte. Irgendwann schien sie sogar einzuschlafen. Es war inzwischen nach elf, aber trotzdem stand Isaac auf und holte sein Handy. Lex durch die angelehnte Schlafzimmertür im Auge behaltend, wählte er Nathans Nummer.

Der hob sofort ab. „Isaac. Wie geht es ihr?“

Es war offensichtlich, dass Nathan bewusst war, dass etwas vorgefallen war. Isaac schnaubte hilflos. „Keine Ahnung. Was ist denn passiert, Nathan?“

„Hat sie nichts gesagt?“, gab Nathan überrascht zurück. Er klang irgendwie schuldbewusst.

Isaac runzelte die Stirn. „Hat was nicht gesagt? Was ist mit ihrem Gesicht passiert?“

Nathan schwieg.

„Nathan?“, hakte Isaac ungeduldig werdend nach.

Nathan erzählte es ihm. Danach war die Reihe an Isaac zu schweigen.

„Wie geht es ihr?“, wollte Nathan erneut wissen.

„Sie schläft jetzt. Sie hat lange geweint.“ Isaac war stinksauer, dass sie Nathan die aufgeschlagene Wange zu verdanken hatte.

Pause am anderen Ende der Leitung. Dann: „Hat sie ihre Tabletten?“ Nathans Stimme klang klein.

„Nein.“

„Dann muss sie sie im Jeep gelassen haben. Ich komme zu euch und bringe ihr ihre von zu Hause. Dann kann sie was nehmen, wenn sie wach wird.“

KAPITEL 15

Lex war selber überrascht, dass sie tatsächlich die gesamte Nacht durchschlief. Mit einem tiefen Seufzen schlug sie die Augen auf. Schon jetzt fühlte sie sich, als hätte sie nicht genug Kraft für den Tag und der hatte noch nicht einmal angefangen. Ihre Wange pochte schmerzhaft, was sich bis in ihre Schläfe hinein fortsetzte. Sie wollte gar nicht ihr Spiegelbild sehen.

Das Bett neben ihr war leer. Irgendwie war sie erleichtert darüber. Suchend blickte sie sich nach etwas um, das sie sich überziehen konnte. Am Fußende lagen ihre Klamotten fein säuberlich gefaltet. Isaac musste sie dorthin gelegt haben. Sie setzte sich auf, um danach zu greifen, musste sich in der Bewegung allerdings unterbrechen, als der Schmerz in ihrer Schläfe sich von einem Pochen zu einem plötzlichen scharfen Stechen wandelte. Dazu gesellte sich nun auch noch Schwindel.

Mit einem leisen Stöhnen ließ sie sich zurück in die Kissen sinken. Im gleichen Moment erschien Isaac unter der Tür, in den Händen zwei große Tassen Kaffee. Er lächelte, als er sah, dass sie wach war.

„Guten Morgen", grüßte er mit seiner gewohnten morgendlichen Munterkeit.

Sie brummte nur, tastete behutsam mit ihren Fingern nach der rechten Seite ihres Gesichts. Sie zuckte zusammen und zog scharf die Luft ein, als sie damit nur noch mehr Schmerz triggerte. Isaac kam zu ihr hinüber, setzte sich an die Bettkante.

Er stellte die Kaffeebecher auf den Nachttisch und zog etwas aus seiner Hosentasche. Ein leichtes Schmerzmittel. Er schüttete sich zwei Tabletten auf die Hand und reichte sie ihr.

„Rührei ist fertig. Ich hole es dir. Nimm schon mal die Tabletten. Dein Gesicht sieht schmerzhaft aus."

Jetzt hatte sie ein schlechtes Gewissen, dass sie erleichtert gewesen war, dass er nicht neben ihr gelegen hatte, als sie aufgewacht war. Er war einfühlsam und aufmerksam wie immer. Darüber hinaus war es gestern schließlich sie gewesen, die sich förmlich auf ihn gestürzt hatte. Für Schüchternheit war es jetzt wohl etwas spät.

Sie mied den Blick zu ihm, als sie sich erneut versuchte aufzusetzen. Sie fluchte dunkel, schaffte es aber diesmal. Mit gerunzelter Stirn reichte er ihr ihren Kaffee.

„Danke", brachte sie hervor. Schlürfend trank sie einen ersten Schluck. Sanft küsste er ihre Stirn.

„Ich bin gleich zurück."

Er brachte Rührei mit zwei Scheiben Brot, die mit Tomatenscheiben garniert waren. Ihr hätte auch das Ei gereicht, aber sie wusste die Geste zu schätzen. Sie aß langsam, wartete darauf, dass das Schmerzmittel griff. Trank Kaffee. Er reichte ihr den zweiten Becher.

„Was trinkst du?", fragte sie, um überhaupt etwas zu sagen.

Er lachte. „Das nicht. Ich hatte normalen Kaffee." Dann wurde er bereits wieder ernst. „Wie geht es dir?"

Sie seufzte. Sonst nichts.

„Nathan hat deine Tabletten vorbeigebracht", fügte Isaac vorsichtig hinzu.

Sie zuckte bei Nathans Namen zusammen und verzog das Gesicht. „Hat er was gesagt?"

Isaac zog eine Augenbraue hoch. „Was soll er gesagt haben?"

Sie wich seinem Blick aus und zog eine Schulter hoch. „War er sauer?" Ihre Worte waren leise.

Die zweite folgte der ersten Augenbraue. „Warum sollte er sauer sein?", wollte er erstaunt wissen und in seiner Stimme schwang noch immer der Zorn darüber, dass Nathan sie in seine Prügelei verwickelt hatte.

Nervös strich sie über die Bettlaken. „Ich habe ihm eine Ohrfeige verpasst", gestand sie kleinlaut. Schon in dem Moment, wo sie es getan hatte, hatte sie es bereut.

Isaac sah ein, dass ein ‚Du hättest ihm noch eine zweite verpassen sollen' vermutlich nicht zielführend wäre. So atmete er tief durch und gab dann möglichst ruhig zurück: „Nein, er war nicht sauer."

Sie erwiderte nichts, nippte nur wieder an ihrem Kaffee, aber er sah ihr an, dass es hinter ihrer Stirn arbeitete. Behutsam griff er ihre eine Hand. „Welche Tabletten nimmst du morgens?", fragte er. Am Boden am Fußende des Bettes stand ein Rucksack. Er griff danach und reichte ihn ihr. Sie sah ihre Pillendosen darin. Sie zog nach kurzem Zögern drei heraus und nahm von jeder eine. Erst mehrere Schluck Kaffee später sah sie schließlich zu ihm auf.

„Wegen gestern…", setzte sie an und wirkte verlegen. „Sollte ich mich dafür entschuldigen?" Noch immer war es ihr peinlich, wie sie ihn überfallen hatte. Vor allem weil sie ihn am Tag zuvor noch abgewiesen hatte.

Er gab ein überraschtes Lachen von sich. „Entschuldigen?", gab er zurück. Er lehnte sich vor, um ihr nochmal auf die Stirn küssen zu können. Seine Hand glitt in ihren Nacken. Als sie zu ihm aufblickte, küsste er sie vorsichtig auf die Lippen. Sie erwiderte es.

Sie ließen den Kuss andauern. Lange. Ihre freie Hand fuhr unter sein Shirt. Er nahm ihr den Kaffeebecher ab und sie ließ sich zurück in die Kissen sinken. Jetzt war sie plötzlich froh, dass sie sich noch nichts übergezogen hatte. Isaac glitt über sie, zog in der gleichen Bewegung die Decke von ihrem Körper. Seine Hand fand ihre Mitte. Schon drang er mit einem Finger in sie ein. Sie stöhnte auf und spreizte die Beine für ihn, während ihre Hände den Bund seiner Jogginghose hinunterzogen. Im nächsten Moment drang sein steifes Fleisch in sie. Jetzt stöhnten sie beide auf. Er stützte sich mit beiden Händen neben ihrem Kopf auf und begann, sich in ihr zu bewegen.

Sie kamen gemeinsam und er liebte es, wie sie währenddessen

seinen Namen keuchte. Er blieb noch für einen Augenblick in ihr. Mit einem Lächeln küsste er sie.

„Es lohnt sich immer wieder, dir Frühstück ans Bett zu bringen." Sanft rieb er seine Nase an ihrer. Schon als sie das erste Mal zusammen gewesen waren, hatte er sehr schnell festgestellt, dass sie meistens ziemlich brummig aufwachte. Wenn sie aber erst Mal etwas Kaffee intus hatte, war sie auch am Morgen offen für mehr.

Sie zog seine Hüfte noch einmal näher an sich, schloss ihre Beine um ihn und gab einen genüsslichen Laut von sich. Auch sie lächelte. „Verwöhn mich nicht zu sehr, sonst gewöhne ich mich noch dran", neckte sie ihn spielerisch.

Er grinste. „Meinetwegen kannst du dich gern dran gewöhnen", erwiderte er und pumpte sein Becken einmal mehr gegen ihres. Sie stöhnte und legte ihren Kopf in den Nacken in der klaren Aufforderung, ihren Hals zu küssen. Sanft ließ er seine Zunge an ihrem Kehlkopf entlangwandern. Ihre Hände leiteten ihn dazu an, sich wieder in ihr zu bewegen. Mit einem dunklen Laut kam er dem nach, spürte, wie er bereits wieder steif wurde.

Nach ein paar Augenblicken meinte er dann jedoch bedauernd: „Wir müssen zur Arbeit."

Sie machte ein protestierendes Geräusch und schloss ihre Beine fester um ihn, offensichtlich nicht gewillt, ihn gehen zu lassen. Ihm trieb das ein zufriedenes Lächeln auf die Züge. Er küsste sie, streichelte ihre linke Wange – die rechte würde er nicht anfassen, um ihr nicht weh zu tun – und drängte sich so tief es ging in sie. So verharrte er, küsste sie wieder und suchte ihren Blick.

„Wann sehen wir uns wieder?", wollte er wissen und entlockte ihr ein neuerliches Stöhnen mit einer behutsamen Bewegung seines Beckens.

„Ich dachte, wir sehen uns gerade", erwiderte sie keck und gab ihm mit den Händen zu verstehen, sich mehr zu bewegen. Sie küsste ihn am Hals, saugte sanft an seiner Haut. Er stöhnte und nahm einen Rhythmus in ihr auf.

Einige Minuten sprachen sie nicht mehr miteinander, gingen

ganz in der Verbindung zueinander auf. Erst als er schließlich verharren wollte, um einen weiteren Höhepunkt noch einmal hinaus zu zögern, bat sie ihn atemlos: „Nein, hör nicht auf, Isaac."

Mit einem lustvollen Geräusch intensivierte er seine Bewegungen in ihr und fand nur wenige Sekunden später seine Erlösung. Sie umarmte ihn, zog ihn ganz dicht an sich und er genoss es, ihr so nah zu sein. Mehrere Momente küssten sie einander noch, dann mahnte Isaac erneut: „Wir werden zu spät kommen."

„Was waren das für Zeiten, als man einfach schwänzen konnte", gab sie zurück und verzog wehleidig das Gesicht. Allein für diesen Ausdruck wäre er am liebsten noch Stunden mit ihr im Bett geblieben. Ehe seine Unvernunft siegen konnte, machte er sich mit einem Lachen los von ihr, stieg direkt aus dem Bett, um es sich nicht doch noch anders zu überlegen.

„Wann sehen wir uns wieder?", wollte er noch einmal wissen.

Auch sie setzte sich mit einem schweren Seufzen auf. „Heute sollte ich nach der Arbeit nach Hause. Nathan und ich müssen reden, denke ich", meinte sie und klang nicht begeistert.

Isaac gab nur ein „hmpf" von sich. Alles, was er gerade über Nathan hätte sagen können, war vermutlich nichts, was sie hören wollte. Ihre rechte Gesichtshälfte sah furchtbar aus. Isaac war stinksauer.

„Was ist mit morgen?", fragte er stattdessen.

„Ja, vielleicht." Sie wirkte ausweichend. Isaac mahnte sich selbst, einen Schritt zurückzufahren. Offensichtlich wollte sie sich nicht festlegen. Er sollte sie nicht bedrängen, egal wie sehr er sich bereits jetzt nach ihre sehnte, obwohl sie noch bei ihm war.

„Gehen wir noch gemeinsam duschen?" Nun klang seine Stimme bewusst leicht.

Sie grinste. „Ich dachte, wir sind spät dran."

Isaac zog sie zu einer Umarmung an sich heran, genoss das Gefühl ihres nackten Körpers an seinem. „Ja, aber du bist nur einmal gekommen, ich zwei Mal. Bisschen ungerecht, wenn ich dann derjenige bin, der zum Aufbruch mahnt."

Sie küsste ihn. „Ich werde schon noch zu meinem Recht kommen. Ich habe jede Absicht, dich bald wiederzusehen."

Ein hoffnungsfroher Ausdruck trat auf seine Züge. „Hast du?" Er musste es fragen, auch wenn er sich gerade erst vorgenommen hatte, sie nicht zu drängen.

Sie zog eine gespielt ratlose Miene. „Macht man das nicht so, wenn man ein Paar ist?"

Isaac schickten ihre Worte einen wohligen Schauer den Rücken hinunter. Er zog sie noch fester an sich. „Sind wir das?" Seine Worte waren leise, als traue er sich nicht recht, sie auszusprechen. Auch wenn sie eingewilligt hatte, es noch einmal mit ihm zu versuchen, war er sich nicht sicher gewesen, was genau das bedeuten würde.

Mit einem Lächeln sah sie ihm in die Augen. „Das wäre schön, ja", gab sie zurück.

Er strahlte und es ließ ein warmes Gefühl in ihrer Brust entstehen, ihn so zu sehen. Willig erwiderte sie den Kuss, den er ihr voller Leidenschaft gab, öffnete die Lippen für seine Zunge. Als er sie doch noch einmal aufs Bett drängte, lachte sie und hob ihm ihr Becken entgegen.

Danach kamen sie tatsächlich zu spät. Sie machten sich wenig Gedanken darüber. Den ganzen Weg in der U-Bahn konnten sie kaum voneinander ablassen, standen dicht aneinandergedrängt und küssten einander so lange, bis der unablässig auf ihnen ruhende Blick eines älteren Mannes, der an der letzten Station zugestiegen war, sie schließlich auseinandertrieb. Lex hatte das unangenehme Gefühl, dass der Mann dachte, sie hätte ihre geprellte Wange Isaac zu verdanken, und das verdarb ihr die Stimmung. Sie wandte sich von ihm ab, lehnte sich stattdessen mit dem Rücken gegen Isaac. Er legte ihr einen Arm um, zog sie eng an sich. Nur wenige Momente später begann er bereits wieder, sie zu küssen. Diesmal wanderten seine Lippen seitlich an ihrem Hals entlang. Sie spürte die harte Beule in seiner Hose an ihrem Po. Als sie sich dagegen drängte, keuchte Isaac leise an ihrem Hals. Es zauberte ein Lächeln auf ihre Züge.

Beinahe verpassten sie ihre Haltestation, so abgelenkt waren sie. Lachend sprangen sie im letzten Moment durch die sich schon schließenden Türen, hielten einander dabei an den Händen. Isaac zog sie noch einmal in seine Arme, küsste sie drängend. Dann liefen sie eilig aus der U-Bahn-Station die Treppen nach oben und von da die wenigen Meter hinüber zur Polizeistation.

Als Lex am späten Nachmittag den Hundeplatz verließ, stand Nathan an seinem angestammten Platz, an dem er immer wartete, wenn er sie von der Arbeit abholte. Sie hatten für heute nichts ausgemacht. Lex hatte einfach gar nicht auf seine vielen Nachrichten auf ihrem Telefon reagiert.

Jetzt stand er trotzdem an sein Auto gelehnt da, rauchte und hielt nach ihr Ausschau. Seine Miene drückte Schuldbewusstsein aus. Auch wenn sie nicht damit gerechnet hatte, fühlte sie pure Erleichterung, als sie Nathan sah. Sie hasste es, sich mit ihm zu streiten. Mit einem breiten Lächeln eilte sie die letzten Schritte zu ihm hinüber und warf sich ihm in die Arme, drängte sich eng an ihn. Er umarmte sie fest, gab ein so erleichtertes Geräusch von sich, wie sie sich fühlte. Sanft küsste er sie aufs Haar.

Mehrere Augenblicke standen sie einfach nur so da. Irgendwann schließlich murmelte er: „Ich bin ein Idiot, Lex." Seine Stimme war belegt.

„Manchmal ja", bestätigte sie mit einem kleinen Lachen und drängte sich noch dichter an ihn.

„Es tut mir leid."

„Ja, mir auch", meinte sie, sich einmal mehr an die Ohrfeige erinnernd, die sie ihm verpasst hatte.

Er löste sich ein wenig von ihr, griff sanft nach ihrem Kinn. Besorgt musterte er ihr Gesicht. „Dir muss nichts leidtun", entgegnete er und sie hörte die Bestürzung in seiner Stimme. Ihre rechte Gesichtshälfte sah wirklich übel aus. Es war ihr bei der Arbeit heute unangenehm gewesen. „Das ist meine Schuld." Er klang bedrückt.

Sie zog eine Schulter hoch. „Nein, der Typ hat mich geschlagen, nicht du."

„Du weißt, was ich meine."

Sie stellte sich auf die Zehenspitzen, um Nathan auf die Wange küssen zu können. „Vergiss es einfach, Nathan. Es lässt mich nur an Dante denken, wenn wir darüber reden."

Er gab einen gequält wirkenden Laut von sich. „Das hatte ich befürchtet." Auch er hatte, seit Lex nach der Prügelei so wütend auf ihn reagiert hatte, ständig an die Auseinandersetzung mit Dante denken müssen. Er bezweifelte nicht, dass der Italiener mit seiner Drohung, Nathan die Kniescheiben zu zerschießen, ernst gemacht hätte, wenn er hiervon wüsste. Dante hatte einen stark ausgeprägten Beschützerinstinkt seiner Frau gegenüber gehabt. „Es tut mir so leid", wiederholte er aufrichtig.

Sie schluckte und wich jetzt seinem Blick aus. „Lass uns mein Auto holen und nach Hause fahren, okay?"

Den Abend verbrachten sie ruhig. Lex arbeitete noch anderthalb Stunden mit den Pferden. Nathan ging währenddessen joggen und kochte danach. Um halb neun verschwand Lex mit den Worten, mit Isaac telefonieren zu wollen, hinaus auf die Terrasse. Sie blieb fast eine Stunde draußen und kam mit funkelnden Augen und geröteten Wangen wieder hinein. Nathan verkniff sich mit einem Grinsen jeglichen anzüglichen Kommentar und klopfte nur neben sich auf die Matratze, damit sie sich zu ihm ins Bett legte. Sie kuschelte sich wie gewohnt an ihn und ihren Atemzügen nach zu urteilen schlief sie schon bald ein, während Nathan sich noch den Rest der Dokumentation ansah.

Dr. Fuhr war es kaum möglich, seinen Blick von Lex' verunstalteter Wange abzuwenden, als sie sich ihm gegenüber in ihren angestammten Sessel sinken ließ. Es war Donnerstag, halb fünf. Ihre wöchentliche Therapiesitzung begann.

Trotzdem startete er mit seiner üblichen Frage: „Mrs. Morgan, wie ist es Ihnen in dieser Woche ergangen?"

Da sie gewusst hatte, dass diese Frage sie erwartete, hatte sie sich bereits eine Antwort zurechtgelegt und so fiel es ihr geradezu leicht, unbekümmert zu erklären: „Nathan und ich waren in eine Schlägerei verwickelt. Und ich bin wieder mit Isaac zusammen." Sie zuckte mit keiner Wimper. Sie war stolz auf sich. Denn wenn sie ehrlich war, hatte sie keine Ahnung, wie sie diese Therapiesitzung überstehen sollte. Ihre Gefühle waren das reinste Chaos.

Dr. Fuhr zog überrascht beide Augenbrauen hoch. Er lächelte sacht. „Und ich dachte, wir hätten uns nur eine Woche nicht gesehen." Dann wurde er ernst. „Das klingt nach viel, was Sie diese Woche zu bewältigen haben. Wie geht es Ihnen damit?"

Jetzt wich sie dem Blick ihres Arztes aus, sah auf ihre in ihrem Schoß verkrampften Hände. Ja, wie ging es ihr damit? Hilflos schüttelte sie den Kopf.

„Sie sind durcheinander", stellte Dr. Fuhr fest.

Beinahe hätte Lex ihn mit einem ‚Und dafür haben Sie jahrelang studiert?' angefahren, aber im letzten Moment hielt sie sich zurück. Es war nicht seine Schuld, dass ihr Leben mal wieder Kopf stand.

„Vielleicht können wir gemeinsam ein bisschen Ordnung in Ihre Situation bringen", schlug er vor. „Womit möchten Sie anfangen, mit Nathan oder mit Isaac?"

Lex seufzte. „Eigentlich möchte ich weder über Isaac noch über Nathan sprechen", brachte sie leise hervor und fühlte sich mit einem Mal unendlich erschöpft. Am liebsten wäre sie jetzt sofort nach Hause gefahren und hätte sich auf unbestimmte Zeit in ihrem Bett versteckt. Aber selbst diese Option blieb ihr nicht, denn zu Hause würde sie auf Nathan treffen. Und nur ihn zu sehen, würde ihr Gefühlschaos nur noch weiter beflügeln.

„Und doch haben Sie mir davon erzählt", erwiderte Dr. Fuhr und klang plötzlich sanft, mitfühlend.

Mit einem neuerlichen Seufzen ergab sie sich in die Situation. „Letzten Freitag waren Nathan und ich zusammen aus. Wir sind dort zufällig auf Isaac gestoßen", begann sie und entschied sich, einfach der Reihenfolge nach zu erzählen. Doch schon nach diesen zwei Sätzen wusste sie nicht mehr, wie sie weiter fortfahren sollte. In ihr war alles roh und wund. Sie runzelte die Stirn und schwieg.

Dr. Fuhr wartete einen Augenblick, musste dann jedoch einsehen, dass sie nichts weiter sagen würde. „Wir haben uns schon oft über Ihr Schuldgefühl, überlebt zu haben, unterhalten, Mrs. Morgan", meinte er nun stattdessen. Für ihn war es nur zu offensichtlich, was Lex bewegte.

Schlagartig traten Tränen in Lex' Augen. Sie biss sich auf die Unterlippe und schwieg.

„Nun, ich werde jetzt einfach mal laut denken. Sie können ja schauen, ob Sie sich mit etwas davon identifizieren können", erklärte Dr. Fuhr. „Sehr nachvollziehbar haben Sie Angst, sich auf einen Polizisten erneut einzulassen. Aber was Sie, glaube ich, noch viel mehr beschäftigt, ist Ihr Empfinden, dass es zu früh dazu ist, sich überhaupt auf irgendjemanden wieder einzulassen. So etwas wie Glück zu empfinden. Der Schmerz, den Sie empfinden, ist derzeit vermutlich die intensivste Bindung, die Sie zu Ihrem Mann und Ihren Kindern zu haben glauben. Sie befürchten, dass, wenn Sie glücklich sind und der Schmerz weniger wird, Sie Ihre Familie noch weiter gehen lassen müssen, als Sie es bereits mussten."

Mit einem Ruck erhob Lex sich aus ihrem Sessel. „Ich… ich kann das nicht", brachte sie stockend hervor.

Einige Minuten versuchte Dr. Fuhr sie noch zum Bleiben zu überreden. Aber Lex wusste, sie würde es nicht ertragen können, sich heute diesen Themen zu stellen. Sie wusste, er hatte Recht. Jedes Mal, wenn sie von Isaac fortging, spürte sie genau das. In den Momenten, wo sie bei Isaac war, wo sie sich wirklich auf ihn einließ, sich den Gefühlen für ihn öffnete, war der Gedanke an ihre Familie ferner. Und was anderes als ihre Gedanken waren ihr von ihrer Familie geblieben? Wenn sie sich gestattete, die Trauer zumindest ein wenig loszulassen, würden dann nicht auch nach und nach ihre Erinnerungen an sie verblassen? War sie es ihnen nicht schuldig, dass sie immer nur an sie dachte? Zu mindestens das? Wenn sie schon nicht mehr bei ihnen war? Sie allein in den Tod hatte gehen lassen? Würde ein neues Glück nicht ihr altes Glück in den Hintergrund drängen? Würde sie es vielleicht gar vergessen? Sie hatte nur so wenige, kurze Jahre mit Dante und ihren Kindern gehabt, hatte im Vergleich dazu noch so viele Jahre vor sich. Jahre, die sie ohne sie verbringen würde. Stattdessen mit anderen Menschen. Was, wenn sie irgendwann feststellte, dass sie sich nicht mehr an Dantes Stimme an ihrem Ohr erinnern konnte, seine Arme, die er um sie legte. An den Geruch ihrer Kinder, den Druck einer kleinen Hand in ihrer, das glockenhelle Lachen, wenn sie ihr nach einer Trennung beim Wiedersehen in die Arme gefallen waren. Jede Sekunde, die sie weiterlebte, jeden Moment, den sie mit anderen Menschen teilte, ließ all das nur in noch größerer Ferne rücken.

Nein, Lex ging. Sie wusste nicht einmal, wohin sie ging. Irgendwann stellte sie fest, dass es dunkel geworden war und dass sie keine Ahnung hatte, wo sie war oder wie sie dorthin gekommen war. Einen Moment fühlte sie sich hilflos, wusste absolut nicht, was sie jetzt tun sollte. Sie stand in einer Straßenschlucht, links und rechts irgendwelche Gebäudehallen, keine Menschen weit und breit. Sie fühlte Panik in sich hochkriechen und wusste nicht einmal zu sagen, warum. Dann vibrierte ihr Handy in ihrer Hosentasche. Sie zog es hervor. Es war Nathan. Einige Atemzüge starrte sie nur auf die Anzeige. Registrierte die Uhrzeit – 11:37 Uhr am Abend – und den Hinweis auf etliche verpasste Anrufe von Nathan, Isaac, ihren Schwiegereltern, Maria, Dr. Fuhr und nicht gelesene Nachrichten. Erst nach dem fünften Vibrieren hob sie ab.

„Nathan?" Sie sprach es in ihr Telefon, als wäre sie sich nicht sicher, dass er tatsächlich dran wäre.

„Lex?", entgegnete er und sie hörte pure Erleichterung in seiner Stimme. „Verdammte Scheiße, Lex, wo zum Teufel steckst du?"

Sie schwieg, war noch immer überfordert.

„Lex?", wiederholte er und die Erleichterung machte erneuter Sorge Platz.

Wieder sagte sie nichts.

Sie hörte Nathan am anderen Ende der Leitung tief durchatmen. „Bist du noch dran, Lex?", wollte er wissen und bemühte sie offensichtlich um einen ruhigeren Tonfall.

„Ja", erwiderte sie mit etwas Verzögerung. Ihre Stimme war schwach. Plötzlich fühlte sie sich völlig entkräftet. So sehr, dass sie sich sogar mit dem Rücken an einer der Hallen zu Boden sinken ließ, um sich hinsetzen zu können.

„Hey, C58-1", sagte Nathan sanft.

Sie konnte nichts erwidern.

„Wo bist du?"

Lex vergrub ihr Gesicht in ihrer freien Hand und zog die Beine an den Körper. Ihr war schwindelig.

„Bist du okay?", hakte er nach, auch wenn die Antwort auf diese Frage wohl nur ein Nein sein konnte, wie die Dinge standen. Stille. „Lex, bitte, sag etwas, irgendwas."

Sie fing an zu weinen.

„Lex, du musst das GPS deines Handys einschalten. Dann kann ich dich tracken und dich abholen kommen", erklärte er jetzt eindringlich. Er verbot sich selbst, sich hilflos zu fühlen. Wie er es schon den ganzen Abend getan hatte, seitdem sie nach ihr suchten. Er hatte sich verboten, Angst zu bekommen. Sich verboten, sich überfordert zu fühlen. Sich verboten, auch nur in Erwägung zu ziehen, dass sie sich was angetan haben könnte. Nein, er würde sie finden und sie würde in Ordnung sein. Es war wie ein Mantra gewesen. Mit aller Kraft hatte er daran geglaubt, um es wahrwerden zu lassen.

Lex schluchzte nur.

„Ich komme dich abholen, Lex. Aber du musst das GPS anschalten, kleine Schwester", wiederholte er. Gleichzeitig begann er eine Nachricht an die anderen in sein Handy zu tippen: *Ich habe sie. Sie ist okay.* Ein neues Mantra. Auch dieses würde wahrwerden.

„Nathan?" Ihre Stimme zitterte so stark, dass sie das Wort selbst kaum verstehen konnte.

„Ja, Lex?", gab er sofort zurück.

„Ich - ", setzte sie an, verstummte wieder. Wusste einen Moment nicht mehr, was sie hatte sagen wollen. Obwohl sie saß, drehte sich jetzt alles immer schneller um sie herum. Sie hörte das Blut in ihren Ohren rauschen. „Ich habe meine Tabletten genommen", erklärte sie dann und bis zu der Sekunde, wo sie die Worte aussprach, hatte sie nicht gewusst, dass es so war. Jetzt jedoch griff sie mit der freien Hand in ihre Jackentasche und zog ihre Pillendosen hervor. Sie war nicht überrascht zu sehen, dass sie leer waren.

Am anderen Ende der Leitung herrschte 15, dann 20 lange Sekunden absolute Stille. Zeit, die Nathan brauchte, um sich einzuhämmern, dass Panik ihn jetzt nicht weiterbringen würde. Ihm war sofort klar, dass sie mit ihrem Ausspruch nicht ihre reguläre Dosis meinte.

„Lex, du musst das GPS einschalten", erklärte er dann erneut. Seine Stimme zitterte, aber er redete sich ein, dass er keine Angst hatte. Nein, alles würde gut werden.

Schweigen.

„Lex?" Er rief ihren Namen zu laut in die Leitung. Alles würde gut werden.

„Ich… ich will nicht mehr, Nathan. Ich kann nicht mehr", sagte sie leise.

Alles würde gut werden! „Lex, ich schwöre dir, wenn du nicht jetzt sofort das beschissene GPS einschaltest, werde ich deine Pferde und deine Hunde einen nach dem anderen erschießen. Ich weiß, wo deine Waffe ist. Ich meine es ernst." Nathan hatte seine Stimme jetzt wieder unter Kontrolle. Er klang absolut ruhig.

Erneut schluchzte sie. Er gab ihr zehn Sekunden. Sagte sich, dass es nicht zehn Sekunden zu lang war. „Jetzt, Lex, schalte es ein."

Als sie das Handy von ihrem Ohr nahm, zitterte ihre Hand so sehr, dass es ihr beinahe hinuntergefallen wäre. Vor ihren Augen verschwamm das Display und sie musste mehrfach zwinkern, ehe sie wieder etwas sehen konnte. Mit unsicheren Bewegungen tippte sie auf den Bildschirm. Die Telefonverbindung zu Nathan wurde beendet.

KAPITEL 16

Kurz sah Nathan sich noch einmal in Lex' Schlafzimmer um. Dann griff er mit einem Seufzen nach dem Karton, in dem er seine restlichen Sachen verstaut hatte und brachte ihn nach draußen zu den anderen Boxen im Heck seines Autos. Er lehnte sich in das Wageninnere, um vom Beifahrersitz eine Schachtel Zigaretten zu nehmen. Sein Blick fiel auf den Schlüssel, der daneben lag. Es war der zu seiner neuen Wohnung.

„Ich glaube, das ist der letzte." Als er Lex' Stimme hörte, kam er wieder aus dem Wagen hervor. Sie trat gerade aus der Haustür, umschwärmt von ihren Hunden, und trug ebenfalls einen Umzugskarton. Nathan verzog das Gesicht und eilte zu ihr hinüber, um ihr den Karton abzunehmen.

„Du sollst doch nichts tragen", mahnte er sie.

Lex ließ ihn ihr die Box aus den Händen ziehen. „Eine Box voll Klamotten werde ich wohl gerade noch schaffen", gab sie trotzdem etwas schnippisch zurück, legte sich dann aber mit einem Lächeln eine Hand an den gerundeten Bauch. Sie folgte ihm zum Auto, beobachtete ihn dabei, wie er die Box im Heck verstaute. Sie lachte, als Bravo ebenfalls hineinsprang. „Er vermisst dich jetzt schon", sagte sie.

Als Nathan sich ihr zuwandte, konnte er ihr ansehen, dass es ihr wohl ging wie ihrem Hund. Er zog sie in seine Arme, küsste ihr sanft aufs Haar. „Ich bin ja nicht weit weg, Schwesterlein. Wenn du Sehnsucht nach mir hast, springe ich ins Auto und in einer halben Stunde bin ich bei dir", sagte er aufmunternd. „Wenn dir überhaupt die Zeit bleibt, mich zu vermissen", fügte er mit einem Augenzwinkern hinzu, als Isaac in diesem Moment ebenfalls nach draußen kam. „Ich glaube ja, du wirst mit was ganz anderem beschäftigt sein." Jetzt trat ein anzügliches Grinsen auf seine Züge.

Mit einem protestierenden Laut machte sie sich von ihm los, um ihm sacht gegen die Schulter boxen zu können.

„Ich mein ja nur", gab er zurück und wirkte nicht so, als würde ihre Zurechtweisung irgendwie fruchten. „Und in zwei Wochen bin ich eh jeden Tag wieder hier, wenn wir mit dem Anbau beginnen." Er streckte seine Hand aus und legte sie sacht gegen ihren Bauch. „Damit das Nest auch fertig ist, wenn mein Neffe das Licht der Welt erblickt."

Lex lächelte und legte ihre über seine Hand. „Oder Nichte", gab sie zurück.

Er schüttelte den Kopf. „Ich sag dir, das ist ein Junge. Das sagt mir mein Bauchgefühl."

Lex schwieg. Dagegen gab es nichts einzuwenden. Nathans Bauchgefühl hatte ihn noch nie im Stich gelassen. Bei Gabriel und Mia hatte er auch Recht gehabt. In diesem Moment erreichte Isaac sie und legte ihr einen Arm um die Schultern. Er zog sie näher an sich und küsste ihr auf die Schläfe. Froh darüber drängte sie sich dichter gegen ihn. Sie spürte den Tumult in ihrem Inneren. Auch wenn Nathan natürlich Recht hatte und sie ihn jeden Tag würde sehen können, wenn sie wollte. Dennoch fühlte sie sich mulmig dabei, dass er ab heute nicht mehr bei ihr wohnen würde, auch ungeachtet dessen, dass Isaac seinen Platz übergangslos hier einnehmen würde.

Sie seufzte. „Rufst du mich an, wenn du bei dir ankommst?", fragte sie und ihre Stimme klang gepresst. Isaac warf ihr einen besorgten Blick zu, sah den verlorenen Ausdruck in ihren Augen.

Kurz blickte er zu Nathan hinüber. „Oder wir könnten Nathan auch zu seiner Wohnung begleiten? Dann essen wir praktisch als Einweihungsfeier gemeinsam dort zu Abend?" Er formulierte es als Frage, wollte Nathan nicht einfach vor vollendete Tatsachen stellen.

Der nickte jedoch und zog bereits sein Handy hervor. „Gute Idee. Ich schreibe Katy, wir waren verabredet."

Nun grinste Lex. „Das neue Bett will wohl auch eingeweiht werden."

Nathan gab ein Schnauben von sich. „Langsam glaube ich, sie wird mich nie ranlassen."

Lex lachte. „Du hast es doch fast geschafft. Hatte sie nicht drei Monate gesagt?"

Nathan gab nur ein „hmpf" von sich, aber Lex sah den Funken in seinen Augen, der dort jedes Mal erschien, wenn Nathan an Katy dachte. Sie war Krankenschwester in der Klinik, aus der Lex vor einem knappen Monat entlassen worden war. Nathan hatte sie dort kennengelernt und Lex hatte ihn noch nie so unsicher einer Frau gegenüber erlebt. Ihr war sofort klar gewesen, dass Nathan sich nicht nur körperlich zu ihr hingezogen fühlte. Und der plötzlichen Häufigkeit nach zu urteilen, die Katy von da an für Lex zuständig war, wodurch sie – natürlich völlig zufällig – dann auch Nathan begegnete, wann immer er Lex besuchte und Katy ihr die Tabletten brachte – beruhte das durchaus auf Gegenseitigkeit. Im Vertrauen hatte sie Katy deswegen ein paar Dinge über Nathan erzählt, seine Bindungsprobleme. Dass er sich zwar nach körperlicher Nähe sehnte, diese ihn dann allerdings eher von den Frauen forttrieb, auf die er sich weiter einließ. Katy hatte daraufhin entschieden, dass sie und Nathan sich zunächst besser kennenlernen sollten, ehe sie ihm mehr gestatten würde. Wenn er sich nach einem Vierteljahr immer noch mit ihr würde treffen wollen, würde sie vielleicht einen Schritt weiter mit ihm gehen. Es war genug Zeit, um Nathan sich Hals über Kopf verlieben zu lassen. Das erste Mal in seinem Leben, soweit Lex wusste. Sie konnte nur hoffen, dass eine körperliche Nähe zu Katy ihn nicht in Panik verfallen lassen würde. Die drei Monate waren bald um.

Auf der Autofahrt zu Nathans Wohnung war Lex schweigsam. Der Gedanke daran, wie Nathan Katy kennengelernt hatte, erinnerte sie unwillkürlich an ihre Zeit in der psychiatrischen Klinik. Gute drei Monate war sie dort gewesen, nachdem sie die Überdosis Tabletten geschluckt hatte.

Sie hatte das GPS ihres Telefons nicht angeschaltet, aber nur wenige Minuten nach ihrem Telefonat mit Nathan hatte ein Lagerarbeiter, der seine Nachtschicht antrat, sie bewusstlos am Boden zwischen den Hallen gefunden. Er hatte sofort einen Krankenwagen kommen lassen. Es war knapp gewesen, aber man hatte Lex doch noch einmal retten können. Zwei Wochen war sie im Krankenhaus gewesen und von da direkt in die geschlossene Station einer psychiatrischen Klinik überwiesen worden.

Gut vier Wochen war sie dort, als Lex sich langsam dadurch beunruhigt fühlte, dass ihre Periode noch immer ausblieb. Eigentlich hätte sie sie schon direkt nach dem Krankenhaus bekommen müssen. Vier Wochen später immer noch nichts. Zusammen mit dem Umstand, dass ihr schon schlecht wurde, wenn sie auch nur in die Nähe von Zigarettenrauch kam, ließ sie eine der Krankenschwestern – es war Katy – bitten, ihr einen Schwangerschaftstest zu besorgen. Als sie diesen positiv in den Händen hielt, war zunächst absolute Leere in ihren Gedanken. Zwei Tage fühlte sie sich wie in Watte gepackt. Sie konnte einfach keinen klaren Gedanken fassen.

Schließlich zwang sie sich, sich den Tatsachen zu stellen. Denn auch ein zweiter Schwangerschaftstest – wieder durch Katy zur Verfügung gestellt – und inzwischen anhaltende Übelkeit – und das bei ihr, der ihr nie schlecht wurde – räumten jedweden Zweifel aus. Sie erinnerte sich daran, wie sie Isaac nach der Schlägerei vor dem Fitnessstudio überfallen hatte. Sie hatte ihm nicht die Zeit gelassen, sich ein Kondom überzuziehen. Die ganze Nacht nicht. Und auch am nächsten Morgen nicht. Rein rechnerisch betrachtet war das ihr fruchtbarer Zeitpunkt gewesen.

Eine Woche lang gab sie sich, um sich panisch und überfordert zu fühlen. In dieser Zeit verweigerte sie jedweden Kontakt zu Besuchern, sah weder Nathan, noch Isaac oder Dantes Familie. Dann bat sie ihren behandelnden Arzt darum, auf eine offene Station verlegt zu werden. Zwei Tage später traf sie Isaac. Da sie tatsächlich verlegt worden war, konnte sie sich draußen in dem Park der Klinik mit ihm treffen, anstatt überwacht in einem der kleinen Besuchsräume drinnen.

Eine Weile waren sie schweigend spazieren gegangen, ehe Lex sich auf eine der Parkbänke niederließ. Sie sah Isaac geradeheraus an, als er sich neben sie setzte. Sein Gesichtsausdruck machte klar, dass er wusste, dass sie ihm etwas zu sagen hatte. Dem Schmerz in seinen Augen nach zu urteilen, glaubte er, sie würde sich von ihm trennen.

Sie hatte seine Hand gegriffen und tief durchgeatmet. „Ich bin schwanger, Isaac", hatte sie ihm schonungslos eröffnet. So viel Kraft hatte sie noch nicht wieder, dass sie sich hätte Gedanken machen können, wie sie ihm dies mitteilen konnte, ohne ihn zu schockieren.

Einen Moment starrte er sie nur wortlos an. Sie erwiderte seinen Blick, fragte sich, was jetzt wohl in ihm vorging. Schließlich zog er sie in einer heftigen Geste in seine Arme. Lange sagte er gar nichts, vergrub nur sein Gesicht in ihren Haaren. Etwas hilflos ließ sie es geschehen bar jedweder Handlungsidee.

„Ich liebe dich, Lex", brachte er schließlich hervor und seine Stimme war belegt. Erst als er das sagte, wurde ihr bewusst, dass sie furchtbare Angst gehabt hatte, ihn zu verlieren. Dass er ihr Vorwürfe machen würde. Wütend werden würde. Sie damit allein lassen würde. Sie begann zu weinen und konnte lange nicht mehr damit aufhören.

Noch gut zwei Monate blieb sie in der Klinik. Stellte sich ihrer Verantwortung für das ungeborene Leben, das in ihr heranwuchs. Ließ sich langsam wieder aufpäppeln. Zwang sich dazu, neue Kraft zu schöpfen. Als Nathan das erste Mal auf Katy traf und in seiner plötzlich verlegenen Unsicherheit gleich ein ganzes Tablett voller Gläser hinunterschmiss, als er ihr dann half, die Scherben zu beseitigen und dabei seine Augen nicht mehr von ihr lassen konnte, zauberte das Lex das erste Lächeln auf die Züge, welches nicht mehr gezwungen war. Plötzlich wurde ihr bewusst, dass man Glück gewiss nicht erzwingen konnte, dass man sich jedoch auch nicht davor verstecken sollte, wenn es völlig unvermittelt zu einem fand.

Einmal mehr legte Lex ihre Hand gegen ihren gerundeten Bauch, als das Baby in ihr sich bewegte. Isaac warf ihr einen Blick zu.

„Bist du in Ordnung?", fragte er, nachdem er sie bisher die Fahrt über in Ruhe gelassen hatte, während sie gedankenverloren aus dem Seitenfenster gesehen hatte, eine Hand um Dantes Kreuz um ihren Hals geschlossen.

Mit einem Lächeln sah sie zu ihm hinüber. „Vielleicht können wir nach dem Essen noch kurz in deine Wohnung und die ersten Kartons mitnehmen", schlug sie vor. Plötzlich konnte sie es gar nicht mehr erwarten, bis Isaac wirklich bei ihr einzog – ungeachtet dessen, dass sie seit Wochen mit widerstreitenden Gefühlen diesem Umstand gegenüber kämpfte.

Etwas von ihrer Begeisterung schien er in ihrem Gesicht zu lesen. Er erwiderte ihr Lächeln. „Wenn du nicht zu erschöpft bist", gab er fürsorglich zurück.

Sie schnaubte nur, doch dann zog sie die Stirn kraus. „Wenn ich es mir recht überlege", gab sie langsam zurück. „Vielleicht spare ich mir meine Kräfte doch lieber für was anderes auf." Jetzt trat ein altbekannter Funke in ihre Augen.

Er drückte ihre Hand. „Meine Sachen können wir auch morgen noch holen", erwiderte er und warf ihr einen langen, sehr eindeutigen Blick zu, ehe er sich wieder auf die Straße konzentrierte.

„Warum hattest du vorgeschlagen, dass wir noch zu Nathan fahren?", fragte sie mit unvermittelter Ungeduld in der Stimme. Jetzt konnte sie ihre Augen nicht mehr von ihm wenden. Das schwarze, enganliegende T-Shirt, welches er trug und jede Linie seiner Muskeln nur noch zu betonen schien, machte es nicht einfacher.

Er lachte. „Weil du sonst wohl Nathan im Haus eingesperrt hättest und ich dich dann nie für mich gehabt hätte", gab er zurück, doch seine Worte waren sanft. Er machte sich noch immer Sorgen darum, wie es ihr jetzt mit diesem großen Schritt nach vorne ging.

Das versetzte ihr einen kleinen Dämpfer. Sie sagte nichts mehr, sah nur wieder aus dem Fenster. Als das Baby erneut gegen ihren Bauch trat, zog sie Isaacs Hand an die Stelle, wo jetzt eine kleine harte Beule zu fühlen war. Ein Knie vielleicht oder ein Ellenbogen. Isaac strahlte, als er die Bewegung des Babys spüren konnte.

„Ich werde mich aus dem aktiven Polizeidienst zurückziehen", erklärte sie mit einem Mal zusammenhanglos. „Ich habe schon Calvinson Bescheid gegeben." Schon kurz nachdem Lex sich dazu gezwungen hatte, das Gefühl der panischen Überforderung zurückzudrängen, welches sie befallen hatte, als sie von ihrer Schwangerschaft erfahren hatte, hatte sie diesen Entschluss gefasst: dass sie auch nach ihrer Krankschreibung nicht mehr die Staffelleitung übernehmen würde. Sie würde weiterhin als Trainerin arbeiten, Hunde ausbilden, aber nicht mehr als Polizistin. Sie konnte das ihrem Kind gegenüber nicht verantworten. Konnte nicht riskieren, dass ihr etwas zustoßen würde.

Isaac wünschte sich, nicht das Auto fahren zu müssen. Er wollte sie ansehen können, um besser einschätzen zu können, wie sie sich mit dieser Entscheidung fühlte. Er warf ihr zumindest einen kurzen Blick zu. Sie begegnete diesem, hatte bereits damit gerechnet. Sie lächelte. „Ich bin okay", sagte sie, wusste, dass er sich Sorgen machte. Dann verzog sie das Gesicht. „Allerdings am verhungern", wechselte sie bewusst das Thema. „Ich hoffe, das Essen ist schon da, wenn wir kommen." Sie hatten bereits von ihr zu Hause aus bestellt.

Er streichelte noch einmal über ihren Bauch, dann wies er auf das Handschuhfach. „Schau mal da rein", forderte er sie auf.

Mit einem hoffnungsvollen Gesichtsausdruck lehnte sie sich vor. Und tatsächlich: obwohl sie seine Notration, die er dort für sie bereithielt, erst heute Morgen geplündert hatte, war schon wieder eine Packung Salzbrezeln und eine Flasche Wasser im Fach. Mit einem Laut von purer Erleichterung griff sie nach den Brezeln. „Ich liebe dich, Isaac. Du bist ein Engel", erklärte sie voller Inbrunst. Erst als die Worte bereits ausgesprochen waren, wurde ihr bewusst, was sie gesagt hatte. Kurz erstarrte sie und sah aus dem Augenwinkel, dass auch Isaac die Luft anzuhalten schien. Sie hatte ihm noch nie gesagt, dass sie ihn liebte. Wusste auch nicht, ob es wirklich stimmte. Oder hatte es nicht gewusst. Aber jetzt, als sie sich kurz einzureden versuchte, dass sie das nur als Floskel über ihre Erleichterung hervorgebracht hatte, musste sie feststellen, dass es stimmte. Die Worte fühlten sich richtig an.

Trotzdem wagte sie nicht, zu ihm hinüberzusehen. Immerhin griff sie erneut nach seiner Hand, drückte sie. Hoffte, dass er verstehen würde. Verstehen würde, dass sie ihre Worte so gemeint hatte. Auch verstehen würde, wie tief sie diese dennoch schmerzten. Isaac schob seine Finger zwischen ihre, sagte nichts. Aber sie wusste, er hatte sie verstanden.

EPILOG

Für einen Moment verharrte Lex vor dem Sideboard in ihrem Wohnzimmer. Kurz glitten ihre Augen über die Fotografien, die darüber hingen. Von Dante, Gabriel, Mia und ihr. Sie fühlte den gewohnten Druck auf ihrer Brust. Für ein paar Minuten dachte sie zurück an sie. Amore della mia vita, hörte sie Dantes Stimme in ihrem Ohr, während er sie nach einigen leidenschaftlichen Stunden im Bett eng an sich zog, damit sie in seinen Armen einschlafen konnte. Sah Mia und Gabriel sich auf dem Spielplatz jagen. Hörte ihr Lachen. Als der Schmerz zu groß wurde, wandte sie ihre Augen ab hinab auf die neuen Fotografien, die jetzt auf dem Sideboard standen. Eines ihrer Lieblingsfotos war darunter: Isaac zusammen mit ihren Söhnen Daniel und Caleb. Daniel war auf dem Bild drei Jahre alt, Caleb noch nicht ganz eins. Sie alle strahlten Lex, die das Foto machte, mit den gleichen hellgrauen Augen an, in denen die pure Lebenslust stand. Auch das war jetzt schon wieder zwei Jahre her. Die Zeit flog dahin.

Als es an der Tür klingelte, wandte sie sich ab. „Auf die Couch, Jungs", befahl sie ihren Hunden, damit diese nicht alle gemeinsam in den Flur stürmten. Balu, ihren Welpen, musste sie mit einem Leckerchen auf seinen Platz locken, entließ ihn dann aber gleich wieder von dort, da sie wusste, er würde es nicht lange aushalten. Ihn als einzigen nahm sie mit zur Tür. Lesto und Bravo blieben gelassen auf der Couch, Bravo hoheitlich als Rudelchef auf allen Kissen thronend.

Schon wieder klingelte es und gleich noch einmal. Sie grinste.

Die Frage, wer an der Tür war, stellte sich erst gar nicht. Als sie sie aufzog, wies Nathan gerade seine zweieinhalbjährige Tochter Marissa an, noch einmal zu klingeln.

„Jetzt lass doch, Nathan", schalt ihn Katy lachend.

„Immer langsam mit den jungen Pferden", brachte Lex als Begrüßung hervor, ehe sie Nathan zu einer Umarmung an sich heranzog. Er küsste sie auf die Wange.

„Tante Lex!" Marissa drängte sich begeistert dazwischen. Lex nahm sie schwungvoll auf den Arm, hielt mit der freien Hand noch immer die von Nathan. Er zog sie gleich nochmal an sich heran.

„Herzlichen Glückwunsch zum Geburtstag, kleine Schwester", sagte er. Erst nach einem langen Moment ließ er sie wieder los. Sie lächelte ihn an.

„Ja, von mir auch, Lex", erklärte Katy und auch sie umarmte Lex jetzt. Es war ein bisschen unbeholfen. Sie war hochschwanger und ihr Bauch war irgendwie im Weg. Marissa zappelte.

„Runter. Runter", verlangte sie und streckte ihre Hände bereits nach Balu aus, der winselnd um Aufmerksamkeit bettelte. Lex ließ sie zurück zu Boden, küsste ihr liebevoll aufs Haar.

„Sind wir etwa die ersten?", wollte Nathan wissen, denn im Haus war es viel zu still, als dass schon Lex' Geburtstagsgäste hätten da sein können.

Sie nickte. „Fast. Isaacs Mutter ist schon hier. Sie spielt mit den Jungs im Garten. Thomas' und Coles Flieger hat Verspätung. Sie sind aber inzwischen gelandet. Maria musste Julia noch mal umziehen, aber sie müssten auch jeden Moment kommen. Ah, siehst du, da kommen sie." Lex wies zur Straße, auf der jetzt ein Taxibus zu sehen war. Thomas und Cole würden ein so großes Taxi nicht brauchen. Es mussten Atto, Dilara und Maria mit ihrem Mann und ihren zwei Kindern sein.

Gute drei Stunden später trat Nathan an Lex heran. Sacht berührte er sie am Arm. „Kommst du mit mir nach vorne – keine Zigarette rauchen?" Er verzog ein wenig das Gesicht. Es fiel ihm noch immer oft schwer, der Sucht zu entsagen. Als Katy das erste Mal schwanger geworden war, hatte er aufgehört, aber er sehnte sich häufig nach einer Zigarette – oder der unkomplizierten Ausrede, die das Rauchen stets dargestellt hatte, um sich einer Situation zu entziehen.

Lex spiegelte seinen Gesichtsausdruck. Auch sie hatte mit dem Rauchen wieder aufgehört, seitdem sie mit David schwanger gewesen war. Ihr erging es aber wie Nathan. Manchmal war es so schön einfach gewesen, sich mit der Zigarette zurückziehen zu können.

Sie spürte Isaacs Blick auf sich, als sie sich erhob. „Nathan und ich gehen kurz mal nicht rauchen", erklärte sie ihm, trat noch für einen raschen Kuss an ihn heran. Er griff nach ihrer Hand, drehte den Kopf so, dass sie nicht nur seine Wange, sondern seinen Mund küsste. Er ließ den Kuss andauern, so lange, bis Nathan sich vernehmlich räusperte. Mit leicht gerötetem Gesicht machte sie sich von Isaac los, warf ihm noch einen Blick zu. Später, stand als Versprechen darin. Er lächelte.

Sie folgte Nathan durchs Haus vor die Haustür. Draußen zog er sie direkt in seine Arme. Sie spürte seine Anspannung. Die vielen Leute um ihn herum, vor allem die vielen Kinder, die ihm immer wieder auf den Schoß geklettert waren, hatten angefangen, ihn nervös zu machen.

„Bist du okay?", wollte sie wissen und schlang auch ihre Arme um ihn, um ihm die Geborgenheit zu geben, die er gerade brauchte.

Er brummte nur. „Und du?", wollte er stattdessen wissen. Gabriels Todestag hatte sie allein mit Nathan verbracht. Seitdem hatten sie sich nicht mehr gesehen, nur telefoniert.

Auch sie gab einen undefinierten Laut von sich. Dann jedoch musste sie lachen. „Wir sind schon ein tolles Team, nicht wahr?"

„Schon immer, C58-1", gab er zurück und machte sich mit seinem typischen jungenhaften Lächeln von ihr los, um in seine Jackentasche greifen zu können. Er zog eine Schachtel Zigaretten hervor. „Und Heimkinder schummeln schon mal", erklärte er mit einem Augenzwinkern. „Happy birthday, kleine Schwester." Er zündete zwei Zigaretten an und reichte ihr eine.

Sie schüttelte tadelnd den Kopf, griff aber nach der Zigarette. Auch ohne einen Zug davon genommen zu haben, gab sie bereits ein zufriedenes Seufzen von sich. „Bestes Geburtstagsgeschenk überhaupt", grinste sie ihn an, sah ihm dabei zu, wie er den ersten Zug von seiner Zigarette nahm. „Aber nur heute, Nathan."

Er schnaubte. „Katy würde mir den Kopf abreißen, wenn nicht."

Lex griff seine Hand. „Wie läuft es zwischen euch?", fragte sie vorsichtig. Katy hatte sich vor ein paar Monaten beinahe von Nathan getrennt, weil er in einer Kurzschlussreaktion Fremdgegangen war. Nur weil sie kurz danach erfahren hatte, dass sie wieder schwanger war, hatte sie ihm noch eine Chance gegeben. Eine einzige. Nie wieder, hatte er versprechen müssen. Und er hatte sich einen Therapeuten suchen müssen, um seine Probleme endlich aufzuarbeiten.

Erst mit ein wenig Verzögerung antwortete er: „Besser. Ich freue mich auf das Baby." Jetzt stand ein Strahlen in seinen Augen, als er Lex ansah.

Sie lächelte. „Hat es sich nun im Ultraschall endlich mal gezeigt?" Bisher hatte das Baby immer so gelegen, dass der Arzt nicht hatte sehen können, welches Geschlecht es hatte.

Nathan schüttelte den Kopf und inhalierte einen Zug aus der Zigarette tief in seine Lungen. Den Rauch wieder ausstoßend, meinte er schulterzuckend: „Ich brauche keinen Ultraschall um zu wissen, dass es ein Junge ist." Absolute Überzeugung stand in seiner Stimme. „Bauchgefühl, schon vergessen?"

Jetzt lachte sie, ebenfalls kopfschüttelnd. „Irgendwann wirst auch du dich einmal irren."

„Viel zu irren wird es ja wohl nicht mehr geben. Maria hat gesagt, sie will keins mehr. Katy und mir reichen definitiv die zwei. Und hattet ihr nicht auch gesagt, ihr seid komplett?"

Nun zog Lex die Schultern hoch. „Ja, hatten wir", erwiderte sie. Noch immer hatte sie die Zigarette nicht angerührt, reichte Nathan diese nun sogar, als er mit seiner fertig war.

Seine Augenbrauen sprangen nach oben.

Sie lächelte. Ein glücklicher Ausdruck, auch wenn in ihren

Augen eine gewisse Schwere lag. „Wir haben uns umentschieden", sagte sie.

Noch nicht genug von Lex Morgan? In *Gefunden vom Glück* begegnet Lex ihrer ersten großen Liebe Dante Moretti…

Coming Out in Winter 2021

Stay updatet on Facebook or Instagram

LESEPROBE
"GEFUNDEN VOM GLÜCK"

Noch in der letzten Sekunde sprang Lex mit ihrer Hündin Leila durch die sich bereits schließenden Türen der Straßenbahn hinein. Sie gab ein triumphierendes „hah" von sich, das sich an niemand besonderes wandte. Als ein Mann mittleren Alters sie daraufhin etwas irritiert musterte, zog sie leicht verlegen die Schultern hoch.

„Gerade noch bekommen. Sonst würden wir zu spät zur Arbeit kommen", erklärte sie, während sie seinem Blick bereits auswich und sich nach einem Sitzplatz umsah. Einige Schritte von der Tür entfernt entdeckte sie einen und steuerte darauf zu. Mit einem erleichterten Laut ließ sie sich darauf sinken, streckte die Beine von sich und schloss für einen Moment die Augen, während Leila ihr den Kopf auf den Schoß legte. Sie streichelte sie hinter den Ohren, freute sich auf die nächste halbe Stunde, in der sich nichts zu tun haben würde. Sie war schon seit vier Uhr früh wach.

Eigentlich hätte sie erst um sechs aufstehen müssen, um rechtzeitig auf dem Platz ihrer Hundeschule sein zu können. Aber einmal mehr hatte sie kaum Ruhe in der Nacht gefunden und war eigentlich froh gewesen, als sie um vier aus einem leichten Schlummer aufgeschreckt war. So hatte sie sich aus dem Haus schleichen können, ehe Greg wach geworden war. Vielleicht würde es dafür später Ärger geben – obwohl sie ihm eine Nachricht dagelassen hatte: Bin schon zur Arbeit. Freu mich auf dich heute Abend. Eine glatte Lüge, die ihn jedoch hoffentlich etwas gnädig stimmen würde – aber trotzdem würde er vermutlich nicht begeistert sein, dass sie ihm ausgewichen war. Aber sie war sich nicht sicher gewesen, ob sie den Tag heute durchstehen hätte können, wenn er heute Morgen vielleicht wieder wütend auf sie geworden wäre. Schon so würde es eine Herausforderung werden. Gestern Abend hatte sie sich erschrocken, als er in der Küche plötzlich hinter ihr aufgetaucht war, und hatte einen Teller mit Essen hinunterfallen lassen. Er hatte sich sofort über ihre Ungeschicklichkeit aufgeregt. Ob man ihr Geld nicht für etwas Sinnvolleres als neues Geschirr ausgeben könnte. Als sie sich in die Knie sinken ließ, um die Scherben aufzusammeln, hatte er ihr mit viel Wucht in den Rücken getreten, danach noch achtmal in die Beine und den Unterleib, als sie am Boden gelegen hatte. Sie hatte es kaum geschafft, wieder aufzustehen, solche Schmerzen hatte sie gehabt. Die hatten nicht wesentlich nachgelassen. Während sie am Vormittag mit drei Gruppen auf dem Platz gearbeitet hatte, wäre sie mehrfach fast gestürzt, weil ihr linkes Bein ihr Gewicht nicht mehr hatte tragen können.

Und ihr Tag war noch lange nicht vorüber. Normalerweise freute sie sich auf die Stunden, die sie mit den Hunden der Polizeistaffel verbrachte. Die Hundeführer waren disziplinierter und oftmals noch motivierter als die Leute, die ihrem Vierbeiner nur die Grundkommandos beibringen wollten. Die Hunde lernten schnell. Ihr machte auch der lange Arbeitstag nichts, wenn sie beides miteinander verbinden musste. An Tagen wie heute arbeitete sie meist zwölf Stunden ohne nennenswerte Pause. Es störte sie nicht. Erst recht nicht, da es bedeutete, dass sie Greg für zwölf, fast vierzehn Stunden, wenn man die Fahrten mit einbezog, ausweichen konnte. Aber heute würde es hart werden. Sie war schon jetzt am Ende ihrer Kräfte.

Wäre Leila nicht fiepend aufgestanden, hätte Lex ihre Haltestation verpasst. Sie war tatsächlich ein wenig eingedöst. Sie war nicht nur schon seit vier Uhr wach, sie hatte die Nacht über auch kaum geschlafen. Eilig erhob sie sich jetzt. Der Mann, der auf ihr Einsteigen in die Bahn reagiert hatte, war ebenfalls noch immer da. Er sah sie wieder an. Mit gesenktem Kopf vermied sie seinen Blick, war froh, Leila dicht an ihrem Bein zu spüren. Steig nicht mit aus, betete sie stumm. Als die Türen sich öffneten, hastete sie hinaus. Ihr Flehen wurde nicht erhört. Auch der Mann stieg aus. Sie meinte, seine Augen noch immer auf sich spüren zu können. Nur nicht umdrehen, sagte sie sich selbst, während sie mit raschen Schritten den Weg in Richtung der Polizeistation einschlug. Früher war sie selbst im Dunkeln ohne Angst durch die Straßen ihrer Heimatstadt gezogen. Seitdem sie mit Greg zusammen war, oder vielmehr, seitdem er angefangen hatte zu zeigen, dass er neben der charmanten, humorvollen und zuvorkommenden Seite noch eine ganz andere verbarg, nicht mehr. Jetzt war die Angst ihr ständiger Begleiter.

Sie war so konzentriert auf den Mann in ihrem Rücken – war er überhaupt noch dort? Kam er ihr näher? Hatte er längst eine andere Richtung eingeschlagen? – dass sie den Fahrradkurier völlig übersah, der ihr vollbeladen entgegenkam. Erst als er mehrfach klingelte, sprang sie im letzten Moment zur Seite.

„Pass doch auf, du dumme Kuh!", rief er ihr zu, während er schon an ihr vorbeisauste.

Ein, zwei lange Augenblicke stand sie nur wie versteinert da, starrte ihm hinterher, unfähig, auch nur zu atmen. Würde er anhalten? Absteigen? Zu ihr zurückkommen, um ihr zu zeigen, was er davon hielt, dass sie ihm in die Quere gekommen war? Der Schmerz in ihrem Rücken pochte dumpf, ihr linkes Bein zitterte unter der Anstrengung, Teil ihres Gewichtes tragen zu müssen, und jeder Atemzug schien ein Messer tiefer in ihren Unterleib zu treiben, nach dem, was Greg gestern mit ihr angestellt hatte wegen des zerschlagenen Tellers. Von den Schmerzen, die sie noch von den Verletzungen vorheriger Misshandlungen hatte, ganz zu schweigen.

Aber der Kurier wandte sich nicht einmal zu ihr um, hatte sie vermutlich bereits wieder vergessen. Auch den Mann aus der Bahn konnte sie nicht mehr entdecken. Erleichtert, aber zitternd von der durchgestandenen Angst, wandte sie sich ab und ging die letzten Meter zur Station. Bis sie dort ankam, beschränkte sich das Zittern immerhin nur noch auf ihre Hände. Allerdings hatte der plötzliche Abfall ihres Adrenalinspiegels zur Folge, dass sie deutlich müder wurde. Sie warf einen raschen Blick auf ihr Handy, um die Uhrzeit zu überprüfen – vielleicht konnte sie noch einmal schnell in die Station hinein, um sich einen Kaffee zu holen, ehe sie auf den Platz musste – als ihr bereits der nächste Angstschub versetzt wurde. Drei entgangene Anrufe von Greg. Und eine Textnachricht. Shit.

Wieso hatte sie nicht mitbekommen, dass er sie angerufen hatte? Weil ihr Handy noch von der Nacht auf lautlos geschaltet war… Sie musste in ihrer Müdigkeit vergessen haben, es auf laut zu schalten. Verdammt.

Anstatt schon durch die Tür hineinzugehen, ging sie ein paar Schritt zur Seite, um noch eine Zigarette zu rauchen. Sie brauchte etwas, um ihre Nerven zu beruhigen. Erst nach den drei ersten Zügen fand sie genug Mut, um zu schauen, was er ihr geschrieben hatte.

„Warum nimmst du nicht ab? Wo bist du? Ich kann heute schon um vier Schluss machen. Hoffe, du trägst was Heißes.“

Die Tränen, die die Angst vor dem Fahrradkurier ihr beinahe in die Augen getrieben hätte und die sie nur mit allergrößter Mühe hatte zurücktreiben können, verschleierten nun doch ihre Sicht. Wie sie die Sache auch drehte und wandte, das würde heute Abend Ärger geben. Nicht nur hatte sie sich vor ihm aus dem Haus geschlichen und war nicht erreichbar gewesen. Offensichtlich hatte er auch vergessen, dass heute ihr längster Tag in der Woche war. Sie würde vor neun nicht zu Hause sein. Er würde fuchsteufelswild sein.

Erst nach der zweiten Zigarette hatte sie sich so weit unter Kontrolle, dass sie ihr Display wieder erkennen konnte. Mit zitternden Fingern tippte sie eine Antwort.

„Sorry, Greg, heute ist Dienstag. Ich bin bis um acht bei den K-9s. Es tut mir wirklich leid. Aber ich komm danach, so schnell es geht, nach Hause. Und natürlich trage ich was Heißes. Für dich immer.“ Sie bezweifelte, dass sie sich mit ihren Worten aus der Affäre würde ziehen können, hoffte aber, ihn immerhin ein wenig damit besänftigen zu können.

Hatte sie in der Straßenbahn bereits geglaubt, mit ihren Kräften am Ende zu sein, so war ihr jetzt schleierhaft, wie sie überhaupt noch die Stufen zur Eingangstür bewältigen sollte. Aber sie riss sich irgendwie zusammen. Sich dazu entschließend, dass sie sich zusätzlich zu den Zigaretten auch noch einen Kaffee genehmigen würde – und wenn auch nur, um ihre Angst wieder tief in sich zu begraben, ehe sie auf ihre Hunde und deren Führer traf – humpelte sie hinauf, ihr linkes Bein entlastend. Sie wünschte sich, sie könnte sich auch irgendwie so bewegen, dass ihr Unterleib sie nicht so quälen würde, aber das war aussichtslos. Nach Gregs Tritten gestern hatte sie beim Aufwachen sogar Blut in ihrem Slip gefunden. Sie zwang sich, nicht weiter darüber nachzudenken. Sie musste sich von ihren Gefühlen distanzieren, nicht sich weiter hineinsteigern.

An der Kaffeemaschine stand schon jemand – nicht verwunderlich bei einer Polizeistation dieser Größe. Es war ein Mann, der ihr den Rücken wandte, während er sich einen Becher einschenkte. Mit einem Seufzen entschied sie, auf den Kaffee lieber doch zu verzichten, wollte sich abwenden und hinaus gehen, als er sich bereits zu ihr umdrehte. Ihre Blicke trafen sich.

Seine Augen waren braun und warm wie geschmolzene Schokolade – die gleiche Assoziation, die sie hatte, wann immer sie ihrer Hündin Leila in die Augen sah. Der Moment schien irgendwie zu lange anzuhalten. Lex vermied eigentlich inzwischen jedweden längeren Blickkontakt mit Männern. Aber es wollte ihr einfach nicht gelingen, ihre Augen abzuwenden. Erst als er schließlich ein gewinnendes Lächeln aufsetzte, löste sie die Verbindung. Allerdings nur, um seine Erscheinung stattdessen einmal zu mustern. Er war vielleicht 1,85m groß, schlank und durchtrainiert. Haare in derselben Farbe wie seine Augen und bronzefarbene Haut verrieten seine südländische Abstammung und seine klaren, markanten Gesichtszüge ließen sie an die männlichen Skulpturen der großen italienischen Renaissancekünstler denken. Er hätte Michelangelo oder Raffaello Modell sitzen können, um Adonis nachzubilden.

Er war ganz in Schwarz gekleidet, an seinem Oberhemd war für die Arbeit vielleicht ein Knopf zu viel auf. Es ließ den Blick auf seine Brust zu, auf der ein goldenes Kreuz vor seiner Haut schimmerte. Für einen Moment fragte sie sich unwillkürlich, wie diese Haut sich wohl anfühlte. War sie so samtweich, wie sie aussah? Und für einen Sekundenbruchteil fragte sie sich außerdem, ob das Kreuz an seiner Kette vor und zurück schwang, wenn er sich im Bett über einer Frau bewegte.

Sie spürte das Blut in ihre Wangen steigen und mit einem leisen Räuspern trat sie ein, zwei Schritte zurück, als würde er ihr entgegenkommen.

„Wollten Sie auch einen Kaffee?“, fragte er, während er noch immer an Ort und Stelle verharrte. Seine Stimme war ein dunkler Bass, so warm wie der Ausdruck in seinen Augen. Die Worte wurden verstellt von einem schweren italienischen Akzent.

Auch wenn sie ihren Blick zu Boden gesenkt hatte, spürte sie seinen noch immer auf ihr verweilen. Sie sagte nichts, befürchtete, ihr könne irgendetwas Unsinniges herausrutschen, wenn sie den Mund aufmachte. Irgendetwas, was durch ihre Gedanken getriggert werden könnte, die sie unvermittelt überfallen hatten. Nein, sie sollte ein paar Sekunden besser den Mund halten.

Er zog eine Augenbraue fragend hoch und sein Lächeln wurde sanfter. „Ich befürchte, der Kaffee taugt nichts mehr. Lassen Sie mich Ihnen einen Neuen aufsetzen“, erklärte er und noch ehe sie ihn davon abhalten konnte, wandte er sich bereits zu der Maschine um und begann, einen neuen Filter zu befüllen.

Gerade entschied sie, einfach abzuhauen, während er mit dem Kaffee beschäftigt war, als er sich schon wieder halb zu ihr umdrehte. „Mein Name ist Dante, Dante Moretti. Ich glaube, wir sind uns noch nicht begegnet.“ Jedes seiner Worte, ja beinahe jeder einzelne Buchstabe schien ein warmes Kribbeln über ihren Nacken hinunter zu ihrem Rücken zu schicken. Sie hätte ihm Stundenlang zuhören können. Seine Stimme war geradezu hypnotisierend.

Erst mit einiger Verzögerung wurde ihr bewusst, dass er sie nun wieder geradeheraus ansah, während sie sich in dem Pool von geschmolzener Schokolade seiner Augen verlor. Dann wurde ihr klar, dass er wohl darauf wartete, dass sie ihm auch ihren Namen verriet. Für einen verrückten Moment wusste sie nicht, was sie sagen sollte. Dante, Dante Moretti. Dante alias Adonis, war das Einzige, was fassbar durch ihren Kopf geisterte. Sie wurde noch roter, während er sie geduldig ansah, immer noch ein Lächeln auf den Zügen.

Sie räusperte sich umständlich, war sich nicht mehr ganz sicher, wie sie ihre Stimmbänder richtig ansteuerte. „Ich…", brachte sie hervor. Es klang irgendwie atemlos. „Ehm." Nochmal räusperte sie sich. Es ließ sein Lächeln nur noch offener werden, noch wärmer. In seinen Augen erschien ein Funke, den sie nicht ganz einordnen konnte, der es ihr aber nur noch schwerer machte, sich an ihren Namen zu erinnern. „A… Lex. Lex Morgan", stieß sie endlich hervor.

„Alexandra?", hakte er nach und der Bass seiner Stimme und sein Akzent ließen den Namen zu einem warmen, zärtlichen Streicheln werden, das ihr eine Gänsehaut am gesamten Körper bescherte. Eine alles andere als unangenehme Empfindung. Und auch wenn sie ihren vollen Namen nie in ihrem Leben benutzt hatte – sie war immer schon einfach nur Lex gewesen – nickte sie jetzt, weiterhin unfähig seinen Blick nicht zu erwidern.

Er trat nun doch ein wenig näher an sie heran und streckte seine rechte Hand zur Begrüßung nach ihr aus. Das katapultierte sie endlich wieder zurück in die Realität. Sie fuhr heftig zusammen und wollte zurückweichen, stieß dabei aber in Leila, die vergessen immer noch treu an ihrem Bein wartete. Der Hund gab ein überraschtes Quieken von sich, während Lex mit den Armen ruderte, um ihr Gleichgewicht wieder zu finden. Hätte Dante nicht ihren Arm sacht aber nachdrücklich gegriffen, wäre sie über ihren Hund drüber gefallen.

Sobald er überzeugt war, dass sie wieder sicher stand, ließ er sie los und brachte von sich aus zwei Schritte Abstand zwischen sie beide. Sie konnte noch immer seine Hand an ihrem Arm spüren, ein Gefühl wie Seide an nackter Haut. Die Gänsehaut war wieder da.

Eine Falte war auf seiner Stirn erschienen, aber er sagte nichts zu ihrer ängstlichen Überreaktion. Für einen Moment fühlte sie sich aufmerksam gemustert, zwang sich dabei, ihr

Gewicht auch auf ihr linkes Bein zu verlagern, welches sie bis gerade geschont hatte.

Jetzt wich sie seinem Blick wieder aus. „Ich… ich muss gehen", brachte sie hervor und war kaum dazu in der Lage, die Worte zu formulieren.

„Warten Sie noch auf ihren Kaffee, Alexandra. Er ist gleich durch", forderte er sie sanft auf. Sie war sich nicht sicher, ob sie dem nachgekommen wäre, hätte er sie nicht Alexandra genannt. Das schien sie irgendwie an Ort und Stelle zu fesseln, ohne dass sie sich dadurch gefangen gefühlt hätte.

Schon wieder lächelte er sie an und ohne ihr bewusstes Zutun erwiderte sie die Geste zaghaft. Sein Lächeln wurde breiter, der Funke in seinen Augen wurde zu einem Lodern.

„Ein schöner Hund", sagte er, ohne seine Augen von ihr abzuwenden. „Spürnase oder Bodyguard?"

Zu lange erwiderte sie einfach nur seinen Blick, bis seine Worte endlich zu ihr durchdrangen, schon wieder völlig fasziniert von seinen Augen und seiner Stimme.

„Was?", brachte sie irgendwann wenig geistreich hervor. Sie hatte keine Ahnung, wovon er sprach.

Auch wenn sie meinte, dass das eigentlich gar nicht mehr hätte möglich sein können, wurde sein Lächeln eine weitere Nuance wärmer. Es schien mit der Hitze in ihrem Gesicht zu korrelieren. Er deutete auf Leila an ihrer Seite, wobei er die Geste auffällig knapphielt. Trotzdem riss die Bewegung ihre Augen von seinen los. Nervös flackerte ihr Blick zu seiner Hand.

„Ihr Hund", erklärte er geduldig. „Was ist sein Aufgabengebiet?"

Leila. Richtig. Sie saß noch immer neben ihr.

„Mantrailing." Das Wort kam ihr nur langsam über die Lippen, als müsse sie sich bewusst an jeden Buchstaben einzeln erinnern, um es überhaupt formen zu können. „Leila ist ein Mantrailer."

„Das Licht in der Dunkelheit", sagte Dante und sein Akzent ließ die Worte geradezu unerhört sinnlich klingen.

„Wie bitte?" Lex musste keinen sonderlich intelligenten Eindruck auf ihn machen, aber sie hatte schon wieder keine

Ahnung, wovon er sprach.

Er lachte und der dunkle, sonore Laut stellte irgendwas mit ihrem Inneren an. Beinahe war es, als wäre sie unerwartet in ein Loch getreten. Nein, das war nicht richtig. Mehr, als wäre ihr der Boden unvermittelt unter den Füßen weggezogen worden und er wäre derjenige, der sie vor dem Absturz bewahrte.

„Leila", erklärte er. „Im Skandinavischen wird der Name mit ‚Licht in der Dunkelheit' übersetzt."

„Ja", gab sie zurück und selbst in ihren eigenen Ohren klang sie irgendwie atemlos, heiser gar. „Ihre Augen", fügte sie hinzu und war sich selbst nicht sicher, ob sie damit Leilas Augen oder Dantes meinte, in denen sie sich bereits ein weiteres Mal verlor. Ursprünglich hatte sie Leila tatsächlich wegen dieser Übersetzung einmal so genannt. Als sie den Hund das erste Mal gesehen hatte, war sie ein kleiner verängstigter Welpe gewesen, der in dem Tierheim, in dem Lex zu dem Zeitpunkt jobbte, gestrandet war. Ihr Gesicht war schwarz und sie hatte in einer dunklen Ecke gekauert. Als Lex an ihren Käfig herangetreten war, hatte sie zu ihr aufgesehen und ihre Augen hatten eigentümlich geleuchtet. Wie ein Licht aus tiefster Dunkelheit. Sie hatte Lex damit bis ins Herz geleuchtet. Es war ihr sofort klar gewesen, dass sie sie haben musste.

Einmal mehr räusperte Lex sich. „Leilas Augen", machte sie klar. „Sie… sie haben mich daran erinnert."

Dante lachte erneut. Es hatte die gleiche Wirkung auf Lex wie zuvor. „Und beinahe habe ich eben gemeint, Sie sprachen von meinen Augen." Er zwinkerte ihr zu.

Lex spürte mehr Blut in ihre Wangen aufsteigen. Die Temperatur in ihrem Gesicht schien tatsächlich mit der seines Lächelns gekoppelt zu sein, denn auch dieses intensivierte sich um noch eine Nuance.

In diesem Moment zeigte die Kaffeemaschine durch ein Piepen an, dass ihr Kaffee durchgelaufen war. Dante wandte sich von ihr ab, sie damit einer Erwiderung, zu der sie eh nicht fähig gewesen wäre, enthebend und schenkte auch ihr einen Becher ein. Er drehte sich zu ihr zurück.

„Ihr Kaffee ist fertig", sagte er, hielt den Becher in seiner

Hand, ohne ihn ihr hinzuhalten. Erst als sie langsam ihre Hand danach ausstreckte, spiegelte er ihre Geste und reichte ihr den Becher.

„Danke." Sie war sich nicht ganz sicher, ob sie das Wort wirklich aussprach oder es nur dachte, denn einmal mehr war sie ganz und gar vereinnahmt von seinen Augen. Der Moment hielt an, 15, 30 Sekunden. Eine Minute. Sie sahen einander an, keiner von ihnen rührte sich oder sprach ein Wort.

Dante unterbrach den Moment schließlich. „Ich trinke immer mittags Kaffee. Vielleicht sehen wir uns hier mal wieder", meinte er. Seine Stimme schien noch dunkler zu werden, der Akzent noch schwerer. Hätte ihr jemand die Verse aus der Balkonszene von Romeo und Julia zitiert, hätten die Worte nicht romantischer klingen können.

ÜBER DIE AUTORIN

Fee O'Keeffe wurde 1986 geboren und wuchs in Deutschland, England und den USA auf. Als vierfache Mutter lebt sie jetzt in Schleswig-Holstein und arbeitet als Kulturmanagerin und Autorin.

Mehr über die Bücher der Autorin finden Sie auf www.fee-okeeffe.com